迦陵著作集

迦陵杂文集
二辑

叶嘉莹 著

北京大学出版社
PEKING UNIVERSITY PRESS

图书在版编目(CIP)数据

迦陵杂文集二辑/(加)叶嘉莹著. —北京：北京大学出版社，2020.5
（迦陵著作集）

ISBN 978-7-301-30829-5

Ⅰ.①迦… Ⅱ.①叶… Ⅲ.①杂文集—加拿大—现代 Ⅳ.①I711.65

中国版本图书馆 CIP 数据核字(2019)第 219473 号

书　　　名	迦陵杂文集二辑 JIALING ZAWEN JI ER JI
著作责任者	叶嘉莹　著
责任编辑	徐　迈
标准书号	ISBN 978-7-301-30829-5
出版发行	北京大学出版社
地　　　址	北京市海淀区成府路 205 号　100871
网　　　址	http://www.pup.cn　新浪微博：@北京大学出版社
电子信箱	pkuwsz@126.com
电　　　话	邮购部 010-62752015　发行部 010-62750672 编辑部 010-62752022
印 刷 者	北京中科印刷有限公司
经 销 者	新华书店 965 毫米×1300 毫米　16 开本　24.5 印张　315 千字 2020 年 5 月第 1 版　2020 年 5 月第 1 次印刷
定　　　价	88.00 元

未经许可，不得以任何方式复制或抄袭本书之部分或全部内容。
版权所有，侵权必究
举报电话：010-62752024　电子信箱：fd@pup.pku.edu.cn
图书如有印装质量问题，请与出版部联系，电话：010-62756370

目 录

《迦陵著作集》总序 ··· (1)

"文学与传记"译评 ··· (1)

《我的诗词中之杜甫》及后记 ··· (17)

钟锦《词学抉微》序言 ··· (32)

陈维崧《迦陵词》手抄本校读后记 ································· (36)

从中国诗论之传统与诗风之转变谈《槐聚诗存》之评赏 ········· (40)

经历了死生离别的师生情谊
　　——读新编《顾随与叶嘉莹》一书有感 ··················· (56)

《红蕖留梦》解题 ··· (64)

答谢陈洪先生为《红蕖留梦》题诗 ································· (66)

在南开大学第十四届"叶氏驼庵奖学金"颁奖典礼上的讲话 ······ (67)

物缘有尽　心谊长存(一)
　　——从《富春山居图》跋文谈到被盗窃的一幅
　　　　台静农先生书法 ··· (76)

物缘有尽　心谊长存(二)
　　——记我家中失窃的范曾先生书画三幅 ················ (88)

《况周颐年谱》序 ··· (106)

从王国维《〈红楼梦〉评论》之得失谈到《红楼梦》
　　之文学成就及贾宝玉之感情心态 ··························· (107)

《张牧石墨剩》序言 ··· (134)

1

线装本《迦陵诗词稿》序言 …………………………………… (137)

《叶嘉莹作品集》序言 ………………………………………… (140)

贺《全清词·雍乾卷》出版
　　——谈清中期词之价值及我与《全清词》编纂之因缘 …… (142)

中英文参照本《迦陵诗词论稿》序言
　　——谈成书之经过及当年哈佛大学海陶玮教授
　　　与我合作研译中国诗词之理念 ……………………… (145)

《灵谿词说正续编》重版前言 …………………………………… (153)

刘波画册序 ……………………………………………………… (156)

谈我与荷花及南开的因缘 ……………………………………… (159)

读书曾值乱离年 ………………………………………………… (171)

甲午恭王府海棠雅集诗序
　　——谈我与恭王府海棠的因缘及雅集的
　　　文化传统与未来的拓展 ……………………………… (192)

九十回眸
　　——《迦陵诗词稿》中之心路历程 ……………………… (197)

读诗词不只是"入乎耳,出乎口"
　　——共同感受诗词之美 ………………………………… (219)

谢琰先生文集序 ………………………………………………… (226)

介绍六十七年前我所读到的
　　反映当年时事的两套散曲 ……………………………… (230)

从漂泊到归来 …………………………………………………… (236)

纪念我的老师孙蜀丞先生 ……………………………………… (251)

"中国好书"获奖感言 …………………………………………… (255)

《一组四十六年前的书信》序言
　　——纪念一位未曾谋面的友人宋淇先生 ……………… (256)

要见天孙织锦成

　　——我来南开任教的前后因缘 …………………………（262）

谢琰先生手书淑仪夫人《鸣岐吟草》序言 ……………………（287）

纪念我的老师储皖峰先生 …………………………………（293）

重印天禄琳琅藏书本《花间集》序 …………………………（296）

汪君梦川《没名堂存稿》序言 ………………………………（299）

我与顾随先生七十五年的师生情谊 ………………………（301）

《白先勇细说〈红楼梦〉》读后小言 …………………………（314）

《九十华诞论文集》谢辞 ……………………………………（315）

《独陪明月看荷花》解题（代序）……………………………（318）

周东芬女士楷书《迦陵论词绝句五十首》序言 ……………（320）

周东芬女士手书《祖国行长歌》序言 ………………………（323）

古诗的吟诵 …………………………………………………（325）

《止庵诗存》序 ………………………………………………（333）

从南开大学陈鹥教授创建"甲子曲社"谈起 ………………（334）

我的父亲

　　——《叶廷元先生译著集》代序 ………………………（338）

　　附录：《外人笔下之汤若望与南怀仁》后记 ……………（369）

向张伯礼院士致敬

　　——兼谈我与张院士之结识及蒙其救治

　　　我的一次恶疾的一段因缘 ……………………………（373）

梁丽芳教授著《柳永及其词之研究》（中英文版）序言 …………（377）

《迦陵著作集》总序

北京大学出版社最近将出版一系列我多年来所写的论说诗词的文稿,而题名为《迦陵著作集》。前两种是我的两册专著,第一册是《杜甫秋兴八首集说》,此书原为20世纪60年代中期我在台湾各大学讲授"杜甫诗"专书课程时之所撰写。当时为了说明杜甫诗歌之集大成的成就,曾利用了整整一个暑假的时间走访了台湾各大图书馆,共辑录得自宋迄清的杜诗注本三十五家,不同之版本四十九种。因那时各图书馆尚无复印扫描等设备,而且我所搜辑的又都是被列为珍藏之善本,不许外借,因此所有资料都系由我个人亲笔之所抄录。此书卷首曾列有引用书目,对当时所曾引用之四十九种杜诗分别作了版本的说明,又对此《秋兴》八诗作了"编年""解题""章法及大旨"的各种说明。至于所谓集说,则是将此八诗各分别为四联,以每一联为单位,按各种不同版本详加征引后作了详尽的按语,又在全书之开端写了一篇题为《论杜甫七律之演进及其承先启后之成就》的长文,对中国古典诗歌中七律一体之形成与演进及杜甫之七律一体在其生活各阶段中之不同的成就,都作了详尽的论述。此书于1966年由台湾中华丛书编审委员会出版。其后我于1981年4月应邀赴四川成都参加在草堂举行的杜甫学会首次年会,与会友人听说我曾写有此书,遂劝我将大陆所流传的历代杜诗注本一并收入。于是我就又在大陆搜辑了当日台湾所未见的注本十八种,增入前书重加改写。计共收有不同之注本五十三家,不同之版本七十种,于1986年由上海古籍出版社出版,计时与台湾之首次出版此书盖已有整整二十年之久。如今北京大学出版社又将重印此书,则距离上海古籍出版社之出版又有二十年以上之久了。这一册书对一般读者而言,或许未必有详细阅读之兴趣,但事实上则在这些看似繁杂琐细的校辑整理而加以判断总结的按语中,却实在更显示了我平素学诗的一些基本的修养与用功之所在。因而此书出版后,遂立即引起了一些学者的注意。即如当年在美国威斯康星大学任教的周策纵教授,就曾写有长文与我讨论,此文曾于1975年发表于台湾出版之《大陆杂志》第50卷第6期。又有在美国加州大学圣地亚哥分校任教的郑树森教授在其《结构主义与中国文学研究》一文中也曾提及此书,以为其有合于西方结构主义重视文类研究之意(郑文见台北东大图书公司1983年所刊印之《比较文学丛书》中郑著之《结构主义与中国文学》)。更有哈佛大学之高友工与梅祖麟二位教授,则因阅读了我这一册《集说》,而引生出他们二位所合作的一篇大著《分析杜甫的〈秋兴〉——试从语言结构入手作文学批评》,此文曾分作三篇发表于《哈佛大学亚洲研究学报》。直到去年我在台湾一次友人的聚会中还曾听到一位朋友告诉我说,在台湾所出版的我的诸种著作中,这是他读得最为详细认真的一册书。如今北京大学出版社又将重印此书,我也希望能得到更多友人的反响和指正。

第二册是《王国维及其文学批评》。此书也是一册旧著,完稿于20世纪70年代初期。原来分为上下两编,上编为"王国维的生平",此一编又分为两章,第一章为"从性格与时代论王国维治学途径之转变",第二章为"一个新旧文化激变中的悲剧人物",这两章曾先后在《香港中文大学学报》发表;下编为"王国维的文学批评",此一编分为三章,第一章为"序论",第二章为"静安先生早期的杂文",第三章为"《人间词话》中批评之理论与实践",这些文稿曾先后在台湾的《文学批评》及香港的《抖擞》等刊物上发表,但因手边没有相关资料,所以不能详记。此书于1980年首由香港中华书局出版,继之又于1982年由广东人民出版社再版,并曾被当日台湾的一些不法出版商所盗版。这册书在最初于香港出版时,我曾写有很长的一篇《后叙》,并加有一个副标题"略谈写作此书之动机、经过及作者思想之转变",文中略叙了我婚前婚后的一些经历,其中曾涉及在台湾的白色恐怖中我家受难的情况。台湾的"明伦"与"源流"两家出版社盗版,一家虽保留了此一篇《后叙》,但将其中涉及台湾的地方都删节为大片的空白,并在空白处用潦草的笔迹写有"此处不妥,故而删去"等字样;另一家则是将此一篇《后叙》完全删除(据台湾友人相告云,他们曾将删去的《后叙》另印为一本小册子,供读者另行购买)。直到2000年台北的桂冠图书公司出版我的《叶嘉莹著作集》一系列著作时收入此书,才又将此篇《后叙》补入书中,同时并增入了一篇《补跋》。那是因为1984年中华书局出版了《王国维全集·书信》一书,其中收入了不少我过去所未见的资料;且因为我自1979年从加拿大回国讲学,得以晤见了几位王国维先生的及门弟子,也由他们提供了我不少相关的资料;更因为《王国维全集·书信》一书出版后,曾相继有罗继祖先生及杨君实先生在《读书》《史学集刊》与香港之《抖擞》诸刊物中发表过一些论及王国维之死因及王国维与罗振玉之交谊的文字。凡此种种,其所见当然各有不同,所以我就又写了一篇《补跋》,对我多年前所出版的《王国维及其文学批评》一书又作了一些补正和说明。这些资料,如今都已收入在北京大学出版社即将出版的这一册书中了。至于原来被河北教育出版社与台北桂冠图书公司曾收入在它们所出版的《王国维及其文学批评》一书中有关王氏《人间词话》及《人间词》的一些单篇文稿,则此次结集时删去,而另收入其他文集中。因特在此作一简单之说明。

第三册是《迦陵论诗丛稿》。此书共收入了我的论诗文稿十五篇,书前有缪钺先生所写的一篇《题记》。这是我平生所出版的著作中唯一有人写了序言的一册书。那是因为当中华书局于1982年要为我出版这一册书时,我正在成都的四川大学与缪先生合撰《灵谿词说》。我与缪先生相遇于1981年4月在草堂所举行的杜甫研究学会之首次年会中。本来我早在20世纪的40年代就读过先生所著的《诗词散论》,对先生久怀钦慕,恰好先生在1980年也读了上海古籍出版社出版的我的《迦陵论词丛稿》,蒙先生谬赏,许我为知音,并邀我合撰《灵谿词说》。因此当中华书局将要为我出版《迦陵论诗丛稿》一书时,先生遂主动提出了愿为我撰写一篇《题记》作为序言。在此一篇《题记》中,先生曾谓我之《从"豪华落尽见真淳"论陶渊明之"任真"与"固穷"》一文可以摆脱纷纭之众说而独探精微;《论杜甫七律之演进及其承先启后之成就》一文可以尚论古人而着眼于现代;又谓我之《说杜甫〈赠李白〉诗一首》一文寄托了自己尚友千古之远慕遐思,《从李义山〈嫦娥〉诗谈起》一文探寻诗人灵台之深蕴而创为新解。凡此诸说固多为溢美之词,实在都使我深感惭愧。至于先生谓我之诸文"皆有可以互相参证之处","是以自成体系",则私意以为,"自成体系"我虽不敢有此自许,但我之论诗确实皆出于我一己之感受和理解,主真,主诚,自有一贯之特色。则先生所言固是对我有所深知之语。另外尤其要感谢先生的,则是先生特别指出了此书中所收录的《简谈中国诗体之演进》与《谈〈古诗十九首〉之时代问题》两篇文稿都是我"多年前讲课时之教材,并非专力之作",则先生所言极是。这两篇写得都极为简略,我原来曾想将之删除,但先生以为此二文一则"融繁入简",一则"考证详明",颇"便于教学参考",且可以借之"见作者之学识工力"。因先生之谬赏,遂将之保留在此一集中,直至今日。这也是我要在此特加说明的。另外先生又曾于《题记》中评介了我的一些诗词之作,我对此也极感惭愧。但先生之意主要盖在提出"真知"之要"出于实践",这自然也是先生一份奖勉后学之意,所以我乃不惮烦琐,在此一一述及,以表示我对先生的感激和怀念。本书最后还附有我的一篇《后叙——谈多年来评说古典诗歌之体验》,此文主要是叙写我个人研读态度之转变与写作此类文字时所结合的三种不同的方式。凡此种种读者自可在阅读中获知,我在此就不一一缕述了。

  第四册是《迦陵论词丛稿》。此书共收论文八篇,第一篇标题为《古典诗歌兴发感动之作用(代序)》,原是1980年上海古籍出版社为我出版此同一标题的一册书时所写的一篇《后序》。当时因中国开放未久,而我在海外所选说的一些词人则原是在国内颇受争议的作者。所以就写了此一篇《后序》,特别提出了对于作品之衡量应当以感发之生命在本质方面的价值为主,而不应只着眼于其外表所叙写的情事。这在词的讨论中较之在诗的讨论中尤为重要。因为诗中所叙写的往往还是作者显意识中的情志,而词体在最初即不以言志为主,所以词中所表现的往往乃正是作者于无心中的心灵本质的流露。这种看法,直到今日我也未曾改变,所以我就仍取用了这一篇《后序》,作为北京大学出版社所出版的我的这一册同名之著作的《代序》。至于此书中所收录的《温庭筠词概说》《从〈人间词话〉看温韦冯李四家词的风格》《大晏词的欣赏》《拆碎七宝楼台》与《碧山词析论》及《王沂孙其人及其词》诸篇,则与我在《唐宋名家词论稿》一书中所收录的一些分别论说各家词的文稿,虽在外表篇目上看来似颇有重复之处,但两者之间其实有相当大的不同。此一书中所收录的大多以论说作品为主,所以对各篇词作都有较详的论说和赏析。而《唐宋名家词论稿》则主要以论说每一位作者之整体风格为主。而且凡是在此一册书中所论述过的作者和作品,在另一册书中都因为避免重复而作了相当的删节。所以有些读者曾以为我在《唐宋名家词论稿》一书中对于温、韦、冯、李四家词的论述颇为简略,与论说其他名家词之详尽者不同,那就正因此四家词既已在此书中作了详细论述,因之在另一册书中就不免简化了的缘故。至于此一册书中所收录的《王沂孙其人及其词》,则是写于《唐宋名家词论稿》以后的作品,所以在论述方面也作了避免重复的删节。因此读者要想知道我对名家词之全部论见,实在应该将这两册书合看,才会得到更为全面的理解。至于这一册书所收的最后一篇《论陈子龙词——从一个新的理论角度谈令词之潜能与陈子龙词之成就》一文,则是在这一册书中写作时间最晚的一篇作品。当时我的研究重点已经从唐宋词转移到了清词,只不过因为陈子龙是一位抗清殉明的烈士,一般为了表示对陈氏之尊重,多不愿将之收入清代的词人之中。这正是当年龙沐勋先生以清词为主的选本只因为收入了陈子龙词而竟把书名改为《近三百年名家词选》的缘故。而我现在遂把《论陈子龙词》一文收入了不标时代的这一册《迦陵论词丛稿》之中了。不过读者透过这一篇文稿的论说已可见到,此文已是透过论陈子龙词对前代唐宋之词所作的一个总结,而且已谈到了陈词与清词复兴之关系,可以说正是以后论清词的一个开始了。

第五册《唐宋词名家论稿》,这一册书可以说是在我所出版过的各种论词之作中论说最具系统、探讨也最为深入的一本书。那是因为这册书的原始,是来自缪钺先生与我合撰的《灵谿词说》。关于缪先生与我合作的缘起及《灵谿词说》一书编撰之体例,我在该书中原写有一篇《前言》,副标题为"谈撰写此书的动机、体例以及论词绝句、词话、词论诸体之得失"。《灵谿词说》一书于1987年由上海古籍出版社出版,十年以后当河北教育出版社要为我出版《迦陵著作集》的系列书稿时,曾征询得上海古籍出版社之同意,把《灵谿词说》一书中我所撰写的一部分收入此一系列著作中,而改题为《唐宋名家词论稿》。此书共收入我所撰写的论文十七篇,除了第一篇《论词的起源》以外,以下依时代先后我分别论述了温庭筠、韦庄、冯延巳、李璟、李煜、晏殊、欧阳修、柳永、晏幾道、苏轼、秦观、周邦彦、陆游、辛弃疾、吴文英及王沂孙共十六位名家的词作。我在当时所写的那一篇《前言》中,原曾提出过说:"如果我们能将分别之个点,按其发展之方向加以有次序之排列,则其结果就也可以形成一种线的概念。"又说:"如果我们能对每一点的个体的趋向,都以说明文字加以提示,则我们最后之所见,便可以除了线的概念以外,更见到此线之所以形成的整个详细之过程及每一个体的精微之品质。"又说:"如此则读者之所得便将不仅是空泛的'史'的概念而已,而将是对鲜活的'史'的生命之成长过程的具体的认识,且能在'史'的知识的满足中,也体会到诗的欣赏的喜悦。"如今我所选说的这十六位词人虽不能代表唐宋词之整体的发展,但也具体而微地展示了词之发展的过程。这与我在《前言》中所写的理念自然尚有一段距离,然而,虽不能至心向往之,读者或者也可以从这一册书中窥见我最初的一点"庶几使人有既能见木,也能见林"的既能"体会到诗的欣赏的喜悦"也能得到"史的知识的满足"的一种卑微的愿望。所遗憾者,这册书既是我个人的著作,遂未能将当日缪先生所撰写的二十二篇论文一并收入。不过,缪先生已出版了专集,读者自可参看。而我在本书之后则也仍附录了缪先生所撰写的二十二篇的篇目,用以纪念当初缪先生与我合作的一段情谊和因缘。

第六册《清词丛论》,此一册书共收论文十一篇,第一篇《从云间派词风之转变谈清词的中兴》,此文原是一篇讲演稿,本不应收入著作集中,而竟然收入了进来,其间盖有一段因缘。原来早在1993年4月,"中研院"文哲所曾举办了一次国际词学会议,会议中文哲所的林玫仪教授曾邀我为文哲所即将出版的一系列论词丛书撰写一册论清词之专著。当时我因为早在1970年代和1980年代中便已写有几篇论清词的文稿,所以毫不犹豫地就答应了林教授的要求。岂知会议之后我竟接连不断地接受了赴各地讲学和开会的邀请,自计无法按时完成任务,于是乃商得林教授的同意,邀请了上海古籍出版社的陈邦炎先生与我合作,订出了我们各写四篇文稿以集成一书的约定。及至1996年截稿时间已至,陈先生所担任的四篇文稿已全部写作完成,而我却仍欠一篇未能完卷。因此林教授遂临时决定邀我再至文哲所作一次讲演,而将此次讲演整理成一篇文稿收入其中。那就是本书所收的第一篇文稿《从云间派词风之转变谈清词的中兴》。所以此文原系讲稿,这是我不得不在此作出说明的。至于本书所收录者,则除去前所叙及的讲稿外,尚有自《清词名家论集》中收入的三篇文稿,计为:

1.《从艳词发展之历史看朱彝尊爱情词之美学特质》;

2.《谈浙西词派创始人朱彝尊之词与词论及其影响》;

3.《说张惠言〈水调歌头〉五首——兼谈传统士人之文化修养与词之美感特质》。

此外本书还增入了自他处所收入的七篇文稿,计为:

1.《论纳兰性德词》(此文原发表于台湾的《中外文学》,因手边无此刊物,对发表之年月及期数未能详记,下篇亦同);

2.《常州词派比兴寄托之说的新检讨》(此文原发表于台湾的《中外文学》,其后曾收入1980年上海古籍出版社出版之《迦陵论词丛稿》);

3.《清代词史观念的形成与晚清的史词》(本文也是由讲稿整理而成的,原来是因为2000年夏天"中研院"曾举行过一次"谈文学与世变之关系"的会议,在此会议前后我曾做过几次相关的讲演,本文就是这些讲演的录音整理稿);

4.《由〈人间词话〉谈到诗歌的欣赏》;

5.《谈诗歌的欣赏与〈人间词话〉的三种境界》;

6.《论王国维词:从我对王氏境界说的一点新理解谈王词之

评赏》(以上三篇自河北教育出版社出版之《王国维及其文学批评》一书之附录中选录增入);

7.《记南开大学图书馆所藏手抄稿本〈迦陵词〉》(本文原是为南开大学图书馆成立80年所写的一篇文稿,其后被台北桂冠图书公司出版的《叶嘉莹作品集》收入其系列论丛的《清词散论》一书中,现在是据此书增入)。

从以上所写的对本书内容之说明来看,则此书所收录的各文稿其时间与地域的跨度之大,已可概见一斑。因特作此说明,供读者之参考。

第七册《词学新诠》,此书共收论文六篇。但第一篇题名为《迦陵随笔》之文稿,其所收之随笔实共有十五则之多,这一系列的随笔,是我于1986年至1988年两年间,应《光明日报》之《文学遗产》专栏几位编辑朋友之邀约而写作的。当时正值"文革"后国家对外开放未久,一般青年多向往于对西方新学的探寻,所以就有朋友劝我尝试用西方新说来谈一谈古代的词论。因而这十五则随笔所谈的虽然主要仍是传统的词学,但先后引用了不少如诠释学、符号学、语言学、现象学和接受美学等多种西方的文论。其后又因每则随笔的篇幅过于短小,遂又有友人劝我应写为专文来对这些问题详细加以讨论,因此我遂又于1988年写了一篇题为《对传统词学与王国维词论在西方理论之观照中的反思》的长文(曾刊于1989年第2期之《中华文史论丛》)。而适值此时又有其他一些刊物向我索稿,我遂又先后撰写了《对常州词派张惠言与周济二家词学的现代反思》及《对传统词学中之困惑的理论反思》两篇文稿(前者曾于1997年发表于香港中文大学《中文学刊》第1期;后者曾于1998年发表于《燕京学报》第4期)。而在此之前,我实在还曾引用西方女性主义文论写过一篇题为《论词学中之困惑与〈花间〉词之女性叙写及其影响》的长文,曾于1992年分上下两期发表于台湾出版的《中外文学》第20卷之第8期与第9期。最后还有一篇题为《论词之美感特质之形成及反思与世变之关系》的文稿,此文本是为2000年在"中研院"召开的"文学与世变之关系"的国际会议而写作的,其后曾发表于《天津大学学报》2003年之第2期与第3期。以上六篇文稿都曾引用了不少新的西方文论,因此遂一同编为一集,统名之为《词学新诠》(台北的桂冠图书公司也曾出版过与此同名的一册书,收入在其2000年所出版的《叶嘉莹作品集》中,但北京大学出版社出版此书之所收入者则实在较台湾同名的一册书增加了更多的内容。因此遂在此结尾处略加说明)。

第八册是《迦陵杂文集》。此书收集我多年来所写的杂文成册,其实我这些"杂文"与一般人所说的杂文在性质上实在颇有不同。一般所说的杂文,大都是作者们随个人一时之见闻感兴而写的随笔之类的文字,而我则因为工作忙碌,平时实在从来不写这种杂文。我的这些所谓的"杂文",实在都是应亲友之嘱而写的一些文字。其间有一大部分是序言,另有一些则是悼念的文字。至于附录的一些所谓"口述杂文"则大多是访谈的记录,或应友人之请而由我讲述再由学生们记录的文字。这一册杂文集自然卑之无甚高论,但亦可因此而略见我生活与交游之一斑。因作此简短的说明。

附记:上述《迦陵杂文集》出版于2008年,本书为《迦陵杂文集》之第二辑,收录了2008年至2020年所写的文稿,并补充有2008年之前所写的两篇文稿。

"文学与传记"译评

（嘉莹按：这篇译评本来早已弃置箧中，并无再次发表之意，乃近日南开大学中文系闫晓铮同学于整理我的旧物中发现了这一篇文稿，以为韦勒克与沃伦合著的《文学理论》一书甚至今日仍被中国读者所重视，此篇译稿或不无可供参考之处，乃为我重新打印出来，被为我编辑杂文之编者所见，收入杂文集中。实则此文之翻译与写作，距离此杂文集中所收录之其他文稿的写作时间盖已有五十年以上之久矣。谨作此说明。）

"文学与传记"（"Literature and Biography"）是勒内·韦勒克（Rene Wellek，1903—1995）与奥斯汀·沃伦（Austin Warren，1899—1986）合著的《文学理论》（Theory of Literature）一书中的第 7 章。《文学理论》全书共分 19 章，其中第 1、3—7、9—11、13、14 各章，是由韦勒克执笔的，另外的几章则是由沃伦执笔的。书中分别讨论到有关文学的各方面的问题，引证繁博，在美国是极为风行的一本书，有不少学校采用为教本。自从 1948 年问世以来，前后已经再版过许多次了。我于 1966 年被台湾大学推荐赴美任客座教授，到美国后，想读一些有关西洋文学理论的书籍，有人就向我推介了这本书。我因英文程度不够好，匆匆读一遍，往往不能掌握要旨所在，所以曾抽暇把读过的几章译成中文并写了些摘要式的札记，这原只是一点自修的工作，本无发表之意。而当我于两年后交换期满回到台湾大学,台大中文系新出版了一个刊物《新潮》,其编者听说我有这样一部分译稿,想要一篇去发表,虽然我自知译文或有不妥之处,但《新潮》毕竟是系内同学的刊物,纵有不妥也比较容易得到谅解。而且如果因此可以唤起中文系同学对西洋文学理论的一点研读的兴趣,也未始不好,所以就答应了《新潮》编者的要求。我的译文所根据的乃是1962年三版的本子,较之1948年的初版,有部分删改之处。至于我于每段译文之后往往加一些摘要,又于篇末加一段评述,则都只不过为一时的随笔及联想而已,因为我一向总感到某些翻译的西洋文学理论,读起来既不免艰涩之感,而且由于中西方文学传统的不同,翻译而且加以评述,对某些读者而言,也许不无较为方便之处。这虽是一种较笨的方法,但或者也不失为一种较新的尝试。

我现在所译的这一章是由韦勒克执笔的,标题虽是"文学与传记",但这里所谓"传记"(Biography)实在并不泛指一般的传记著作,而是专指文学家的传记——也就是"作者生平"——而言的。而且本文的重点乃是在探讨文学的作品与其作者生平之间的关系的。所以一开端,韦氏就说:

> 形成一篇作品,其最明显的因素,就是它的创造人——作者,因此有关作者之性格与生平的研讨,乃成为最古老最被承认的一种文学研究的方法了。

其后韦氏则把作者生平之研究分成了三种不同的方式。他说:

> 传记之功用可以被衡定于其所投影于作品上之光照,也就是说作者之生平对于作品之解说间的一种直接关系;再则传记也可被视为是对于一个天才的道德才智以及感情之发展的研究,这种研究也自有其单纯之兴趣;或者传记也可被视为是对一个诗人之

心理及其诗歌之创造过程的一种有次序的材料的供应。这三种不同的看法,应对之加以谨慎的区分,因为按照"文学研究"之观念来说,只有第一种看法,即传记对作品之解说的价值,是与文学直接有关的。至于第二种看法,着重传记本身单纯之兴趣,则是把注意的中心从"文学"转移到"人"的人格方面了;而第三种看法则是仅把传记视为一种未来的科学(文艺创造心理学)的一种材料而已。

从以上的话看来,可见韦氏的意思主要乃重在作者生平之研究与作品本身之了解之间的直接关系,也就是说重点仍在作品之本身,而不在作品以外的"人"或作品以外的"心理过程"。然后韦氏又把刚才所谈的作品与作者生平之关系暂时搁置,而开始谈起单纯的传记作品来,说:

> 传记乃是一种最古老的文学形式,原来乃是年代性的、逻辑性的、历史学的一部分。我们为一个政治家、军人、建筑师、律师或一个不担任什么公开角色的普通人写传记,在方法上并没有什么区别。据柯勒律治(Coleridge)的看法,任何一个人的生平,即使多么平凡,而只要被真实地叙述着,也就是让人有兴趣的了。① 这话是正确的,在一个写传记者的眼光中,诗人不过也是一个人,他的道德与才智的发展,外在的经历及内在的感情生活,通常都可以用某些理论的体系,或一些行事的礼法标准来加以重建和估价。而至于他的作品则可能只被看作为一种出版的印刷品而已,如同在任何一个人的生平中所发生的别的事件一样。这样看来,传记家的问题只是属于历史方面的,传记家一定要说明他的文件、书信、有

---

① 见1985年伦敦版《柯勒律治书信集》。

关者的记载、回忆录，以及一些自传性的叙述，而且要决定一些文件及证据等等的真伪。在撰写传记时也可能遭遇到一些难题，如年代的提供、材料的选择，以及与个人名誉有关的一些事之应加以隐瞒或直述等等，都是要考虑的问题。有关传记方面的著作已经不少，而且成为一种专门的学问，而其所探讨的问题则并不是特别文学性的。

以上这一段在说明一般性的传记往往并非文学性的，因此即使其所写的乃是一位诗人之传记，对于了解其作品也并无很大的助益。下面韦氏就再回到作者生平与作品之关系的问题来——①

在我们所讨论的范围内，有两个有关文学性的问题是很重要的：其一，写传记的人是否可利用一些作家的作品来作为编撰作者传记的材料？其二，作者的传记对于了解一个作者之作品的本身是否有贡献？对这两个问题的答案通常是肯定的。实际上关于第一个问题乃是假想为所有写传记的人都是特别对诗人有兴趣的，因为诗人看来是可以供给很多写传记的材料的，而另外一些在历史上更有地位的人却有时反而不能供给这么多的材料。如此说来，则前面所说的通常为肯定的答案就果然是正确的吗？

以上一段在说从一般观念来看，通常都以为作者的作品可用为写传记的材料，而且作者的传记对于了解其作品也确有贡献，但是下面韦氏却又马上申述了这种看法并不完全可信：

我们一定要在历史上区分出两种不同的时代，因此答案也就可以分为否定与肯定不同的两类。早期的作者没有留下什么可供写传记的人引用的私人文件，我们所能得到的只是一些公共文件：

---

① 在此段之前，初版本多二段，介绍西方传记文学之简史，后经作者删去。

如出生登记、结婚证书、法律文件等,此外,便是作者的作品了。举例来说,我们只可极概略地推知莎士比亚的一些行动,我们知道一些他的经济情况;但是除了一些他的不可靠的传闻轶事以外,他的书信、日记、回忆录等材料我们简直一无所有。对研究莎翁之生平付出的力量极多,而所获得的有文学价值的结果则极少。这些研究所获得的只是对一些年代以及一些有关其社会地位,还有一些他的交往情形的了解。因此,想替莎翁从其人格及感情方面写出一本真实传记来的人,如果以科学精神去从事,则如卡罗琳·斯波珍(Caroline Spurgeon)在她的《莎翁作品之象喻》中所做的研究,结果仅只做了一些琐事的列表;如果不按科学方法来随便地引用莎翁的剧作及十四行诗,如同乔治·勃兰兑斯(George Brandes)或弗兰克·哈里斯(Frank Harris)等人,则只写成了一些传记性的传奇故事,他们全部构想的基本动机就是错误的[这种构想大概导源于哈兹里(Hazlitt)及施勒格(Schlegel)的一些暗示,道顿(Dowden)是第一个很谨慎地使用这种方法的人]。一个人不能从小说性的叙述,尤其是剧本中的谈话来描画出一个作者的可靠的传记。用这种方法写传记,则即使是最普通的说法,也会使人觉得很可怀疑,例如说莎翁曾经有过一段心情沮丧的时期,在此期中,他写出了他的悲剧和带着苦味的喜剧,后来在写《暴风雨》一剧时,才得到了平静,这种说一个作者需要在忧郁的情绪中来写悲剧,或者在生活快乐时才写喜剧,乃是不能证明的一种说法,莎翁的悲愁没有丝毫地证明他不能对剧中人泰门(Timon)①或麦克白(Macbeth)②的人生观负责任,也不能被认为和道尔·蒂尔席特

---

① 泰门为莎翁《雅典的泰门》一剧中之主人翁,憎恨人类,不信任人类。
② 莎翁《麦克白》一剧中之主人翁。

(Doll Tearsheet)①或伊阿古(Iago)②的看法一样,我们也没有理由相信普罗斯帕罗(Prospero)③的谈话就和莎翁完全一样。作者的意念、感情、美德和劣迹,并不能被认为与其作品中的角色一样。这不仅对剧本或小说中的人物而言是如此,即使对于抒情诗中的"我"而言,也是如此的。作者的私人生活与他的作品之间的关系,绝不只是简单的因果关系。

以上一段韦氏以莎士比亚为例证,以说明时代较早的作者其作品并不可用为写传记之材料,也就是说作品与作者之生平并无必然之关系。这一段因为东方与西方文学理论观念之歧异,以及韦氏自己立论的不够精密,值得讨论的地方很多,容后评论。下一段,韦氏则又以时代较晚的作者为证明,提出了相反的另一种说法:

虽然拥护以作者生平做文学研究的人将要反对这些说法,他们会说,自从莎士比亚(1564—1616)的时代以后,情形已经改变了,许多诗人都留下了丰富的传记材料,因为诗人们已经开始自我意识着他们的著作将把他们展现于后代人的眼目中,像弥尔顿(Milton,1608—1674)、蒲柏(Pope,1688—1744)、歌德(Goethe,1749—1832)、华兹华斯(Wordsworth,1770—1850)以及拜伦(Byron,1788—1824),他们留下了许多自传性的叙述,同时吸引了许多与他们同时代的人们的注意。对于作者生平之研究的着手,现在似乎容易了,因为我们可以把作者生平与他们的作品互相核对了。而且实在说来,这一方面的研究之着手,甚至乃是被诗人们自己邀请和要求着了。尤其是浪漫派的诗人,他们往往在诗歌中叙

---

① 莎翁《亨利四世》一剧中之女角。
② 莎翁《奥赛罗》一剧中之角色。
③ 莎翁《暴风雨》一剧中之角色。

写他们自己以及他们心中内在的感觉,像拜伦甚至于带着他的"痛苦之心的展出"(pageant of his bleeding heart)周游欧陆。这些诗人们不仅在私人的信件、日记和自传中叙述自己,甚至在最严肃的正式著作中亦复如此,像华兹华斯的《序曲》(*Prelude*)就公然地是一篇自传。对于这一类有时候在内容甚至语气上都与私人信件无异的作品,我们如果不承认它自己所标明的表面价值,不用作者生平来解说他们的作品,不把作品看作为像歌德所说的乃是"一篇伟大的自白之一部",那将是极困难的。

以上一段韦氏主要意在说明较莎翁时代为晚的某些作家,尤其是浪漫派的作品,他们的生平与作品之间则有较密切之关系,而且作者往往宣称他们的作品就是自传,这就是韦氏所说的"所标明的价值",也就是说不得不承认作品为自传之一部分。

关于作品与作者生平之关系除了前面所提出的时代先后的问题,派别不同的问题以外,下面韦氏更提出了另外一个主观与客观的问题:

> 当然我们应该区分开两种不同的诗人:客观的诗人和主观的诗人。客观的诗人如济慈(Keats)和艾略特(T. S. Eliot)都强调诗人的"否定的性能"(negative capability)对世界之没有自我成见,以及自己个人性格之泯灭;[①]而与此相对的另一型主观的诗人,则致力于表现自己之个性,企图替自己画出一幅肖像,来表白自己,说明自己。在历史上,据我们所知,有很长一段时期只有第一类客观的诗人,在他们的作品中,自我说明的成分极小,虽然其艺术价值可能很高。像意大利式的短篇故事、侠士型的传奇,以及文艺复兴时期的十四行诗、伊丽莎白时代的戏剧、自然主义的小说和大部

---

① 见济慈致伍德豪斯(Richard Woodhouse)书信及艾略特撰《传统与个人之才能》(*Tradition and the Individual Talent*)。

分的民歌都可作为此种文学的例证。

此一段韦氏将诗人分为主观的与客观的两种类型。而后面举例时则提到了故事、戏剧、传奇等以为客观诗人之例证,这与中国文学理论的观念也有些不尽相同之处,容后评论。而下面韦氏则又提出了主观的诗人来讨论说:

> 但是,即使是主观的诗人,一篇自传性质的个人叙述,是不能被消灭的。一篇文艺作品要在很不同的水准上形成一种和谐,如果以之与一本回忆录、一篇日记或一封信相比较,其与现实之间的关系是极不相同的。唯有对作者生平之研究的方法误解的人,才会把一位作者实生活中的私人文件,而且往往是一些最偶然的无关轻重的文件来当作研究中心。在这种情况下,他们把诗歌用实际生活的文件来解说,而且按照一种完全与诗的公正评价无关或甚至相反的尺度来评量作品,因此勃兰兑斯乃轻视莎士比亚的《麦克白》一剧,以为不足注意,因为那与他所要叙述的莎翁的人格个性没有什么重要关系;同样的金斯米尔(Kingsmill)也因为同样的缘故而不满意于阿诺德(Arnold)的《索拉勃和罗斯丹》(Sohrab and Rustun)。

此一段韦氏在说明即使是一位主观的诗人,如果以现实生活来解说或批评他的作品也仍是并不完全正确的。下面韦氏就对此一点再加以申述:

> 一篇文艺作品,即使其间无疑地含有自传性的成分,但当这些成分被放入一篇作品中时,也将要被重新安插和改变。因此它们将失去它们的特殊的个人意义而成为仅只是一般的具体性的人类的素材,只是一部作品中构成整体所必需的因素而已。雷曼·费南德兹(Ramon Fernandez)在对司汤达(Stendhal)的批评中,曾经

使人信服地说明过这一点。此外,迈耶(Meyer)也曾经指出过华兹华斯的公然属于自传性的《序曲》,在其作品所描述的过程与作者华兹华斯的现实生活间是有着怎样大的差异。

此一段韦氏仍是继续前一段的论点,而举华兹华斯的《序曲》为例,以说明作品与真实生活间之差异。这尚不过仅以事实为证而已。后面韦氏就更从理论上来加以说明:

> 把艺术看作只是单纯的自我叙述,是个人感情和经验的副本,这整个的观点显然是错误的了。一篇文学作品与作者之现实生活间即使有着极密切的关系,也不能以为这就意味着文学作品只是现实生活的副本。重视作者生平一派的看法,忘记了一篇文学作品不仅是经验的记录,它有时也是一系列同类作品中最新的一件作品。它是一本戏曲、一部小说、一首诗歌,是被确定了的,也就是说以文学的传统和惯例而论,它的体式是被确定了的,重视作者生平的人,他们的看法实在使真正的文学过程的含义混淆不清了。因为他们把文学的传统的过程破坏了。而想以个人的生活圈子来替代。这一派人的看法,也不注意极简单的心理事实,一篇文学作品也许只是作者的梦的形象化。这种可能性较之是作者之现实生活的可能性更大,也可能只是作者的一副假面具,一个相反的自我,而作者真正的性格却在后面隐藏起来了。也可能只是一种生活的描绘,而这种生活乃是作者要从其中逃避出去的。此外我们也不要忘记,一位艺术家从艺术的观点来体验人生与实际的经验人生可能是很不相同的。他是从文学艺术方面的用途来看实际的人生经验,因此他所见的一切也已经有一部分早就染上了艺术的传统的色彩了。

这一段韦氏在说明:一篇文学作品自有其文学方面之传统的价值

与意义。我们绝不可能等量齐观地仅视之为现实生活之记录。下面韦氏就分别举例来证明他的论点：

> 我们要下结论说关于作者生平的叙述以及他每一篇作品的引用,都需要在各种情形下小心地加以考察和检定。因为作品并不是作者生平的证明文件。对于像葛莱·黛韦德(Gladys I. Wade)女士的《特拉赫恩的生平》(Life of Traherne)一书,我们一定要郑重地表示怀疑。因为她把特拉赫恩的每一首诗歌中的叙述都当作精确的传记的实事了。还有许多有关勃朗特姐妹(Brontes)和《维莱特》(Villette)的整段的叙述,这也同样值得怀疑。更有一位维吉尼亚·穆尔(Virginia Moore)女士曾写过一本《艾米莉·勃朗特之生活与渴望的死亡》(The Life and Eager Death of Emily Bronte),她认为艾米莉一定曾经经历过像希斯·克利夫(Heath Cliff)[①]一样强烈的爱情。还有一些人争论说一个女人一定写不出像《呼啸山庄》(Wuthering Heights)这样的作品来,真正的作者一定是艾米莉的兄弟帕特里克(Patrick),这正是同一类型的论辩。这种论辩曾经使人争论着说莎士比亚一定到过意大利,一定做过律师、做过军人、做过教师、做过农夫。对这种争论,爱伦·泰莉(Ellen Terry)[②]女士曾经给予了一个压倒性的回答,说根据这种论辩的标准,那么莎士比亚一定也做过女人。

以上一段韦氏举出了许多以作品来解说作者生平的错误的例证。而下面韦氏接着乃从相反的一面立论,来说明作品虽然不能简单地就被看作为作者生平的资料,然而却又确实可从作品中看出作者之个性：

---

① 艾米莉·勃朗特所著《呼啸山庄》一书中之主角。
② 与萧伯纳同时代的一位女演员。

但是,虽然有如上所举的一些愚蠢的例证,可以说并未除去文学中作者之个性的问题。当我们阅读但丁、歌德或是托尔斯泰的作品时,我们全知道作品后面的确有一个人。而且作者与其作品之间,无疑的是有着相似之点的。不过有一个问题该被提出,那就是实际的个人与其作品中所表现的个人之间该作一个明白的区分。把作品中被称为"人格表现"者,只看作一种象喻式的意义岂不是更好?在弥尔顿与济慈的作品中间有一种性质,我们可以称作弥尔顿式的(Miltonic)或者济慈式的(Keatsian),但是这种性质只能根据作品本身来决定,而从他们的生平事件则可能是无法探知的。我们可以认知什么是维吉尔式的(Virgilian)或莎士比亚式的(Shakespearian),而不需要任何有关这两位大诗人的真实确定的传记方面的知识。

这一段韦氏在说明:一位伟大的作者自有其特殊之风格,然而此种风格与作者生平之间,并无一定之关联。可是后面韦氏马上就又补充说明了作品与作者生平之间,仍然是有着某些可能的关系的:

当然,在作者生平与作品之间,仍然是有些相连的关系的。这种关系有时是正面的,有时是侧面的,有时是反面的。一个诗人的作品,可能只是一张面具,一种戏剧化的表现,但那也常常正是他自己经验的表现。假如从这种意义来区分,那作者生平的研究就有用处了。第一,无疑的那将有诠释的价值,它可以解释一个作者其作品中间的许多事迹,甚至作者所用的词汇。此外,传记式的体制也有助于我们研究最明显的文学史中的细微的发展问题。例如一个作者的发展成熟以及有时表现出衰退的过程。① 再者,作者

---

① 因为有些作者老年的作品有衰退的现象,有些则不然。

生平的研究也可以汇集一些与文学史有关的另外问题的材料。例如诗人所读的书,他与其他文人的个人交往关系,他的行踪旅程,他所见过的山川和住过的城市①等等。所有这些问题,都对文学史的研究有益。也就是说它们可以说明诗人在传统中的地位,他在形成过程中所受的影响,以及他所引用的材料等等。

以上一段在说明,作者生平之研究与作者作品之间有着某些注释性及文学史方面的用处。但是这种用处与文学作品之评价则并无关系。因此韦氏乃接着又说:

> 无论作者生平之研究对这些方面的重要性是如何,但如果将之归属于任何批评方面的重要性则仍是危险的,没有任何传记方面的资料可以改变或影响批评方面的价值。经常被人引用为标准的所谓"真实性",如果指的乃是作品与作者生平间的真实关系,如外在证件与作者经验或感觉之一致等,这样放在一起来衡量,那就是完全错误了。在"真实性"与艺术价值之间没有任何关系。那许多卷充满在图书馆中的不成熟的人们所写的带有强烈的感情的恋爱诗,以及带有沉闷之感的宗教诗,充分地说明了这一点(无论情感方面多么真实也无益于艺术之价值)。像拜伦的《别妻》(*Fare Thee Well*)一诗,并不能因为他把作者与其妻子间的真实生活戏剧化了而增减其价值。也不像保罗·爱尔·摩尔(Poul Elmor More)所说的,因为在其手稿上看不出泪水的痕迹便是一种"遗憾"[因为根据托马斯·穆尔(Thomas Moore)的记录所说是有泪滴在上面的]。只要这首诗存在就很好了,至于作者的泪水曾滴落在上面与否,这种个人情感早已过去了。那是不可查考也不需

---

① 如艾略特《荒原》(*The Waste Land*)一诗中之 Unreal City 即为伦敦附近一真实之所在。艾氏曾在彼处工作。

查考的了。

这最后一段,韦氏在说明传记方面的"真实性"并不足以增减其作品之艺术价值。我想这乃是韦氏在本文中最精要的一段见解。而且是用之古今中外皆准的一种看法。虽然这看法并非韦氏之所独创。

综观以上韦氏的理论,其与中国文学传统相歧异之处,最重要的约有二点。其一,韦氏以为时代较早之作者其作品与生平之关系较少,且举莎士比亚为例证,以为在莎翁之剧作中个人之色彩极少。这一点在中国就并不适用。莎氏约生当1564年至1616年之间,而中国最早的一位伟大的诗人屈原则大约生当公元前340年至公元前278年之间,以时代之先后论,屈原要比莎士比亚早了十八个世纪,可是屈原的作品《离骚》中所表现的个人色彩则极为浓厚,这是韦氏的理论并不完全适合中国文学传统的第一点。其二,韦氏把诗人分为主观的与客观的两种不同的类型,且举济慈与艾略特的理论为证,以为诗人写诗应该把个人性格泯灭,这种说法也同样不适合于中国文学的传统观念。

关于这两点歧异,以下我将分别加以讨论。先说第一点,我以为韦氏以时代先后来分别作品与作者生平之间关系的密切与否,这种理论从根本上就是不够周密的。因为虽然时代较早的作者可能留下来的生平资料较少,可是资料的少并不就代表着其间关系的减少。作品与作者生平之间的关系,主要并不在于时代之先后,而在于其作品之体式的不同及作者性格之不同。试举杜甫诗与关汉卿的杂剧相较,则杜甫比关汉卿要早四百多年,可是杜甫的诗与作者生平之关系却要较关汉卿杂剧与其作者生平之关系密切得多。又如辛弃疾的词较之吴承恩的小说《西游记》也早了将近四百年之久,可是辛氏的词与其个人生平之关系当然也较吴氏的小说要密切得多。那主要的实在乃因为就文体而言诗词原来就多是主观的抒情之作,而戏剧小说则多是客观的反映人世诸相之作。因此诗词等作品中所表现的作者的"我"的成分较多,而戏剧小说等作品所表现的"我"的成分则较少。此岂不为作品与作者生平关系之密切与否乃在于文体之差异而不在于时代之先后的一大明证?而韦氏竟将剧作家莎士比亚、小说家司汤达、勃朗特诸人与诗人歌德、华兹华斯诸人相提并论,而丝毫不注意其文体之差异,这是韦氏的疏失之一。再则时代相近、文体相近的作者,有时又会因作者性格之差异,有表现自我的成分较多或较少的不同。如马致远与关汉卿为同时代之作者,且同为剧作家,而马氏作品中所表现的自我的成分则较关氏为多,如其《黄粱梦》《任风子》《陈抟高卧》等剧都表现了作者某种一贯的厌世的观点。又如《红楼梦》与《西游记》虽同为小说,但《红楼梦》中所表现的作者曹雪芹的自我成分则远较《西游记》为多。凡此种种又可证明,除了文体的差异外,作品与作者生平关系之密切与否,有时也可能与作者之性格有关,而却绝不关系于作者时代之先后。总之韦氏在本文中所说的"要在历史上区分出两种不同的时代,因此答案也就可以分为否定与肯定的不同的两类(按:指是否可据作品为作者传记,据作者传记解说作品)",这种全以时代为依的论点,乃是并不十分周至妥适的一种说法。

第二点使我们不易接受的观点,则是韦氏把诗人分为主观的与客观的两种不同之类型的说法。就中国文学之传统而言,诗歌乃是一向以"言志"为主的,从《尚书·尧典》的"诗言志,歌永言",以及《毛诗·大序》的"诗者,志之所之",这种主观的"言志"的观点,早就在诗人的心目中根深蒂固了。虽然中国的传统上,对"言志"二字的解释有着狭义与广义的两种不同的看法,狭义的看法,以为"言志"的"志",乃是指如《论语》中孔子所说的"盍各言尔志"的"志"而言;此所谓"志"乃专指有关用世之怀抱志意而言,颇近于所谓"载道"之意;而另一种较广义的看法则是把"言志"的"志"看作泛指一个人自己的心志而言,凡心中之所思所感,都属于广义的"志",这种看法是把诗歌只看作缘情、发抒情感的作品而已,与"载道"的观念颇相对立。因之洪炎秋先生的《文学概论》就曾把中国历代的文学作品都分别归入了"载道"与"缘情"的两大类型,这正是中国文学传统的一贯看法。但总之无论其为载道型的言志之作,或缘情型的言志之作,在中国传统的观念中,其作者都该属于"主观的诗人"之型,而根本就没有"客观的诗人"一观念的存在。这与西方文学之自希腊史诗发展下来,从开始就有着客观观念存在的传统,是颇为相异的。中国文学传统中虽没有"客观的诗人"之一观念的存在,但中国文学史上却并非没有属于客观一型的作品。戏剧小说等原以客观表现为主的作品姑且不论,即以诗歌的作品而言,例如汉魏乐府中的一些叙事诗,山水诗中一部分纯然写景之作,齐梁之间的宫体诗以及五代的一些艳词,就都是并没有鲜明的作者个性的作品,汉魏乐府叙事诗原多为无主名的作品,姑且不论,即如山水之诗、齐梁宫体及五代艳词,纵使是有主名的作品,当我们读这些作品时,也往往可以仅只面对作品本身的艺术成就来欣赏,而不必对作者生平做深入的研究和了解。但反之如果是作者个性鲜明的作品,如陶渊明、杜工部的诗,我们就不得不想到"颂其诗,读其书,不知其人,可乎?是以论其世也"的古语,而对他们的生平、个性及人格,甚至他们的时代都做进一步的了解。否则,就无法深入去欣赏他们的作品了。是则中国传统中虽无"客观的诗人"之一观念,而中国诗歌作品中却确实有着主观的与客观的两种不同类型的作品,客观的作品与作者生平之关系较少,主观的作品与作者生平之关系较多。虽然中西方观念并不尽同,中西方所谓客观之作品其性质也并不尽同,但客观之作品与作者生平关系较少则是相同的。

　　至于韦氏全文中最精彩的一段,则乃是在于他所提出来的纵使作品中含有"自传成分"也不当仅只注意其"个人意义",而当将之视为

"一部作品中构成整体所必需的某种素材",以及传记方面的"真实性"并不足以增减其"作品之艺术价值"的话,这种看法不仅是放之古今中外而皆准的正确看法,而且更特别值得我们研究中国文学的人反省,因为中国文学传统一向过于强调作者主观的"言志"的作用,经常喜欢以作者之生平及人格来作为衡量作品的标准,这对于文学之艺术的成就而言,乃是并不正确的一种尺寸,韦氏的文章恰巧可以唤起我们对这一方面的省察和觉悟。这是极可重视的一点。

还有韦氏又曾提到有些作品虽然与作者生平的关系并不密切,但"作品后面"又"的确有一个人",所以我们可以称某种作品为弥尔顿式的、莎士比亚式的、济慈式的、维吉尔式的,韦氏以为我们将之看作"一种象喻式的意义",这种说法也稍嫌含混,似乎只言其然,而未言其所以然,其实这种种不同的风格之形成,主要的原因似乎乃在于每一位作者各有其接触事物、表现事物、思索事物的不同角度与不同途径,这种差异与其所表现的内容为何物并无必然之关系,所以作者虽然在作品内容中并不表现自我而却依然免不了在表现的方法上有其所习惯的某种个人色彩,这就是莎翁戏剧中虽不必有莎翁之自我,而风格上都仍有其个人特色存在的缘故。

最后我要说明一点,就是韦氏本文原来就仅为概念式叙述,因此我于评述时也就只简略地作概念的评说,对其中某些值得讨论的问题,如文学中是否有完全主观的与客观的作品之存在,作品中是否有真正自我之存在,中国文学理论中是否暗示有客观观念之存在等都并未曾详加说明,这是要请读者原谅的。

《我的诗词中之杜甫》及后记

《杜甫研究·创刊号》出刊在即,杜甫研究会来函邀稿,仓促间无以报命,因录旧日诗词中有关杜甫之作计六题十五首,聊表祝贺之意。

一、《鹧鸪天》一首　1943 年作

　　叶已惊霜别故枝。垂杨老去尚余丝。一江秋水蘋开晚,几片寒云雁过迟。　　愁意绪,酒禁持。万方多难我何之。天高风急宜猿啸,九月文章老杜诗。

二、《归国纪游》绝句十二首(录二)　1977 年作

其　一

　　诗中见惯古长安,万里来游鄠杜间。
　　弥望川原似相识,千年国土锦江山。

其　二

　　天涯常感少陵诗,北斗京华有梦思。
　　今日我来真自喜,还乡值此中兴时。

三、《旅游成都及三峡》绝句九首(录五)　1979 年作

其　一

　　一世最耽工部句,今朝真到锦江滨。
　　两字少城才入耳,便思当日百花春。

其 二

早岁爱诗如有癖,老游山水兴偏狂。
平生心愿今朝足,来向成都谒草堂。

其 三

想像缘江当日路,只今宾馆是青郊。
欲知杜老经行处,结伴来寻万里桥。

其 四

少陵曾与鸬鹚约,一日须来一百回。
若使诗人今尚在,此身愿化鸬鹚来。

其 五

舟入夔门思杜老,独吟秋兴对江风。
巫山不改青青色,屹立诗魂万古雄。

四、《自温哥华乘机返国参加将在成都举行之杜甫学会机上口占》绝句一首　1980年春作

平生佳句总相亲,杜老诗篇动鬼神。
作别天涯花万树,归来为看草堂春。

五、《旅游有怀诗圣赋五律五章》　1982年春作

其一　过兖州

垂老归乡国,逢春作远游。因耽工部句,来觅兖州楼。
平野真无际,白云自古浮。千年诗兴在,瞻望意迟留。

其二　游曲阜

曾叹儒冠误,当年杜少陵。致君空有愿,尧舜竟无凭。
毁誉从翻覆,诗书几废兴。今朝过曲阜,百感自填膺。

其三　登泰山

髫年吟望岳,久仰岱宗高。策杖攀千级,凌风上九霄。

众山供远目,万壑听松涛。绝顶怀诗圣,登临未惮劳。

其四　游济南

历下名亭古,佳联世共传。因兹怀杜老,到此诵诗篇。
海右多名士,人间重后贤。词中辛李在,灵秀郁山川。

其五　在成都草堂参加杜甫学会第二次年会

锦里经年别,天涯忆念频。重来心自喜,又见草堂春。
笼竹看弥翠,鹃花开正新。盍簪溪畔宅,盛会仰诗人。

六、《赴河南巩县参加杜甫学术讨论会因谒杜甫故居口占》五律一首　1984年作

巩洛中州地,诗人故里存。千年窑洞古,三架土峰尊。
东泗余流水,南瑶有旧村。山川一何幸,孕此少陵魂。

后　记

以上所录,是我平生所写诗词中有关杜甫的一些作品。我学习旧诗的年龄颇早,开蒙的读本是《唐诗三百首》。那时我大概只有五六岁,对于书中所选的几篇杜甫诗,虽然也大多能熟读成诵,但对之却并没有深入的理解,因而也并没有特别的喜爱。不过杜甫诗却仍给我留下了颇为深刻的印象,即如其《望岳》一诗所写的对于泰山的崇仰和攀登,《佳人》一诗所写的一个经过乱离的女子不幸的遭遇,《赠卫八处士》及《梦李白》诸诗所写的诚挚动人的友情,以及人世之死生离别与祸福荣辱的沧桑,凡此种种,就都曾使我当时尚属童稚的心灵,感到了一种触动和激荡。此外杜甫诗的音节声调之美,也曾给我留下了深刻的印象。因为我的伯父和父亲居家无事时,都喜欢高声吟唱诗篇,所以我从年龄很小时就也学会了诗歌的吟唱。而当我诵习《唐诗三百首》时,遂产生了两种不同的感受,那就是对于某些诗我可以默读欣赏,但

并不产生要吟唱的感觉；而另一些诗则虽在默读中，也使我有一种想要吟唱的冲动。杜甫诗所给予我的就是后一种感受。特别是他的一些五、七言律诗，所给我的这种感受尤为强烈。不过，以上所言都只是我童年时读杜甫诗的一些直觉的感受，至于杜甫诗真正的好处何在，则我在当时可说是丝毫未曾了解的。

  我之对杜甫诗有了较深入的了解，可以说是在经历了一段忧患后才开始的。当我读初中二年级时，发生了"七七事变"，北平沦陷，落入日军的统治之中。我的父亲则随工作的迁转，去了遥远的抗战后方，只剩下母亲带领我和两个弟弟，羁留在被敌人统治的沦陷区中。四年后，当我刚考入辅仁大学国文系时，母亲就病逝了。而我既进入了大学的国文系，当然也就读诵了更多杜甫的诗篇。而也正是这种环境和心情，遂使我对杜甫在天宝乱离中所写的诗篇，产生了极大的共鸣。再加之当时担任我们"唐宋诗"课程的老师顾随羡季先生也是杜诗之崇爱者，对杜诗中所蕴含的博大深厚的感情及生命力最为推重，尝谓杜甫对于忧患苦难，既有正视的勇气，更有担荷的精神；又谓杜诗声调之美，不能只简单视之为一种音节之美，以为杜诗之声音节奏，也同样是他的生命及感情的一种力与热的表现。羡季师的话曾给了我很大的启发，也更加深了我对杜诗的赏爱和理解。本文前面所抄录的第一篇作品《鹧鸪天》词，就是我在大学读书时的习作。

  这首词开端所写的已经"惊霜"和"别故枝"的"叶"，当然就是当年在沦陷区中，父亲既已远去后方，而母亲又因病逝世之后的我自己的写照。"寒云""过雁"则流露了我对久无音信的父亲的怀思。"垂""丝"的"老"柳，与"藕开"的"秋水"，则表现了在沦陷中的故都景物之凄凉。至于下半阕的"万方多难"则是用杜甫诗句来写当日抗战中的多难的国家，而最后两句则更是明白地举引了杜甫《登高》一诗的诗句，表现了在忧患之中杜甫诗所给予我的启发和感动。因为杜甫在

《登高》一诗中所写的"风急天高猿啸哀,渚清沙白鸟飞回。无边落木萧萧下,不尽长江滚滚来"诸句,就正如羡季师所云,虽然他所写的景物乃是萧瑟悲凉,但在形象与音节中,却仍充满了一种飞扬激越的精神,仍然是他的生命中的力与热的表现。而我这首词的结尾一句所写的"九月文章老杜诗",就正是对杜诗中这种精神的歌颂和赞美。

第二组的《归国纪游》诗,是我于1977年从加拿大回国探亲旅游时在途中所作。这组诗距离我前引的第一首作品《鹧鸪天》之写作,已有三十四年之久了。在这一段漫长的时间内,我写作的诗词极少,这一则是因为我自1948年结婚赴台湾后不久就遭遇了意外的忧患,其间不复读书写作者盖有数年之久,此后又忙于教书兼课为养家糊口之计,也不复更有时间与心情为诗词之创作。不过我虽然不复写作有关杜甫的诗篇,然而我与杜甫诗却不仅未曾疏远,而且反而有了更密切的交往。那就是我在台湾的几所大学中,分别开设了"杜甫诗"的专书课程,而且写作了多篇有关杜甫诗的论文。记得当戴君仁先生与许诗英先生两位老师要在台湾大学和淡江大学为我开设专家诗的课程时,都曾亲自来询问过我要开哪一家的专家诗,而我则都毫不犹豫地答以"杜甫诗"。关于我选开杜甫诗的理由,后来我在《论杜甫七律之演进及其承先启后之成就》一篇长文中,于论及杜甫集大成之成就时,也曾经有过叙述,说"面对如此缤纷绚烂的集大成之唐代诗苑,如果站在主观的观点来欣赏,则摩诘之高妙、太白之俊逸、昌黎之奇崛、义山之窈眇,固然各有其足以令人倾倒赏爱之处,即使降而求之,如郊之寒,如岛之瘦,如卢仝之怪诞,如李贺之诡奇,也都无害其为点缀于大成之诗苑中的一些奇花异草。然而如果站在客观的观点来评量,想要从这种种缤纷与歧异的风格中,推选出一位足以称为集大成的代表作者,则除杜甫而外,实无足以当之者。杜甫是这一座大成之诗苑中根深干伟、枝叶纷披、耸拔荫蔽的一株大树,其所垂挂的繁花硕果,足可供人无穷之玩赏、无尽之采撷"。关于杜甫之所以能达致此种"集大成"之成就,我以为最基本的一点乃在于杜甫既秉有一种均衡而博大的才性,又具有一种均衡而博大的容量。我在该文中也曾提出:"杜甫是一位感性与知性兼长并美的诗人。他一方面具有极深且极强的感性,可以深入于他所接触到的任何事物之中,从而把握住他所欲攫取的事物之精华。而另一方面他又有着极为清明周至的理性,足以脱出于一切事物的蒙蔽与拘限之外,做到博观兼采而无所偏失。这种优越的禀赋,表现于他的诗中,第一点最可注意的成就,便是汲取之博与途径之正。"就诗歌之体式风格方面而言,无论古今长短各种诗歌之体式,"他都能深入撷取尽得其长,而且不为一体所限,更能融会运用,开创变化,千汇万状,而无所不工"。因此遂使得他在风格体式方面,达到了一种"集大成"的境界。而另外若就其修养与人格之情意方面而言,则杜甫更是超越了一般诗人之上,而达到了一种"集大成"的境界,那就是他的"诗人之感情与世人之道德的合一"。因为杜甫诗中所流露的道德感"并不是出于理性的是非善恶之辨,而是出于感情的自然深厚之情"。所以纵然是在千载以下读之,杜甫诗中"所表现的忠爱仁厚之情",也仍然是"满纸血泪,千古常新"。记得羡季师当年讲诗时,曾经屡次提到过诗歌中感发生命之深浅厚薄,实在与诗人感情之关怀面的深浅厚薄有着密切的关系。有一些小有才气的诗人,常喜欢玩弄其才气,欲以新奇诡异取胜于人,这类作品虽偶尔亦能吸引人之赏玩与注意,但终乏博大深厚之感发生命。而杜甫之所以能达致其集大成之成就,主要就正因为他在艺术之才性方面,既有着均衡而博大的容量,而且在感情之心性方面,又有着深厚而博大的关怀的缘故。当我提出愿开授"杜甫诗"专书之课程时,我的愿望就是想把杜甫的艺术之才性与感情之心性两方面的深厚博大的特质,与同学们一起做一次反思的探讨。因此我在讲授时,乃是按照编年的顺序结合着杜甫的生平来讲授的。我以为像杜甫这样真正用自己的生命来写作诗歌的诗人,我们在讲授他的作品时,实不应只拘限于知识的讲授,而更要能传达出杜甫诗中那一种深厚博大的感发的生命,才庶几可以不致愧对这一位伟大的诗人。虽然我自己的讲授并不能真正达到自己的理想和愿望,不过我在讲授杜甫诗时,则确实是充满了自己的感动之情的。那时我身在台湾,离开了自己的故乡已有十余年之久,因此每当我讲到杜甫怀念乡国的诗,总会在内心中引起一种深切的共鸣。我还记得有一次当我讲到杜甫《秋兴八首》中"每依北斗望京华"一句时,曾经不能自禁地在语调中流露出一种欲泣的哽咽。正是因为我对杜甫诗怀有这一种深切的感情,所以当1977年我自己真的来到杜甫诗中所心心念念的长安时,才会内心中充满激动之情,而写下了第二组《归国纪游》诗中的两首七言绝句。

记得当年旅游时,我曾带着自己的女儿言慧去参观陕西西安市长安县的韦曲一中,当时接待我们的有一位姓罗的教育局处长,也是学中文的,当他陪同我们各处参观时,就曾遥相指点,告诉我们那一方的远林就是樊川的所在,而这一方的土坡,就是唐代所称的少陵原。而这些原是我在唐诗中早已熟悉的地名,所以当日亲临其地,乃感到特别的兴奋和亲切。我诗中所说的"弥望川原似相识","川"就指的是樊川,而"原"所指的当然就是少陵原,并非只是泛说而已。而"天涯常感少陵诗,北斗京华有梦思"二句,所写的也确实是我当年在台湾讲杜甫《秋兴八首》诗时的真实的感动,也非仅只是泛说而已。何况1977年正值"四人帮"倒下去不久的时候,大家都对"文革"乱后祖国大陆的重新振起抱有莫大的期望,所以我才在诗中写了"今日我来真自喜,还乡值此中兴时"两句充满欣喜和祝愿的话语。

第三组诗的写作,距离前一组诗有两年之久。正是因为我1977年从加拿大回国旅游时,沿途看到很多人在"文革"过后重新燃起的读书——特别是读诗——的热情,于是遂使我也兴起了回国教书的念头。

因此我于1978年就向中国驻加拿大使馆提出了回国教书的申请,而在1979年的春天,我真的就回国来教书了。我先后在北京大学和南开大学讲了三个多月的课,当暑假开始时,接待的单位要安排一些教师去旅游,当时有两条不同的路线可以选择,其中一条路线就是成都及三峡。而我之所以选择了这一条路线,当然也还是因为这是杜甫曾经居住和经游过的地方。记得当我们乘车进入成都市不久,忽然听到有人说下面要经过的地方是少城,于是我就觉得心中忽然一振,当即想到了杜甫《江畔独步寻花七绝句》中的"东望少城花满烟,百花高楼更可怜"的诗句。及至住入旅馆中后,又听人说万里桥就在附近,于是我又立即就想到了杜甫《狂夫》诗中的"万里桥西一草堂,百花潭水即沧浪"的诗句。因此放下行李后,当天傍晚就请人带路忙着去寻万里桥了。而在路上行走之时,我就又想到了杜甫《堂成》一诗中的"背郭堂成荫白茅,缘江路熟俯青郊"两句诗。所以我在诗中所写的"两字少城才入耳,便思当日百花春"和"想像缘江当日路""结伴来寻万里桥"等句。诗虽不佳,但却确实是我当时一种真切的兴奋之情。而最使我兴奋的,则是第二天草堂的游访。大概从我幼年初读唐诗开始,就常听伯父谈起杜甫曾在成都住过的草堂,而那时的中国既正在离乱之中,我的年纪又小,当然无法去游访草堂,但却自那时起,我就已开始对于草堂有一种强烈的向往之情。及至我在台湾开始讲授杜甫诗,把杜甫在成都所写的有关草堂的诗一首首讲下来时,杜甫当年在成都草堂生活时的一切景物情事,遂恍如生了根一样在我的心中成长起来。但当时的台湾与大陆却一直在严密的隔绝与封锁之中,我那时实不敢想何年何月我才能真的重回故乡,前往成都一访我多年来所魂梦牵萦的草堂。而这也正是何以我在当年讲杜甫《秋兴八首》的"每依北斗望京华"一句诗时常有欲泣之感觉的缘故。而如今我居然美梦成真,果然真的来到了草堂,则其欣喜兴奋自不待言。所以我才极为激动地写下了"平生心愿今朝足,来向成都谒草堂"与"若使诗人今尚在,此身愿化鹁鸪来"的诗句。其后二日,乃自成都转赴重庆,然后登上了由重庆去武汉的江轮。在船上过了两夜,除去眠食的时间以外,我大多都是伫立在船头,眼中贪婪地观览着峡中的景色,脑中闪过的则是古人所写的有关三峡的一篇篇作品。说来也奇怪,当我脑中闪现出古人作品的时候,一般情况都只是读诵文字的声音,但唯有当杜甫的《秋兴八首》在我脑中闪现时,所伴随的则是想要开口大声吟唱的冲动。虽然在船头众多游人的面前,我未敢真的高声吟唱出来,但在我的感觉中这八首诗的声调却实实在在一直回荡在我的耳畔与心中的。杜甫之感情人格及其诗歌艺术成就之伟大,则直欲与巫峡两侧蓊郁之青山万古争高。这种感觉,是我在读诵其他人之诗句时所从来未曾有过的。所以我才在诗中写下了"巫山不改青青色,屹立诗魂万古雄"的句子。

正由于我在1979年曾经从加拿大回国教了三个多月的书,因而结识了许多位在各大学中文系教书的朋友。于是在1981年春天,当杜甫学会在成都草堂召开第一次大会时,国内的友人就给我寄来了邀请函。当我收到此函时,距离开会的日期已经很近,且正值我所任教的加拿大的大学即将举行学期考试之际,本来并不易抽暇前往开会,但因为开会的地点是在成都的杜甫草堂,我想在如此可纪念的诗圣故居之地,来和祖国的学人一同交流研读杜诗的心得,该是极为难得的一次宝贵的机会,因此便匆匆摒挡一切订了机票,决定要回国参加这一次的会议。那时正当4月中温哥华市到处繁花似锦之际,但我所心想的则是草堂的春天一定更美。所以上了飞机后,我就口占了一首七言绝句,那就是本文前面所录的第四首,题为《自温哥华乘机返国参加将在成都举行之杜甫学会机上口占》的那首诗。诗虽不佳,但诗中所写的"平生佳句总相亲,杜老诗篇动鬼神"二句,既是我平日读杜诗的真正的感受;下面的"作别天涯花万树,归来为看草堂春"二句,也是我当日登机时的真正的心情。而更值得纪念的一件事,则是在这次杜甫学会的草堂之会中,我得以结识了一位我夙所钦仰的前辈学人缪钺教授。缪先生读了我在本文前面所曾引录的第二组诗中的"天涯常感少陵诗,北斗京华有梦思"诸作,曾写七律一首相赠,有"锦里草堂朝圣日,京华北斗望乡心"之句,虽非专咏杜甫诗之作,但与杜甫诗也有一点渊源,因顺笔附记于此。

  第五组的五首五律,写于1982年春,与前一首诗的写作时间相距不过一年。原来我自1979年返国教书后,国内遂有多所大学相继做出邀请,于是我就向加拿大的校方申请了一年休假,于1981年暑期返回国内,先在天津南开大学教了一学期,然后利用寒假应云南大学之邀去做了短期讲学,寒假后则开始在北京师范大学教课。而四川大学的缪钺先生则屡次来函坚邀我去川大讲课,并拟订了要与我合撰《灵谿词说》的计划。于是我遂不得不商得了北师大的同意,缩短了讲课的日期,在春假中就结束了北师大的课,利用假期赴山东各地旅游了一次,然后就转去了成都。这一组的五首诗,就都是我在旅途中随时即兴口占的作品。大概是因为我在各校讲课都讲到了杜甫诗,这次旅游的路线又恰好都是杜甫当年"放荡齐赵间,裘马颇轻狂"时代的经游之地,所以一路走下来,就经常有杜甫的诗句在我的脑中不断地闪现。这一组的五首诗之写作,可以说都是由我所记诵的杜甫的诗句引发出来的。即如《过兖州》一诗中的"平野真无际,白云自古浮"二句,就是从杜甫《登兖州城楼》一诗中的"浮云连海岱,平野入青徐"二句引发出来的;《游曲阜》一诗中的"曾叹儒冠误"及"致君空有愿"诸句,则是从杜甫《奉赠韦左丞丈二十二韵》一诗中的"纨袴不饿死,儒冠多误身"及"致君尧舜上,再使风俗淳"诸句引发出来的;《登泰山》一诗,则更是从开端的"髫年吟望岳,久仰岱宗高"二句,就点明了这首诗乃是从杜甫《望岳》一诗中的"岱宗夫如何"及"会当凌绝顶"诸句引发出来的;《游济南》一诗,也是从开端的"历下名亭古,佳联世共传"二句,就点明了这首诗乃是从杜甫《陪李北海宴历下亭》一诗中的"海右此亭古,济南名士多"一联引发出来的。不过,我所谓的"引发"绝不是对杜甫诗句单纯的引用,而是由杜甫的诗句真正引生了我自己的感发。即如《过兖州》一诗,开端二句所写的"垂老归乡国,逢春作远游"二句,就充满了我自己真正的感动。我自1948年离开自己的故乡,在外辗转流寓有三十年以上之久,而在海外讲授中国的古典诗歌,又经常会引起我自己无穷的乡国之思。当我于1982年赴各地旅游时,已经是一个年近耳顺之人了。所以说,"垂老归乡国"这一句中就已蕴含了多年来我对自己之乡国的无穷的怀念。而现在在如此美好的春季,竟能有机会亲身回来一游我在诗歌中所熟悉的祖国的山河大地,所以说,"逢春作远游",此句虽看似平叙,但却实在包含了我极大的兴奋与感动之情。虽然杜甫诗中所咏的兖州城楼已经不复存在,但浮云不改,平野依然,杜甫诗所给我的感动,与我此日之登临瞻望的感动,其感发的生命则仍然是生生不已千古常新的。再如《游曲阜》一诗,则我在当时更是既致慨于杜甫的"致君尧舜"之志意的落空无凭,同时也致慨于"文革"中"批孔批儒"之愚妄无知,以致对中国之文化造成了痛深创巨的摧残。儒家之政治理想与道德修养,虽因其形成之时代的古老,而自有其时代之局限,在时移世易的今日自然已经有许多不完全适用之处,但我们却不得不认识到儒家的政治理想与道德修养中,实在也蕴含着数千年来之圣哲的一种智慧的结晶,其间也自有不少值得宝爱的精华之处。这正是今日想要重振中国文化的有志者所应深刻加以反思的。又如《登泰山》一诗,如前文所述,杜甫的《望岳》原是我自幼幼时期就早已熟诵的诗篇,而且从诵读这首诗开始,在我童稚的内心中,早已就抱存了想要一登泰山的向往,如今身临其地的兴奋自不待言。所以虽在"垂老"之年,也仍然奋力攀登。杜甫的"会当凌绝顶,一览众山小"的气概,在我辛苦攀登的过程中,确实给了我不少信心和勇气。再如《游济南》一诗,济南原是宋代两大词人李清照与辛弃疾的故乡,我来到这里后,自然也想到了这两位词人的许多名作。但说来奇怪,我从辛、李二人的作品中,却想不出有哪些句子可以像杜甫的"海右此亭古,济南名士多"二句,可以把济南之地灵人杰如此简净直接地都包容进去叙写;何况我一路上吟占的诗歌,原都以得自杜甫的感发为主,所以就仍用杜诗开端而却把杜诗中两句佳联中的"名士"引来与"后贤"相对,如此就自然从杜甫引到了辛、李,把宋代的两位词人也包含进去了。这当然只是一种巧合,但却也足以证明杜甫诗之包容性与感发性之广博与强大了。至于其五的《在成都草堂参加杜甫学会第二次年会》之作,则是以赋笔开端,直写我重到草堂之欣喜。正因为我已曾于前一年参加过杜甫学会的首次年会,且曾于该次年会中得与前辈学人缪钺先生相遇,并蒙其知赏,更邀我共同撰写论词之专著,则我此次重来之欣喜自可想见。所以说"经年别",说"忆念频",说"重来",说"又见",句句写的都是重来,也句句表现的都是欣喜。一切全出于自我之感发,而并不像前几首诗之出于由杜甫诗句所得之感发。不过我在此诗的结尾处,却仍有意地用了杜甫诗中的一个词语,那就是"盍簪溪畔宅"一句中的"盍簪"二字,此二字原出于《易经》"豫"卦四爻的爻辞"朋盍簪"之句,有群朋相聚之意。不过此一出典并不被一般作者所习知惯用。我之使用了此一词语,则是因为杜甫在其《杜位宅守岁》一诗中曾经写有"盍簪喧枥马"之句,所以我才有意地使用了此一词语,以求其与以上各诗皆曾引用杜诗之情况有一个呼应。并借之以加强此次会议之为纪念杜甫而召开的意义。

最后一首《赴河南巩县参加杜甫学术讨论会因谒杜甫故居口占》的诗,写于1984年5月。当时因得北大陈贻焮教授之推介,蒙山东大学萧涤非教授所主持的《杜甫全集》校注组相邀,参加了在杜甫故乡河南巩县所召开的《杜甫全集校注》讨论会。会期中曾先后参观了杜甫故居和笔架山前杜甫诞生之窑洞,以及南瑶湾村等地。我的诗本是纯属直写的纪实之作,固自知其不佳;但我对这一切有关杜甫之诞生与成长的相关之故地,则有着极亲切的一份景仰之情。记得当我1977年赴长安县旅游,接待的人告诉我说眼前的一片土坡就是少陵原时,我急忙要陪我一同旅游的女儿为我在这一片土坡前摄影留念。我的女儿曾经好奇地问我,这片土坡又没有什么美丽的风景,你为什么这么兴奋地要在这里照相?因为我女儿是很小就在国外生活的,对杜甫的生平与杜甫的诗歌都并不熟悉,所以在她的眼目中,这里就只不过是一个土坡而已。而殊不知在我的心目中,伴随着这一片土坡而展现的,则是杜甫的千载犹新的感人的诗句与千秋不死的精魂。如今在巩县杜甫故里所见到的一切景物,就仿佛也都披上了杜甫之诗魂的璀璨的光彩,所以我在这首诗中,于历叙了所见的诸处景物之后,乃结之以"山川一何幸,孕此少陵魂"二句,可以说就正是我自己对杜甫之诗魂的一片崇仰感动之情的真切表达。

就在我参加了在成都和巩县所举办的这三次有关杜甫的学术讨论会之后不久,上海古籍出版社的友人有心要把我以前于1966年在台湾出版的《杜甫秋兴八首集说》一书增订再版。我曾为此书写了一篇《增辑再版后记》。在该文中,我曾经简单地叙写了自此书初版后,我所获得的海内外的一些反响,并且在最后把我在海外与国内历次参加各种会议时所得的不同的感受,做了一番比较。我以为,"如果说我在海外所参加过的一些学术会议是属于纯知性的会议,那么我在成都草堂及河南巩县所参加的这三次有关杜甫的会议,则可以说是在知性以外兼具强烈之感性的会议";又说,"当我在成都草堂及河南巩县参加有关杜甫的会议时,我更从缪钺教授和萧涤非教授几位前辈学人的讲话中,深切地感受到了他们对于杜甫的一片尊仰爱慕的深挚之情。而当开会以后大家一同到有关杜甫的一些故地去参观游览时,杜甫诗中所叙写过的景物情事,就会同时涌现在每个与会人士的心中脑中。随便任何一个人吟诵或提起杜甫的一两句诗,都可以引起其他同游者的共鸣,仿佛当年写诗的杜甫也就正行走在大家的身边"。我以为如果单纯只就学术性的研究而言,则客观的态度与逻辑的思辨当然是极为重要的。在这方面,西方的研究方法与研究成果自然有不少值得我们尊重和学习之处。但如果就中国诗歌的传统而言,则中国诗歌的教学,实早自孔子之时代,就已曾提出了一个重视诗歌之兴发感动之作用的"诗可以兴"的传统。而如果从诗歌的兴发感动作用方面来看,则就我多年来读诵和讲授诗歌的体验而言,我以为杜甫诗中所蕴含的感发生命,较之其他诗人实在是更为深厚而博大的。所以我在前所引过的《增辑再版后记》一文中,就还曾记叙:"我在海外讲授中国古典诗多年,一般说来,我的研读范围与研读兴趣原是相当广泛的,对于不同时代不同风格的作者,也都可以取客观公正的态度来评赏。但在我去国日久思乡日切而一直还乡无计的一段年月中,我却逐渐发现最能引起我怀乡去国之思的,实在是杜甫的诗篇。"所以当我于1979年第一次从加拿大回国教书,在故乡北京与旧日之师友重聚时,就还曾写过一首绝句:"构厦多材岂待论,谁知散木有乡根。书生报国成何计,难忘诗骚屈杜魂。"这首诗后来在辗转相传中,曾经形成了三种不同的版本,其不同处主要在诗的最后一句。一种是"难忘诗骚李杜魂",这主要是因为后来当缪钺先生读到我这首诗时,曾经提了一个意见,说"屈杜"的"屈"与上面"诗骚"的"骚"重复,所以把"屈杜"改成了"李杜"。而我则争辩说就我的感觉而言,使我有强烈的家国忠爱之思的,实在是"屈杜"而并非"李杜",于是遂又有友人提议说"屈杜"既不可改,那就不如把上面的"诗骚"改成"诗中"两字吧。这种说法,就修辞文法言,也很有道理,但就我的感觉言,我却觉得"难忘诗中屈杜魂"之句,似乎只是一种通顺明白的叙述句,而不似我最初的"难忘诗骚屈杜魂"之句之带有一种直接的感发。我的诗当然鄙陋不足道,我不过只是想借此来说明,就我的感觉而言,杜甫诗中所表现的深厚博大的感发生命,是蕴含着强大的感染力的。然而一般说来,杜诗却并不容易被一些初学诗的年轻人所喜爱,这一则固然因为未经忧患的人不易了解杜诗透过忧患所表达的生命力,再则也因为初学诗的人往往只欣赏一些风花雪月的短小的诗篇,而对杜诗中的一些深厚博大的伟作,则反因畏难而感到了隔阂。所以王世贞的《艺苑卮言》中就曾经说,"十首以前,少陵较难入"。我不知道目前国内各大学院校中是否开设有"杜甫诗"的专书课程,如果只是在文学史的课程中对有关杜甫的事迹与诗作做一些简单的知识性的介绍,是很难使学生们对杜甫诗中所蕴含的深厚博大的感发生命有所体悟的。而如果生疏和冷落了对杜甫诗的读诵与传承,则不仅将造成中国古典诗歌之文化遗产上的一份重大的失落,同时对青年人之感情心性的培育方面,也将丧失掉一项重大的养育的资源。

我非常高兴地见到在杜甫的故里河南巩县有杜甫研究会的成立,也非常高兴地见到《杜甫研究·创刊号》的出刊。而我更期望能见到的则是能从杜甫的故里首先做起,在各级学校中多增加一些使学生们能学习吟诵杜诗的课内教学或课外活动,使学生们能从青少年时代起,就有一个接触和亲近杜甫之博大而深厚的感情心性的机会,则杜甫诗歌中感发之生命,必将生生不已,万古常新。

1996年5月5日写毕此稿于加拿大之温哥华

钟锦《词学抉微》序言

钟锦于2002年考入我的博士班,如他在《后记》中之所言,他之报考我的博士生,本来只是因为想要认识我的一个借口而已,他的本志原在研读西方哲学,而且也已经报考了复旦大学的哲学系,其后他竟同时被两校录取,而且更没想到的是他在已经顺利地取得了复旦哲学系的博士学位后,还竟然被我要求把论文改写到第三稿,才获得了我的仍不尽满意的勉强通过。我想钟锦定然理解,我之要他把论文多次加以改写,并非因他的不成材,而正是因为他是一个非常之材的缘故。如今他要出版的这一册书,事实上已经是他在论文的基础上改写出来的第五稿。今年暑期,他打电话到我温哥华的家中,要我为他即将出版的这一册书写一篇序言,而且郑重地要求我说,不要像一般人一样在序言中只写赞美的话。我以为钟锦之所以要我写这篇序言,是因为我对他在撰写中的艰苦有深切之了解,并非要我写空言的赞美。

钟锦不是一般寻常的学生。他虽本志在学西方哲学而不在学中国古典文学,但他对中国古典文学却实在不仅有着浓厚的兴趣,而且有着很深的基础。钟锦是个天性就喜欢读书的人,真可以说是爱书成癖,只要知道了有好书,就必然要得之读之而后快。他在少年时代就曾因喜爱稼轩词而无法购得,竟然把《稼轩词》全部抄录了一遍。而且如他自己在此书《后记》中所言,他也曾因为喜爱陈廷焯的《词则》和《白雨斋词话》的手稿影印本,而将之视为"不离左右的爱物",而当时他只不过是个十几岁的中学生而已。所以当他来到我的班上不久,就展现出了他的博学强识和思维敏捷、辩说纵横的才气。只不过因为他的博学多才而不免有些恃才傲物,如黄山谷评秦少游之所言"常欲轩轾人而不受世之轻重"。而我个人则是一个自幼诵读"圣贤书"而长大的颇为拘谨之人,所以也常常在为人方面给钟锦一些要他谦退的忠告。不过钟锦虽然恃才傲物,但另一方面他也有极重感情、极讲义气的一面,只是尚未能得其中道而已。至于在为学方面,则钟锦虽恃才傲物,却也颇能虚心受教,所以我虽要求他把论文改写多次,他也未尝稍有怨言。对于他过去所熟读记诵的一些诗句和词句,每当我指出他理解中的某些错误,他更是不仅能够一点即透,而且更能别具会心,加以灵活的运用。所以虽然在为人方面他颇有狂士之风,而我则是一个幼读"圣贤书"的儒家弟子,往往风格上有很大的差异,但师生之间却也颇有相得之乐。古语云"铁杵磨成针",又说"玉不琢不成器",以钟锦的才质之过人,我所望于他的是终有琢玉成器、磨杵成针之一日,而且也相信这一日的到来不会太远。

　　以上所言,实在都没有触及他这一册书之内容的一个字。这主要的缘故实在因为我对他的这一册书稿,一直尚未详读。今年暑期我温哥华的家中发生了一些事,一直在烦乱忙碌之中,而且我还在温哥华主持了一个为期两个月的清词讲座,我自己还赶写了一篇论朱淑真词的论文,又因机票延期发生了一些手续上的麻烦,更因我此次离家已是家中无人,不得不对许多琐事做出详尽周到的安排。所以一直拖延到登机前一日,我才把钟锦电传过来的书稿全部打印出来,准备带上飞机后再在飞行途中阅读。但我既已年老体衰无复当日的精力,所以登机后极为困倦,也依然未及详读。上周五深夜返抵南开大学,周六收拾了带回来的行李,还会见了自香港远道来的一位友人,又接见了一些学生。钟锦也曾打电话来,说知道我很忙,不过出版社催稿甚急,如来不及写,他可以先出书,我以后再补写这篇序言。但我深知钟锦希望我写序的诚意,而且我一直在忙碌中,以后再写又不知将拖到哪一日,所以乃决定先就我平日对钟锦的印象写了以上一些话。至于说到这一册书稿,则我虽未及详读,却也大致翻阅了一遍。钟锦最初在写论文时选择了从西方康德哲学来探讨中国词之美学特质的论题,我对之就曾持有既欣赏又怀疑的两种态度。欣赏的是对词之美感特质的探讨,这原也是我多年来所曾致力的一个课题,看到有后起之秀愿在这条路上继续走下去,这当然是一件深获我心的值得欣喜的事;怀疑的则是钟锦过去数年一直被康德美学所局囿,虽然我在过去探讨词之美感特质时,也曾引用过不少西方的文哲之论,但我只是因利乘便地对西方某些理论加以别择地使用,而从未拘限于西方某一家之理论的框架之中。记得早在1991年,当我撰写《论词学中之困惑与〈花间〉词之女性叙写及其影响》一篇长文时,就曾在该文结尾之处特别举引了法国解析符号学女学者克里斯蒂娃的一句话,说"我不跟随任何一种理论,无论那是什么理论",我以为这是当我们要运用西方理论时第一要跳出的约束。不过这却并非易事,因为这是需先有融会贯通的根柢,才能够如孟子所云"取之左右逢其原"的。有一分不透彻,就有一分不够圆融。而这种困难,也是我当年所曾遇到过的。记得当年我开始撰写《论词学中之困惑与〈花间〉词之女性叙写及其影响》一篇文稿时,也曾因为我所提出的是前人所未曾提出过的说法,我所用的是前人未经用过的理论,一边翻找西方文论的资料一边撰写,所以也曾写得颇为生涩牵强,进行得并不顺利。但巧的是,就在我的初稿已写成大半时,我却在一次旅途中不慎把所有写成的文稿全部遗失了。我当时自然极为沮丧,不过古人说得好,"塞翁失马,焉知非福",对我之遗失文稿一事而言倒确实可以说是一语中的。因为正是由于我把那一份写成的文稿完全遗失了,我才被迫不得已把全文另行写过,而在第二次重写时,反而因为我对那些原本并不熟悉的理论有了一种融会和消化的机会,因而才写出一篇比较通顺流畅的文字。我想钟锦现在所从事的也是一项未经前人讨论过的课题,其需要经过一番磨炼融会的过程,也完全是不可避免的。另外还有一点我要提出来的,就是我所引用的西方理论,都是在我阅读他们的原著后,由我自己翻译出来的,我并未曾引用任何一家已经被译出的中文译本的文字。因为译者的水平不齐,有些中文译本读起来比外国原文还要吃力,而且还无法确知其译文之是否完全正确,勉强引用,则往往既不恰当又不流畅。何况德国康德的美学如钟锦之所云,其本身也就还存在有一些并不完美周至的地方。我想这些因素,都是使得钟锦对他所选择的这一课题在撰写中感到特别困难吃力的原因。

以上是我对钟锦引用康德之美学来诠释中国词学美感所感到之困难的一些想法,虽然钟锦告诉我不要写什么赞美的话,但我最后还是要写出我对钟锦和他的这一册书的一些欣赏和赞美的话。钟锦好读书,这可以说是他的天性,而且博学、强识、深思,不但读书读得认真,且确有他自己的感受和想法。更有一点难得之处,就是他的古典文学的根柢,乃是他在少年时代毫无任何功利之追求时,纯任兴趣所天然养成的。在这一册书中,可以说时时可以见到他对古人诗词读诵有得的融会贯通的光芒之闪现,决非一般由电脑搜集材料来撰写论文的著作可比拟,但我因时间紧迫,现在不暇列举,想来读这一册书的读者们,也必能对此深有体会,我就不在此一一举引了。是为序。

  八五老人叶嘉莹匆匆草写于甫自远洋
  归来之第三日,时在戊子中秋前六日

陈维崧《迦陵词》手抄本校读后记

《记南开大学图书馆所藏手抄稿本〈迦陵词〉》是我于1999年为南开大学图书馆八十年馆庆所写的一篇文字,主要在介绍馆中所藏的一部珍贵古籍,那就是手抄稿本《迦陵词》。其目的原只是想向外界研读清代词与词学的朋友们推介此书,希望能引起一家出版者的注意,使此一珍贵古籍得以公之于世。因为此一册手抄稿本中有极为丰富的研究词学的资料,那还不仅是手抄稿本的《迦陵词》而已,更可重视的实在乃是遍布全书之字里行间以及书眉之上的难以计数的三色评点。这些评点者都是与陈维崧同时的一些词坛精英。能把这些资料公之于世,必能对词学方面的研究作出极大贡献,这是可以断言的。不过我当时的推介虽然也曾引起了一些出版者的兴趣,但却都未能见诸行事,于是我遂又于数年前指导我的博士生白静专以研读此一珍籍为课题,写了一篇内容颇为丰富切实的博士论文。如今她的论文已经完成,而南开大学也已经决定将此一册珍籍照相按原貌出版。如此则我于十年前所写的这一篇简介的文字,就实在早已成为了赘余,本当弃之如敝屣才是。孰知出版者竟欲将此文置之卷首作为《代序》,这实在使我极感惶愧。日前出版社将此文校稿送我校读,细读之下,才发现此文疏漏之处实在甚多。那是因为十年前此一珍籍严禁外借,我因为要为图书馆的八十年馆庆撰写此一篇文字,只能利用余暇至馆中亲加检阅,而此书既有八大册之多,而且三色之评点,不仅多为行草,难于辨识,而且写得参差繁密,诸色间杂重叠,既非短短时日所能详读,更非短短文字所能详述,所以我的这篇文字实在写得疏漏百出。如今既得此重加校读之机会,遂想借此一做补救。因之乃在前文的文字中加了一些注释的标识,而这些标识,就是我要增加的补正和说明。现在就依前面所标记的注释次序,分别对之加以补正及说明如下:

1. 我当时匆促间计算有误。据白静同学告知,按她详细之计算,稿本所收之词应不仅为一千三百八十六阕,而实有一千三百九十一阕之多。但其中前后重复出现两次者有二十七首,因此稿本所收词实为一千三百六十四阕,其中稿本所有而为康熙刻本所未收者四阕,即为《绛都春·咏鸡冠花》《渡江云·寒夜登城头吹笛有感作》《锁窗寒·和梁棠村先生寒食悼亡之作》及另一阕《锁窗寒·夏夕骤凉快作》。但此四词中之《渡江云》一阕见于乾隆年间浩然堂刊本之《湖海楼词》,《锁窗寒·和梁棠村先生寒食悼亡之作》一阕则见于蒋景祁编之《陈检讨词抄》及《百名家词抄》本之《迦陵词》。唯《绛都春·咏鸡冠花》及《锁窗寒·夏夕骤凉快作》二阕,则不见于任何其他刻本,乃稿本之所独有,是极可注意者。

2. 康熙刻本《迦陵词》最后所附第二篇题署为"乙巳冬杪弟维岳"之一篇跋文,其中"乃独四弟仔之梓成,寄索跋"两句,"仔之"二字难求确解,疑当为"梓之"或"任之"之误,"仔"与"梓"为音近之误,"仔"与"任"为形近之误。至于标点,则当作"乃独四弟梓之,梓成寄索跋",或者作"乃独四弟任之,梓成寄索跋"。私意如此,谨记之,以向方家求正。

3. 第八册《贺新郎·贺程昆仑生日并送其之任皖城》一词,附有陈维崧题署为"其年自记"之跋语一则,其中"己酉冬过东皋何子龙□"句中末字甚难辨识,以前介绍妄猜为"寓"字,白静同学根据陈氏有友人何铁字龙若者因猜测此句或当作"何子龙若",其义极是,只是与字形不相合,又有书法家以为此字或者当作"竟"字,与下文相连贯,谓"何子龙竟从他处收得",其义亦通,但字形亦不相似,附记于此,以俟方家指正。至于简介中于此段记述之前,还曾举引稿本第四册《满江红》(水榭清幽)一阕后所附之一则评语,谓"用意用字俱出人意表……词坛能事不得不推我□□陈髯"云云,因"陈髯"二字上有空格,所以当时我曾误认此一则为陈维崧自我之题署,但观其口气及笔迹,又不似出于陈氏自己之题写。及今细思,此则评语实不应为陈氏之自题,否则岂不过于狂妄。至于"陈髯"二字前之空格,则当是题者对陈氏表示尊敬之意,连读之,此句实当作"……不得不推我陈髯"。加一"我"字盖表示对陈氏的亲近之意,正与"陈髯"上之空格所表示的尊敬之意相呼应,是对陈氏既亲且敬之表现。

4. 以前匆促撰写介绍之文字时,对于稿本封页上"寓园阅讫"之题签,曾经推测以为可能是指江苏华亭之林氏企忠号寓园者,及今思之,此一推想未免舍近求远,盖以维崧四弟宗石就曾自号"寓园",则稿本所题之"寓园"自当为宗石之自题也。

5. 关于此一手稿珍籍之流入南开大学图书馆,我当年曾据陈实铭所写的《水香洲酬唱集·序》推想,以为陈实铭既为陈宗石之六世孙,又曾重新装裱整理此一珍籍,且常与诗人词客雅集于南开大学附近之"水香洲",因而此一珍籍遂得流入南开大学之图书馆。但近年因指导博士生白静对此一珍籍之研究,据白生相告云,她曾亲自向图书馆多方查证,得见馆中采编部多年前之登录账本,并得与古籍部原主任陈作仪先生晤谈,获知此一珍籍盖于1957年11月19日自古旧书店以一百八十元购入。陈实铭在世时且曾在南开大学任教,此一稿本盖在陈氏殁后由其后人售出者。至于水香洲旧址,或者疑为天津旧日之名园水西庄,或者又疑为今日南开附近之水上公园,但水西庄在天津西北方,与《水香洲酬唱集》诸序言所写之地理方位不合,至于水上公园则此地原为烧砖取土后之窑坑,其中最大的一处名叫"青龙潭",1950年才开始在此修建水上公园,亦不能遽指为"水香洲"之所在,不过天津之南开区一带原多水塘,据南开大学旧日吴大任校长之夫人陈䳒教授所写的回忆文章所言,则当她于1928年考入南开大学时,还可以从校内思源堂(旧化学楼)西边的一个挨近墙子河的码头乘船直达青龙潭。总之当年之水香洲,当陈实铭尚在时,已曾对其沧桑之变深致感慨,是以我在前此所写之文字中,乃特别有感于其"独文字之流传于天地间者,横亘万劫不灭"之说。夫康熙年间之此一评点稿本,距今虽已有三百年以上之久,其评点文字一旦公之于世,则其必将流传于后,为词学研究作出多方面之贡献,自不待言。今日既喜见此一珍籍之即将面世,虽自惭衰年不能精进,所写文字不免误谬百出,然亦乐见其成,因而乃同意南开大学出版社将拙文刊为代序,并为之略作补正如右。

八五老人叶嘉莹写于南开大学
2008年11月2日

从中国诗论之传统与诗风之转变谈《槐聚诗存》之评赏

我对于近现代的诗人本来很少研究,所以当汪荣祖教授邀我于"钱锺书教授百岁纪念国际学术研讨会"上讲说钱锺书先生之诗的时候,我原本不敢应承,就推说我手边并没有钱先生的诗集,结果汪教授竟从台湾亲自邮寄了一册钱先生的《槐聚诗存》到温哥华来供我参读。盛情难却,我只好勉为其难。而私意以为要想评说一个人的诗,一定要把他的作品放在整个历史传承的大背景下来衡量,才能作出公允的评说。

先就中国传统之诗论而言,中国诗论一向原是以情志之感发为主的。自《尚书·尧典》之"诗言志,歌永言"①,经《汉书·艺文志》之引述为"哀乐之心感,而歌咏之声发"②,其后陆机《文赋》,乃有"悲落叶于劲秋,喜柔条于芳春"③之具体而形象的陈述。其后锺嵘之《诗品·序》乃更有综合之概述,谓"春风春鸟,秋月秋蝉,夏云暑雨,冬月祁寒,斯四候之感诸诗者也";又谓"嘉会寄诗以亲,离群托诗以怨。……凡斯种种,感荡心灵,非陈诗何以展其义?非长歌何以骋其情",④可见诗

---

① 《尚书·舜典》,《十三经》,上海书店出版社1997年据《四部丛刊》初编初印本影印,第77页。
② 《汉书·艺文志》,中华书局1962年版,第1708页。
③ 陆机《文赋》,《六臣注文选》,中华书局1987年版,第310页。
④ 锺嵘《诗品序》,《诗品集注》,上海古籍出版社1994年版,第47页。

之写作原以情志之感发为主，只不过但有情志之感发，并不能成为诗篇，欲成为诗，则还须有一个写作的过程。关于这一方面，则私意以为《毛诗·大序》所提出的"赋、比、兴"三义，实当是最为简要的三种写诗之方式。所谓"兴"者，如《关雎》一篇以见物起兴为主，其感发之作用是属于一种由物及心之方式；《硕鼠》一篇以情托物，其感发之作用是属于一种由心及物之方式；至于《将仲子》一篇，则完全不用外物之形象为开端，而直接以叙写之口吻为开端，其感发之作用，乃全在心志感发的直接叙写，是属于一种即物即心之方式。而此三种方式，就《诗经》而言，则是专指诗篇之开端的叙写方式，并不包括整体之诗篇。所以私意以为此三种写作方式之提出，就中国早期诗论而言，其重点实在应指向感发是如何兴起的一种作用，既是作者之各种感发之方式，同时也以各种叙写之方式来唤起读者之感发。至于有时单举"兴"之一字，如论语说"诗可以兴"，则当是对诗歌之兴发感动之作用的一种综合陈述。我对"赋比兴"的这种看法，在我早期所写的一些论诗歌中兴发感动之作用及"赋比兴"之说的文字中，已曾叙及。[①] 而且私意以为，"兴"之作用实当为中国传统诗歌之主要特质，所以此"兴"字无论在其他西方任何一国之文字中，都难以找到一个适当的字来翻译。这就正因为中国诗歌原是以情志之感发为其主要之特质的。而且这种感发作用是要结合"赋比兴"三种手法来表现的。至于如何加以结合，则《诗品·序》曾有一段话，说："故诗有六义焉：一曰兴，二曰比，三曰赋。……弘斯三义，酌而用之，干之以风力，润之以丹彩，使咏之者无极，闻之者动心，是诗之至也。"[②] 如果就中国诗歌之演进而言，则汉魏

---

① 叶嘉莹《中国古典诗歌中形象与情意之关系例说》，《迦陵论诗丛稿》，中华书局1984年版，第331—358页。

② 《诗品集注》，第39页。

五言古诗多以叙写情志为主,其兴发感动之作用,主要在于"干之以风力",而少有写景的山水之作,至于元嘉之颜、谢始重在山水之叙写,但其叙写往往重在形貌,虽有丹彩而缺少感发。至于盛唐之诗,其特点则在于"兴象",也就是说其感发之力往往乃是将情意结合着高远之景象来叙写的,所以乃达成了情景合一、喷薄发扬而出的一种力量。因此,严羽论诗乃特重盛唐。至于宋代之诗,则因在唐代之后,高妙在前,难乎为继,所以乃欲以文字工力别树一帜,因此黄山谷乃有"点铁成金""夺胎换骨"之说[①]。而过于重视文字典故之运用与安排,有时遂不免减损了直接感发之力,所以乃被严羽所讥,谓"近代诸公乃作奇特解会,遂以文字为诗,以才学为诗,以议论为诗,……多务使事,不问兴致"[②]。于是明代前后七子乃鄙薄宋诗,一意复古,而主张"诗必盛唐"[③]。但七子之作往往徒具外表,缺少真正的感发,所以乃被人讥为"如贫人借富人之衣,庄农作大贾之饰极力装做,丑态尽露"[④]。至于清代,本来既有尊唐之作者,亦有尊宋之作者;及至晚清乃有所谓"同光体"之出现,既有陈衍提出了"三元"之说[⑤],又有沈曾植提出了"三关"之说[⑥]。所谓"三元",盖指唐代之开元、元和及宋代元祐三时期之诗风。而所谓"三关",则指宋之元祐、唐之元和与刘宋之元嘉三个时期之诗风。关于"三元"与"三关"之说,历来论者甚多,莫衷一是。私意以为"三元"是就诗风之发展演化而言,是从上往下指出诗风之三次重

---

① 郭绍虞主编《中国历代文论选》第二册,上海古籍出版社 1979 年版,第 316、321 页。
② 严羽《沧浪诗话·诗辨》,人民文学出版社 1983 年版,第 26 页。
③ 《明史》卷二八六,中华书局 1974 年版,第 7348 页。
④ 钱基博《明代文学》,商务印书馆 1934 年版,第 48 页。
⑤ 陈衍《石遗室诗话》,人民文学出版社 2004 年版,第 7 页。
⑥ 沈曾植《与金潜庐太守论诗书》,郭绍虞主编《中国历代文论选》第四册,上海古籍出版社 1980 年版,第 291 页。

大的转变。而"三关"则是就学诗之次第而言,是从下往上说,是从近代上推至前代的层层打通。而无论是"三元"之说或"三关"之说,其所指向的则实在都是诗风之转变的一些重要的枢纽。陈、沈二家盖皆有见于历代诗风之转变,而诗风之转变则皆有变古拓新之意。所以陈衍在其《石遗室诗话》中就曾引述沈曾植题为《寒雨积闷杂书遣怀觱积成篇为石遗居士一笑》的一首长诗①,并记其谈话云:"君谓三元皆外国探险家觅新世界,殖民政策开埠头本领。"②钱锺书先生高才博学,对历代诗风之源流演变自有深刻之认知。那么,如果我们将钱氏之诗置于此一源流演变之中,则钱氏之诗又将处于怎样一个地位呢?

钱氏早在1957年编著的《宋诗选注》一书之序文中于论及宋代诗风对唐代诗风之改变时,就曾提出说:"前代诗歌的造诣,不但是传给后人的产业,而在某种意义上也可以说向后人挑衅,挑他们来比赛。"③可见钱氏对于诗风之开新通变固原来早就有所认知。至于钱氏自己学诗之经历,则钱氏在其《槐聚诗存》之序文中,曾经自叙说:"余童时从先伯父与先君读书,经、史、古文而外,有《唐诗三百首》,心焉好之。独索冥行,渐解声律对偶,又发家藏清代名家诗集泛览焉。"④可见钱氏早年所接受的家庭教育,固原重在经、史、古文,而其为诗则全出于个人一己之爱好与自学,原来并没有什么流派门风之限制。

何况钱氏才高学博,兴趣多方,曾自谓"实则予于古今诗家,初无偏嗜"⑤。少年多情,自不免有风情绮靡之作,这些作品曾为其父执辈之友人陈衍所见。陈氏《石遗室诗话·续编》对此曾有所记叙,谓:"无

---

① 陈衍《石遗室诗话》,人民文学出版社2004年版,第6页。
② 同上书,第7页。
③ 钱锺书《宋诗选注·序》,人民文学出版社1958年版,第13页。
④ 钱锺书《槐聚诗存·序》,生活·读书·新知三联书店2002年版,第1页。
⑤ 刘梦芙《二钱诗学之研究》,黄山书社2007年版,第163页。

锡钱子泉基博,学贯四部,著述等身,肆力古文辞……惟未见其为诗。哲嗣默存锺书年方弱冠,精英文,诗文尤斐然可观。"①又引其《中秋夕作》及《钞秋杂诗十四绝句》诸作,谓钱诗"多缘情凄惋之作"②,因而乃警告钱氏云,"汤卿谋不可为,黄仲则尤不可为"③。所以今日吾人所见之《槐聚诗存》,这些诗作便已全被删去不可得见了。不过幸而杨绛先生在其《听杨绛谈往事》一书中还把钱氏早期所写的《钞秋杂诗》诸作保存下来了。这一组诗是钱氏当年恋爱中之作,确有风情绮靡之致,甚可赏爱。而钱氏晚年编定《槐聚诗存》时竟将之删去,意者可能就正因陈石遗对此曾有批评之故欤。又据钱氏晚年所发表的与陈石遗谈诗之《石语》,其中又载有陈氏评钱氏之诗的另两段,一是陈氏为钱诗所写的一篇序言,据钱氏记述其事云:"二十一年春,丈点定拙诗,宠之以序,诗既从删,序录于左。"序云:"三十年来海内文人治诗者众矣,求其卓然独立自成一家者盖寡。何者?治诗第于诗求之,宜其不过尔尔也。默存……喜治诗,有性情,有兴会,有作多以示余。余以为性情兴会固与生俱来,根柢阅历必与年俱进,然性情兴趣亦往往先入为主而不自觉,而及其弥永而弥广,有不能自限量者。未臻其境,遽发为牢愁,遁为旷达,流为绮靡,入于僻涩,皆非深造逢源之道也。默存勉之。以子之强志博览不亟亟以尽发其覆,性情兴会有不弥广弥永独立自成一家者,吾不信也。"④此外钱所编录之《石语》中还曾编入一段陈氏对钱诗的针砭之言,谓:"世兄诗才清妙,又佐以博闻强志,惜下笔太矜持。夫老年人须矜持,方免老手颓唐之讥,年富力强时,宜放笔直干,有不择地而流、挟泥沙而下之概。虽拳曲臃肿,亦不妨有作耳。"在此一段引言后

---

① 陈衍《石遗室诗话·续编卷一》,第549页。
② 同上。
③ 同上。
④ 钱锺书《石语》,中国社会科学院出版社1996年版,第47—48页。

钱氏曾自加按语云:"丈言颇中余病痛。"①前辈诗坛大家石遗先生与钱氏父子两代世交,他对钱氏之才性的一些认知自然有不少可供参考之处。不过陈氏之言却也给我们造成了相当大的局限,一则是陈氏对钱氏早期的一些"缘情凄惋"之作的批评,不仅使钱氏晚年编订《槐聚诗存》时删去了许多他早期的作品,造成了我们后来这些读者的一大损失,而且私意以为更可遗憾的是陈氏之评很可能影响了钱氏以后诗风的发展,使之减少了一些风华之作,未免可惜。三则陈氏早在1937年便已去世,而钱氏之诗则实在是从1938年抗战兴起钱氏夫妇回国后才有了更进一步的拓展和提高。而这些作品则为陈氏所未及见,故其评说乃受了很大的局限。相对于陈氏与钱氏而言,我个人自惭粗浅,本来实不敢妄加评说,但因汪荣祖教授之命,辞谢未果,现在仅能就个人阅读之一得,试从中国诗论之传统与诗风之转变的观点,略引几首钱氏诗例来稍加评说。

如前所言,我既然说钱氏之诗是从抗战兴起他们夫妇带着出生不久的女儿归国后才有了很大的转变和提高,因此我们首先要举引的就是他在决意携妻挈女自巴黎返国之前后所写的两首诗。

哀望

白骨堆山满白城,败亡鬼哭亦吞声。
熟知重死胜轻死,纵卜他生惜此生。
身即化灰尚赍恨,天为积气本无情。
艾芝玉石归同尽,哀望江南赋不成。

将归(其二)

结束箱书叠箧衣,浮桴妻女幸相依。

---

① 钱锺书《石语》,第40页。

家无阳羡笼鹅寄,客似辽东化鹤归。

可畏从来知夏日,难酬终古是春晖。

田园劫后将何去,欲起渊明叩昨非。

昔赵翼《题元遗山诗》有句云:"国家不幸诗家幸,赋到沧桑句便工。"① 钱氏早期绮靡之作,如陈衍在其《石遗室诗话》中所举引的《杪秋杂诗》中之诗句,像"春带愁来秋带病,等闲白了少年头"及"如此星辰如此月,与谁指点与谁看"等,确实也不免正如石遗所讥,大似汤卿谋、黄仲则等才子之作,虽富风情但并无深致②。至于前面所引的抗战兴起后之作,则与前此之作有了很大的差别。一般而言,钱氏写给妻女之作大多为五七言绝句,情致温婉,语句自然,极富情致,而其感事伤时之作则大多沉着悲慨而词句凝练,即如前面所举的两首七言律诗,第一首《哀望》应是1937年12月钱氏在国外听闻"南京大屠杀"后之所作。据《听杨绛谈往事》一书之记叙,当时杨绛甫于此年5月在伦敦产下一女,当时钱氏已获得了牛津大学的正式学位,而且据杨绛说,钱氏的奖学金本来还可以再延长一年,但他们却在国难时期选择了回国。据杨绛说,钱氏曾给他的英国朋友写过一封信,说:"我们将于九月回家,而我们已无家可归了(按钱氏夫妇之故乡已于日军侵入时相继沦陷,杨绛之母更已于战乱中病殁)……我也没有任何指望能找到合意的工作。但每个人的遭遇终究是和自己的同胞结连在一起的,我准备过些艰苦日子。"③(按此信原为英文,此处所引为杨绛译文)这封信真是写得极见节概。一般观念往往认为钱氏虽高才博学而为人未免伤于刻,

---

① 赵翼《瓯北集》卷三十三,清嘉庆十七年湛贻堂刻本,第12页下。

② 陈田《明诗纪事》卷二十八:"汤传楹字子辅,早擅才华,诗多绮语。"上海古籍出版社1993年,第3463页。

③ 吴学昭《听杨绛谈往事》,生活·读书·新知三联书店2008年版,第137页。

但据为人之整体而言,则钱氏对于妻女固极具温情,于出处进退之际亦极见操守,正义凛然,具见诗人风骨。现在就让我们先看一看此《哀望》一诗之内容。

此诗用典颇多,"白城"固当为南京旧名"白下"之简称,"鬼哭吞声"则是用杜甫《兵车行》之"新鬼烦冤旧鬼哭"及《哀江头》之"少陵野老吞声哭"之句,写战乱中死者之众与生者之悲。"重死""轻死"句用司马迁《报任安书》之句,写死者之无辜。"他生""此生"句,用李商隐《马嵬》诗之句,写"他生未卜"而"此生"堪惜。"身即化灰"句,写此身虽殁而此恨难销。"天为积气"用《列子·天瑞》篇中"天积气耳"之句,盖写天地之无情。"玉石同尽"用《尚书·胤征》句,写贤愚同尽。"哀望江南"用庾信《哀江南赋》写当时中原各地之相继沦陷。几于无一语无来历。

第二首《将归》之二,此首之用典亦多,而较之前一首则更有可注意者三处。一处是次句之"浮桴",用《论语·公冶长》中"子曰:'道不行,乘桴浮于海'"之句,但钱氏此句仅指客居海外,与行道无关,是断章取义,此可注意之一。再则此诗之颔联"阳羡笼鹅"句,用《续齐谐记》中所载阳羡人携一笼鹅山行遇一书生言脚痛求寄鹅笼中之故事。前曰"笼鹅"是谓该阳羡人携带有一笼鹅,"笼"是量词;后曰"鹅笼"是说装鹅的笼,则"鹅"为形容词,而"笼"为名词,指书生寄身之处固当是装鹅之笼,故应作"鹅笼"方是,而钱氏乃曰"笼鹅",此就语法言实为不通,但在律诗之对偶句中则此句"笼鹅"二字固正与下句"辽东化鹤"之"化鹤"二字相对。此种将词句之原意颠倒为对偶之做法,乃成为写律诗时之一种技巧,正可表明作者之熟于诗法,此可注意者之二。三则颈联之"可畏从来知夏日"一句,出于《左传·文公三年》所载,有人问赵衰与赵盾父子孰贤,答曰"赵衰冬日之日也,赵盾夏日之日也",杜预注曰:"冬日可爱,夏日可畏。"是则"冬日夏日"本以喻写人之性格,而钱氏此诗写于日寇侵华之际,是以此句亦曾引生一些读者联想之"衍义",如刘梦芙之《二钱诗学研究》即曾以为此句借指当时侵华之日军①。然此诗题曰《将归》,所写内容盖多与家庭有关,故私意以为"夏日"应是写其严父②,而"春晖"则是用孟郊《游子吟》之句,写家中之慈母,可谓用典极恰。而刘氏以为此句乃是"以喻祖国哺育之恩",则亦是读者之衍义。故此句就读者而言,或者亦可兼有二义。而次句之"春晖"更复与上一句之"夏日"两相呼应,作成了一联极工巧的对句。至于最后一联两句,则是全用陶渊明《归去来兮辞》中"田园将芜胡不归"及"实迷途其未远,觉今是而昨非"之句。钱氏盖以此自慨其故园已无田园可归之地矣。

我之要举引钱氏诗歌之实例,并对其典故出处作此琐琐之析论,只是因为钱氏诗歌之佳处及特色,原是要透过其用事用典及文字对偶之工妙才能有所体会的。此种风格,一般而言,原与宋诗为近。不过,我们一读钱氏《宋诗选注》之序文,就会发现钱氏对于宋诗其实也颇有微词。他曾经举引王若虚之《滹南遗老集》,讥讽黄庭坚之点化古人诗句的"脱胎换骨"与"点铁成金"等作诗的方法,以为只是"剽窃之黠者耳"③。又曾说"偏重形式的古典主义有个流弊,把诗人变成领有营业执照的盗贼"④。不过另一方面则钱氏也曾赞美宋诗,说"整个说来,宋诗的成就在元诗明诗之上,也超过了清诗",又批评一些瞧不起宋诗的人,以为他们之指宋诗"学唐诗而不像唐诗",乃是因为"他们不懂这一

---

① 刘梦芙《二钱诗学之研究》,黄山书社2007年版,第171页。
② 关于钱父基博先生教子之严厉,在《无锡时期的钱基博与钱锺书》一书中多有记载,读者可以参看。(刘桂秋《无锡时期的钱基博与钱锺书》,上海社会科学院出版社2004年版)
③ 钱锺书《宋诗选注·序》,人民文学出版社1958年版,第23页。
④ 同上书,第24页。

点不像之处,恰恰就是宋诗的创造性和价值所在"。① 从这些话语我们都可见到,钱氏对传统之诗论与诗风,原来本曾有一种通观的看法。只不过宋人之工力易学,唐人之兴会则不易学。钱氏对此种体悟也曾写过两首诗,题目是《少陵自言"性癖耽佳句"有触余怀,因作》,此二诗全论写诗之法,诗如下:

其 一

七情万象强牢笼,妍秘安容刻划穷。
声欲宣心词体物,筛教盛水网罗风。
微茫未许言诠落,活泼终看捉搦空。
才竭只堪耽好句,绣鞶错彩赌精工。

其 二

出门一笑对长江,心事惊涛尔许狂。
滂沛挥刀流不断,奔腾就范隘而妨。
敛思入句谐钟律,凝水成冰截璐方。
参取逐波随浪句,观河吟鬓赚来苍。

从诗题来看,钱氏之"有触"于少陵之诗句者,盖原在其"性癖耽佳句"之语。钱氏对诗句之讲求本不待言。而欲求得诗之有"佳句",则如本文在前面叙及传统诗论时所言,中国诗论本重在"情动于中"的"言志"的兴发和感动,所以诗之写作本来也应重在如何传达和表述出来这种兴发和感动,而且更重要的是还要在传达表述中能使读者也感受到这种兴发和感动,如此才能算是一首成功的好诗。如果我们引述王国维《人间词话》中的一句话来对这种重要的质素作一归纳,则我们便可知

---

① 钱锺书《宋诗选注·序》,第13—14页。

道一首成功的好诗,其重要的质素原来乃是一在于"能感之",次在于"能写之"。现在就让我们从钱氏的这两首诗来看一看,他对于"能感之"与"能写之"的两种质素是如何看待的。

先看第一首,首句"七情万象强牢笼","七情"是"心","万象"是"物","心""物"交感固正是"情动于中"的诗之萌发的源起,而"强牢笼"则是说要将此种七情万象之感发加以捕捉而写之于诗。次句"妍秘安容刻划穷"则是说要将此种妍美而深秘之感发刻画表现出来,则必须行有余力,而不可技穷。次联首句"声欲宣心词体物"正是说要写出好诗之必须声情兼美,心物合一。而下一句之"筛教盛水网罗风"则是写欲达到此种成就的困难。欲以言辞表述内心中"妍秘"之感发,乃正如以筛盛水以网罗风之不可得也。颈联"微茫未许言诠落,活泼终看捉搦空",则是更进一步写心中感兴之微茫既不许将之落入言诠,感发作用之活泼更不能以文字来捕捉,故曰"捉搦空"也。所以尾联乃归结于"才竭只堪耽好句,绣鞶错彩赌精工",是说才力不足者,既不能捕捉彼微茫活泼的内心之兴发感动,于是只好在字句上锻炼刻画如绣鞶之女红,但求其错彩精工而已。

第二首开端二句"出门一笑对长江,心事惊涛尔许狂",从外表文字来看,首句"出门一笑"最容易使人联想到的原是黄山谷的两句诗"坐对真成被花恼,出门一笑大江横"。黄氏此诗原题是《王充道送水仙花五十枝欣然会心为之作咏》。原诗是一首七言古诗,共八句,前六句皆写水仙花之美及诗人对花之赏爱,而结尾处乃忽然跳出写了以上两句脱然跃起的句子,所以此二句乃一向为人所称述。不过私意以为钱氏此二诗既是因读杜诗"有触余怀"而作,那自然就还应向杜甫诗中寻觅出处才是。原来杜甫曾写有一首《缚鸡行》,也是一首七言八句的古诗,前面写"家中厌鸡食虫蚁",所以令"小奴缚鸡向市卖"。杜甫以为家人惜虫蚁之命,却"不知鸡卖还遭烹",而鸡也是一条生命,所以杜诗结尾二句乃云："鸡虫得失无了时,注目寒江倚山阁。"同样是在末二句表现了一种脱然跃起的精神。而且私意以为,黄山谷的两句诗原来就正是从杜甫这两句诗"脱胎换骨"而出者。不过现在当钱氏此诗写下其"出门一笑对长江"之句时,则表面看来其"出门""一笑"及"对江"等语,虽与杜、黄二诗颇有近似之处,但事实上则钱氏用的只是杜、黄两家诗字面的外表,而其内容情意则已经胎骨俱变了。原来钱氏此诗首句的"出门一笑对长江"之言,就已经与杜、黄二家诗在结尾处脱然跃出的作用有了截然的不同,我想或者可以戏称为一种转世的新生吧。钱氏此句用在开端,乃是正面写其出门面对波涛滚滚之大江的一种内心澎湃之情,所以接下来就正面写出了"心事惊涛尔许狂"的句子,谓内心之激动亦有如惊涛之狂涌。其所写者,自然是从内心之感发所涌现出来的"能感之"的心情。至于次联之"滂沛挥刀流不断,奔腾就范隘而妨"两句,则是说欲求"能写之"的困难不易。上句写心情滂沛之难于剪裁,下句写欲将奔腾的内心之情写之于规范严格的诗律之中,则不免处处有被拘束的妨隘之感。至于下面颈联两句,则是正面写作诗所要具有的工夫和手段。首先要将感发的情思收敛入严格的诗律之中,而将情思纳入格律,则要对感发之情思加以整理和剪裁,所以下句就写出了一种"凝水成冰截璐方"的手段。试想一种有如奔腾之大江的滂沛的情思,若要将此抽刀断水水更流的情思剪断,又当需要什么样的手段呢?于是钱氏遂提出了一种"凝水成冰"再加以裁截的手段,而此种截裁出来的原本奔流之水遂成为方正整齐的如璐石美玉一样晶莹的艺术品了。以上诸句钱氏写作诗之甘苦,把极其难于言说的"能感之"与"能写之"的两种作诗之质素,用如此精美而工整的形象化之言语表出,真可谓是绝妙之作。而况钱氏的"截璐方"之句原来也还有一个古典的出处,盖唐代诗人韦应物曾写有一篇《冰赋》,其中原来有

"碎似坠琼,方如截璐"之句①,可见钱氏的形象化之语言,原来还是无一字无来历的。而更妙的则是钱氏此诗之结尾两句,却又一反前面所说的追求工力之精美的种种工夫,而提出了一种全不着力的"逐波随浪"之说,此一说法当然也有个出处。原来禅宗语录曾载有云门文偃禅师所提出的用以接化世人的三种语言,一曰"涵盖乾坤"句,二曰"截断众流"句,三曰"随波逐浪"句。②首句盖谓举出本体便可涵盖乾坤之句,次句则谓语言高妙可以破除众幻之句,三句谓随缘适性可以随机接引之句。钱氏此二首诗原是要写出一种"性癖耽佳句"的刻意追求精美的作诗的工夫,可是他却偏偏在结尾处提出了"参取逐波随浪句"的话头,可见钱氏固亦自知作诗要保持一种自然感发之兴会的重要性。不过值得注意的是,重工力之人处处仍习惯于以工力取胜。即如此句,原典本是"随波逐浪句",而钱氏却将之颠倒为"逐波随浪句",此其可注意者之一。再则,钱氏在此"逐波随浪句"之后却马上又用了一个典故,那就是"观河吟鬓"。此句原出于《楞严经》载云,古代波斯匿王观看恒河河水,有"自伤发白面皱"之言③。钱氏云"观河吟鬓赚来苍",不过是说作诗之费工力,赚得两鬓皆苍,故曰"吟鬓"。但他一定要用一个典故,可见钱氏终于不能"随波逐浪"而仍以用典工力取胜。就钱氏自己所作的诗来看,则固正如前引陈石遗评钱诗之所云,"下笔太矜持",所以精工锻炼虽然有余,而似乎乃终乏博大浑涵发扬流畅之致。关于此点固应与钱氏之才性有关,原来早在钱氏之少年时代,就因才识过人而不免有好议论臧否人物的习惯,所以他的父亲钱基博先生还曾为之写过一篇《题画谕先儿》的告诫之辞。据刘桂秋编著之《无锡时期

---

① 韦应物《韦刺史诗集》卷一,《四部丛刊》影明嘉靖本,第1页下。
② 普济《五灯会元》卷一八,中华书局1984年版,第1178页。
③ 南怀瑾《楞严大义今释》,复旦大学出版社2006年版,第44页。

的钱基博与钱锺书》一书之记载,谓钱基博之长兄基成无子,锺书之出生为钱门之长孙,当他出生的那一天,恰好有人给钱基博的父亲钱福炯送来一套《常州先哲丛书》,所以便为之命名锺书,小字阿先。① 当时因锺书为长孙,所以一出生就被过继给伯父钱基成先生了。基成先生对锺书约束较为松弛,而基博先生则较为严厉。据刘桂秋氏书中所言,说"锺书有一种'痴气',其表现之一就是'专爱胡说乱道',好臧否古今人物"②。所以当他的伯父基成先生去世不久,基博先生就给锺书原字的"先"改字为"默存"了。而且还写过一篇《题画谕先儿》的告诫文字,其中有一段说:"汝在稚年,正如花当早春,切须善自蕴蓄,而好臧否人物议论古今,以自炫聪明,浅者谀其早慧,而有识者则讥其浮薄。"③从这些记叙来看,可见基博先生对钱氏才性之短长,原来早有深知。不过曹丕的《典论·论文》也早就说过"气之清浊有体,不可力强而致……虽在父兄不能以移子弟"④的话,而诗文确实与人之气禀相关,所以《文心雕龙·体性篇》就也曾说过:"功以学成,才力居中,肇自血气……吐纳英华,莫非情性。"⑤历代诗风之演变,自然与时代之风气有关,而引领时代风气者,则也与一二名人大家之才性有关。综观钱氏之诗风与当时诗坛之风气如陈石遗、沈曾植诸人,虽有"三元""三关"之说,似有打通唐宋以至晋宋之意,然而究其实则陈、沈诸人之诗,实在盖皆以思致工力取胜,而少有浑涵发扬之致,所以钱氏之诗论虽有通观古今的眼光与识见,但至其自己为诗,则终不免落入宋诗之作风,以用事用典及偶对之工巧取胜。我们前举钱氏之诸多诗例,固已可概见一斑。所以

---

① 刘桂秋《无锡时期的钱基博与钱锺书》转引钱基厚《孙庵年谱》,第147页。
② 同上书,第155页。
③ 同上。
④ 郭绍虞主编《中国历代文论选》第一册,第158—159页。
⑤ 范文澜注《文心雕龙注》,人民文学出版社1958年版,第506页。

钱氏自己在其《谈艺录》中于论及"诗分唐宋"一节中就也曾说过"夫人禀性各有偏至,发为声诗,高明者近唐,沉潜者近宋"①的话。观之钱氏之诗,其信然矣。

写到这里,本文之主要论述固原可告一段落,但我还想再举一些他人之诗例来略加比较。即如我们在前所举引的钱氏之《哀望》《将归》诸诗之写日寇侵华之痛,就曾令我联想到当年金代元好问在金国败亡时的一些作品,如其《壬辰十二月车驾东狩后即事五首》及《癸巳四月二十九日出京》与《秋夜》诸诗,其中所写的"惨澹龙蛇日斗争,干戈直欲尽生灵。高原水出山河改,战地风来草木腥",与夫"白骨又多兵死鬼,青山元有地行仙。西南三月音书绝,落日孤云望眼穿"等句②,其中于叙写破国亡家之痛以外,便还有一种声情合一的唱叹的情韵,而钱氏之诗则精工深至有余,而唱叹之情韵则似有微欠。写到此,我就还有一点个人的假想。我近来常想到古代文化中诗文吟诵的重要性。私意以为按现代医学而言,则人之左右脑固各有专司,左脑主智,而右脑主情,一在思辨,一在直感。诗歌中之用典使事及对偶工巧等,盖皆应属于左脑之作用,而音声与图像之直感则属于右脑之作用。如果在学诗和作诗时经常伴随着声音的吟诵,则写出来的诗就有一种声情结合的情韵生动之美。而如果不伴随吟诵,只凭思想智力为诗,就会缺少这一种情韵生动之美。钱氏写诗如本文在前面所言,盖全出于自学,而且他的父亲钱基博先生也并不以诗名。意者钱锺书先生幼年时代,或者并没有在儿时生活中得到吟诵的熏陶,其后写诗乃全出于自己之爱好,以一己之才情智力学识为诗,所以其诗虽然使人钦叹,却并不易使人感发。而我之敢于以金代诗人元好问与钱氏相并论,一则盖因钱氏颇赏元氏之

---

① 钱锺书《谈艺录》,生活·读书·新知三联书店2007年版,第4页。
② 《元遗山诗集笺注》卷八,清道光二年南浔瑞松堂蒋氏刻本,第19页下。

诗,如其自编诗集之题名《槐聚诗存》,就是用的元氏《眼中》一诗中的"枯槐聚蚁无多地,秋水鸣蛙自一天"的诗句①。而且钱氏在另一首题为《故国》的诗中所写的"故国同谁话劫灰,偷生坏户待惊雷"诗句中的"坏户"一词,就也用的是元好问的诗句。原来元氏在题为《秋夜》的一首诗中曾写有"九死余生气息存,萧条门巷似荒村。春雷谩说惊坏户,皎日何曾入覆盆"之句②,钱氏之用元氏之句殆无可疑。可见钱氏对元氏诗之熟读与喜爱。而且这两首诗他们所写的也同样是国破家亡的悲慨。但两诗相对比,则元氏诗之以感发胜,而钱氏诗则句句用典,以工力为胜,其不同乃判然可见。刘梦芙在其《二钱诗学之研究》一书中,论及钱锺书先生诗歌之成就时曾经以为,钱氏之诗与其他大家相论列,"不啻澄湖曲涧之较碧海黄河"③。至于我之论钱诗,则是迫于汪荣祖教授之命,管窥蠡测,妄加臆说,诸维大雅正之。

叶嘉莹写毕于天津南开大学
2010 年 2 月 18 日夜

---

① 《元遗山诗集笺注》卷八,第 27 页下。
② 同上书,第 25 页下。
③ 刘梦芙《二钱诗学之研究》,第 179 页。

经历了死生离别的师生情谊
——读新编《顾随与叶嘉莹》一书有感

代　序

2009年冬,我赴北京参加"顾随先生诗词研讨会",在会场中顾之京教授送给了我一册由她和赵林涛二人所合编的题为《顾随与叶嘉莹》的新书。此书卷首刊有影印的老师当年批改我的诗词等习作的手迹三页,以及老师给我的书信手迹五函。至于书的内容则分为两部分,上编题曰《昔我往矣》,下编题曰《今我来思》。上编所收录的有老师写给我的书信十二通及老师批改我的各体作业三十七首与师生唱和的七言律诗二十四首,以及1948年春我在离京前为当时筹办老师祝寿活动而写的《顾羡季先生五旬晋一寿辰祝寿筹备会通启》一篇。至于下编所收录的则有我于1974年回国探亲及讲学以来三十余年间为整理老师遗著和纪念老师的各种活动所写的文稿和书信七篇,以及1997年我在南开大学为了纪念老师的教诲之恩而设立的"叶氏驼庵奖学金"首届颁奖大会上的讲话一篇。而在此书最后则更有之京师妹所写的《跋文》一篇。综计此一册书所收的内容,从1942年在"唐宋诗"班上老师评改我的习作开始截止到今日,盖已有将近七十年之久了。而之京师妹最近所编辑出版的这一册《顾随与叶嘉莹》,在其今昔对比的安排以及她在《跋文》中所叙及的自1948年我与老师告别以后多年来老师在其日记及书信中所流露出的对我的关爱和怀思,读阅之后,真使我有说不尽的感动。

记得三十年前当我第一次从加拿大回国探亲时,我最想见到的两位长辈,就是我的伯父狷卿翁和我的老师羡季先生。伯父培养了我读诗和写诗的兴趣,而老师则为我开启了欣赏和体悟诗歌的无量法门。不过当我回到国内时,两位长辈却都已先后去世有十余年之久了。有一天我邀请了之惠师姊、之京师妹及诸位同门学长在北京察院胡同我家的旧居相聚,共同讨论如何收集整理老师遗著之事。当时之惠师姊与之京师妹曾以老师手迹半幅相割赠。其后我曾经写了一首绝句记叙此事说:"归来一事有深悲,重谒吾师此愿违。手迹珍藏蒙割赠,中郎有女胜须眉。"自当年开始搜集整理老师的遗著到现在又已经三十多年了,在此期间之京师妹曾经整理出版了《顾随全集》四册及老师的其他著作共计十余种之多。在过去我只知道当我离开故乡前往台湾而且经历了诸多忧患之后,对于老师曾有深切的怀思。我经常梦见自己仍在课堂中上课,也有时梦见与在昭学姊一同去北京什刹海附近老师的住处去看望老师,但却总是被困在什刹海的一片芦苇丛中,怎样也无法走出去。而我当时并无法知道老师对我的惦念,直到这次读到了之京师妹所编辑整理的《顾随与叶嘉莹》一书,其中附录了1949年7月老师写给我的要好的同学刘在昭的一封信,信中曾提到"嘉莹与之英遂不得消息,彼两人其亦长相见耶"。在经历了遥远的时空距离之后,重读老师的信才更体悟到老师对于我们晚辈原来却有着更为深切的惦念。老师在信中所提到的名字"之英",是老师的第二个女儿,她嫁给了一位空军名叫李朝魁。1948年冬国民政府迁台,之英师姊遂随其夫婿一同去了台湾,我也于同时随我的在海军工作的外子一同去了台湾。当时老师曾经把之英师姊夫妇在台北的地址写寄给我,希望我们能在异乡常相晤见。而外子的工作单位则撤退到了左营,一南一北相隔甚远。我原想等到一切安定后就去台北看望他们,但不久就发现我已经怀孕,而且也在台湾中部的彰化女中找到了教书的工作,所以没有来得及去看望之英师姊。而当我生下了大女儿言言后不过四个月,外子就因白色恐怖被海军官方逮捕了。第二年6月,我的女儿还不满周岁,我带着吃奶的女儿与彰化女中的校长和另外五位老师也一同被关进了彰化的警察局。其后我虽幸被释出,但却已无家可归,只得在亲戚家的走廊上晚间铺个地铺暂时安身。直到三年多以后外子被释出,我也在台北找到了工作,举家迁往台北后,我才得按照老师给我的地址去探访之英师姊。而这时之英师姊却早就已经去世了,她的先生和孩子也都已经不在了。据当日他们空军眷属宿舍的邻居相告,获知原来之英姊迁台以后因气候不适得了哮喘病,不久就去世了,留下李朝魁一个人带领着三个幼小的儿女,而当时军人待遇极差,李朝魁在贫窘哀伤中遂给三个儿女喂食了毒药,而自己也服毒自尽了。据说当时有一个较长的名叫李沪生的男孩曾被救治,没有当即死去,于是我遂拜托了一位名叫傅试中的同班学长去探访这个男孩子的下落,准备收养他。试中学长也是羡季师的学生,而且也是因为在空军服务,才随国民政府撤退来台的。但试中学长虽用心寻访而迄无下落。据之京师妹相告云,她们后来也知道了此一消息,只是当时家人恐怕引起羡季师的伤痛,彼此隐瞒,一直没有挑明此事而已。其后,她们也曾托人去探寻这个男孩的下落,但迄无结果。想来这个男孩可能也早已不在了。对于当时撤退到台湾的军眷之生活的贫窘,以及白色恐怖之威胁,我个人对此深有体会。而且据说李朝魁原来服务空军时,是一个飞行官,而有着反对内战的思想,不知他是否也曾像我的先生一样受到过白色恐怖的牵累?我只是比较坚强,所以虽历经艰危困苦而居然苟活下来成为一个幸存者。现在读到之京师妹在《顾随与叶嘉莹》一书所辑入的这一封老师给在昭的信,想到老师对我们晚辈的关怀惦念以及我与之英姊两家所遭遇到的忧患苦难,真是令人不禁感慨万千。而且之京师妹在其所辑录的老师致在昭学长的这一封书信之下,还附录有老师在1948年12月4日所写的一则日记,说:"得叶嘉莹君自台湾左营来信报告近况,自言看孩子烧饭打杂殊不惯,不禁为之发造物忌才之叹。"那是因为我与外子初抵左营时外子姐夫的妹妹才生产不久,所以我不得不照料他们的生活。在当时,所有我身边的人都认为做家事才是一个做媳妇的本分所应做的事。尽管后来我为了负担全家的生计在学校教书工作极为忙碌之时,身边的人也仍然认为做好家事才是妇女应尽的责任。至于才与不才,则传统观念本来就认为"女子无才便是德",更何况我作为一个患难中苟活下来的女子,除了辛勤劳苦维持生活以外,根本无人会关爱到才与不才之事。而我自己也从来并未敢以"有才"自诩。因此在当时对于一切加在我身上的要求我都只是逆来顺受地承接。所以我曾在一篇文稿中说:"我过去在古老的家庭中,曾经接受过以含容忍耐为妇女之美德的旧式教育。"所以对于一切横加于我的责求,都是无言的承受。我在文稿中还引用过王国维咏杨花《水龙吟》中的"开时不与人看,如何一霎蒙蒙坠"两句词,以为我自己也正如同这两句词所写的杨花一样"根本不曾开过,便已经零落凋残了"。所以当我读到老师在日记中为我的遭遇所发出的"造物忌才"之叹,这种感动真是难以言说的。

除去之京师妹在这册《顾随与叶嘉莹》一书中所提到的老师对我的关怀与爱护之外,其实还有周汝昌学长在他给我的一封信中所提到的一些记叙,也曾使我深受感动。原来我在1948年离开故乡以前,与汝昌学长并不相识,其后汝昌学长以其《红楼梦新证》一书蜚声当世,我曾听人说起他原来也曾从羡季师受业,而我久居海外,无缘识荆。直到1979年秋天,当时因美国威斯康星大学的周策纵教授筹办国际红学会议,我因而获得了汝昌学长的地址。而当时我与诸同门正在设法搜集和编辑老师的遗著,于是就给汝昌学长写了一封信,将此意告知。其后收到汝昌学长一封很长的复函,其中有一段话,读后曾使我深为感动。原函是这样说的,"汝昌于学长原无所知,早岁于羡师诗集中见有《和叶生韵》《再和叶生韵》共七律多首,迥异凡响,因尽和之,并与师言:'叶生者,定非俗士,今何在耶?'(自注:此皆通信,非面请也)师不答。后于五二年,羡师大病初起,即手书云(自注:大意):'昔年有句赠叶生,"分明已见鹏起北,衰朽敢言吾道南",今以移赠吾玉言(自注:汝昌贱字也),非敢"取巧",实因对题耳。'此汝昌自羡师亲聆语及'叶生'之唯一一例,心焉识之,不敢请询也。及今思之,此岂非即指学长乎?羡师一生门墙桃李,而常伤寂寞,自知汝昌其人后,乃不以寻常师弟之谊视之"云云。我读了汝昌学长的信,见到了他所记叙的他问起"叶生何人"而老师乃默然不肯作答的事,从此一记叙既可见老师对学生的悬念关爱之情,更可见当时因海峡隔绝而不得不将关爱之情隐而不发之种种不得已之处。作为一个老师,一般而言,当然总是希望能得到一个可以传承的晚辈,而1952年老师大病初起之时,乃把多年前赠我的一首寄托了"吾道南"之冀望的诗句转赠给了汝昌学长,则老师因多年不得我之音信,其失望与伤痛可知。

而且据之京师妹在新辑之《顾随与叶嘉莹》一书中还引有一段老师已亡佚了六十余年的《踏莎行》词,原来早在1943年春,当我从老师选读"唐宋诗"一课时,有一天老师在课堂上曾偶然提到了雪莱《西风颂》中的"冬天来了,春天还会远吗"两句诗,并用此二句诗意写了两句词云:"耐他风雪耐他寒,纵寒已是春寒了。"当年我曾用这两句词填写了一阕《踏莎行》,题曰《用羡季师词句,试勉学其作风,苦未能似》。其后之京师妹整理老师遗著,曾经对我提出过疑问,说在老师的词集中未曾见到与此二句词相应的作品。直到2009年夏她才在汝昌学长所提供的老师的旧稿中发现了老师原来在1957年2月曾写过一首《踏莎行》词。之京师妹对老师这一首佚词曾写了一段按语说:"品读新发现的父亲这一首已亡佚六十余年的小词,发现词前之'序文'遥遥照应着叶嘉莹所述当年的那段本事。师弟子二人相隔十余年的两首词用的是同一个词牌《踏莎行》,师弟子二人同样把当年课堂上的断句置于词作之歇拍。老师词作上片之结拍与弟子的词作上片结拍用的是同一个韵字,词中所用意象师生二人也颇有相近似者——这竟是老师对弟子十四年前'用羡季师句'足成之作所谱的一阕无法明言'和作'的跨越时空的唱和。"之京师妹按语最后说:"此中所深蕴的不尽的情意,难以言传。"而作为当事人的我,其感动当然更是言语所难以传述的。

今日距离1942年我修读老师所开的"唐宋诗"的课,已有近七十年之久,距离我1948年离开故乡向老师告别也已有六十多年之久,人世之间已经历了无限沧桑之变,而在这些文字的记叙中,这一份经历了死生离别的师生间深厚的情谊却是永恒不变而且历久弥新的。因写为此文并题为《经历了死生离别的师生情谊》。

2010年10月22日

叶嘉莹写于南开大学时年八十有七

后　记

写毕前文,重检之京师妹新编之《顾随与叶嘉莹》一书,似有两点尚须补正之处。其一,在上编所辑录的《顾随批改叶嘉莹诗词曲习作五十七首》之后,有之京师妹所加之附言一则,之京师妹以为老师"在一纸散曲小令空白的下半页"所写的"作诗是诗,填词是词,谱曲是曲,青年有清才如此,当善自护持,勉之勉之",这"短短几句由衷的赞语",是对于我那一阶段"诗词曲习作的总结"。这其间有一点误会,因为这几句评语是我进入老师"唐宋诗"班上后所交的第一次各体习作后的评语。我自己当日其实从来没想到过自己有什么才华,只不过以为因为我是从幼少年时代就在家中开始了古诗读写之训练的,而其他同学则是从一般正规的中小学出身,可能没有这种训练,所以我的作品就显得较为纯熟自然,如是而已。而且我那时初选读老师的课不久,未曾与老师交谈过一句话,而老师竟然透过我的习作表现了如此的关爱和奖勉之情,所以当时我对老师的评语实在感动不已。而且数十年来老师对我的奖勉和期许曾一直激励着我在诗词之研读与教学的路上继续努力,唯恐有辜师恩。直到现在虽然已年近九旬,也未敢稍懈,而且过去虽在生活上经历了许多挫折和困苦,但我对诗词之执着的热爱也未曾稍有改变。老师的期许和奖励一直是支持我在这条路上不断走下去的最大的力量。

其次还有一点我想略加说明的,就是在之京师妹所新辑的这一册书中曾辑录有1948年7月7日老师给我寄到南京去的一封信,信末老师曾指出我在信中把"到处"写作"倒处"是笔误,又说我在信封上所写的"建邺路"疑当作"业"字。此则并非笔误,而是当年我在南京所住的街道巷口的路牌所写的就是"建邺路"。老师毕竟是一位心思细密的通人,所以在给我的回信的信封上就也写的是带着耳朵的"邺"字,并没有径改作"业"字。不知现在南京城的这条路是否在巷口的路牌上仍写作"建邺路"?或已经改作"建业路"了吗?世事沧桑,前尘若梦,但在我的心目中,师生之情谊是属于一种精神与心灵的传承和延续,这一份情谊是和诗歌一样有着生生不已之生命的。

最后我还要说的一句话则是,多年来我对之京师妹一直怀有一种感激之意,因为正是由于有之京师妹不断的整理和编辑,才能使老师的德业文章不断彰显于世,而我三十年前写赠之京师妹的诗句"中郎有女胜须眉",在今天也果然得到了最好的证验。我想老师如果天上有知,也必然会感到极大的欣慰。

补充诗词三则

当我草写了以上一篇文字后,曾经做了一份复印件交给之京师妹,请她提意见。她嘱我做出下面的三则补充。

一、老师《送嘉莹南下》一诗的全文如下:

送嘉莹南下

食茶已久渐芳甘,世味如禅彻底参。

廿载上堂如梦呓,几人传法现优昙。

分明已见鹏起北,衰朽敢言吾道南。

此际泠然御风去,日明云暗过江潭。

二、我于1943年春所写的《踏莎行》一首:

踏莎行

用羡季师词句,试勉学其作风,苦未能似

烛短宵长,月明人悄。梦回何事萦怀抱。撒开烦恼即欢娱,世人偏道欢娱少。　　软语叮咛,阶前细草。落梅花信今年早。耐他风雪耐他寒,纵寒已是春寒了。

三、羡季师于1957年所写的《踏莎行》词一首:

踏莎行

今春沽上风雪兼作,寒甚。今冬忆得十余年前困居北京时曾有断句,兹足成之,歇拍两句是也。

昔日填词,时常叹老。如今看去真堪笑。江山别换主人公,自然白发成年少。　　柳柳梅梅,花花草草。眼前几日风光好。耐他风雪耐他寒,纵寒也是春寒了。

《红蕖留梦》解题

《红蕖留梦》是南开大学历史系校友张候萍女士为我写的一册访谈记录。此书由动议至成书先后已历时有十年之久,此盖由于在开始时,我对此事并不热心。固正如候萍在《后记》中所言,当她于2000年首次提出要为我写一册《口述自传》时,曾被我所断然拒绝。我拒绝的原因有三:其一,我自觉个人只是一个平凡的热爱古典诗词的教研工作者,一生无可称述,此其不适于做访谈对象的原因之一;再则我讲起古人的诗词来虽然兴致颇高,但我自己则其实天性羞怯并不习惯于把自己展露出来作毫无假借的陈述,此其不适于做访谈对象的原因之二;三则我对于现实中一切外表之事物都并不萦心,时移事往就只剩下影像如烟,并不能如我所爱赏的一些其他作家们那样可以把往事记述得历历在目、栩栩如生,此其不适于做访谈对象的原因之三。不过虽有此种种不适合之原因,而最终却仍留下了这一册访谈记录,这可以说完全是出于一种偶然性的人际因缘。原来就在我拒绝了候萍为我写《口述自传》的第二年,有一位澳门的实业家沈秉和先生给南开大学才成立不久的中华古典文化研究所捐赠了一笔巨款作为推广古典诗词教学之用。当时大家都以为要想重新振起古典诗词的传承,首先应注重师资的培养,于是遂于2001年暑期南开大学主办了一个培训诗词教师的暑期讲习班。在培训过程中,学员们的反应都极为热烈,也就是在这种热烈的气氛中,候萍遂邀了另一位于1979年我第一次从加拿大回国讲学就在我班上听讲而当时在天津电视大学任教的友人徐晓莉女士一同来找我谈话,提出了种种理由,劝我接受访问。在当时讲习班的热烈气氛中,我深感众情难却,所以就答应了候萍的请求。候萍那时家在天津,平日常到南开大学来旁听我的课,偶于晚间饭后,就来找我谈话。我那时一个人住在专家楼,晚间无事也乐于有个人来聊天。不过当时我却实在未抱有要把这些闲谈整理成书的预期。其后候萍因她的爱人林雄的工作调动举家迁往北京,我与候萍见面的机会就少了很多。她虽然仍有时来天津搜集资料,但我却一直没有问过她写作的进度。而谁知去年暑期当我返回加拿大以后,候萍却经由电邮给我传来了一系列八章长达三十余万字的书稿。她不仅把我的谈话做了有系统的整理,而且在她爱人林雄的协助下,还把我叙述的当年事迹做了不少考证和补充。他们夫妇二人都是历史系毕业的,候萍的执着认真锲而不舍的精神不仅非常使我感动,而且她的写作态度之历史的求实的精神也使我极为欣赏。不过,我却仍坚持不肯用《口述自传》的题目,其原因固已如前所言。我既不惯于做自我的展露,于是我就想到了一个《红蕖留梦》的标题,这四个字原出于我的一句词,这是因为我生于荷月,小名为荷,而荷一名芙蕖,所以"红蕖"可以自喻。至于"留梦",则自然指的是我对往事如梦的追忆。不过这个标题虽然达到了我想要把自己隐藏起来不做直接展露的目的,却又嫌过于晦涩了。而且候萍告诉我说,出版者希望能把我的名字放在书的题名中。于是就在《红蕖留梦》之后又加了一个副标题,那就是"叶嘉莹谈诗忆往"。这是一个十分写实的说明,此亦正如我在前文所言,我对外表事物并不萦心,而且年龄又已老迈,许多往事多已不能详记,不过幸而我有一个写诗的习惯,我与候萍的谈话,往往都是借着一些诗词旧作而追忆起来的。这就是本书之题名与副标题的来历,谨作说明如上。

2010年11月3日

答谢陈洪先生为《红蕖留梦》题诗

我与陈洪先生初识于我首次来南开大学访问讲学之 1979 年春。陈先生当时为中文系研究生,我离津前曾蒙其亲来旅社为我整理行装。其后陈先生毕业留校,历任中文系主任、文学院院长及常务副校长等职,多年来对中华古典文化研究所之成立与发展曾经予以大量协助。近期校友张候萍君撰写我之访谈录《红蕖留梦》一书定稿后,曾亲呈陈先生阅读求正,既蒙陈先生题诗三章,复以其近作《津沽赋》大作相示,更以其新出版之文史论著《结缘》一书相赠。尤有巧合者,则是陈先生身份证之生年月日恰与我护照上之月日全同,我出生于阴历六月,小字为荷,陈先生曾摄取南开校园马蹄湖中荷花多幅相赠,高情雅谊,铭感无已,因赋小诗二首以为答谢。

    津沽大赋仰佳篇,论史说禅喜结缘。
    曾为行人理行李,高情长忆卅年前。

    谈诗忆往记前尘,留梦红蕖写未真。
    摄取马蹄湖上影,荷花生日喜同辰。

陈洪先生惠存

叶嘉莹诗稿

在南开大学第十四届"叶氏驼庵奖学金"颁奖典礼上的讲话

诸位领导、诸位老师、诸位同学:

首先,我要感谢南开大学给了我一个机会,使我能够在南开大学继续我的教学工作。谢谢南开大学的诸位老师。

岁月易得,一年一度的"叶氏驼庵奖学金"颁奖典礼今年已经是第十四届了,而我来到南开大学也已经有三十年之久了。所以,我想借今天这个机会和大家讲一讲我设立这个奖学金的用意和经过。

我想大家都知道,驼庵是我的老师顾随先生的别号,我们这个奖学金就是为了纪念顾随先生而设立的。每一个同学,在一生之中都会遇到很多老师。我也是一样,我在一生之中也曾有过很多位老师,但是最使我感念的一位老师就是顾随先生。因为,有的老师传授的是知识和学问,而有的老师所传授的则除了知识和学问之外,还有对学生精神品格的一种陶冶、熏染和提升。我觉得,顾随先生就是这样的一位老师。

我跟顾随先生学习的功课主要是诗词。而我觉得,诗词的教学是有一种特殊作用的。我在班上讲课时也常常讲道:我们中国传统的诗词作品与西方有很大的不同。我们的诗歌是"情动于中而形于言",古人早就注意到了"诗可以兴"的作用,我们的诗歌是从感发而兴起的,它的作用也是透过感发来传播的。我常常说,中国最伟大的诗人是用他们的生命来谱写自己的诗篇,是用他们的生活来实践自己的诗篇,屈原如此,陶渊明如此,杜甫也是如此。自古以来,不管是大诗人还是小诗人,都或多或少地把他们自己的生命、品格、修养和志意放在了他们的作品里。诗歌的这种作用,是其他作品不可替代的。而我的老师顾随先生当年给我们讲诗的时候,所传授的就是诗歌中这种生生不息的生命的感发。

  我是1945年从北平的辅仁大学毕业的,我们的校长是陈援庵先生,我们的系主任是余嘉锡先生,都是非常杰出的学者。但是我以为,他们在课堂上所讲的大体都是知识和学问。而知识和学问,有时候是我们自己从文字的著作里边也可以取得的。但顾随先生讲课时没有课本,也不发给我们什么文字的材料,每一次上课都凭着自己的感发——或者由自己的诗篇感发,或者由古人的诗篇感发,他都是即兴的讲授。他给我们的,都是由诗歌引起的一种生生不息的感发的生命。即使是对同一个作者或者同一首诗歌,每一次他讲的时候都有新的东西和新的生命在里边。因此我从大学二年级开始听顾随先生的课,一直到我毕业后在北平教书了,还是追随着顾先生去听他的课。那几年我记了许多本笔记,还有一些零散的活页讲义装订起来也有厚厚的一本。这些东西,我以为是在天地之间极可宝贵的,是万一失去了就永远不可复得的。所以,当我在1948年坐飞机离开北平的时候,书籍衣物之类的什么都没有带,就只带了老师讲课的这些笔记。我1948年3月从北平去南京,1948年年底从南京去台湾,1966年从台北去北美,其间经过了许许多多的颠沛流离,很多东西都丢掉了,但我始终把这些笔记带在身边,它们随我羁旅漂泊达数十年之久。

  在我离开北平去南京的时候老师曾写给我一首诗:

    食茶已久渐芳甘,世味如禅彻底参。
    廿载上堂如梦呓,几人传法现优昙。
    分明已见鹏起北,衰朽敢言吾道南。

> 此际泠然御风去,日明云暗过江潭。

"优昙"是佛经里所说的一种美丽的花。我的老师说,他在讲台上教书已经几十年了,在他所教的学生里边,有谁真的能够继承他的精神和理念,开出这样一种美丽的花朵来呢?在那之前,老师在另一封写给我的信中还曾说:

> 假使苦水有法可传,则截至今日,凡所有法,足下已尽得之。此语在不佞为非夸,而对足下亦非过誉。不佞之望于足下者,在于不佞法外,别有开发,能自建树,成为南岳下之马祖,而不愿足下成为孔门之曾参也。

老师名字的英文读音读若"苦水",所以他用"苦水"来作别号。曾参是孔子的弟子,马祖是禅宗南岳创始人怀让的弟子。老师说他不希望我像曾参一样只做一个对老师唯唯诺诺的弟子,而希望我像南岳门下的马祖道一样能够有所开创和发扬。对老师的这种期望,当年我觉得非常惶恐和惭愧。我不知道老师为什么竟把这个期望加在我的身上。我从小是关起门来在自家院子里长大的,所以我年轻时非常害羞,在公开的场合连一句话都不敢讲。去年顾之京师妹到南开来看我的时候还说:"我父亲的很多学生我小时候都认识,只有你,我那时只知道你的名字却不认识。"其实,那就是因为我在老师面前也不大讲话的缘故。

在离开老师之后,我遭遇了很多不幸的事情。当我在南京和刚刚到台湾的时候,我和我的老师还保持有通信的联系。老师在日记中还曾写道,接到了我的信,知道了我的近况,"不禁为之发造物忌才之叹"。可是后来,台湾当局下了戒严令,我和家乡的通信联系就断绝了。那时我常常做梦,梦见回到我家老宅,我从大门进去,院子里一切如旧,但所有的门窗都是关着的,哪一扇门我都进不去;我还梦见和同学到我老师家里去——老师家住在什刹海附近,而那时我们辅仁女校就在恭王府旧址,出了学校后门不远就是什刹海,我和同学们有时就沿着什刹海走过去看望老师——而在梦中什刹海到处都是高高的芦苇,我在芦苇丛中怎么也走不出去。每一次做梦做到这个地方就会惊醒,惊醒之后就有无限的怅惘和悲伤。当时我以为是因为我羁旅在他乡所以才有这样的想念,我那时还不知道,我的老师对我也是同样惦念的。一直到去年我在北京参加一个纪念老师的学术研讨会时,老师的女儿、河北大学的顾之京教授送给我她新编的一本书《顾随与叶嘉莹》——也就是今天我送给获奖同学的这本书——我才看到了书里所记载的我的老师在他的书信和日记里对我的怀念。这使我极为感动。

老师没有儿子只有六个女儿,他最喜欢他的二女儿顾之英。当时我是因为嫁给了一个做海军的丈夫而随国民政府撤退去了台湾;老师的二女儿则是因为嫁给了一个做空军的丈夫也去了台湾。那时老师曾给我写信,说希望你们两个人在台湾能够保持联系。可是我去台湾不久,我先生就被关起来了,第二年我带着吃奶的女儿也被关起来了,所以一直没有机会到台北去看望之英师姊。等到四年以后,我的先生被放出来,我也在台北找到了工作,这才去探访住在台北的之英。之英一家住在空军的眷村,所谓"眷村",就是军人撤退到台湾时临时搭建起来的眷属宿舍。我按照老师给我的地址找到他们家的时候,他们的同事和邻居告诉我说,他们全家已经都不在了。原来,先是顾之英到台湾后因气候不适而生病死去了,留下来有三个孩子。她的先生是空军飞行员,不知为什么竟然喂小孩吃了毒药然后自己也服毒,全家自杀了。有人说,当时可能曾救活了一个孩子,那孩子叫李沪生,因为是在上海出生的。那时我把这个名字记下来,托一个在空军工作的我的辅仁校友去找,我说你一定要帮我找到老师的这个外孙,我要收养他。那个同学找了好久,但是始终也没有找到。

后来当我见到顾之京的时候她告诉我,她家那时候也知道了这个消息,因为大陆的报纸报道了这件事情,是作为台湾白色恐怖的事例来报道的。她们不敢把这个消息告诉我的老师,就把家里订的报纸藏起来了。但老师学校的办公室也订有报纸,后来他们就发现老师好像也知道了这个消息,但老师也不说。一家人始终互相隐瞒了这个消息,为的是不愿意让对方痛苦。《顾随与叶嘉莹》这本书中收入了老师在1949年给我的一个同班同学的信,老师在信中说:"嘉莹与之英遂不得消息,彼两人其亦长长相见耶?"原来不只是我思念老师,老师的心中也是一直惦念着我和之英的。

抗战的时候北平沦陷有八年之久,所谓"慷慨歌燕市,沦亡有泪痕",这是我当年写的一首诗里边的句子,那时我们的老师、同学都写过这一类的作品。记得1944年抗战胜利前夕,老师在课堂上写过两个断句,是翻译英国诗人雪莱《西风颂》里的最后一句"If winter comes, can spring be far behind?"老师写的是:"耐他风雪耐他寒,纵寒已是春寒了。"我那时曾用老师的这两句写成了一首《踏莎行》词,题曰《用羡季师词句,试勉学其作风,苦未能似》。后来顾之京师妹整理老师遗著时曾对我说:"我没有找到我父亲在哪一首词里用过你所说的那两句,你怎么说是用羡季师词句?"后来直到2009年,她才在周汝昌学长提供的老师信件中发现了老师写于1957年的一首佚词中有这两句,而且老师这首词和我那首词用的是同一个词调和同一个词韵。之京师妹在《顾随与叶嘉莹》这本书里说:"这竟是一首老师对弟子十四年前'用羡季师句'足成之作所谱的一阕无法明言为'和作'的跨越时空的唱和。"

说到周汝昌先生,我和他初次见面是1980年代初期在美国威斯康星大学的一个国际红学会议上。周汝昌先生说,当年他看老师的诗集,看到有《和叶生韵》的唱和诗作加起来有24首之多,就写信问老师:"叶生何人?今在何处?"但是,"师不答"。后来他从北京调动工作到南方去,老师曾写给他一首诗,其中有"分明已见鹏起北,衰朽敢言吾道南"之句。老师对他说:"这是我若干年前送叶生的一首诗,现在转送给你了。"我听了周先生的话就想,那应该是因为我去台湾后音信隔绝多年,老师觉得传法的期望已落空了,所以又把那首诗转赠给汝昌学长了。

我第一次从加拿大回国的时候,最盼望见到的人就是我的老师。因为我在离开故乡以后也写了一些有关诗词的论著,我一直盼望的是把我的这些著作交到我老师的面前,像当年交作业一样,得到老师的批评和指正。可是我回来后才知道,我的老师已经去世了,这个愿望永远不能够实现了。我在写给之惠师姊和之京师妹的一首诗里说,"归来一事有深悲,重谒吾师此愿违",那就是我当时悲痛的心情。所以说,我们师生之间的感情不是普通的情谊,而是经历了死生离别的师生情谊。我虽然不才无能,但为了传承老师的教诲,我一定要尽我的力量做我所能够做到的一切事情。

这些年来之京师妹已经把我带回来的十几本听课笔记陆续整理发表出来了,目前她还在继续整理,可能最近将有更完整的专书出版。这是一件非常有意义的工作,我非常感谢她做的这些工作。我的老师讲诗讲的不是知识,不是文字,而是诗歌里的生命。我以为从来没有人讲诗像我老师讲得这样好。老师的课充满了生命与理想的兴发和感动,提升了我们的学养和品格。

我现在已经是八十多岁快到九十岁的人了,回想起来我做过两件我认为对中国诗歌之传承颇有意义的事情。第一件就是刚才说的,我在颠沛流离中不惜丢掉了个人的很多东西而保存下来了老师讲课的这些笔记,最终得到整理出版。第二件事情其实也颇有意义,那就是我录下了我的另一位老师戴君仁先生吟诵的录音带。这件事也是说来话长。

戴君仁先生别号静山,当年教我大一国文。那时候我们写作文都要写文言文,还要用毛笔。记得戴先生当时曾给我们出了一个作文题《书五代史一行传后》。原来五代的时候三天两头改朝换代,多少人都不能保持住自己的节操,所以欧阳修的《五代史》有一篇《一行传》,传中所记叙的一些人,都是在变乱之中能够有所持守,保住了自己的节操。那么戴先生让我们写读了这篇传记之后的感受,也就隐含有在日本统治下的沦陷区也该保持节操的意思了。戴先生还出过一个作文题是《代苏武致李陵书》。大家都知道苏武和李陵的故事,李陵投降匈奴虽然是不得已的,司马迁还曾因为替他辩护而遭受宫刑,但苏武却终于回到汉朝了,而李陵最终留在了胡地。古文里有一篇《李陵答苏武书》,传说就是李陵写给苏武的信,向苏武述说他不得已而投降的原因。那么老师让我们写《代苏武致李陵书》当然也是隐含有深意的。总之在北平沦陷于日本的那段日子里,我们师生都没有明说,但不管写文章还是写诗,我们彼此都能够领会其中的深意。

我在辅仁读大学期间戴君仁先生教我们大一国文,但没有给我们讲过诗。他到了台湾之后在台湾大学教的课里边有一门"诗选",后来戴先生把我叫到台湾大学就是要我接着教他讲的这一门课。戴先生有一天在教"诗选"课的时候兴之所至就吟了几首诗。当时在座有很多台大学生和我一起听了戴先生吟诗,但后来似乎没有一个学生特别记起来这件事,而这件事却给我留下了很深的印象,因为我觉得戴先生吟得真好。

若干年后我到了北美,离开祖国越久,心里就越关心祖国传统文化传承的事情。于是我就写信请人帮我到戴先生家里录下戴先生的吟诵。结果戴先生为我录了一卷他吟诵的录音带,从五七言古近体到最长的《长恨歌》,那真是非常难得的一卷录音带,它为我们留下了宝贵的吟诵资料。

我现在很关心诗歌吟诵这件事情。中国古代小孩子入学学习,都是从背诵和吟唱开始的。我认为这很符合科学的道理。医学上说,人有左半脑有右半脑,左半脑是负责理性的,右半脑是负责感性的。一个人如果只用理性去学习,所得的就只是知解;而声音是一种直觉的感受,如果你伴随着吟唱去学诗,那就把感性和理性结合起来了。可是自从提倡新文学以后,大家看到老先生们摇头晃脑哼哼唧唧地吟诗,又不是唱歌,那算什么呢?大家就都不能接受。而许多年下来,吟诵这件事就荒废了,它的传统就断绝了。我在台湾三个大学教过书,时间达十几年之久,却从来没有在课堂上吟诵过一首诗。一方面因为我那时是一个很害羞的人,觉得吟诵的调子与唱歌完全不同,一般人听起来不免觉得不习惯,所以我不好意思吟诵;另一方面也是因为我当时还没有反省到吟诵对于中国文化传承的重要性。我是到后来才慢慢地觉悟到了这一点,所以才开始提倡这件事的。现在也有很多主张提倡吟诵的人到我这里来,我就把戴君仁先生吟诵的录音带子推荐给他们。结果在我最近参加的几次吟诵会上,发现居然有人学的就是戴君仁先生的调子。我认为,戴君仁先生吟诵的调子是最正统最规矩的,也是吟得最好的。不像有的人用音乐来配音如同唱歌一样,也不像有的人用一些流行戏曲的调子或者很奇怪的标新立异的调子。

  以上就是我认为我做得很有意义的两件事情。我是很为我做过的这两件事已经在文化传承之中起了一定的作用而感到安慰的。

  到今年为止,我教书已经整整六十五年了,从来没有中断停止过。甚至当年我生我的两个女儿时都没有请过产假,因为她们都是在暑假出生的。1945年开始我在北平教中学,1948年我匆忙到南方去,北平的中学当然没有我的退休金。我在台湾大学教书十几年,但是没满二十年就去了北美,所以我在台湾大学也没拿过退休金。我在美国密歇根州立大学、哈佛大学教书两年,是短期的客座,当然没有退休金。1969年我到加拿大不列颠哥伦比亚大学教书,1989年退休,本来已经有二十年,可是由于我到加拿大的第一年是临时留下来的,那一年不算,所以我没有拿到全额的退休金,只拿到30万多一点的加币,当时折合成美金只有20万。我教了一辈子书,这就是我得到的全部退休金了。那时正值我们的研究所成立,我就拿出其中的一半,即10万美金,设立了这个"叶氏驼庵奖学金"。以今天的社会生活状况来说,你们得到的奖金数目是很微小的,也许连吃一顿比较豪华的酒宴都不够,但是这里边有我设立奖学金的一份深意,也有我设立奖学金的一份辛劳。因为这10万美金在我当年拿回来的时候是九块钱左右人民币换一块美金,那时还是很值钱的,可近年来美金越来越跌价了,于是我就陆续把奖学金换成人民币。你要知道,银行有它的额度,我每年只能换一定的数量,结果我只能把我自己的美金放在那里任其贬值,而只把奖学金的这10万换成了人民币。

  我今天说这些话,只是希望大家理解我设立"叶氏驼庵奖学金"的这一份深意。在我们中国古典文化的传统里,老师与学生之间不但是知识的传承,而且还有一种精神和感情上的继承。我曾经改写了前人的两句诗,"师弟恩情逾骨肉,书生志意托讴吟"。父母之于子女,只是血肉的传承。我的子女与我的兴趣、感受不一定是相同的,而老师和学生之间反而有一种精神上的传承。从这一点来讲,师弟之间的感情有时甚而会超越了骨肉之间的感情。而作为一个书生,我自己一生的志意都已寄托在中国古典诗歌之中了,这也正是为什么我已经这么老了,还愿意继续讲授我们中国古典诗歌的原因。

  对不起,耽误了大家这么多时间。谢谢!

2010年12月

物缘有尽　心谊长存（一）
——从《富春山居图》跋文谈到被盗窃的一幅台静农先生书法

近来在两岸艺坛上有一件盛事，那就是在中国艺术史上极为著名的元代大画家黄公望的《富春山居图》，在经历了巧取豪夺以及焚烧和断裂的种种劫难后，其所残余的分别存放在浙江省博物馆与台北市故宫博物院的两截幸存的部分，目前正在台北的故宫博物院中联合展出。关于黄氏绘画的成就，在中国艺术史中早有定评，当然无须我在此更为辞费。我现在所要写的，只是黄氏这一幅名画《富春山居图》后面的一段跋文所引起的我的感慨。

黄氏本姓陆，生于南宋度宗咸淳五年（1269），南宋覆亡时，他只有十岁左右，而他的父母却都早已先后亡殁，当时有一位居住在浙江永嘉名叫黄乐的老人，遂认养了他作为嗣子。据说这位老人对他极为赏爱，一见面就曾经欣喜地说"黄公望子久矣"，而这也就是他后来何以被名为黄公望而字子久的缘故。黄氏天资聪颖，十二三岁时，曾应神童之试，其后也曾一度进入仕途，但因性情不适于官场生活，遂弃官而去，遨游山水之间。与他同时的夏文彦（也就是他在跋文中所提到的云间夏氏）在《图绘宝鉴》中，称述他的山水画之精妙，曾经说他在虞山居住时，"探阅虞山朝暮之变幻，四时阴霁之气运，得之于心而形之于画，故所画千丘万壑，愈出愈奇，重峦叠嶂，越深越妙"。他也曾与当时的杨维桢、张雨、方从义、倪瓒等避俗之士，先后加入过新道教。他曾经为倪瓒所绘的《六君子图》题写过一首诗,说"远望云山隔秋水,近看古木拥陂陀。居然相对六君子,正直特立无偏颇",可以见其品格修养之一斑。他七十九岁那年,与他的师弟无用一起来到了富春山。此山面临富春江,江边有世所称仰的高士严子陵的钓台,他与师弟无用一同住在附近的南楼之上,于是这里的江山人物之胜,遂引起了他的画兴,开始了他的"富春山居图"的创作。而每日与他生活在一起的师弟无用,既赏爱他的画作,也被他作画的投入之精神所感动,又担心这一幅画之不能长保,于是就请求黄氏在此一画卷之末,题写了一篇跋文。原文是"至正七年,仆归富春山居,无用师偕往。暇日于南楼援笔,写成此卷。兴之所至,不觉亹亹布置如许。逐旋填札。阅三四载,未得完备。盖因留在山中而云游在外故尔。今特取回行李中。早晚得暇,当为着笔。无用过虑,有巧取豪敚(通'夺')者,俾先识卷末。庶使知其成就之难也"。跋文后记有年月及署名,云"十年青龙在庚寅歜节前一日。大痴学人书于云间夏氏知止堂"。"十年"指的是元顺帝至正十年,以干支计为庚寅年,是公历的1350年。"歜节"指的是端午节。当黄氏题写此一跋文时,他已经是八十二岁高龄了。其后八年黄氏逝世。此一画卷遂为他的师弟无用所保有。无用本名郑樗。在经历了元代灭亡的世变以后,郑樗也于不久逝世,于是他所宝爱的此一画卷,遂辗转流传于不同的收藏家手中。其间当然有巧取也有豪夺。直到清顺治七年,那一年恰好也是庚寅年,是公历的1650年。距离黄氏跋文已有三百年之久的时候,这幅画卷遭遇了一场劫难,因被火焚而断裂为两截。这其间当然有许多故事。我们现在能对此一画卷之辗转流传略知一二者,则是因为幸而有一些赏爱此一画卷的人,曾经为之写下了一些题跋的记述。

原来在明代成化以前,此一画卷曾为当时的大画家沈周所保有,其后被人诈骗而去,转卖给了苏州的一位名叫樊舜举的节推。沈氏后来在樊氏家中曾经又见到了此一画卷,但已无力购回。沈氏在感慨之余,遂在卷末题写了一段跋记。其后此一画卷于明代隆庆年间又流入到了无锡谈志伊手中,谈氏曾经邀集了当时的一些文士如文彭、周天球、王穉登等人一同观赏,诸人也曾分别写有题识。其后至万历年间,此一画卷又流入于另一位大画家董其昌之手。董氏晚年家境困窘,遂将此一画卷典质给了吴达可,吴氏之子吴正志与董其昌为同榜进士,雅爱书画,曾经在此一画卷的骑缝之处,都盖上了自己的收藏之印。及至吴氏殁后,此一画卷遂传入了其幼子吴洪裕的手中。吴氏友人邹之麟曾在吴氏处见到此一画卷,并为之写有题识,曾叙及明代覆亡之际,"问卿(按吴洪裕字问卿)一无所问,独徒跣而携此卷,嗟呼!此不第情好寄之,直性命殉之矣"。而也就正是这一位欲以性命殉此画卷之人,乃于其面临殁世之际,竟欲以此一画卷为殉,将之投入了一炉烈火之中,视火盛乃转入卧内。幸而问卿之从子吴子文,"疾趋焚所",将此一画卷自火中救出,于是此一画卷遂在劫火之后断裂为二。孰知那一位将此一图卷自火中救出的吴子文乃于不久之后竟将此一图卷转售他人,而以前曾为此一图卷写有题识的邹之麟,即亲见此画之流转无常,所以在其题识之后乃曾为之加一转语,云:"东坡不云乎'冰上偶然留指爪,鸿飞那复计东西'。"(按东坡诗原句应是"泥上偶然留指爪")夫人世之间本来一切无常,连自我一身尚且不能常保,更何况是身外之物呢。不过物虽不能常保,而透过这一些题跋的文字之记述,却使得千百年以下的观赏之人,对于千百年以上的那一些爱赏者的一份情谊,仍然感动不已。

我最近恰好也经历了一次"物缘有尽"的失落,原来在我温哥华家中客厅和起居室所悬挂的几幅书画,竟于去岁(2010年)12月被盗窃一空。我个人本不是一个耽溺于物的人,所以实在可以说是家无长物,更从来不会主动购藏什么古玩书画,就连一般妇女都对之极为喜爱的珍宝首饰,我对之也并无兴趣。这一次所失落的五幅字画都是师友所馈赠,所以对之颇为珍爱,我所珍爱的不是"物"的价值,而是当年师友馈赠给我时的一份情谊。因此在读了有关《富春山居图》之得失流转的一些记述时,遂想到何不将当年师友馈赠这些书画时的一份情谊记写下来,如此则若干年后无论这些书画流转到何地何方,只要读到我这些记述的人,他们就也必能在观览这些书画之时,联想起与这些书画相关的一份情谊。这或者也可以作为我对当年赠我以这些书画的师友们之高谊的一种感念之情,以及今日我竟使这些书画从我自己家中被盗的一种愧疚之意的一点表示吧。

我所失落的书画共有五幅,其中我最为宝爱的是二十世纪六十年代中台静农先生所书写的我于梦中得句的一副联语。我于1954年经许诗英先生推介进入台湾大学教书。当时台先生是中文系主任,他身边常有一些曾亲自从他受教过的弟子们围绕左右,而我则是一个外来的中文系的教师,所以颇存自外之心,何况我年轻时性情羞怯,因此从来不曾到台先生府上做过私人拜访。直到六十年代中,有一天台先生忽然打电话来,要我到他家中去一趟。原来那是因为不久前,台大中文系郑骞教授的夫人逝世,郑先生是我的老师顾随先生的朋友,郑师母曾经在他们家中热情接待过我。当时郑先生的母亲还在,我尊称她为太师母,郑先生的女儿不过十余岁,就称我为叶大姐。所以当郑师母去世时,我就写了一副挽联,联语写的是:"萱堂犹健,左女方娇,我来十四年前,初仰母仪接笑语。"下联写的是:"潘鬓将衰,庄盆遽鼓,人去重阳节后,可知夫子倍伤神。"台先生见到这副联语后,以为我写得不错。不久后,台大中文系的董作宾先生逝世,台先生就叫我代拟了两副联语,一副是代台大中文系全体师生拟写的挽联,上联写的是:"简拾流沙,覆发汲冢,史历溯殷周,事业藏山应不朽。"下联写的是:"节寒小雪,芹冷璧池,经师怀马郑,菁莪在沚有余哀。"还有一副是代台先生私人拟写的挽联,上联写的是:"四十年驹隙水流,忆当时聚首燕台,同学少年,视予犹弟。"下联写的是:"三千牍功成身逝,痛此日伤心海上,故人垂老,剩我哭君。"从此以后,台先生遂经常打电话来,要我替他写一些联语,有挽联,也有贺联。前后约有十副以上之多。一般情况是他打电话把我叫去后,向我介绍一些与要写之联语相关的情况,我回来拟写好了以后,再送去听取他的意见。总体说来,他对我拟写的联语大多是奖勉有加,只有一次提出了一点小小的意见。那是于右任先生逝世时,台先生要我代他写一副挽联。我拟写的联语,上联是:"生民国卅三年之前,掌柏署卅三年之久,开济著勋猷,朝野同悲国大老。"下联是:"溯长流九万里之远,抟天风九万里之高,淋漓恣笔墨,须眉长忆旧诗人。"我曾与台先生商讨下一联的末一句是用"须髯"还是用"须眉"。于右任先生以美髯著称,所以本来我想用"须髯",而台先生性格通脱,以为不必如此拘执,不如径用"须眉"似更为浑成。如此我与台先生熟识了以后,我就逐渐消除了羞怯之感。有一次和他谈起来我睡梦中的一些诗句和联语,台先生听了后,极感兴趣,而且告诉我说他早年也曾在梦中梦到过诗句。不过台先生在生前从来不把他的诗作示人,所以他也未把他梦中的诗句告诉我,但却要我把梦中的诗句和联语告诉他。当时我因为梦中的诗句只是断句,所以未曾写下来,但我梦中的联语则是完整的,于是我就在一张纸上写下了这一副梦中的联语。谁想到过了十来天,台先生竟然亲自把这一副联语写成了一幅书法,而且用压镜的方式把这一副联语,镶嵌进了一个宽约三十五厘米,长约七十五厘米的美丽的镜框之内送给了我。我的梦中联语,上联是:"室迩人遐,杨柳多情偏怨别。"下联是:"雨余春暮,海棠憔悴不成娇。"台先生在上款题写的是:"迦陵夫人梦中得句,命为书之。"下联落款写的是:"静农于台北龙坡里之歇脚庵。"上联右下方钤有一方肖形图印,下联落款处则钤有一个阴文一个阳文的上下两方台先生字号的小印。联语用金色细绫装裱。镜框则配用的是金漆而镶有一条黑色直线的边框,整体的色调显得珍贵而秀美。至于台先生的书法则写的是带有隶书风格的行楷,上下联左右之间留有约二厘米的间距,至于字与字之间的行气,则写得神贯而形离。整体看来疏朗中有绵密之致,端秀中见英挺之姿,既有行楷之逸畅,又兼隶体之端凝,与台先生平日常以行草书写的风格颇有不同,是一幅极见用心之作,是我平生所收受的友人馈赠之书法中,最为喜爱的一幅作品。

如我在前文所言,我对台先生既颇存有"自外"之意,而且性情羞怯,所以我虽对台先生的书法极为喜爱,却从来不曾开口向他索要过任何作品。台先生在联语上款所题的"命为书之",只是他的自谦之辞。收到台先生所馈赠的这幅书法后,我也曾对台先生喜爱这一副联语的心意有过一点猜想,我想台先生很可能是透过我这一副梦中得句的联语,对我潜意识中的某些幽约怨苦之思有所感触。原来我于1948年随外子工作调动渡海来台后,次年12月外子即因白色恐怖而被海军拘捕,当时我们的长女言言还不过四个月大,而半年后我所任教的彰化女中自校长皇甫珪以下,共有六位教师也因白色恐怖而同时被拘捕,我带着吃奶的不满周岁的女儿,也一同被拘捕进入了彰化警察局。经过审讯笔供后,警方原意是把我们一起解往台北的警备司令部,其后因为我有一个吃奶的女儿,遂将我提前释出。但我则既失去了工作也失去了宿舍,遂成为一个无家可归之人,不得不寄居在一位亲戚家中,过着每天带着女儿在走廊中打地铺的生活。幸而数月之后,有亲友把我介绍到了台南一所私立女中去任教,我遂带着女儿迁往台南,住入了一间只有草席而空无一物的宿舍。当时的同事和学生们对于像我这样一个带着女儿却三年不见丈夫踪影的少妇,未免心怀揣测,而我则只推说是外子的工作忙碌,却对于所经历过的白色恐怖之遭遇,未敢透露一字。来到台大以后,我当然更不曾对任何人说起此事。但我想台先生对我所经历过的苦难,却可能是知道的。那是因为我到台大来任教是许诗英先生的推介,而我当年去彰化女中任教,也是许诗英先生的推介。许先生曾在我北京老家外院的南房租住过,当时我还只不过是一个中学生。1971年许先生殁世后,我曾写有一首题为《许诗英先生挽诗》的七言长古,其中有"旧居犹记城西宅,书声曾动南邻客"之句,记述了我与许先生相识的原委。而以此一份旧谊,所以许先生后来一直都对我极为关爱。许先生与彰化女中皇甫校长的先生宗亮东教授是朋友,彰化女中发生白色恐怖事件,他不会不知道,而当他把我介绍到台大任教时,也一定曾把我的经历告诉过台先生。我梦中的联语很可能是我当时患难中的某种下意识的流露。台先生是一位颇为锐感的诗人,我想他当时很可能是对于我这一副梦中联语的下意识中的情思有所感知,因此才会把这副联语郑重地书写和装裱后送给了我。当然这一切都只是我的猜测和假想而已。

至于台先生曾经对我提起过的他也曾梦中得句的事,则台先生既不曾将他的梦中诗句告诉我,我也就一直不曾追问。如此,直到台先生逝世以后数年,在1995年之夏,当我赴美国哈佛大学编订一册英文书稿时,住在波士顿附近的台先生的次女纯行有一天来看我,交给了我一册用稿纸抄写的台先生诗稿的复印本,说他们兄弟姊妹希望我为这一册即将出版的诗稿写几句话,我才有机会读到了台先生的诗作。关于这件事,我在《台静农先生诗稿·序言》一篇文字中,已曾有所记叙,兹不复赘。我现在所要说的只是"梦中得句"的故事。当我从纯行手中接到台先生的诗稿后,我就忙不及待地想要翻寻出他当年梦中所得的究竟是怎样的诗句呢。果然,在他的诗集中有一首诗记述了这件事。诗前小序写的是:"余方二十岁时,梦中得句,书示同学,皆不解其意。今八十岁时忽忆及此,戏足成之。"他所足成的是一首七言绝句,如下:"春魂渺渺归何处,万寂残红一笑中。此是少年梦呓语,天花缭乱许从容。"从这首诗来看,台先生实在是一位极富幽思和远想的诗人。所以才会在梦中梦到如此微妙的诗句,并且会对于我在梦中所得的联语如此感兴趣。而且我以为他或者也曾从我这两句梦呓的联语中,察觉到了某些我从未开口述说过的,存在于我下意识中的某些"幽约怨悱"的哀感吧。至于把梦中得句足成为诗,则也使我想到当年我所告诉过台先生的我的梦中得句之事。我当时梦中所得的原来只有一句,这句诗就是"独陪明月看荷花"。当我与台先生提到这一句梦中之句以后,我还曾有过两次梦中得句,我也曾想要把这些梦中断句足成为诗,但却因清醒后的意识过于明白理性,所足成的句子与梦中的下意识之句,总不能结合融汇到一起,于是我就放弃了自己用诗句来足成的想法,而决定摘用一些李商隐的意感朦胧的诗句,把我的梦中得句足成了三首七言绝句。我所足成的三首诗如下:其一是"换朱成碧余芳尽,变海为田夙愿休。总把春山扫眉黛,雨中寥落月中愁"。其二是"波远难通望海潮,朱红空护守宫娇。伶伦吹裂孤生竹,埋骨成灰恨未销"(按义山诗原句作"恨未休",我为了押韵之故改为了"恨未销")。其三是"一春梦雨长飘瓦,万古贞魂倚暮霞。昨夜西池凉露满,独陪明月看荷花"。第三首诗足成于我离开台湾以前,我也曾把这首诗给台先生看过,台先生还曾将之写成了一个小条幅送给我。至于前两首则足成于我离开台湾以后,台先生未曾见到过。当我读到台先生梦中得句的诗以后,我曾有过两点想法。其一是我以为台先生所足成的后两句诗极好。他用"此是少年梦呓语"一句把梦中情思做了一个整体的归结,而又用"天花缭乱许从容"一句把梦中的朦胧与醒后的反思融汇成了一个虚实真幻打成一片的整体,表现出了大力开合擘画的手段,比我之用义山诗拼凑的办法高明多了。其二是台先生的梦中得句是直到八十岁以后才足成的,而那已经是他读过了我之用义山诗足成梦中句的作品以后了,所以当我读到他这首诗时也曾推想过他之把梦中得句足成为一首诗,曾否也受到过我把梦中句足成为诗的影响呢?

除了这些梦中的联语和诗句以外,台先生还曾做过极为使我感念的两件事。其一是以前当许诗英先生把我介绍到台大任教时,校方要我把一些作品拿去送审,而我当时乃是忧患余生,实在拿不出什么像样的作品。所以当许先生亲自到我家来取作品时,我所能呈交上去的只有我早年所写之诗词的一份油印稿,还有我在台南那所私立女中任教时,被人邀写过的几篇谈论诗词的小文。当许先生向我索要作品去送审时,匆促中我只好把我油印的那册诗词稿和我这几篇不像样子的小文交给了他。及至我通过了评审以后,又过了许久,这些文稿又被中文系送回到了我自己的手中,这时我突然发现我那些不像样子的文稿,竟然都被剪贴得整整齐齐地编订成了一本小册子。而且在封面的一页上还开列有一系列整齐的篇目,而这一系列篇目则正是台先生的笔迹。我看到后内心实极为感动。只不过我与台先生见面时,我们彼此却从来都没有提起过这件事。再有一次,是1988年,当台湾解禁以后,那时我离开台湾已有二十年之久了。新竹"清华大学"的陈万益教授邀请我回台为几所大学做巡回讲演,我在台大讲演的开场白中,曾经提到了我初抵加拿大被迫要用英语讲课时,所写的一首小诗。这首小诗是以诗中第一句的开端"鹏飞"二字为标题的一首七言绝句,全诗是"鹏飞谁与话云程,失所今悲匍地行。北海南溟俱往事,一枝聊此托余生"。我本是一个在讲课时喜欢随意发挥"跑野马"的人,如今要用英语讲课,失去了这一份随意发挥的乐趣,自不免有一种"失所"的悲哀。次日台大校刊刊出了这首诗,我对此原也未以为意。谁想到当我离台前去向台先生辞行时,台先生竟然已把校刊上所登载的这一首小诗,写成了几个小条幅来供我检选,我当时仍是个颇为拘谨的人,所以就只从中挑选了一幅。其后我非常后悔,我当时为何竟未敢向台先生把这几张小条幅都一齐索要过来呢。此后还有一件极使我感动的事,那是1990年秋当我又一次回台讲学时,那时台先生因患食道癌已住入了台大医院,当我去看望他时,他虽已病体衰弱躺在病床上,但依然神志清明,他曾经极为恳挚地对我说"你还是回来教书吧"。我想他一定是对我那首小诗中所流露的"失所"之悲,仍然一直在关怀着,这句话直到今日也仍然令我感念不已。而过了几天,当我将赴大陆开会,再去医院看望他向他辞行时,他当时正在昏睡中遂未得一语之交谈,及至我从大陆开完会再赶回台湾时,台先生则已经长逝不返了。我对台先生其实一直深怀感念之情,只因我个性羞怯拘谨,在他生前,我从来不曾开口表述过感谢之一字。1994年当我撰写《怀旧忆往——悼念台大的几位师友》一篇文字中,还曾为自己之不言谢作过一番辩解之辞,说"我以为以先生之豪迈,必不在意我之是否言谢,而以先生之敏锐,则我虽不言谢,先生也必能感知我的谢意"。而如今将近二十年后,我竟然因家中遭窃把先生珍重送给我的我所最为宝爱的一幅书法遗失,我的痛心实在是无可言说的。

　　本来数年前我已曾把友人惠赠的一些书画陆续带回中国去了,而这幅书法则因为我的过于宝爱,所以反而留在了我家客厅的墙壁上未忍摘除,而且当我去年离开温哥华时,家中都安装了防盗的警铃,更且还有两位同学住在我家中,多年来都是如此安排,从来未曾发生过意外。谁料到竟会有人拆除了警铃破坏了电闸,把我所珍爱的几幅书画一扫而空地盗窃而去了呢。此事发生时我正远在天津,虽有亲友代为报警,但亡羊补牢已经于事无补。而我今春在津更曾因血压增高且染上感冒又引发了哮喘等种种疾病而延误了行程。当时温哥华的友人曾不时打电话到天津询问我的归期,有时说不要错过花季,赶快回来吧,有时又说还在下雪还是晚点回来吧。当时我还曾写有一首小诗:"敢问花期与雪期,衰年孤旅剩堪悲。我生早是无家客,羞说行程归不归。"及至3月底我回到温哥华家中时,面对空白的墙壁,真是说不尽的感慨悲伤。有朋友也曾问起过我是否曾为这些书画买了保险,我说没有,因为在我心目中,这些书画所代表的原是一份内心的情谊,本不是物的价值可以衡量的,也不是金钱可以补偿的。但我从这些盗窃者之行为之粗暴与品格之低劣来看,则他们所看重的显然只是这些书画的物之价值而已。我现在已是一个年近九旬的老人,物之不能长保,我对之本来早有认知。我的原意本是打算我离世时,将这些书画都留给我在天津南开大学所创办的中华古典文化研究所,作为我所接触过的古典文化的一些美好的见证。我还记得二十多年前,当台先生逝世后,台大中文系的柯庆明教授曾经写过一篇悼念台先生的文章,他的文题就是《那古典的辉光》,文中对于台先生的行事为人以及音容笑貌,都有生动的描述。而如今台先生的这一幅书法竟然遭受到了这些手段如此粗暴、品格如此低劣之人的盗窃,而更可悲哀的则是,我心知这些人一定是华裔人士,在与上一代之古典的辉光的对比之下,我确实为我们华裔中的有些人竟然堕落到今日之不择手段唯利是图的心态和行为感到可耻与可悲。但继而又想,这些盗窃之人既然以谋利为目的,则台先生的此一幅书法将来定会辗转流传于书画艺术的市场之中。而也就恰好正在此时,在台北的故宫博物院,黄公望的《富春山居图》在历经了数百年来之巧取豪夺焚烧断裂的种种劫难后,终得还原合璧之展出,而我也有幸既得在电脑上仔细观赏了全幅图卷,而且也遍读了所有的题跋。因此我遂对我所失落的这一幅台先生的书法,产生了一种美好的祝愿,希望这一幅书法能够流转到一位真正对之知所赏爱的人士手中,而我的这篇文字,或者也可以一如《富春山居图》之题识,使后之宝藏者知其当年"亹亹布置"与"成就之难"的种种心谊之历程有如是者,因此乃写了这一篇纪念文字,且副题曰"从《富春山居图》跋文谈到被盗窃的一幅台静农先生书法",盖以记其始末原委之如此也。是为记。

叶嘉莹写于温哥华不列颠哥伦比亚大学亚洲图书馆时在辛卯年端午后十日(公元 2011 年 6 月 16 日)

台静农书叶嘉莹联语

附记：我此次被窃失去的书画，除台静农先生此幅书法以外，还有范曾先生的三幅作品：一幅《维摩演教图》、一幅绘有老人与猴子的《高士图》，还有一幅《水龙吟》的书法。这些书画作品，其中也有不少故事，我将于下篇再加记述。

物缘有尽　心谊长存(二)
——记我家中失窃的范曾先生书画三幅

说起我与范曾先生之相识并蒙其以多幅书画相赠,其间盖有一段颇为曲折的历史因缘,而这段因缘则要远溯到二十世纪的四十年代。原来我于1942年在当时北平的辅仁大学读中文系二年级的时候,有一位教我们"唐宋诗"课程的顾随教授,他有一位同在辅大任教的好友李霁野先生。李先生是外文系教授,曾译有《简·爱》等小说,但李先生同时也是一位诗人,既写新诗也写旧诗。不过,当时我与李先生并不相识。及至1948年冬天,我随外子工作调动,由大陆渡海去了台湾,当时顾先生与我仍有书信往来。顾先生来信告诉我说李霁野先生目前在台湾大学任教,嘱我抽暇去看望他,于是我于1949年的春天就去看望了李先生。当时我已怀孕有四个月左右,而且已经接受了彰化女中的聘约,所以与李先生见面致候以后,并未在台北多做停留,就赶往彰化去教书了。放暑假后我就从彰化回到了外子所任职的海军左营军区。暑假中在高雄产下了长女言言,9月就仍返回彰化女中去教书了。12月圣诞节前,外子由左营到彰化来探望我们,当时我住在彰化女中校长皇甫珪女士的官舍(因为彰化女中不允许有带婴儿的母亲住入女教师的单人宿舍)。12月24日的晚上外子还曾与皇甫校长同下跳棋,而次日凌晨就有左营海军的几位人士,敲开了皇甫校长官舍的门进入我所居住的房间内,大事搜索后把外子带走了。我仓促中带了些婴儿用品,就追随着他们一同乘火车去了左营的军区。外子被押禁入了军区后,我就带着女儿在一位亲戚家暂时住了下来等候消息,但过了数日打听不到任何消息。而为了工作和生计我就只好带着女儿仍然回到了彰化。当时在白色恐怖中,我不敢把外子因"思想问题"被捕的事告诉任何人,就貌如无事地仍然在彰化女中继续教书。谁想到次年(1950年)6月初,就又有一批人来到校长官舍,把皇甫校长与我及另一位在此同住的女教师张书琴一起逮捕进了彰化的警察局,进入警局后才知道原来被捕的还有其他好几位老师。经过审讯和写自白书等种种手续后,警局决定把我们一起押送到台北的宪兵司令部。听到此消息后,我立刻抱着吃奶的女儿去请见彰化警察局的局长,要求他把我们母女就地拘押,不要送到台北去。因为我在台北一个人也不认识,如果有任何事发生,我们母女连一个可以联络托付的人都没有,而在彰化则至少我已经教了一年书,总有些同事或同学可以联络。结果这位局长审查考虑以后竟然大发恻隐之心,把我们母女提前释放了。但被释放后,我们母女就成了无家可归之人了。这一场灾难直到1952年外子被释出,1953年我在台北找到了教书的工作,才告一结束。而当我回到台大,打听起李霁野先生的下落时,才知道他原来早见机先,在白色恐怖尚未大规模发动以前,就已经先回到大陆去了。而我与范曾先生之得以相识,则与我和李先生这一番患难离合有着密切的关系。

我当年在患难中,最怀念的当然是我的故乡和故乡的家人师友。不过当时的大陆既已经是竹幕深垂,台湾也已经是戒严封锁,当我在台湾大学担任"诗选"与"杜甫诗"等课程时,每当我讲到杜甫《秋兴八首》中"每依北斗望京华"的诗句时,总会眼中涌满泪水,以为我在有生之年是再也无法回到我的故乡了。其后于1966年我被台湾大学以交换计划指派去了美国的密歇根州立大学任教,又因哈佛大学远东系海陶玮教授(James R. Hightower)的相邀于1967年来到了美国的康桥,那时虽然自幸摆脱了台湾戒严的约束,但大陆却已经发起了"文化大革命",我也仍然不敢与大陆的亲友通信。在台湾时因为地处亚热带,多年见不到秋天的红枫和冬天的白雪,而到了哈佛大学后,我所在的东亚系的办公室窗外,沿街就是一排美丽的枫树。所以当时我曾写有一首《鹧鸪天》小令:"寒入新霜夜夜华,艳添秋树作春花。眼前节物如相识,梦里乡关路正赊。　　从去国,倍思家。归耕何地植桑麻。廿年我已飘零惯,如此生涯未有涯。"不过,当时我在哈佛大学教的学生都是远东系的研究生,所以我完全可以用中文讲课。而我与海陶玮教授的合作研究也有不少切磋之乐。及至1968年暑假,我既已经将外子接来美国,海陶玮教授遂坚意要留我在哈佛继续任教。但我却坚意要回去。我的理由是一则我要对台湾大学遵守交换两年后返校任教的约定,再则我也不能只顾把两个女儿带出来,把先生也接出来,却把八十几岁的老父一个人留在台湾。何况我当时担任着台湾大学、淡江大学、辅仁大学三个大学的许多课程,我不能突然改变计划,给当初邀请我到这些大学任教的诸位老师们制造困难,辜负了他们当初邀请我去任教的一番美意,所以婉拒了海教授对我的诚挚的挽留而返回了台湾。临行前我曾经写了题为《一九六八年秋留别哈佛三首》的七言律诗,第一首诗写的就是因大陆正处"文革"而我无法还乡的哀感。诗是这样写的:

又到人间落叶时,飘飘行色我何之。
日归枉自悲乡远,命驾真当泣路歧。
早是神州非故土,更留弱女向天涯。
浮生可叹浮家客,却羡浮槎有定期。

第三首写的则是我对海教授坚意挽留之意的感谢,和对我们合作研究时的切磋之乐的记述。诗是这样写的:

> 临分珍重主人心，酒美无多细细斟。
> 案上好书能忘暑，窗前嘉树任移阴。
> 吝情忽共伤留去，论学曾同辨古今。
> 试写长谣抒别意，云天东望海沉沉。

第二年（1969年）哈佛大学的海教授再次寄来聘函邀请，而当时外子在美既未能觅得工作，两个女儿都在美国读书，我个人在台湾三所大学的教学所得实在无法供应维持他们的生活费用，遂决定为老父办理通行手续，准备与父亲一同赴美。但却因种种原因未能办妥，我最后还是依哈佛海教授的安排先到了加拿大，准备由加拿大再转赴美国。而谁知抵加后也仍然没能拿到通行证件，遂又经海教授之介绍，接受了温哥华不列颠哥伦比亚大学亚洲系客座一年的临时聘约。当时亚洲系的系主任蒲立本教授（Edwin G. Pulleyblank）向我提出了一个条件，就是除了担任研究所中两个会说中国话的洋学生的研究导师以外，还一定要教一门全校学生都可以选修的"中国文学介绍"（Chinese Literature in Translation）的大课，这一门课程是要从古代的《毛诗》一直教到当代的《毛泽东诗词》的各体中国文学的介绍。而且学校指定这一门课必须用英语讲授。本来即使用中文来介绍这么悠久的中国历代文学，就已经不是一件易事，何况要用英语讲授，但当时我已别无退路，为了全家的生计，我只好硬着头皮答应了下来，而当我拿到了聘书要把外子和两个女儿从美国接来温哥华时，当时温哥华的移民局却百般刁难，说妇女不可以做户长，不可以把他们用我的眷属的身份接过来。我在极度忙碌和烦苦中，也曾经写了一首诗，题目是《异国》。诗是这样写的：

> 异国霜红又满枝，飘零今更甚年时。
> 初心已负原难白，独木危倾强自支。
> 忍更为家甘受辱，寄人非故剩堪悲。

行前一卜言真验,留向天涯哭水湄。

　　诗中的"初心已负"一句,写的是我本来曾希望外子在美国能够找到一个工作,因为想要到美国来,原是他的本意,要我把两个女儿带出来,原来也是他的意思。至于我自己,则本来打算仍留在台湾教书,而每年可利用假期来美国与他们相聚。但外子既未能找到工作,我遂不得不违背初心,留在了北美,而且被迫要用英语讲课,每晚要查生字到一两点钟,第二天再去用生硬的英语来给学生们讲授那本来非常美妙的古典诗词,其劳苦和酸辛是可以想见的。也就是在这种心情下,我写下了那首题为《鹏飞》的小诗,说"鹏飞谁与话云程,失所今悲匍地行。北海南溟俱往事,一枝聊此托余生",表露了我失所的悲苦。这首小诗一向不被人注意,而且我的悲苦也是无可倾诉和言说的,我当然不能向老父诉说,因为他本来已经为我婚后种种不幸的遭遇而满怀哀悯,我对他只有承欢,而绝不该更增加他的烦恼;我也不愿向两个女儿诉说,因为我一直记得《世说新语》中王右军曾说过的一句话,那就是"恒恐儿辈觉,损欣乐之趣";当然更不敢对外子诉说,因为只要我对工作稍有劳苦之言,他都会认为是对他的讽刺而免不了一场风暴。那时我经常会做梦,梦境有两种情况,有时是梦到我遍体鳞伤,而已经去世多年的母亲要来接我回家;再则也有时梦到我回到故乡在一个教室中,用母语为学生们讲授诗词。我在前一篇文稿中所提到的台静农先生书赠给我的那副梦中联语,就是我在这样的梦中为学生们讲述的一副联语(我的《鹏飞》小诗和这副梦中联语都曾被收入《迦陵诗词稿》,出版多年,但却从来未曾引起过读者的注意,而台先生却两次都未经过我的请求而出我意外地把它们写成书法送给了我,台先生的锐感深心是我永远感念的)。我琐琐地叙写这些往事,只是要说明我当年在加拿大是以何种心情去申请回国探亲和讲学的,又是在怎样的一种语境中认识了范曾先生的。

我既然一直怀着强烈的思乡之情,所以当加拿大与中国一开始建交,我就怀着试探之心按照祖居的旧址给北京的两个弟弟寄去了第一封信,不久后收到了大弟嘉谋的回信,说他与小弟嘉炽都仍住在北京的老家旧址,全家都好。于是满怀欣喜之下,我就向渥太华的中国驻加拿大使馆提出了回国探亲的申请。1974年春夏之间,我的申请获得了批准,于是我就利用暑假开始了我离别将近三十年之后的第一次还乡之旅。当时我旅行的一切行程都是由中国旅行社安排的,返回温哥华后,我曾经写了一首题为《祖国行长歌》的一千八百余字的长诗,记述了这一次还乡的见闻和感想。我出生在军阀仍在混战之中的1924年,而在我读到初中二年级那年的暑期,就发生了"卢沟桥事变",经过了漫长的八年抗战,直到1945年我大学毕业时,才迎来了胜利。而北平所迎来的,则是被人称为"劫收"的接收。其后我于1948年春与外子结婚后,先是赁居在南京。他当时在海军任一个少尉官阶的文职工作,而我则暂时闲居在家,但不久后我就被邀聘到一个名为圣三中学的私立中学去任教了。而当日的南京则已是变乱前夕,我那时曾经写了一套【越调·斗鹌鹑】的散套,记述了在南京这一段时期的见闻和感想。当年的11月国府自南京撤守,我就追随外子工作的调动去了台湾,在抵台后的次年就经历了白色恐怖。而1974年我这一个饱经战乱忧患的游子,现在竟果然实现了还乡的梦想,并且在旅行社的安排下见到了新中国独立自主后的种种建设,内心中确实充满了兴奋和感动。不过当时正在"批林批孔",我也听说在"文化大革命"中教育界和知识分子曾受到了不少迫害,心想我以后大概只能回国探亲,却再也不可能回来教书了。其后1977年我再次回国探亲,那时"四人帮"已经倒台。我在旅途的火车上看到不少国内的旅客,或拿着一册《唐诗三百首》,或拿着一册才出版不久的《天安门诗抄》,津津有味地在阅读,而且在西安和桂林等地,那些本地的导游,在介绍当地的名胜古迹时,还能背诵不少与这些古迹相关的古诗。我当时对这种现象极感兴奋,心想我们中华文化中的富于感发生命的诗词,虽历经劫难而毕竟依然未死,我可以申请回国教书的机会终于到来了。也就是在这次旅途中,我满怀激动地写下了"诗中见惯古长安,万里来游鄂杜间,弥望川原似相识,千年国土锦江山"与"构厦多材岂待论,谁知散木有乡根,书生报国成何计,难忘诗骚屈杜魂"等诗句。诗虽不足观,但确实是我内心中真实的感动。回到温哥华以后,我于1978年的春天就给中国的教育部写了一封信,提出了回国教书的申请。当我出去寄信时,要步行穿过我家门前的一片树林,那时正是傍晚黄昏,树梢闪动着一片金黄色的落日余晖,不时有归巢的飞鸟从头顶掠过,而马路两旁正开满了粉红色的樱花,一阵风来,就有千万片飞花纷纷飘落。我当时已是五十四岁,心想来日无多,不免担心我想要回国教书的理想不知何日方能实现。于是就吟成了题为《向晚》的两首七言绝句。诗是这样写的:

其 一

向晚幽林独自寻,枝头落日隐余金。

渐看飞鸟归巢尽,谁与安排去住心。

其 二

花飞早识春难驻,梦破从无迹可寻。

漫向天涯悲老大,余生何地惜余阴。

把这封信寄出以后,我就经常阅读一些报刊,时刻关心着国内文教方面的信息,有一天我忽然从报纸上看到一则南开大学外文系主任李霁野先生复出任教的消息,我当时真是喜出望外,于是马上就给李先生写了一封信,告诉了他我正在申请回国教学的事。李先生很快就给我寄来了回信。说"文革"中他虽然也曾受到迫害,但现在情势极好,国家已

经恢复高考,祝愿我的申请早日获得批准。我在感动之余,于是就又写了两首绝句。诗如下:

其 一

却话当年感不禁,曾悲万马一时喑。
如今齐向春郊骋,我亦深怀并辔心。

其 二

海外空能怀故国,人间何处有知音。
他年若遂还乡愿,骥老犹存万里心。

其后到1979年春天,我就接获了教育部的来信,批准了我回国教学的申请,并且安排我到北京大学中文系去教书。我立刻欣喜地整理行装踏上了回国教学的旅程。抵达北京后,有教育部的一位赵先生到机场来接,安排我住入了友谊宾馆。并且开始了北大的讲学,我就把这一好消息写信告诉了天津南开大学的李霁野先生,不久就接到了李先生的回信,他说北大有不少资深的老教授,而南开经过"文革"后很多老教授都不在了,邀我去南开讲课。于是当北大讲课告一段落后,李先生就安排请南开的两位老师到北大来接我去南开。来接我的有一位是南开中文系的书记任先生,他非常热情地对我说,你不远万里地回到自己的故乡,我们可以安排你在附近游览一番,再到天津去。我告诉他北大已经安排我在北京各地参观游览过了,他说我们可以到稍远的西郊诸名胜一游,于是他就安排我去了碧云寺,那一天正赶上中山堂有一个画展,一进门我就被展厅右侧墙上所悬挂着的一帧巨幅的屈原画像所吸引了。我从幼少年时代就曾熟读《离骚》,屈原就成为我心目中最为景仰的一位诗人。今日乍见此画,竟与我心中所想象的屈原颇有"一见参差是"的感觉,正在瞻望叹赏之间,蓦然忽见有一位展厅服务人员,举长竿一挑就把这幅画摘下卷起来了,原来是旁立的一位日本游客,把这幅画买下来了。此事发生只不过在两三分钟的时间,我连举起相机把这幅画拍摄下来的机会都没有,这幅画就从我眼前永久消失了,我不免感到十分懊丧。旁边的任先生就对我说,画这幅画的范曾先生是我们南开大学历史系的校友,你以后见到他的人和画都不难。我到达南开大学后就开始了讲课,不仅李霁野先生的热情关怀使我十分感动,其他同事和同学们的反应也极为热烈,当时高龄七十五岁的中文系主任朱维之老教授,竟然也随其他中文系的师生们一起来听讲,一个相当大的阶梯教室甚至连阶梯和窗台上都坐满了人,如此有两个多月之久。课程结束时,中文系就在原教室为我开了一个欢送会,朱先生做了热情洋溢的讲话,并且赠给了我一件临别的纪念礼物,展视之下,竟然是范曾先生所绘的另一幅屈原画像。我对南开中文系这一份热情和心意,自然是十分感动的。我曾经为我先后所见的这两幅屈原画像各写过一首词。

先说第一首词,原来自从我在碧云寺展厅见到那一幅屈原画像以后,那一幅画像中之屈子的神情面貌就一直使我不能去怀,于是我来到南开以后,就写了一首《水龙吟·题屈原图像》,词是这样写的:

> 半生想像灵均,今朝真向图中见。飘然素发,翛然独往,依稀泽畔。呵壁深悲,纫兰心事,昆仑途远。哀高丘无女,众芳芜秽,凭谁问,湘累怨。　　异代才人相感。写精魂、凛然当面。杖藜孤立,空回白首,愤怀无限。哀乐相关,希文心事,题诗堪念。待重滋九畹,再开百亩,植芳菲遍。(按:画上题诗原有"希文忧乐关天下"之句。)

这首词写好之后,我顺手就把它放在了书桌上。说来也巧,那天恰好有一位朋友从北京来看望我,她也认识范曾先生,见到这首词以后就说,你知道吗,范先生对他的母校请你来讲诗词颇有意见,曾经说南开大学也太崇洋媚外了,竟然请一个加拿大的女教师来讲诗词。我要把你写的这首词拿去,给他看一看。于是她就把我桌上的这张词稿拿走了。过了几天,这位朋友又来了,她说范先生把你的词写了一幅书法,说等你回北京时准备当面送给你呢。而且他非常赞赏你所写的那一首《水龙吟》词,说你的这首词是"龙吟十弄,妙手得自神传"。所以我与范先生的结识,实在可以说是从他的一幅画与我的一首词开始的。

再说第二首词,这首词是为南开中文系在欢送会上赠我的那一幅屈原画像而填写的,为了表示感谢,我在词前还写了一段序言,词及序言如下:

八声甘州

一九七九年归国讲学,蒙南开中文系以
范曾先生所绘屈原图像相赠,赋此谢之。

想空堂素壁写归来,当年稼轩翁。算人生快事,贵欣所赏,情貌相同。一幅丹青赠我,高谊比云隆。珍重临歧际,可奈匆匆。

试把画图轻展,蓦惊看似识,楚客遗容。带陆离长铗,悲慨对回风。别津门、携将此轴,有灵均、深意动吾衷。今而后,天涯羁旅、长共相从。

此词写好后,我就请舍弟嘉谋书写,装裱成了一幅中堂送给了南开大学的中文系。

南开大学讲课结束后,我就回到了北京。因为有了以上的因缘,所以返抵北京后范曾先生就邀我到他家中去要请我看他亲自作画,并且要将他已经写好的那一幅《水龙吟》的书法当面送给我。那时他的住处并不宽敞,没有较大的画案,一般情况他都是于壁上张纸悬肘面壁而作画的。那天他为我画的是一幅《维摩演教图》,只见他张纸于壁,悬肘而画,几笔勾勒便画出了神光炯然的维摩双目。不久之后一幅虬髯浓眉盘坐演教的维摩尊者就生动地在眼前出现了。当时的范先生不过四十岁刚出头,我对于自己的祖国在历经种种磨难后,仍然能见到如此才华横溢的年轻人,确实感到欣喜而兴奋,数日后,我邀请范先生夫妇一同到我住的宾馆中小聚,倾谈之下,获知范先生原来是南通诗人世家范肯堂先生的后人,心想他对于中国旧日诗歌吟诵之传统必有沿承。而我对于这一份几近消失的古典文化遗产,一直极为关怀。于是就拿出我的卡式录音机来,要请他为我吟诵几首诗词。起初他推拒不肯,据他夫人相告云那是因为每当他在家中大声吟诵时,就会被家人讥笑,以为声调迥不同于一般歌唱或朗读,未免怪异。这正是"五四"运动以来,以前一些旧文化传统逐渐因被冷落而消亡后的一般现象,即以我个人而言,我虽然也是自童幼年就习惯于朗声吟诵古代诗文,但当我后来在中学和大学教书时,却从来未敢教学生吟诵,也是因为这个缘故。其后当我中年以后到海外教书时,才逐渐觉悟到诗文之吟诵原是中国诗文之感发生命的一个重要组成部分,而且吟诵并无死板的规定的调子,而是可以因人因地因时而各有变化不同的,但在各种变化中,却又有一个基本的法则,因而我乃开始了对吟诵之录音的收集。如范先生之诗人之世家,其吟诵必有宝贵之传统,我也心知范先生之不肯吟诵乃是因为恐怕此一传统不易被一般人所接受的缘故,于是我就自告奋勇用我个人吟诵的方式先为他吟诵了几句诗,他发现我是传统文化中人,于是就把录音机拿起来,亲自为我吟诵了几首诗词。当时范先生曾问起我何时返去加拿大,我把日期告诉了他,谁知他回去以后竟然亲自为我录制了整整一盘各体诗词的吟诵,并于我将行前携夫人将此一盘音带亲自送到了我住的宾馆中。于是在感谢之余我就又填写了一首《水龙吟》词以为答谢。词前还写了一篇短序。词及序言是这样写的:

水龙吟

画家范曾为清代名诗人范伯子之后,家学渊源。善吟诵古典诗词,近以吟诗录音带一卷相赠,赋此为谢。

一声裂帛长吟,白云舒卷重霄外。寂寥天地,凭君唤起,骚魂千载。渺渺予怀,湘灵欲降,楚歌慷慨。想当年牛渚,泊舟夜咏,明月下,诗人在。　　多少豪情胜概。恍当前,座中相对。杜陵沉挚,东坡超旷,稼轩豪迈。异代萧条,高山流水,几人能会。喜江东范子,能传妙咏,动心头籁。

事有凑巧,当我从中国回到温哥华后不久,我们大学的亚洲学系就获得了一笔经费,可以资助一位亚洲学者来此做短期的访问讲学。于是亚洲系内的中国、日本、韩国、印度等各部门都分别推出了提名的人选,当时我想在不同文化的交流中,要想在最短的时间内获得最大的效果,盖莫过于以图像和音声所予人之直接的印象和感动。而我的手边则既有范先生绘赠的《屈原图像》与《维摩演教图》,更有他为我录制的一卷吟诵诗歌的录音带,其图像与音声都具有强大的感染力,于是我就写了一篇推荐范先生来访问讲学的报告,并且附上了图像与声音的一些相关资料,交到系里去了。果然,最后范先生乃胜选而出,于1980年秋季来到了温哥华。他的精彩的讲演,虽然不能被当地一般英语的听众所直接了解,但当时我们却正好有一位精通中英文的同声译述者,那就是我于1969年初抵此地时所指导的第一位博士生,而当时已被返聘回来任教的施吉瑞(Jerry Schmidt)教授。施教授原为美国人,却对中国诗歌情有独钟,不仅可以说一口流利的中文,而且对中国的古典文化有深厚的学养,他的同声译述不仅精准地传达了范先生讲演的内容,而且生动地表现出了范先生的才华和风趣。所以在当时演讲的现场,听众们的反应极为热烈,此次演讲获得了很大的成功。讲演结束后,我曾邀请他到家中便餐小聚,范先生与外子言笑甚欢,于是他乃于晚餐之后,就在我家的餐桌上展纸挥毫,当场绘了一幅《高士图》,赠给了外子。其上题曰:"每作泼墨人物,最能舒胸臆写哀乐,偶有传神妙写,往往欣然忘食。或嘱依样葫芦,复为之,则俯仰之间不可得而见矣。庚申秋游北美,初识钟荪兄,其特立独行,晤言一室,与余所作古之高士相契,作此用报知己。"下款写的是,"庚申江东范曾于温哥华"。

依上面的记述,可知我于1979年到1980年的两年间,一共曾获得了范先生的四幅字画。其中的《屈原图像》,因系南开大学中文系之所馈赠,他们在赠给我时就已经裱成了一幅极为长大的立轴。为了找到一个合适的空间,我把这幅图像挂在了我温哥华的起居室中的一面高墙上了。至于其他三幅,则都被我装裱进了大型的镜框中,分别悬挂在了我家客厅中的两面墙上。《高士图》是横幅,悬挂在了一进客厅的正面墙上,《维摩演教图》及《水龙吟》两幅则悬挂在了客厅左侧的墙上;至于我在前一篇所记述的台静农先生赠我的那副梦中联语的书法,则是被我悬挂在从客厅进入餐厅之门侧一面窄墙上的。此次被窃,这几幅书画已被洗劫一空,唯有那幅《屈原图像》因为原是立轴,未配镜框,上面已沾染了不少尘土,所以在我去年离家前,遂将之摘取下来携往他处另行装裱,乃得幸获保全。

如我在前一篇文稿所言,我本不是一个耽溺于物的人,所以从不曾购藏过什么古玩字画。我家中所悬挂的书画,都是友人所赠,都有着一份深厚的情谊。台先生之值得感念,固已如前文之所叙述。至于范曾先生,则我们论交的经过也是非常可贵的。我对范先生的认识,是从我在碧云寺中山堂画展所见到的一幅《屈原图像》开始的,而范先生对我的认识则是从他所读到的我的一首《水龙吟》词开始的。虽然据友人相告,说他在没有读到我的词作以前,曾经对南开大学之请了一个从加拿大回来的女教师教授诗词,有过"崇洋媚外"之讥,但我却非但不曾以他的讥评为忤,而且对他的率真放言反而颇为欣赏。因为我于1979年从加拿大回国教学时虽然已是五十五岁的半百以上之人,不过就外表看来,却比实在年龄显得年轻,何况我又是一个从外国回来的女性,按中国传统的性别观念来看,则我既非来自华夏,又不是一个须发苍然的老夫子,怎么会有资格来教授中国的历时数千年以上的古典诗歌呢?这种想法应当本是当年一般人们的共同感受。记得当我初到北大,接受当年周培源校长的宴请时,他虽因为我到北大来教书是教育部的安排,而对我的礼数甚为周到,但在辞色间,我却观察到他的一种微妙的感觉,因为北大原是一个名师如云的名校,而今教育部竟然安排了一个从加拿大回来的女子来教古典诗歌,换成了我自己,对此事也会同样有一种不能相信和接受的疑虑。这原应是一种极正常的反应,只不过周培源先生决不会将此种感觉出之于口,而范曾先生则以其豪迈率真的性格,冲口就说出了"崇洋媚外"的讥评。但另一方面则范先生对于古典诗歌又有着极高的爱赏之情,所以当他读到了我的《水龙吟》一首词后,就也以同样豪迈率真的性格,表现了由衷的叹赏。于是在此一阶段中范先生所绘写的一些诗人画像,乃经常邀我为之题词,在我的《迦陵诗词稿》中就收录有题《嵇康抚琴图》及《黄山图》的两首《水龙吟》词,还有题《东临碣石图》的一首《沁园春》词,此外原来还有一首因为当年漏收,未编入我的《迦陵诗词稿》中的题《孟浩然图像》的《水龙吟》词。而且范先生除了要我为他的古代诗人图像题写诗词以外,还曾在2000年我们再度在南开大学相遇时,请我为他的画册题写序言。那时我与范先生相识已有二十年以上之久。在那篇序文中,我曾经称美其画作,以为其"所绘者无论是诗人与否,在其笔墨深处似乎都有着一缕诗魂的回荡"。我之欣赏范先生的才情是从我见到他所绘的一幅《屈原图像》开始的,而范先生之对我之相赏,则是从他见到我写的一首"题屈原图像"的《水龙吟》词开始的。我们的交谊既是以屈子的诗魂为基础,所以我们的友谊乃能历久弥新,而且范先生曾因为我是个女性诗人,还特别绘写了一幅背倚青松手持书卷的女诗人的图像,题曰《佳人图》,自云画的是李清照,但画面上所题写的,则是我当年在大学从顾随先生学习谱曲时的一支套曲的节录,我想范先生一定是把古今的女诗人合为一体了。范先生绘写这幅图像应该是在1979年我离开中国回到加拿大以后,而他亲自把这幅画装裱后带来送给我,则是1980年秋他来温哥华访问讲学的时候。外子因为得到了范先生《高士图》的绘赠,我也得到了他的《佳人图》的绘赠,遂在他结束了亚洲系的访问讲学后,曾招待他进行过一次洛基山与路易斯湖的旅游。不过我既远在加拿大,范先生又曾远赴法国,如今他即使在国内也是住在他在北京郊区的别墅之中,平日甚少相见。直到2004年南开大学文学院为我举办八十寿庆的研讨会,范先生不仅远从外地亲自赶来参加了这次大会,更且赠送给了我三份厚重的寿礼,首先是他绘写的一幅《班昭续史图》,上面题写的是"岁在甲申秋深迦陵诗人八秩之庆",下款写的是"抱冲斋十翼江东范曾敬贺"。其次他还赠给了我一幅书法,题写的是一首调寄《水龙吟》的祝寿词,词曰:

> 南国奇缘,廿五春秋,雾逐星驰。感走枰身世,沧波暌隔,飞霞术业,远梦趋移。九畹滋兰,疏篱采菊,羁客天涯几别离。鸾铃动,有凤来化外,不为栖枝。　　迦陵赏我吟诗,四百载知音尚未衰。记洛基山畔,丹枫回响,路斯湖上,碧水谈词。演教华堂,挥毫素壁,满座嗟称竟是谁。持寿斝,向瑶池祝颂,气爽神怡。

图像与寿词以外,范先生还写了一副寿联,联语是这样写的:

> 妙手著文章,永托旷怀,论诗肯在锺嵘后。
> 瑶池添瑞霭,遄飞逸兴,捧爵同来女偶前。

范先生的种种厚贶,当然使我感谢不已;另外范先生在祝寿会上,还曾说了一段使我十分感动的话。原来当我结识了范先生以后,作为一个比他年长有十四岁之多的友人,我曾经在为他的画册题写序言时,对他说过一段劝勉的话,以为"古人有'益者三友'之说,我既自愧'多闻',则于'直、谅'不敢不勉",所以每与范先生相见,有时"亦曾以谦冲自抑为劝"。范先生在祝寿会上提及此事,说我"作为诤友",对他"曾有申申之评"。蒙他见谅,不以为忤,还以如此厚重之寿礼相赠。范先生之高谊隆情实在使我感谢无已。不过无论我今日得到范先生的多少厚赠,我温哥华家中所失去的三幅范先生的书画,在我的心目中永远都是无可替代的。那是因为这三幅画在我们订交的过程中,都有着特别值得纪念的意义。《维摩演教图》是1979年范先生邀我到他家中,他当面为我所作的一幅画;而《高士图》则是1980年范先生第一次到温哥华我家中造访,当面为外子所作的一幅画。至于那一幅《水龙吟》的书法,则尤其更有特殊的纪念意义,因为当我填写那一阕词时,我对范先生本人实在并不相识,范先生写那一幅书法时,对我亦未尝谋面,我们彼此所同受感动的,实在都是缘于远在千载以上的屈子的一缕诗魂。我把这些书画悬挂在客厅中,固正如我在答谢南开大学文学院赠我范先生所作之《屈原图像》的一首《八声甘州》词中所说的,有如辛弃疾当年之把陶渊明的《归去来兮辞》书写在素壁之上,用以自励之意。所以我在那首《八声甘州》词的结尾处,就还曾写有"别津门、携将此轴,有灵均、深意动吾衷。今而后,天涯羁旅、长共相从"的话。而谁想到这些张挂在客厅墙壁上的书画,竟然引起了宵小的觊觎,乃以极为粗暴且鄙劣的行为,既破坏了我家防盗的警铃,更打碎了玻璃,拔除了电表,把这些书画一扫而空。朋友们责备我说:"你不知道吗?范先生的书画声价日高,你这几幅书画的价值,在温哥华可以买一处不错的房产了。你把它们挂在客厅,岂不是慢藏诲盗!"而这种念头,则确实是我从来未曾想到的。因为在我的心目中,这些书画所代表的都是深厚的情谊,从来没想到过它们之作为"物"的价值。不过也正因我曾把它们挂在客厅中,有些友人到来,在赏爱之余,也曾为这些书画都拍下了影像,现在随这篇文字的发表,我也将把这些图像公之于世,则将来无论这些书画被转卖到何地何方,有见之者,或得之者,也将仍能遥想这些书画中之屈子诗魂的一份情谊。是则物缘虽尽,而心谊则终将永存矣。

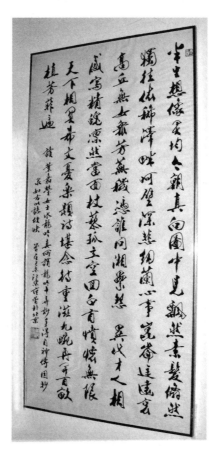

范曾书叶嘉莹《水龙吟》

范曾《高士图》

范曾《维摩演教图》

《况周颐年谱》序

况周颐为晚近词学大家,其影响近世词坛至深且远,所撰词学论著数量极多,方面极广。近日研习况氏词学者虽众,而其学实不易治。郑炜明先生自二十世纪八十年代初,即得以问学饶宗颐、罗忼烈二教授门下,致力晚清词学,几三十年之久。今萃其所得,成《况周颐先生年谱》《况周颐研究论集》二编,皆积年累月、深造自得之作也。郑先生之治况氏词学,以传统学问为根柢,故极重年谱、辑佚、目录、版本及校勘之学,其《论〈蕙风词话〉的文献整理》一文,比勘众本,考订得失,不仅于前贤多所是正,"余论"一节实当发凡起例之任;《词学理论》及《词学渊源》诸文,条分缕析、图解文诠,明其渊源、考其递嬗,粤西粤东,爰及当代,多有抉隐表微之功。夫况氏词学之不易治,不仅以其数量之多,方面之广,亦因其受旧体批评之限制,缺少体系,不免有驳杂之失,且有时往往依己意为说,未免有失客观公正。然其有待整理发覆者尚多,郑炜明先生既倡为《况周颐论词文献汇编》之作,闻又有《况周颐年谱》新编增辑再版之举,则以其抉微之心,勤笃之志,允为况氏功臣矣。

叶嘉莹 2011 年 11 月 7 日

从王国维《〈红楼梦〉评论》之得失谈到《红楼梦》之文学成就及贾宝玉之感情心态

前　言

　　这一篇文稿,原是四十年前我对于王国维及其文学批评之研究中的一节,全部研究共分两大部分,第一部分为对王国维这一位人物的研究;第二部分为对于他的文学批评之研究。第一部分曾写为论文两篇,一篇题为《从性格与时代论王国维治学途径之转变》;另一篇题为《一个新旧文化激变中的悲剧人物——王国维死因之探讨》,此二文曾先后发表于《香港中文大学学报》第1卷第1期及第3卷第1期。至于第二部分,则其中有关《人间词话》的一章,曾发表于台北书评书目社所出版的《文学评论》第1期,题为《人间词话中批评之理论与实践》,而其结论部分,则曾发表于香港之《抖擞》双月刊第14期,题为《人间词话境界说与中国传统诗说之关系》。现在所发表者,则为第二部分中论王氏早期杂文一章中的一节,这一节的初稿与第一部分的全部都是在1970年的暑期写出的,迄今已有四十余年之久。当年写作时,自己对于此节文稿感到不满意,一则因为当日草写此节文稿时,暑假已近结束,时间匆促,写得过于潦草;再则因为在讨论王国维《〈红楼梦〉评论》一文中的错误时,不得不牵涉《红楼梦》一书之意义与价值的问题,但本文既非讨论《红楼梦》之专著,而《红楼梦》所牵涉之问题又甚广,因此在行文的取舍之间,极难掌握一种繁简适当的分寸。写成后既感到不满意,遂将之搁置一边未加理会。近日因友人索稿,因此遂又将旧稿取出,重读之下,感到自己的看法与以前初写此稿时已略有不同。初稿只论《红楼梦》在文学方面之成就,现在则感到《红楼梦》中所表现之感情心态,也有值得注意之处。于是遂于讨论王国维以叔本华哲学来诠释《红楼梦》的得失之后,又以相当篇幅对《红楼梦》之文学价值及内容意义略加研讨,以为就文学价值言,《红楼梦》在对话和人物各方面叙写之成就,固早为众所共见,然而此书最大之成就,实不在此种叙写之技巧而已,更在于它在本质方面,对于旧小说传统之一种突破,使之从不具个性的说故事的性质,转变为具有极强烈的文学感发之生命的、有深度有个性的创作。至于就内容意义而言,则《红楼梦》中所写的宝玉对于仕宦经济之途的厌恶之情,以及灵石的不得补天之恨,实在也反映了旧日封建官僚的社会中,一些有思想有性情的读书人找不到理想之出路的一种感情心态。在讨论中,我曾经以《红楼梦》的文学成就及贾宝玉的感情心态,来与词人中的李后主及诗人中的陶渊明相比较,以说明《红楼梦》这本小说,无论就文学价值言,或内容价值言,都是既有着旧传统的根源,又能突破旧传统之限制的作品。如果忽视了这种传统的关系,而只就西方之哲学思想,或今日之革命理论,来批评《红楼梦》,恐怕都极难真正掌握到这部小说的精神生命之所在。至于本文则既是旧稿的改写,而且看法又有今昔之不同,所以行文之繁简及前后之呼应,难免有许多不尽周至之处,因此在开端作此说明。

一、《〈红楼梦〉评论》之写作时代及内容概要

王静安先生的《〈红楼梦〉评论》一文最初发表于《教育世界》杂志,那是在清光绪三十年(1904)的时代,比蔡元培所写的《〈石头记〉索隐》早十三年(蔡氏索隐初版于1917年),比胡适的《〈红楼梦〉考证》

早十七年（胡氏考证初稿完成于1921年），比俞平伯的《〈红楼梦〉辨》早十九年（俞氏文初版于1923年）。蔡氏之书仍不脱旧红学的附会色彩，以猜谜的方法为牵强附会之说，识者固早以为不可采信。至于胡氏之考证作者及版本，与俞氏之考订后四十回高鹗续书之真伪得失，在考证工作方面，虽有相当之成绩，可是对于以文学批评观点来衡定《红楼梦》一书之文艺价值方面，则二者可以说都并没有什么贡献。而早在他们十几年前的静安先生之《〈红楼梦〉评论》一文，却是从哲学与美学之观点来衡量《红楼梦》之文艺价值的一本专著。从中国文学批评的历史来看，在静安先生此文之前，中国从来没有任何一个人曾使用这种理论和方法，从事过任何一部文学著作的批评。所以静安先生此文在中国文学批评的历史中，实在可以说是一部开山创始之作。因此即使此文在见解方面仍有未尽成熟完美之处，可是以其写作之时代论，则仅是这种富有开创意味的精神和眼光，便已足以使其在中国文学批评之拓新的途径上占有不朽之地位了。这正是我们为什么在正式讨论这篇论著前，先要说明其写作年代的缘故。因为必须如此，才能明白这篇文章在中国文学批评之拓新方面的意义与价值。

根据《静安文集》自序，《〈红楼梦〉评论》一文①乃是写作于他正在耽读叔本华哲学的年代，所以这篇论著乃是全部以叔本华的哲学及美学观点为依据所写的一篇文学批评。为了便于以后的讨论，现在先将全文主旨做一概略之介绍：

《〈红楼梦〉评论》一文共分五章，首章为"人生及美术之概观"，以为"生活之本质何？欲而已矣"，而由"欲"所产生者，则唯有痛苦，所以"欲与生活与痛苦，三者一而已矣"。人生之本质既为痛苦，而美术之

---

① 王国维《〈红楼梦〉评论》，《静安文集》，《王观堂先生全集》第五册，台北，文华出版公司1968年版，第1628—1671页。

作品则可以"使吾人离生活之欲之痛苦"。至于美之为物虽又可分为优美与壮美之不同,而壮美之"存于使人忘物我之关系,则固与优美无异"。所以"凡人生中足以使人悲者,于美术中则吾人乐而观之"。这种对人生及美术的看法,是静安先生衡量《红楼梦》的两大重要标准。于是第二章"《红楼梦》之精神",即举出《红楼梦》之主旨"实示此苦痛之由于自造,又示其解脱之道不可不由自己求之",而"解脱之道存于出世而不存于自杀,盖因自杀之人未必尽能战胜生活之欲者"。而出世之解脱则又有二种,"一存于观他人之苦痛,一存于觉自己之苦痛","前者之解脱宗教的也,后者之解脱美术的也"。"前者平和的也,后者悲感的也,壮美的也","此《红楼梦》之主人公所以非惜春、紫鹃而为贾宝玉者也",所以《红楼梦》一书之精神主旨乃在写宝玉由"欲"所产生之苦痛及其解脱之途径。第三章"《红楼梦》之美学之价值",静安先生首先举出叔本华的三种悲剧之说,以为《红楼梦》正属于第三种之悲剧,足以"示人生最大之不幸非例外之事,而人生之所固有"。[①] 而悲剧所表现者多为壮美之情,可以"使人之精神于焉洗涤",最高之悲剧可以"示人生之真相及解脱之不可以已",《红楼梦》正为此种之悲剧,其"美学上之价值正与其伦理学上之价值相联络"。于是第四章便继而讨论"《红楼梦》之伦理学上之价值",主要在说明"解脱"为"伦理学上最高之理想",然而此一说法,实在极难加以证明,所以静安先生乃设为疑难以自辩答,其大要盖谓世界与人生之存在,并无合理之根据,而当世界尽归于"无",则可以"使吾人自空乏与满足、希望与恐怖之中出,而获永远息肩之所"。且世界各大宗教,皆以"解脱"为唯一之主

[①] 《〈红楼梦〉评论》,《静安文集》,第1648—1649页。所谓三种悲剧之说,据王氏引叔本华之说云:"第一种之悲剧,由极恶之人极其所有之能力以交构之者。第二种,由于盲目之运命者。第三种之悲剧,由于剧中之人物之位置及关系,而不得不然者。"

旨,"哲学家如古代希腊之柏拉图,近世德意志之叔本华,其最高之理想亦存于解脱"。《红楼梦》正是"以解脱为理想者",此即为《红楼梦》在伦理学上之价值。第五章为"余论",主要在说明旧红学家之纷纷在《红楼梦》中寻找本事的考证,是一种错误的观念。因为"美术之所写者,非个人之性质,而人类全体之性质也"。所以"考证本事"并不重要,而考证"作者之姓名与作书之年月"方为正当之考证途径。所以《红楼梦》一书之价值,并不在其故事之确指何人何事,而在其所表现之美学与伦理学上之价值。

二、《〈红楼梦〉评论》一文之长处与缺点之所在

从前面所介绍的全文概要来看,作为一篇文学批评的专著,《〈红楼梦〉评论》是有其长处也有其缺点的。先从这篇文章的长处来看,约可简单归纳为以下数点:第一,本文全以哲学与美学为批评之理论基础,仅就此一着眼点而言,姑不论其所依据者为哪一家的哲学或美学,在七十多年前的晚清时代,能够具有如此的眼光识见,便已经大有其过人之处了。因为在当时的传统观念中,小说不仅被人目为小道末流,全无学术上研讨之价值,而且在中国文学批评史中,也一向没有人曾经以如此严肃而正确的眼光,从任何哲学或美学的观点,来探讨过任何一篇文学作品,所以我们可以说这种睿智过人的眼光,乃是《〈红楼梦〉评论》一文的第一点长处。第二,如我们在前面所言,中国文学批评一向所最为缺乏的便是理论体系,静安先生此文于第一章先立定了哲学与美学的双重理论基础。然后于第二章进而配合前面的理论来说明《红楼梦》一书的哲理精神之所在。再以第三章和第四章对此书之美学与伦理学之价值,分别予以理论上之评价。更于最后一章辨明旧红学的诬妄,指出新红学研究考证所当采的正确途径,是一篇极有层次及组织的论著,这在中国文学批评史上,也是前无古人的,所以批评体系之建

立,乃是本文的第二点长处。第三,在"余论"一章中,静安先生所提出的辨妄求真的考证精神,使红学的研究能脱离旧日猜谜式的附会,为以后的考证指出了一条明确的途径,这是本文的第三点长处。

不过,尽管《〈红楼梦〉评论》一文有着以上的许多长处,可是它却无可挽回地有着一个根本的缺点,那就是完全以叔本华哲学为解说《红楼梦》之依据的错误。本来,从哲学观点来批评一部文学作品,其着手的途径原是正确的。只不过当批评时,乃是应该从作品的本身及作者的生平和思想方面,来探寻作品中的哲学意义,此一哲学含义,与任何一位哲学家的思想虽大可以有相合之处,然而却不可先认定了一家的哲学,而后把这一套哲学理论,全部生硬地套到一部文学作品上去。而静安先生不幸就正犯了此一缺点。因此在这篇论著中,虽也有不少精辟的见地,却可惜全为叔本华的哲学及美学所限制,因而遂不免有许多立论牵强之处。

第一个最明显的错误乃是他完全以"生活之欲"之痛苦,与"示人以解脱之道"作为批评《红楼梦》一书之依据,甚且对宝玉之名加以附会说:"所谓玉者不过生活之欲之代表而已。"[①]这种说法从《红楼梦》本身来看,实在有着许多矛盾不合之处。首先,《红楼梦》中的"宝玉"决非"欲"之代表,静安先生指"玉"为"欲",不仅犯了中国旧文学批评传统之比附猜测勉强立说的通病,而且这种比附也证明了他对于《红楼梦》中宝玉之解脱,与叔本华哲学中绝灭意志之欲的根本歧异之处,未曾有清楚的辨别。叔本华的哲学虽然曾受东方佛教哲学的影响,可是因为东西方心性之不同,所以其间实在是有着许多差别之处的。而最根本的一点差别,则是东方佛教乃是认为人人皆具有可以成佛的灵明之性,这才是人性的本质,至于一切欲望烦恼,则是后天的一种污染。

---

① 《〈红楼梦〉评论》,《静安文集》,第 1640—1641 页。

所以佛教的说法乃是"自性圆明,本无欠缺",其得救的方法只是返本还源,"直指本心,见性成佛"。[①] 这与叔本华把宇宙人生一切皆归于意志之表现的说法,实在有很大的不同。《红楼梦》一书中虽表现有佛家出世之想,然而其实却并不同于叔本华之意志哲学。如果"宝玉"在《红楼梦》中果有象喻之意,则其所象喻的毋宁是本可成佛的灵明的本性,而决非意志之欲。如在《红楼梦》第二十五回"通灵玉蒙蔽遇双真"一节,作者便曾借着癞头和尚的口说过:"那宝玉原是灵的,只因为声色货利所迷,故此不灵了。"[②]而且在书中开端作者也曾叙述这宝玉原是经女娲氏锻炼之后遗在青埂峰下一块未用的灵石,虽曾降世历劫,最后仍复回到青埂峰下。从这些记叙来看,则此"玉"之不同于叔本华的意志之"欲",岂不显然可见。再则静安先生全以"灭绝生活之欲""寻求解脱之道"为《红楼梦》一书之主旨所在,如此则宝玉之终于获得解脱,回到青埂峰下,岂不竟大似西方宗教性喜剧,这与全书的追怀悼念的情绪,也显然有所不合。三则静安先生在第四章论及《红楼梦》之伦理学上之价值时,对于叔本华哲学之以解脱为最高之理想,也曾提出了疑问说:"夫由叔氏之哲学说,则一切人类及万物之根本一也,故充叔氏拒绝意志之说,非一切人类及万物各拒绝其生活之意志,则一人之意志亦不可得而拒绝,……故如叔本华之言一人之解说,而未言世界之解脱,实与其意志同一之说不能两立者也。"[③]其后静安先生在其《静安文集》自序中,也曾提出过他用叔本华哲学来批评《红楼梦》之立论,其中原有疑问,说:"去夏所作《〈红楼梦〉评论》,其立论虽全在叔氏之立脚地,然于第四章内已提出绝大之疑问。"[④]既然静安先生也已经承认了

---

① 见《六祖法宝坛经》,商务印书馆1954年版,第1、33页。
② 《红楼梦》第二十五回,人民文学出版社1972年版,第298页。
③ 《〈红楼梦〉评论》,《静安文集》,第1658—1659页。
④ 《自序》,《静安文集》,第1547页。

叔本华之哲学本身就有着矛盾疑问之处,然则静安先生自己竟然想套用叔氏的哲学来评论《红楼梦》,则其不免于牵强附会的误解,当然也就从而可知了。

除去以上我们所提出的用叔本华哲学来解说《红楼梦》的基本的错误之外,这篇评论还有着其他一些矛盾疏失之处。其一是静安先生既把《红楼梦》的美学价值,建立在与伦理学价值相联络相合一的基础之上,因此当其以"解脱为最高之理想"的伦理学价值发生疑问而动摇之时,他的美学价值的理论基础,当然也就连带着发生了动摇。何况静安先生于论及《红楼梦》之美学价值时,不过仅举叔本华的三种悲剧为说,而对于西方悲剧之传统,以及美学中美(beauty)与崇高(sublime)之理论,也未能有更深刻更正确的理解和发挥。而且当静安先生写作此文时,对于曹雪芹之家世生平,以及后四十回为高鹗及程伟元之续作的事,也还完全没有认知,因此他在第三章所举出的第九十六回宝玉与黛玉最后之相见一节,当然便也绝不能作为《红楼梦》一书美学价值之代表。凡此种种当然都足以说明静安先生以西方之哲学及美学来解说和批评《红楼梦》,在理论方面实在有着不少疏失之处。

总之,《〈红楼梦〉评论》一文在中国文学批评史上,其主要之成就,乃在于静安先生所开拓出的一条有理论基础及组织系统的批评途径,而其缺点则在于过分倚赖西方已有的成说,竟想要把中国的古典小说《红楼梦》,完全纳入叔本华的哲学及美学的模式之中,而未能就《红楼梦》本身真正的意义与价值,来建立起自己的批评体系,其成功与失败之处,当然都是值得我们借鉴的。

三、对《红楼梦》本身之意义与价值的探讨

静安先生以叔本华之哲学来批评《红楼梦》的牵强错误,固已如上所述,于是我们就自然会引发出下面的两点问题,其一是《红楼梦》这

部小说本身的意义与价值究竟何在？其二是以静安先生平日为学之审慎,何以在批评《红楼梦》时竟然陷入于叔本华哲学之窠臼,虽明知其有矛盾疑问,而竟不能自拔,其致误之原因又究竟何在？以下我们就将对此二问题分别试加探讨。

首先我们要讨论的,当然是《红楼梦》一书之意义与价值究竟何在的问题。多年来中外的学者对此已经有过不少讨论和争辩,本文既不是讨论《红楼梦》的专著,因此不想对之多加征引。何况《红楼梦》之意蕴丰富,大有"横看成岭侧成峰"之势,每一家的说法似乎都各有其体会之一得,我们也难以对之妄加轩轾。不过,整体上说起来,则无论是索隐一派之说、本事一派之说,或以西方哲学及文学体系立论的各家之说,自表面看来,他们的着眼和立说虽然各有不同,可是他们实在却有着一个共同的缺点,那就是要把《红楼梦》一书的意义与价值,完全纳入他们自己所预先制定的一种成见之内。而因此当然也就造成了对《红楼梦》一书之真正意义与价值的一种歪曲和拘限。本文既不想卷入以前诸家异说的纠纷之中,也不想更立新说,为《红楼梦》一书更多加一种新的歪曲和拘限。我们现在所要做的只是以最朴素客观的看法,对《红楼梦》一书的意义与价值略加说明。首先我们要讨论的是《红楼梦》何以有如此杰出的成就。第一点我们该提出的,就是《红楼梦》的内容意境,对于旧小说传统而言,有一种显明的突破。一般说来,中国旧小说大多取材于神话、历史或民间之传闻,即使是写社会人情的小说,作者也并无介入的感情,所写者只是观察和知解的所得而已。可是《红楼梦》一书则不然,它的取材乃是作者曹雪芹一段铭心刻骨的切身经历。然而此书却又决非肤浅的自传,作者之感情的介入,也并非偏狭盲目的发泄,而是透过切身的感受,表现了他对人间诸相的更深刻的观察和理解。惟其如此,这本小说才能具有极强烈的感发之生命,可以提供给不同的读者以不同的感受和联想。因而批评者便也可以自不同的观察角度,归纳出许多不同的结论。作为一部文学作品,能对读者具有如此强锐而丰富的感动和启发的作用,这当然是一种伟大的成就。而究其根本原因,则可以说是由于这部小说是取材于作者极深刻的感受和观察之所得之故。如果我们套用一句静安先生在《人间词话》中的评语来说,则这部小说之成就正是"以其所见者真所知者深也"。这一点应该才是此书何以能突破旧小说传统的主要缘故。如果只就这一点成就而言,曹雪芹在小说方面的成就,与李后主在词一方面的成就,是颇有相似之处的。李后主也和曹雪芹一样,同是既有着过人的真纯深挚的感情,又曾经遭受到过人的悲哀惨痛的经历。曹雪芹既透过一己家族的盛衰,表现了人世的诸相;李后主也以其深锐的感受,透过自己家国的败亡,写出了人间无常的普遍的悲苦。因此李后主的词才使得"词"这种文学形式突破了歌筵酒席间的没有个性的艳歌性质,而达到了如《人间词话》中所说的"眼界始大,感慨遂深"的境界;正如曹雪芹的《红楼梦》,也突破了旧小说传统的没有个性的说故事的性质,而透过个人深锐的感受,表现了丰富的人生意蕴和人世诸相。不过,这种比较只是就他们相似的一点而言,并非全面之比较,如果全面比较起来,则曹雪芹与李后主实在也有着许多相异之点。首先当然是二者所用以表现的文学形式之不同,李后主所使用的是篇幅极短的小词;曹雪芹所使用的则是卷帙浩繁的小说。前者只是主观抒情的性质;后者则是客观地叙事的性质。因此前者的感慨之深便只能从其精神气象方面去做体会;而后者则可以把各种人物和场景都纳入作品之中。因此曹雪芹所写的便不仅是一个人或一个家族的悲剧而已,同时更反映出了产生这一个悲剧的整个时代和社会的背景。而因此也就造成了李后主与曹雪芹的另一点主要的不同,那就是李后主对于过往的繁华,只有单纯的悼念而已,既无反省又无观察,对于自己所原属的剥削统治阶层的思想情意,始终无法超越;可是曹雪芹则因为具有观察和反省的思辨,因此他的眼光遂有时可以突破他自己所属的阶层的限制,而更深入地见到了不同阶层、不同利益的人之间的种种不平和矛盾。所以后主词和《红楼梦》,虽然都能以其强锐真挚的感受,突破了他们所使用的文学形式的旧有传统,为之拓展了一种更深广的意境,可是后主词所表现的便只是人世无常在感情方面的一点共相而已;然而《红楼梦》所表现的,便不只是感情方面的共相,同时还表现了人间世态在现实生活方面个别的诸相,这种对旧传统的突破,和对自我的超越,是《红楼梦》一书的最可注意的成就。

以上我们所谈的,可以说是《红楼梦》这本小说之所以伟大,在本质上的一些最重要的因素。此外,这一部小说在叙写的态度方面,也有一些非常值得注意的特色,我们也愿对这一方面略加分析。第一点可注意者,乃是作者在叙写时对于真与假的杂糅和对举,在本书一开端作者就曾说过"将真事隐去"及"用假语村言"的话,这种说法与中国一般旧小说的叙述习惯实在颇有不同,因为一般写小说的人,总是想尽量使人相信其所说者为真,常在故事一开端便写明"话说在某朝某年某地"如何如何,而《红楼梦》一书却在开端先说明已将真事隐去,使读者信其所说者为假,这种态度的表明,可能有三种原因。其一,正因为作者故事的取材与他自己亲身的经历有着密切的关系,所以才不得不先说一番真真假假的话,造成一段感情上的距离,然后才可以无所顾忌地发抒叙写;其二,则《红楼梦》一书中对于封建统治阶层的奢靡腐败的生活和剥削欺压的行为也确实有所不满,而作者却又恐怕因此而致祸,所以才不得不借着真真假假的话以造成一种与现实之间的距离以求免祸。因此在书中一开端,除去真假的说明以外,作者就还曾特别提出"上面虽有些指奸责佞贬恶诛邪之语,亦非伤时骂世之旨",又说"因毫不干涉时世,方从头至尾抄录回来问世传奇",①其恐惧以文字招祸的心情,是显然可见的;其三,《红楼梦》一书原不仅只是叙写故事而已,作者更想借着书中的故事来表现自己的一些理念,因此书中的一些神话寓言,在事虽为假,然就理念言之则可以为真。而《红楼梦》一书也就在这种真假糅杂的叙写中,表现了它的丰美深刻的意蕴。这是本书的第一点特色。第二点可注意者则是《红楼梦》中透过宝玉所表现的,对其所归属之阶层既反抗又依恋的正反相矛盾的心理,所以书中在介绍主角宝玉出场时,便曾经用两首《西江月》词来描述他,说:"潦倒不通庶务,愚顽怕读文章,行为偏僻性乖张,那管世人诽谤。"②其所谓"庶务""文章"实在指的并不是一般的事务和诗文,而是专指的谋求仕宦的做官的本领和取得科第的八股文,这里所提出的正是宝玉所归属的阶层对于一个子弟所要求的传统标准,可是宝玉对于这种要求却显然有着强烈的反抗。有一次贾雨村来了要会见宝玉,宝玉不愿见他,史湘云劝宝玉说:"也该常会会这些为官作宦的,谈讲谈讲那些仕途经济,也好将来应酬事务。"宝玉听了"大觉逆耳",马上请史湘云去"别的屋里坐坐吧,我这里仔细腌臜了你这样知经济的人",而且骂这些话是"混账话"。③ 宝玉之所以如此反对仕途经济之学,便因为他早已看清

---

① 见《乾隆甲戌脂砚斋重评石头记》第一回,中华书局朱墨套版影印1962年版,第8页上。(按此本于全书开端尚有《凡例》一节,其中所记叙者,尤可见作者恐惧招祸之心情,如第二段云"此书只是着意于闺中,故叙闺中之事切,略涉于外事者则简";第三段云"此书不敢干涉朝廷,凡有不得不用朝政者,只略用一笔带出,盖实不敢以写儿女之笔墨,唐突朝廷之上也";第四段云"作者本意原为记述当日闺友闺情,并非怨世骂时之书矣,虽一时有涉于世态,然亦不得不叙者,但非其本旨耳,阅者切记之"。凡此种种叙述,其有意于此书开脱说明,以求免祸之用心,自属明白可见。按关于甲戌脂评本之版本考证,请参看文雷《〈红楼梦〉版本浅谈》,见《曹雪芹与〈红楼梦〉》,中华书局1977年版。)

② 《红楼梦》第三回,第36页。

③ 《红楼梦》第三十二回,第384页。

了在当时社会中,这些为官做宦的都只是一些"国贼禄蠹",而徇私枉法草菅人命的会做官的贾雨村,当然便是一个典型的例证。再者宝玉一切行事都以自己纯真诚挚的心意感情为主,这种作风当然也大有违背于仕宦之家所讲求的伪善的礼教,所以宝玉便被他父亲贾政认为"不肖"。而在第三十三回"不肖种种大承笞挞"一节,写到宝玉因为结交蒋玉函及金钏投井等事,被贾政打得几乎半死之后,在下一回写到黛玉来看他时,他却仍然对黛玉说:"我便为这些人死了,也是情愿的。"①则其反抗性格之坚强自可想见。可是另一方面则宝玉对于他所归属的这个阶层的家族和生活,却实在并不能与之彻底决裂,这一则因为事实上之有所不能,再则也因为感情上之有所不忍,三则也因为勇气方面之有所不足。因为这个旧传统的封建家族,虽然有其腐败堕落的一面,可是宝玉却曾生于斯、长于斯,这家族里面也有着他最亲近的、爱他也被他所爱的人物,因此宝玉对他所归属的阶层和家族,事实上是杂糅着既反抗又依恋的正反相矛盾之两重心理的。因此在书中介绍宝玉出场时的第二首《西江月》词,便还有着"天下无能第一,古今不肖无双"②的话,这种口气一则虽可能是反讽,然而宝玉既不肯与"国贼禄蠹"之徒同流合污,则其终身自无出路可言,对于尊长的期望,也可能确有一种无以为报之情。而也就正是这种既反抗又依恋的矛盾心理,才使得《红楼梦》这一部小说具有多种观察和叙写的角度,因而才表现出有善也有恶、有美也有丑、有可爱的一面也有可惜的一面之真正的人生世相,而并非仅只是按照某一种哲理或教条而编写出来的枯燥单调的故事,这是本书的第二点特色。第三点可注意者则是作者彷徨于出世与入世之间的矛盾的情绪,这种矛盾,仅在开端有关石头的寓言中,便已

---

① 《红楼梦》第三十四回,第 404 页。
② 《红楼梦》第三回,第 36 页。

经表现出来了。首先作者曾介绍这一块石头说是"自经煅炼之后,灵性已通,因见众石俱得补天,独自己无材,不堪入选,遂自怨自叹,日夜悲号惭愧"①。从这种冀望被选用的情绪来看,当然是属于入世之情,其后求茫茫大士渺渺真人将之携入红尘,这种要求当然也还是入世之情;然而最后这块石头于"历尽离合悲欢炎凉世态"以后②,却终于又回到原来入世以前的所在,把自己的经历写在石上,请空空道人抄录传世,于是空空道人遂"因空见色,由色生情,传情入色,自色悟空"③,这一段叙写当然就又表现得有出世的情绪了。至于写到红尘中的故事,又以听了跛足道人的"好了歌"当下便随之去出家的甄士隐为开始,其所表现的便似乎也仍是出世的情意,④可是值得注意的是这块石头既把自己的经历写下来,还求人抄录传世,便分明是不肯忘情;而甄士隐在遇见跛足道人前,在梦中也曾见一僧一道,又听那道人赞美这一段通灵宝玉的故事以为其所以异于一般"风月故事"者,是因为那些故事"并不曾将儿女真情发泄"⑤,然则这一部发泄儿女真情的故事,岂不更是属于入世之情。何况作者在开端所说的"欲将已往所赖天恩祖德,锦衣纨袴之时,饫甘餍肥之日,背父兄教育之恩,负师友规训之德……编述一集,以告天下:知我之负罪固多,然闺阁中历历有人,万不可因我之不肖,自护己短,一并使其泯灭也"⑥,这一段话也绝不是出世忘情的

---

① 《乾隆甲戌脂砚斋重评石头记》第一回,第4页上。

② 《乾隆甲戌脂砚斋重评石头记》第一回,第6页上。(按世所传之一百二十回本,将此数句改为"携入红尘,引登彼岸"云云,遂将书中原有的悲哀慨世之意,大为削弱。)

③ 《红楼梦》第一回,第3—4页。

④ 按《红楼梦》一书之神话部分,既以"不得补天"的灵石之恨为开始;于红尘部分则以不求仕宦而却迭遭不幸,而终于随跛足道人出家的甄士隐,与热衷名利趋炎附势的贾雨村为对比,作者悲慨不平之愤激,正在言外。

⑤ 《乾隆甲戌脂砚斋重评石头记》第一回,第10页上。

⑥ 《红楼梦》第一回,第1页。

口吻。静安先生只看到书中某些出世的情绪,因此便联想到了叔本华之以灭绝意欲为人生最终之目的与最高之理想的悲观哲学,这从表面看来,虽然似乎也有可以相通之处,然而仔细一分析,就会发现其中实在有着极大的不同,那就是《红楼梦》所写的出世解脱之情,其实并非哲理的彻悟,而不过只是一种感情的发抒而已。小说中虽然表现了对于出世的向往追求,然而整个小说的创作的气息则仍是在感情的羁绊之中的。所以书中对于过去生活的怀思悼念,固然是一种情感的表现,即使是对于出世解脱的追求向往,也同样仍是一种情感的表现。作者既以其最纯真深挚之情,写出了入世的耽溺,也以其最纯真深挚之情,写出了出世的向往。耽溺的痛苦固是人生的真相;因痛苦而希求解脱也是人类共同的向往,真实的人生原就蕴含着真实的哲理,不过《红楼梦》所写的毕竟是人生而并非哲理,所以才会同时表现了入世与出世的两种矛盾的感情,这是《红楼梦》的第三点特色。

  从以上的几点特色来看,《红楼梦》一书实在是以"真与假""正与反""入世与出世"多种相矛盾的复杂的笔法、态度、心理和感情所写出的一部意蕴极为丰美的杰作。然而也就正因其叙写时所采取之矛盾复杂的笔法过多,因此遂造成了读者要想分析和解说这部小说时的许多困难。何况更遗憾的一点是作者曹雪芹生前,并没能把这部伟大的作品完全写定完成,而且已完成的一部分也尚未定稿刊印,因此在早期的抄本中,遂出现了许多异文,其后高鹗和程伟元在续书时,又以自己的意思做了不少改动。因此当然也就造成了后来读者在追寻这部小说之含义和主旨时的更多的困难。如我们在前面所言,过去的"索隐""本事""哲理"诸派之说,其所以往往不免歪曲和拘限了《红楼梦》一书真正之含义与价值的缘故,便正是因为有时迷失于此书之多种矛盾复杂的叙写中,而未能掌握其真正意蕴之本体,因此乃不免但就其各人所见片面之一点而妄加臆测。索隐一派可能只看到了书中对清代政治和社会的一些不满之情,因此乃以其为影射清代之政治或寓有反清复明之意;本事一派可能只看到书中情事与某人某事的一些偶然暗合之处,于是遂不顾小说与历史二者性质之基本不同,而竟想以真人真事相比附;至于哲理一派,虽似较前二者为进步合理,不再以书外之事相牵合,而开始切实就小说本身之意蕴来做分析,可是也仍然不免各自有其迷失和局限,往往因为只看到了《红楼梦》之矛盾复杂之叙写角度中的某一点,于是便不惜将之夸大,来与自己所设想出的一点理念相牵附。即如静安先生便因为看到了《红楼梦》中对出世之向往的一点情意,于是便将此书牵附于叔本华之美学与哲学来为之解说;也有人因为看到了书中所强调之托喻对比的一点写法,于是便联想到西方宗教传统中乐园与凡世之对立的观念,以为作者对书中大观园之一水一石的描写,都有着很深的托意;又有人因为看到了书中对官僚和礼教之封建社会的一点反抗不满之情,于是便特别强调反抗斗争的观念,俨然把《红楼梦》看成了一部叙写两条路线斗争的政治小说。以上各种解说中所提出的意念,无疑地都是构成《红楼梦》一书之所以伟大丰美的一些重要成分,所以每一种论点可以说都有部分的正确性,只可惜这些论点却都不是《红楼梦》作者所要表现的真正主旨。这一则因为他们所说的论点都不足以笼罩书中全部的故事和情意;再则也因为在曹雪芹的时代,还不能明确地具有像他们所说的这种种哲学性或革命性的理念;三则更因为《红楼梦》一书所表现的强烈的兴发感动的力量,似乎可以提供给读者极多的启发和暗示,也决不像是一部先有某一种理念,然后再依照一种理念而写出的作品。因此如果想要为《红楼梦》寻找出一个真正的主旨,也许首先我们该做的就是把这些理念都暂时撇开,而以最朴素最真率的眼光和态度,对小说自己本身的叙写做一番体会和观察。

　　说到小说自己本身的叙写,我们愿提醒大家注意,在《红楼梦》第一回,当作者写到空空道人在青埂峰下发现那块历劫的大石上面的记

述时,在所记故事之后原来还题有一首偈语云:

> 无才可去补苍天,枉入红尘若许年。此系身前身后事,倩谁记去作奇传。①

很多人在看《红楼梦》时,于情节故事之外,虽然也曾注意到像"好了歌"所表现的悲观出世的思想,和"金陵十二钗"正副册的题词,以及《红楼梦》曲子所表现的对未来情事之预言和感慨,可是却往往忽略了开端的这一首短短的偈语。其实这一首开端的偈语,应该才是了解全书主旨的一个关键。甲戌本《脂砚斋重评石头记》,在首句"无材可去补苍天"七个字旁边,便曾清清楚楚地写了一句批语说:"书之本旨。"又在第二句"枉入红尘若许年"七个字旁边,也写了一句批语说:"惭愧之言,呜咽如闻。"②以脂砚斋主人与作者曹雪芹关系之密切③,和对于书中人物情事了解之深刻,这两句批语实在可以说是对书中主旨的分明漏泄。从这条线索去追寻,我们就会发现这一首偈语所写的通灵之石的不得补天之恨,实在也就是枉入红尘的一事无成的宝玉之恨。循此更加追索,我们就会发现宝玉之被目为"不肖""无能",原来正是因为他坚决不肯步入世人所认为有用的"仕宦经济"之途。而其不肯步入此一途径,则是因为他对于封建官僚的腐败社会有着深恶痛绝的厌恨。可是这种对封建官僚社会的深恶痛绝之情,却因为有所避忌,而不敢在书中作明白的表达,因此作者曹雪芹才不得不在故事的开端借用假想的"不得补天"的灵石来作为托喻。在这首偈语中,第一句指的是

---

① 《红楼梦》第一回,第2页。

② 《乾隆甲戌脂砚斋重评石头记》第一回,第6页上。

③ 关于"脂砚斋"究为何人,虽至今仍为一待解决之问题,然其与《红楼梦》作者曹雪芹关系之密切,则殆无可疑。可参阅周汝昌《红楼梦新证》第八章"脂砚斋",北斗书屋1964年版,第533—583页;赵冈、陈钟毅合撰之《红楼梦新探》第三章第二节"脂砚斋与畸笏叟",文艺书屋1970年版,第153—172页。

灵石，第二句指的是宝玉，就小说所写的"幻形入世"而言，则宝玉是假，而灵石方是真；可是如果就真正人世的生活而言，则宝玉方是真，灵石反而是假。此种喻假为真又将真做假的叙述，其实正是作者既想表达自己的愤激之情却又恐惧招祸而有心安排的一种寓托的手法。因此在第三句偈语，作者便用"身前""身后"将灵石与宝玉一起综合，暗示二者之原为一体。无奈大多数的读者却竟然都被作者的一番真假混杂的叙述瞒过，遂忽略了故事开端所暗示的全书主旨。其实如果我们真正替宝玉这样的一个人想一想，我们就会知道以宝玉的性格思想，在当时封建官僚的腐败社会中，本来就是找不到出路的。这实在不仅是宝玉的一段深恨，也应该是作者的一段深恨。于是在对于"补天之用"的期望落空以后，宝玉以其真纯深挚的感情所追求的，便只剩下与其相知相爱之人能长相厮守的一点安慰，这也正是《红楼梦》中写宝玉与黛玉之间的感情能表现得如此刻骨铭心，与其他中国旧小说中所写的男女之情都有所不同的缘故。一般旧小说中的男女之情，多只是美色和情欲的爱悦和耽溺而已，而宝玉与黛玉之间，则别有一种知己相感之情意的存在。至于宝玉对其他女子的关心，我们也可以感到他的关心只是多情，而并非滥情，所谓多情者，是对于天下所有美好的人与物自然兴起的一种珍惜赏爱之情，而决非肉体的自私的情欲。所以《红楼梦》中常写到宝玉对于他所关心赏爱的女子，只要有为她们做事服务的机会，他便觉得有一种怡然自得之乐，而决无私欲之心，这是《红楼梦》中所写的感情的一种境界，与其他旧小说的公子佳人的俗套，是有着极大的分别的。而且宝玉还不仅是对美好的女子关心而已，书中写他对于一些贫苦的人或被欺压的人，也都自然有着一份关切的同情。然而却也就正是由于他的情感之过于纯真善良，于是遂反而被充满残酷不平的现实社会目为愚傻疯癫，这当然是宝玉在不得"补天之用"以外的又一层悲哀。而其欲与相知相爱之人长相厮守的一点慰安，也终于在封建礼教的压迫之下,被彻底地摧残,这当然是宝玉的又一层断肠碎心的长恨。而且宝玉不仅与其所相爱之人不能长保,即使是他所赖以庇护自己,使能遁逃于自己所痛恨之腐败污浊的社会以外,而得适情任性以徜徉其中的一个理想境地——大观园,也同样不能长保。在所有的愿望、安慰和荫蔽都全部落空以后,作者遂在最后为宝玉安排了一个"悬崖撒手"的结局,表面看来似乎是了悟,从书中的神话寓言看来,也似乎是这块灵石又归回到了青埂峰下,然而如果就其偈语所揭示的写书本旨而言,则是其想用以"补天"的愿望却终于未能实现,他的"悬崖撒手"只不过表现了他对此残酷不平处处憾恨之人世的彻底绝望与彻底放弃而已。如果"青埂峰"的名字,果然有谐音"情根"之意①,则这一则故事所表现的情感,实在大有如义山诗所写的"荷叶生时春恨生,荷叶枯时秋恨成"的绵绵长恨的意味。所以作者曹雪芹在此书开端叙述缘起之时,便又曾题有一首诗说:"满纸荒唐言,一把辛酸泪,都云作者痴,谁解其中味。"②这种辛酸之情,与诸家用以解说《红楼梦》的一些哲学的或革命的理念,当然有着极大的不同。不过在辛酸的体验中,当然也可能引起这些理念的感发,这正是伟大的文学作品之意蕴之可以具有丰富之感发力的最好的证明。

  从这一则故事看来,其表面所写的虽然似乎只是宝玉一个人的悲剧,然而仔细想来,则其所写的实在是在封建官僚的虚伪不平的社会中,凡属真正有理想、有个性、有情感、有良知的人,所可能遭遇到的共同悲剧。只不过因为作者借用了真真假假的一些托喻,把现实距离推远了一步,读者虽然也可以从书中感受到强烈的感动和共鸣,却把这一

---

  ① 甲戌脂评本于"青埂峰"之名首次出现时,曾有朱笔眉批云:"自谓落堕情根,故无补天之用。"是以"青埂"为"情根"谐音之证。而就全书主旨言,则宝玉厌恶官场仕宦之诈伪,而耽溺于大观园内任真率性之生活,固正由其性情之真纯深挚。故批语云然,自非无故。

  ② 《红楼梦》第一回,第4页。

则悲剧故事与人生最切近的一点主旨忽略掉了。其实《红楼梦》所叙写的悲剧内容,其感情与思想所显示的某些心态,与古典诗歌中所显示的某些有理想有性情之传统读书人的心态,是颇有着相通之处。因为在历史悠久的封建旧社会中,所谓读书人的出路,原只有仕宦之一途,然而在官僚腐败的社会中,则仕宦的官场却早已成为了争名夺利、藏垢纳污的所在。因此凡是有真性情真理想的读书人,当然便对于此种官场中的人物和行为觉得难以忍受,这正是中国传统思想之菁华的代表人物陶渊明之所以终于解除了印绶而决心归隐田园的主要缘故,所以陶渊明在其《感士不遇赋》中,就曾经明白表示过对当时社会的不满,发出了"自真风告逝,大伪斯兴,闾阎懈廉退之节,市朝驱易进之心"①的感慨。在《归去来兮辞》中则更曾坦率地说明了他的去职归田,是因为以他的真淳的性格,对于此种官场生活无法忍受,坚决地表示了"质性自然,非矫厉所得,饥冻虽切,违己交病"②的不肯妥协的决志。至于《红楼梦》中的宝玉,在德操方面虽也许不及陶渊明,可是他之所以受到讲求仕途经济的家人亲友们的劝责,被目为"古今不肖无双"的子弟,却也正是由于他也一样具有"非矫厉所得"的真淳自然的天性,而且对于官场中的人物和行为,也同样有着"违己交病"的无法忍受的厌恶之情的缘故。而在长久的封建社会之专制和礼教的压迫下,一般士人即使有着愤激不满之情,却既没有改革的信心,也缺乏反抗的勇气。因此一些真正有理想有性情的传统读书人,在他们的心态中,便只有由愤激不满所造成的悲观绝望,而看不到一点改革的希望和解决的出路。在这种情形下,他们所能做的安排,便只有为自己寻一个退隐荫蔽之所,或者为自己寻一种感情上的慰安而已。陶渊明虽然以其过人

---

① 《感士不遇赋·序》,《陶渊明全集》卷五,台北,新兴书局1956年版,第309—310页。
② 《归去来兮辞·序》,《陶渊明全集》卷五,第323页。

的智慧和意志,坚持住"固穷"的操守,不惜付出劳苦的代价而选择了"躬耕",因而找到了他自己退隐荫蔽的一个立足之点,然而在理想方面却依然既看不到社会改革的出路,在感情方面也依然没有具体的慰安,于是便只有寄情于饮酒,在"欲言无予和,挥杯劝孤影"①的寂寞中,空怀着对《桃花源记》中公平朴素之社会的向往②,和对《闲情赋》中柔情雅志之佳人的遐思③,借之聊以自慰而已。至于《红楼梦》中的贾宝玉,则一向所过的既然是世家公子的依附寄托的生活,他所赖以自求荫蔽的"大观园"便也只能建筑在依附寄托之上,而完全没有独立的自我安排选择的能力,何况他所托身荫蔽的大观园,其存在又完全植根于他所深怀厌恶的封建官僚的社会基础之上,这种矛盾,当然是宝玉最大的悲剧,因此在他的心态中,不仅丝毫也看不到出路,而且连一个自己的立足点都并不存在,所以他最喜欢说的便是和所爱的人一同化作飞灰。而当他连唯一相知相爱之人也不能保有时,他对此污浊之社会与悲苦之人生,当然也就更无眷恋,于是便只有借出家来寻求解脱了。所以《红楼梦》中所写的故事,表面上虽然真真假假扑朔迷离,然而基本上所表现的则是旧日专制封建的社会中,一般有理想有感情的读书人,在理想和感情两方面都找不到出路时的共同悲慨与共同心态。而这种深具中国传统特色的悲慨和心态,如果想完全借用西方哲学或文学之某一家的理论来加以分析解说,当然便都不免会产生褊狭扭曲的弊病了。静安先生用叔本华哲学来解说《红楼梦》所表现的牵强附会的缺点,便是这种尝试的一个失败的例证。

---

① 《杂诗》,《陶渊明全集》卷四,第267页。
② 《桃花源记》,《陶渊明全集》卷六,第337—340页。
③ 《闲情赋》,《陶渊明全集》卷五,第317页。

四、静安先生《〈红楼梦〉评论》一文致误之主因

静安先生之治学,一向原以谨严著称。然而在《〈红楼梦〉评论》一文中,他却有着许多立论不够周密的地方。造成这种情形的原因,主要大概可以归纳为以下数点:其一,就中国文学批评史的发展而言,在光绪三十年的时代,中国既未曾有过像这样具有理论系统的著作,更未曾有人尝试过把西方的哲学美学用之于中国的文学批评。静安先生此文是在他所拓垦的洪荒的土地上建造起来的第一个建筑物,所以既发现了叔本华哲学与《红楼梦》所表现的某些思想有一点暗合之处,便掌握住这一根可以作为栋梁的现成材料,搭盖起他的第一座建筑来,而未暇于其质地及尺寸是否完全适合作详细的考虑。这种由拓荒尝试而造成的失误,当然是使得《〈红楼梦〉评论》一文立论不够周密的第一个原因。其二,则是由于静安先生之性格及心态,与叔本华的悲观哲学及《红楼梦》中悲剧的人生经验,都有着许多暗合之处,因此他对于叔本华的哲学和《红楼梦》这部小说,遂不免都有着过多的偏爱。李长之批评《〈红楼梦〉评论》一文,便曾特别提出过静安先生对《红楼梦》之强烈的爱好,说:"王国维把《红楼梦》看着是好作品,便比常人所以为的那样好法还更好起来。"①于是静安先生遂因自己性格和心态与之相近而产生的一点共鸣,把叔本华的哲学和《红楼梦》的悲剧,都在自己的偏爱的感情下结合起来,而写出了这一篇评论。所以这一篇论文在理论方面虽有许多不够周密之处,可是另一方面,静安先生却恰好借着叔本华的悲观哲学及《红楼梦》的悲剧故事,把他自己对人生的悲苦绝望之情,发挥得淋漓尽致。这种性格和心态的因素,实在才是使得静安先

---

① 李长之《王国维文艺批评著作批判》,见《文学季刊》创刊号,立达书局1934年版,第241页。

生不顾牵强附会而一厢情愿地以叔本华的悲观哲学来解释《红楼梦》，大谈其"人生"与"欲"及"痛苦"三者一而已矣，而且以为"解脱之道唯存于出世"的一个最基本的缘故。而静安先生之所以有如此悲观绝望之心态，便也正是因为他在自己所生活的腐败庸愚争竞屠杀的清末民初的时代中，同样也看不到希望和出路的缘故。关于这一点，我在以前所发表的《从性格与时代论王国维治学途径之转变》[①]及《一个新旧文化激变中的悲剧人物》[②]两篇文稿中，已经对之做过详细的讨论，所以不拟在此更加重述。

　　总之，每一个作者都会在自己的作品中流露出自己的感情心态，而每一种感情心态的形成，又都与作者之性格及其所生之时代，有着密切的关系。才智杰出之士，虽偶然可以突破环境之限制，在作品中表现出对人世更为深广的观察和体会，但终究也仍不会真正超越历史的限度。如果以本文中所谈到的几个作者相比较的话，李后主虽然以其过人之深锐的感受能力，对人世无常之悲苦有着较深广的体认，在这一点上超过了只拘限于个人外表情事之叙写的另一个亡国的君主宋徽宗[③]，可是李后主毕竟是一个久已习惯于唯我独尊之地位的帝王，在他的思想意识中，他一向所过的奢靡享乐的生活，都是他本分之所应得，他所悲慨的只是这种享乐之生活不能长保的今昔无常的哀感而已；曹雪芹笔下的贾宝玉之胜过李后主的一点，则是他虽然也生长在富贵享乐的环境中，然而他却超越了自己阶层的限制，看到了不同阶层间的矛盾和不平。不过在现实生活方面他却又毕竟仍依附于他所归属的官僚腐败的家族之上，并未能配合自己在思想意识方面的突破，而在生活实践方面

[①] 《香港中文大学学报》第1卷，1973年第1期，第61—96页。
[②] 《香港中文大学学报》第3卷，1975年第1期，第5—48页。
[③] 按王国维曾谓宋徽宗之《燕山亭》词，"不过自道身世之感"，见《人间词话》第18则，商务印书馆1966年版，第198页。

也有所突破;至于陶渊明则不仅在思想意识方面有自我的觉醒,而且更能在生活实践方面,真正突破了他所厌恶的官僚腐败的社会阶层,而以躬耕的劳动找到了自己的立足之点。不过,陶渊明所完成的仅是"独善其身"的一种自我操守而已,对于真正有理想、有性情之读书人在封建腐败之社会中所感受的困境,并没有什么改革和解决的帮助。因此在陶渊明以后的一千多年的清代,这种没有出路的困窘的心态,和悲观绝望的情绪,还一直存在于一些不甘心与腐败之官僚社会同流合污的有理想有性情的读书人之中。曹雪芹所写的"枉入红尘""无才补天"的宝玉,当然就是作者自己心态和感情的反映。关于这一方面,在香港中华书局1977年出版的《曹雪芹与〈红楼梦〉》一书中,周汝昌和冯其庸的一些论文都曾对曹雪芹的时代家世与他的思想和创作的关系做过详细的探讨,他们虽偏重强调曹雪芹的反叛性格,然而曹雪芹笔下的贾宝玉最后却只能以"悬崖撒手"为结束,则其困窘无出路之心态,实在并未能在现实生活中有所突破,这当然是《红楼梦》一书所受到的历史的局限;至于对《红楼梦》特别赏爱的王静安先生,则最后竟然以自沉结束了自己的生命,其心态之仍在悲观困窘之中,更复可知。其实静安先生所生之时代,正是中国旧日封建腐败之社会,从崩溃走向新生的一个突破的转折点,不过旧的突破和新的诞生之间,当然会产生极大的矛盾冲突,甚至要经历流血的艰辛和痛苦。静安先生以其沉潜保守而缺乏反叛精神之性格在此激变之时代中,竟然以其深情锐感只体会了新旧冲突间的弊病和痛苦,而未能在艰辛扰乱之时代中,瞻望到历史发展的未来趋势,他的局限实在并不只由于历史的限度,而更有其个人性格之因素在。这一点不仅是造成静安先生个人自沉之悲剧的主因,也是限制了他的文学批评,只能作主观唯心的欣赏和评论,而不能透过历史的和社会的一些客观因素,对作品中意识心态的主旨有更深入之了解和批判的主要缘故。所以静安先生对于《红楼梦》中的悲观绝望之情,虽有极大极深之感动，然而却未能对书中的主旨做出更为客观正确的分析。如果说《红楼梦》意蕴的丰富正有如我们在前面所说过的"横看成岭侧成峰"之妙，则静安先生之"不识庐山真面目"，可以说就正是由于"只缘身在此山中"的缘故了。

  从以上的讨论来看，静安先生用西方叔本华的哲学来解说《红楼梦》，其所以造成了许多疏失错误的结果，原来自有属于静安先生个人之时代及性格的许多因素在，我们当然不可以据此而否定一切用西方理论来评说中国文学的作品和作者。不过从《〈红楼梦〉评论》一文之疏失错误，我们却已经可以清楚地看到，以作品来附会某一固定之理论，原来是极应该小心警惕的一件事。李长之就曾批评《〈红楼梦〉评论》一文说："关于作批评，我尤其不赞成王国维的硬扣的态度，……把作品来迁就自己，是难有是处的。"① 而现在一般文学批评的通病，却正是往往先在自己心中立定一项理论或教条，然后再勉强以作品来相牵附。这种文学批评，较之中国旧传统说诗人的愚执比附之说，从表面上看来虽似乎稍胜一筹，好像既有理论的系统又有进步的思想，然而事实上则东方与西方及古代与现代之间，在思想和感受方面原有着很多差别不同之处，如果完全不顾及作品本身的质素，而一味勉强地牵附，当然不免于错误扭曲的缺失。然则如何撷取西方的理论系统和现代的进步观点，为中国的古典文学做出公平正确的评价，这当然是今日从事文学批评者所当深思的课题和所当努力的方向。

后　记

  本文原是四十年前我所撰写的《王国维及其文学批评》一书中的一节，近来有友人来信说，为了纪念《红楼梦》作者曹雪芹诞生三百周

---

① 李长之《王国维文艺批评著作批判》，见《文学季刊》创刊号，第241页。

年,拟编印一册纪念文集,因此向我邀稿。我本不是红学家,兼之现在已经年近九旬,精力日减,未能撰写新稿,遂将此一旧稿觅出,勉为应命。

我在当年撰写此一文稿时,曾经提出了我个人对于曹雪芹撰写《红楼梦》一书之本旨的一点体会,私意以为此书开端叙及空空道人在青埂峰下所发现的那一块顽石上的偈语:"无才可去补苍天,枉入红尘若许年。此系身前身后事,倩谁记去作奇传。"实在乃是了解此书的关键所在,以为此一顽石的不得补天之恨也就是枉入红尘而一事无成的宝玉之恨。如此说来,则宝玉固应原有用世之念才对。然而书中所写的宝玉则是对于仕途经济之学表现了无比的痛恨,我想这种矛盾固应该是何以无数红学家都读到了此一开端之偈语却竟然并无一人愿依此立说来推求此书之本旨,而宁愿曲折比附来为之设为种种假说的缘故。而我则以为,宝玉之厌恶仕途经济之学与他之抱有用世之念原来并不互相矛盾,因为对人世疾苦之关心,与国贼禄蠹的仕途经济之学,本来就是截然不同的两种性情与人格。而宝玉在对于仕途经济之学失望以后,遂一心想求得感情之慰藉。曹雪芹在开端乃又写了一段话,说"今风尘碌碌一事无成","我之负罪固多,然闺阁中历历有人,万不可因我之不肖,自护己短,一并使其泯灭也"。因而此书中乃以大量笔墨去叙写了闺阁之中的人物与情事,遂使得其本有的"不得补天"之恨的用世志意之落空的主旨反而因此被读者所忽略掉了。何况作者对于其嫉世之本旨又有心欲以真假虚幻之说为之掩饰,私意以为这才正是使此书之本旨乃被掩没了的主要原因。不过纵然作者对宝玉用世之心做了有意的掩没,但在书中一些小节的叙写之处,还是曾经有过无心的流露。即如书中的第二十二回,在写到贾母为宝钗做生日时,贾母曾偶然提到了一个小旦扮起来像一个人,被史湘云指出了说是像黛玉,因而引起了一场误会时,宝玉想从中排解,却反而落到了两方的数落,宝玉因而想到"如今不过这几个人尚不能应酬妥协,将来犹欲何为"。如此看来,则宝玉原来曾经有过"欲有所为"之念,自是显然可见的。再如第三十四回中,作者写到宝玉因蒋玉函及金钏之事被贾政痛打以后,宝钗来探望他,宝玉见宝钗对他的怜惜之情,因而想到"我不过挨了几下打,他们一个个就有这些怜惜之态……既是他们这样,我便一时死了,得他们如此,一生事业,纵然尽付东流,也无足叹息了"。如此看来,则宝玉自然也是曾经有过要作出"一番事业"之理想的。而私意以为这也才正是中国传统读书人所共有的一种理想。曹雪芹自然也属于传统的读书人,他自然也有着同样的一番理想。而传统社会中之国贼禄蠹的行为自然也为有志的传统读书人之所共同嫉恨。所以我在前一篇文稿中乃曾提出说曹雪芹所写的"虽然只是宝玉一个人的悲剧,然而仔细想来,则其所写的实在原是在封建官僚的虚伪不平的社会中,凡属真正有理想、有个性、有情感、有良知的人,所可能遭遇到的共同悲剧"。以上所言,是我四十年前读《红楼梦》之一得,现在又从小说自身之叙写中,寻出了宝玉自我寻思的两段话,作为我读后一得之假想的一点补充。我的这些说法,是过去研读《红楼梦》之人之所未及,谨在此提出,向一些有兴趣探求《红楼梦》一书之主旨的朋友们求教。

壬辰元月叶嘉莹写于天津南开大学,时年八十八岁

《张牧石墨剩》序言

我第一次回国来到南开大学教书是在1979年。次年,我评述吴文英词的论文《拆碎七宝楼台——谈梦窗词之现代观》在《南开学报》上发表。那篇文稿发表以后,寇梦碧先生读到了,寇先生喜欢梦窗词,读了那篇文稿后就主动来看望我。那个时候,南开大学还没有盖外国专家楼,我住在校外的天津第一饭店。寇先生看望了我几次之后,有一天,寇先生和张牧石先生一起来看我,所以我认识张牧石先生是因为寇先生的缘故。我和张牧石先生只见过一两次,张先生不大爱讲话,所以我们的交谈并不多,寇先生倒是比较健谈,他来看望我的次数也比较多。

我曾经和张牧石先生通过一次信,那是上海的陈兼与老先生要把他自刊本的诗词集《兼与阁诗词》托张先生送给我,当时我已经回到了加拿大,张先生来信说要把书寄给我,因为我考虑当时从国内向海外寄东西还不大方便,而且航空邮寄的费用也很高,所以我就给张先生回信,说我非常感谢他,请他把书寄到我在北京的老家,让我的弟弟代收,待我回到北京之后就可以看到了。第二年我回国后见到了这本诗词集,拜读之后非常钦赏,对陈先生和张先生极为感谢。

我以前与张牧石先生来往不多。这一次,我的学生宋文彬把一些纪念张牧石先生的文章和张先生的遗稿拿给我看,我读了以后非常感动。我觉得在现在这个时代,像张牧石先生这样热爱中国古典文化,而且热心于传承,是非常难得的。我现在真的是感到很遗憾,当时我应该请张先生来给我的学生讲一讲如何写作诗词才对,当然现在已经来不及了。我读了大家写的怀念张先生的文章后发现,张先生有一点和我很相似,就是我们都热心于把自己知道的东西传授给年轻人,并且希望有人能够传承下去。我们都为中国古典诗词献上了我们的精力,能够做的事情,我们都尽量去做。纪念张先生的文章中提到,他在生病的时候还去给学生们上课,躺在病床上还在为报社审稿子,这些事都使我非常感动。

在纪念集中,有人讲,张牧石先生曾经说,要写中国古典诗词,就要按照中国古典诗词的格律去作,传统的东西必然有内涵和艺术的精华在里边。我也认为是这样的。现在很多人以为写诗还要讲平仄、对偶是很落伍的,可是中国的古典诗歌之所以发展成为一种讲究平仄、对偶的形式,是由中国的语言文字的特色所决定的,只有这样才能够传达一种特美,这是不可以破坏的,这是经过中国几千年的历史沿袭,发展出来的最精美的一种形式。有些人认为这样约束太多,那是因为他们对中国诗文之特美还不能够理解。

读了张牧石先生的诗词之后,我觉得张先生的诗词写得很好,绝然不同于流俗,有一种精微美妙的意境。现在各地的诗词学会很多,写诗词的人也很多,但是很多人写的诗词很浮泛,大多是应景的作品,可是张牧石先生和他们不同,他的诗词中有他个人一种很真切的感受,他把怀人念旧的感情写得很好。在纪念集中,有人提到,张牧石先生求学的法商学院法律系地处李园(即今人民公园),那里的海棠花开得很好,后来张牧石先生每年都要陪同张伯驹先生到李园赏海棠。张伯驹先生去世后,张牧石先生写了一首《浣溪沙》怀念张伯驹先生。他说:"水榭摊书想像间,重来已是感人天。春愁更底不相怜。 卧地残阳颓似病,没空孤鸟淡于烟。这般情味晚风前。"这首词中"卧地残阳颓似病,没空孤鸟淡于烟"两句写得非常好，真正写出了词的意境，一种幽微隐约的特美，而且是梦窗词的意境，这是很难得的，我很欣赏。张先生的诗也写得很好，像《乙酉履端》："自是年新梦亦新，岂宜依旧梦中人。耽书肯负平生志，历劫犹存物外身。黯淡欢情并苦趣，依微剑气入歌尘。何须一粟忧沧海，老健应知即幸民。"这首诗的颔联和颈联写得非常好。另外，张先生的一些长调也写得很有功力。

我觉得有一点很可惜，就是我在书法、篆刻方面的修养还不够，所以不敢随便评论张先生的书法、篆刻之作。

总之，张牧石先生传播中国古典文化的精神是很让我感动和钦佩的，他的诗词很有自己的特色，意境是不同凡俗的。

叶嘉莹口述　宋文彬记录

线装本《迦陵诗词稿》序言

我虽是一个诗词爱好者,惟是平生多以研读及教学为主,并未曾专心致力于诗词之创作,然而却因种种偶然之机缘竟而留下了不同版本的诗词稿有九种之多。第一种是钢板手写的油印本,那是二十世纪五十年代中在台湾经历了白色恐怖之后,外子于被拘禁多年后幸获释出,检点家中被搜查后的遗物,乃发现有多页我早年在辅仁大学读书时曾经顾师羡季先生评改过的习作手稿,幸得留存,遂以钢板手写刻印出来,装订成了极为简陋的几本小册子。其后许诗英教授推介我到台湾大学任教,乃以此一册诗词稿结合我的一些其他论诗词的杂文送交校方评审,此一册诗词稿遂尔流传于外。及至六十年代初,此一小册子偶被淡江大学一位学生所见,以为原刻字迹模糊,过于简陋,遂重以铅字打印,又整理出了一册较整齐的诗词稿。又数年后,我在辅仁大学兼任授课时,机缘巧合得与南怀瑾先生同乘校车往返,南先生亦爱好诗词,他偶然得见此一册诗词稿,乃热心向台湾商务印书馆推介,列入其"人人书库"之中。当时我曾为此一册小书写过一篇跋文,自叙忧患之后已"绝笔不复存吟咏之念",是编之辑"不过聊以忏悔一己之老大无成",惟"以之纪念伯父狷卿翁及羡季师教诲之深恩而已"。其后我又因偶然机缘辗转至美国及加拿大任教,思乡怀旧,亦往往写为小诗,时有自台湾随我至温哥华继续研读进修之女弟子施淑,亦性喜诗词,遂将我的一些偶然即兴之作不时加以收辑整理。及至八十年代我返回大陆教书,施淑则返去台湾淡江大学任教。当时两岸音信阻隔,她乃将其多年在海外追随我时所辑录的一些作品与前此所出版的诗词稿相结合,以自费在台湾地区为我印刷了一册诗词稿。及至台湾戒严解禁,我于1989年被邀返台讲学后,遂又有曾在台湾大学从我受教过的吴宏一教授,介绍台北桂冠图书公司与我联系,于2000年为我出版了一系列二十四册的《叶嘉莹作品集》,其中第三册就是《迦陵诗词稿》。而在此前的1997年,河北教育出版社已曾为我出版了系列《迦陵文集》十册,两年后又为我出版了《迦陵诗词稿》一册。2007年,中华书局为我出版"说诗系列"七册,乃同时亦为我印行了《迦陵诗词稿》一册。而且在此同一年,温哥华的一位友人,曾获得台湾《联合报》翻译大奖的陶永强先生对我的诗词稿感兴趣,他主动选择了一部分他喜爱的作品翻成了英文,又请另一位友人书法家谢琰先生书写了中文原作,合刊了一册中英文对照本,题名为《独陪明月看荷花——叶嘉莹诗词选译》,英文书名为 *Ode to the Lotus*,由温哥华华侨互助会出版。此前数年,中华诗词学会发愿整理编辑自二十世纪二十年代以来的现当代人的诗词之作,拙著乃亦幸蒙选入,于2007年为我编辑了一册《叶嘉莹诗文选集》,除按照编年次第收入了我的诗词、楹联等韵语外,还附录了我的论文两篇,更辑印了我历年来的一些生活照片,可以说是在我的诗词稿中最具特色的一本选集。卷首除郑伯农、周笃文二位先生为此一系列诗词集所写之总序外,更附有缪钺先生多年前为我之诗词稿所写的序言一篇,编者用心之深细,令人心感。而今年春我应邀赴京参加中华诗词吟唱会时,又有易行先生来访,极为热情地表示愿为我出版线装诗词稿。经整理后发现字数过多,遂决定将早期的一些作品删去,所收乃断自1978年开始,当时我已年逾半百,自惟早年少作固不足论,晚岁则如老杜所谓"老去诗篇浑漫与",大多为偶然兴至之作。我曾多次与同学戏言,我的诗词大多是自己跑出来的,而不是作出来的。而多蒙友人厚爱,屡加刊印,多年来一直衷心铭感。更感谢现在为我编辑此一线装本的易行先生,他不仅为之写了一篇《编后》,并且为了补足此一册诗词稿所收内容之不足,在文中着意介绍了我早期的一些作品。厚谊高情,谨在此表示诚挚的谢意。

《叶嘉莹作品集》序言

最近台北的大块文化公司拟出版我的一个作品集系列,电邮传来书目计有十七种之多,嘱我为此一系列写一篇序言。本来早在二十世纪九十年代中,河北教育出版社就曾出版过我的一个系列,题名为《迦陵文集》,共收有我的作品十种。其后台北的桂冠图书公司又重加增补编定,于世纪交替之际为我出版了另一个系列,题名为《叶嘉莹作品集》,共出版了我的作品有二十四册之多。继之则北京大学出版社于2007年为我出版了两个系列,其一是著作集八种,其二是说词讲稿七种。而与此同一年,中华书局则为我出版了说诗讲稿的一个系列,计有七种之多,此外还为我出版了一册《迦陵诗词稿》。

如今台北的大块文化公司又将为我出版另一个《叶嘉莹作品集》的系列,其缘起盖由于台北大块文化公司热心文化事业的郝明义董事长于2009年之秋曾经举办了一个以"经典3.0"为名的名家系列讲座,当时我亦忝蒙邀约做了一次关于晚唐诗人李商隐的讲演,由此遂与郝明义先生相识。郝先生不仅热心于对传统文化之宣扬,同时也热心于对幼儿少年文化素质之培养。他不仅将那一次的讲座分别出版了成人版和儿童版两个系列,还曾亲到天津之南开大学听过我的讲座,更曾携其公子来与我相见谈话,而且还曾邀请我为古典诗词做了一系列的吟诵录音。其关心文化之精神,使我极为感动。至于现在他主持之大块文化公司所计划为我出版的,则是以台北桂冠图书公司的旧版二十四册书稿为底本,更增加或参考了大陆新出的诸版本,择优而选取的一个系列,将分为两批出版。第一批将出版的有十种,计为:1.《汉魏六朝诗讲录》,2.《阮籍咏怀诗讲录》,3.《陶渊明〈饮酒〉及〈拟古〉诗讲录》,4.《叶嘉莹说初盛唐诗》,5.《叶嘉莹说中晚唐诗》,6.《叶嘉莹说杜甫诗》,7.《杜甫秋兴八首集说》,8.《名篇词例选说》,9.《迦陵诗词稿》,10.《唐宋词十七讲》。其中的第4、5、6、8四种,都是以前桂冠所没有,而据大陆新本补入的。第二批将出版的七种,计为:1.《迦陵杂文集》,2.《唐宋名家词论稿》,3.《迦陵说诗讲稿》,4.《迦陵论诗丛稿》,5.《我的诗词道路》,6.《迦陵说词讲稿》,7.《迦陵学诗笔记》。此一系列若只从书名来看,固与旧日台北桂冠图书公司所出版的诸书多有相合之处,但事实上则在内容方面已经有所增添,尤其是后二种增录尤多。而且最后一种《迦陵学诗笔记》,原来桂冠图书公司所出版者曾加有一个副标题,名为"顾羡季先生诗词讲记",分别为上下两册出版,今日大块文化公司所出版者虽仅有一册,但内容则较前更为丰富。盖以桂冠图书公司所出版者只是由顾羡季先生之女之京师妹所整理的我当年听讲笔记之一部分而已,近年来之京师妹把我所携回的多册笔记已陆续全部整理完毕,乃是我当年听顾先生讲课的一册最全的笔记。回忆当年在北平辅大女校旧址恭王府中听顾先生讲课的往事,盖已有七十年以上之久了。人生易老而文化长存,我平生历经忧患,而今已步入耄耋之年,每念及当日羡季师对我的教诲和期许,愧疚之余,仍不敢不自勉励。而所有历年为我出版各种系列文集之友人,其关怀文化之热心,都使我极为感动。谨借此机会向大块文化公司之郝明义先生与前此为我出版诸系列文集的出版社和朋友们表示感谢之意。

    迦陵　壬辰年三月二十三日于南开大学

贺《全清词·雍乾卷》出版
——谈清中期词之价值及我与《全清词》编纂之因缘

在清词史上,清中期词一向被视为"蜂腰",不受读者和研究者的重视。这主要是因为清初刚刚经过改朝换代,盖正如叶恭绰在《广箧中词》里所言,乃是"丧乱之余,家国文物之感,蕴发无端",所以当时的词有各种不同的风格,但都有真实的悲慨和感情,可以说是独特的历史背景使作品具有非常丰富的内容,我曾经撰写《论词之美感特质之形成及反思与世变之关系》一文详细说明词之美感特质与世变之间互为因果的多重复杂关系。而《全清词》"雍乾卷"所反映的清中期则是一段比较平静的时期,没有清初国变,由乱而治的巨大转捩,也没有清末战乱频仍,"市朝易改,风雨多经"(文廷式《忆旧游·秋雁》)的动乱沧桑,所以此一时期之作品中的风云之气乃大为消减,而"腰"的发展阶段则正孕育于此一时期,体现了由清初到晚清的承前启后的一段重要的变化。

此时距清兵入关已久,像陈维崧那样悲慨豪放的词自然沉寂下去了,朱彝尊发现《乐府补题》时,本应曾引起他很大的悲慨,所以才将之带到北京,但当时既正当他们至京师应"博学鸿词科"之试的时候,在唱和之间他已失去了托喻的立场,所以就只能写作一些空洞的咏物之作了,因而当词人们对咏物词有更进一步的了解之余,内容却没有了,真正的感情也没有了,只能在语言文字上下功夫了。浙西词派之流行,表面上看起来这一段既不如前也不如后,没有清代初期和后期作品那种飞扬顿挫、撼动人心的情意了。但就在这个比较安静的时代里面,还是有很重要的作者开拓出新的境界。那是因为有些作者具有特别的性格、特别的才气,因此不须外在的时代之助力,也表现了特殊的成就,即如厉鹗、郑燮、黄景仁等就都表现了特别的风格和特色。所以不仅是时代风气,作者也是特别重要的。晚清一统词坛的常州词派的创始人张惠言实际上也属于这一时期,他出生于乾隆二十六年(1761),复于乾隆五十一年考中举人,嘉庆四年(1799)考中进士,可以说是在乾隆年间成长起来的。他的词数量虽然不多,但是有极特别的成就。他以经学大家的身份来写词,词中体现出深厚的儒家修养,这在古今都是没有的,是一个重大的开拓。他是研究易学的,正是由象求易的这种方法,让他体悟到词里面的那种幽微要眇、难以言传的一种境界。而由此发展出来的常州词派的词学理论,是中国非常重要的讨论词之美感特质的一种理论。当然这还只是一个开创,还不够深刻、不够精细,可是极为重要。我们看待乾隆词坛,就一定要把张惠言的这一类创作和词论的发展包括在内。总的来看,清中期的优秀作品虽然不是受外在环境的影响,但是仍有不少作者由于其独特才华而取得很大的成就。所以,我们承认清中期是"蜂腰",承认从总体创作成就上看,它既赶不上清初,也比不上嘉道以后,可是有很多有特殊才华、性情的作者,有很多特殊风格的表现,而这个时候孕育、发展出来的常州词派,掌握了词的美感特质,对后世产生很大的影响,所以清代此一阶段之词与词论,其整体的价值是不可低估的。

另外,我还要强调我和《全清词》编纂的因缘关系,在二十世纪八十年代程千帆先生开始负责编纂《全清词》的时候,我就曾经被邀请到南京大学去过,还特别参观了《全清词》的编纂室。当时程千帆先生从海外邀聘了两个顾问:一位是饶宗颐先生,另一个就是我。饶宗颐先生可能因为年岁大了,就没有来,但是我去了。那时在我的记忆中印象很深,《全清词》的编纂室其实是很简陋的,就在一个宿舍楼里边,外面走廊上还有人烧火做饭,楼道里弥漫着油烟的气息。而《全清词》编纂室就只有一个房间,房间里有几张桌子、几个书架,书架上摆着一袋一袋的他们整理出来的词稿,他们就是在这样一个艰苦的环境里做出来一份事业,真是创业维艰,十分不易。程千帆先生去世以后,《全清词》"顺康卷"出来以后很久没有见到续编问世,大家都非常期待,现在终于看到张宏生教授主编的"雍乾卷"出来,可见《全清词》的编纂后继有人,这个成就是非常值得我们感动和欣喜的,《全清词》"雍乾卷"的出版是继"顺康卷"之后词学界的重大收获,必将进一步促进清词研究乃至整个词学研究的深入发展。

我要以一副联语来恭贺《全清词》"雍乾卷"的出版:

    词苑珠林,鸿篇开盛世。
    名山宝藏,大业绍闲堂。

叶嘉莹口述　蔡雯整理

中英文参照本《迦陵诗词论稿》序言
——谈成书之经过及当年哈佛大学海陶玮教授与我合作研译中国诗词之理念

本书中所收录的六篇诗词论稿,是从1998年哈佛大学亚洲中心(Harvard University Asia Center)所出版的一册《中国诗歌论集》(*Studies in Chinese Poetry*)中摘选出来的。该书共收录有十七篇论文,是哈佛大学远东系教授海陶玮先生(James R. Hightower)与我多年来合作研究的成果。我与海先生初识于1966年之夏,当时我是被台湾大学推荐将赴美国密歇根州立大学作为交换教授的一个候选人,而海先生则是作为美国富布赖特项目委员会(Fulbright Committee)的代表来举行面谈的一个甄选人。谁想到只因此一次晤面,我与海先生竟然结下了三十多年合作的机缘。据海先生后来相告,那一次面谈,他在众多的候选人中,只选了我一个人,而且他立即提出了要邀请我到哈佛大学做访问教授的提议。只不过因为台湾大学校长已与密歇根州立大学签约在先,所以我必须去密歇根州立大学。于是海先生乃退而求其次,邀请我在9月赴密歇根州立大学任教以前,先到哈佛与他做两个月的暑期合作研究。在这一次合作研究中,我们完成了两篇文稿,一是海先生所撰写的《论陶渊明的〈饮酒〉诗》("Tao Ch'ien's 'Drinking Wine' Poems"),一是我所撰写的《谈梦窗词的现代观》("Wu Wen-Ying's Tz'u: A Modern View")。海先生的论文是先由他写为初稿,经过讨论后写成定稿;我的论文是由我先写出来定稿,经过讨论后由他译成英文。就当我们这两篇文稿完成时,恰巧美国高等研究基金会(American Council of Learned Society)将于1967年元月在北大西洋的百慕大岛举办一个以"中国文类研究"(Studies in Chinese Literary Genres)为主题的会议,与会者都是西方有名的汉学家,如英国牛津大学的霍克斯(David Hawkes)教授、美国耶鲁大学的傅汉思(Hens Frankel)教授、美国加州大学的白芝(Cyril Birch)教授、哈佛大学的韩南(Patrick Hanan)教授。还有不少著名的华裔西方学者,如刘若愚、夏志清、陈士骧诸教授。当时海先生就把我们暑期合作所完成的两篇文稿也提交给了会议的筹办人。完成此一暑期合作计划后,我就离开哈佛去了密歇根州立大学。及至次年(1967年)元月,海先生原曾邀我先到哈佛大学与他见面后,再一同飞往百慕大,只因我订机票时正值波士顿大雪,飞机无法降落,所以我只好自己一个人由密歇根飞去了百慕大。在会议中见到海先生,他说他本来在哈佛为我安排了一个欢迎会,只可惜我这位主客没有到场。百慕大会议中,诸位来开会的汉学家大致都会说流利的中文,一起开会,相谈甚欢。① 会后,我就又飞回了密歇根,而海先生则坚嘱我在1967年暑假与密大交换一年期满后不要再接受延续的聘约,而邀我以访问教授的名义赴哈佛。于是1967年7月我就如约又回到了哈佛大学。这一年我除教学外,与海教授又合作完成了两篇文稿,一篇是海教授撰写的《论陶渊明诗中之用典》("Allusion in the Poetry of Tao Ch'ien"),一篇则是我所撰写的《论常州词派的比兴寄托之说》("The Chang-chou School of Tz'u Criticism")。文稿完成后,已是学期结束的时候。我本应立即离开哈佛返回台湾才是,但当时外子已经以探亲名义出来,两个女儿也已于前一年由外子嘱我携来此地,外子之意盖因他曾

---

① 此次会议中之论文,后由加州大学白芝教授编成一册论文集 Studies in Chinese Literary Genres,于1974年由加州大学出版社出版。

受台湾白色恐怖之累,被他所任职的台湾海军军法处囚禁过三年以上之久,他是坚决不肯回台湾的。于是海先生乃极力劝我留在哈佛,也不要回台湾了。而我却坚意要返回台湾。关于这种去留之争,我在《〈中国诗歌论集〉英文版后记》一篇文稿中已曾叙写,该文已收录在本书的附录中,此处就不再赘叙了。总之,海先生既留我未成,他就又提出了一个建议,要我写一个研究计划,他要为我争取一笔研究补助,以备我下次再来哈佛与他合作之用。当时我写的就是有关王国维及其文学批评的一个研究计划。这个计划写成后,我就回了台湾。及至次年1969年春,他把邀请函寄给我后,却因种种原因我未能获得赴美所需证件,其后乃经由海先生之介绍转去了加拿大的温哥华,并且于1970年春获得了不列颠哥伦比亚大学亚洲系的终身教授聘约。而海先生之介绍我到加拿大任教,原来也是为了我自加来美更方便与他合作研究之故。所以我在接受了加拿大的聘约后,当年暑期就又回到了哈佛大学与海先生继续了我们的合作研究。那时我的工作主要是完成有关王国维及其文学批评的研究,而海教授则因为与我合作的缘故,而引发了他对于宋词研究的兴趣。白天我与他一起读词,晚间则我一个人留在哈佛燕京图书馆继续我对王国维的研究写作,海先生甚至向图书馆争取到了我晚间在图书馆内使用研究室工作的特权。所以此一阶段我们合作的工作进行得极为顺利,而且在1970年的12月,我们曾共同应邀赴加勒比海的维尔京群岛(Virgin Islands)参加了一次有关"中国文学评赏途径"(Chinese Approaches to Literature)的国际会议,我所提交的就是由海先生协助我译成英文的《论常州派的比兴寄托之说》的文稿。① 当时来参加的学者,除了欧美的多位名教授以外,还有日本的吉川幸次郎教

---

① 此次会议中之论文后由 Adele Austin Rickett(中文名:李又安)编成一册论文集 *Chinese Approaches to Literature from Confucius to Liang Ch'i-ch'ao*,由普林斯顿大学出版社于1978年出版。

授。会议余暇，在谈话中他们问起了我有什么诗词近作，我就把我所写的《一九六八年秋留别哈佛三首》七律拿出来向大家求正。一时引起了吉川教授的诗兴，他次日上午就写出了三首和诗。美国威斯康星大学的周策纵教授也立即写了三首和诗，一时传为佳话。有人把这些诗抄寄给了美国的顾毓琇教授，顾教授竟然也写了三首和诗。诸诗都已被收录在中华书局出版的《迦陵诗词稿》中，读者可以参看。当时吉川教授的和诗中曾有"曹姑应有东征赋，我欲赏音钟子期"之句，表现出想要邀我赴日本的心意，而我因初到加拿大任教，要用英语教学，工作甚重，而且有老父在堂，不敢远行，所以未能赴日本讲学。吉川先生的愿望，直到十三年后才由九州大学的冈村繁教授完成。而自此以后，我的词学研究遂引起了北美学术界的注意。其后，1990年加州大学的余宝琳（Pauline Yu）教授与哈佛大学的宇文所安（Stephen Owen）教授曾联名向美国高等研究基金会申请专款补助，于1990年6月在美国缅因州举办了一次专以词学为主题的会议。我所提交的一篇论文《从我对王国维境界说的一点新理解谈王词之评赏》（"Wang Kuo-wei's Song Lyrics in Light of His Own Theories"），就也是我与海先生合作的又一篇成果。在这次会议之后，美国耶鲁大学的孙康宜教授曾经写了一篇题为《北美二十年来的词学研究——兼记缅因州国际词学会议》的文稿，发表于台湾的《中外文学》第20卷第5期。文中曾提到"论词的观点与方法之东西合璧，这方面最具代表性的学者非叶嘉莹教授不作他想"，又说叶氏"论词概以其艺术精神为主。既重感性之欣赏，又重理性之解说，对词学研究者无疑是一大鼓舞"。孙教授的过誉，使我愧不敢当，而这一切若非由于海先生之协助把我的论著译成英文，则我以一个既没有西方学位又不擅英语表述的华人，在西方学术界是极难获致大家之承认的。我对海先生自然十分感激，但我深知海先生之大力协助把我的文稿译成英文，其实并非由于他对我个人特别的看重，而是由于他对西方学人之从事中国诗歌之研著者,原有他的一种极为深切的关怀和理念,下面我就将对海先生的理念略加叙述。原来早在1953年海先生就曾在美国杜克大学所出版的一册《比较文学》(*Comparative Literature*)刊物上发表过一篇题为《中国文学在世界文学中的意义》("Chinese Literature in the Context of World Literature")的文稿。在那篇文稿中海先生曾特别提到,古典中国文学的历史比拉丁文学的历史更久远,而且古代的文言文,在白话文出现已久后也仍然是一种重要的文学语言,两者可以并存而不悖,不像拉丁文学的古今有绝大的歧异,以中国文学传世之久、方面之广,其在世界文学中是占有重要之地位的。而要想研究中国文学,就需要彻底了解中国文学。这位研究文学的西方学者想要知道的是,他是否会在中国文学中找到任何可以补偿他学中文之一番心血的东西,同时他也想有人以他所熟悉的东西向他讲解。海先生还以为,"中国文学值得研究在于它的内在趣味,在于它的文学价值",又说,"一些最令人心折的文学批评是出自批评家对文学作品所作的语文分析,把语文分析用到文学研究上,使我们领悟语文和文学的基本问题,语文是如何发挥作用产生文学效果的"。更说,"这种透彻的中文研究只能由那些彻底精通中文的人来做"。海先生还以为,"中国学者一般缺乏中国以外其他文学的良好训练",所以"我们所需要的是把一些西方研究方法用到中国文学研究上,才能使西方读者心服口服地接受中国文学"。而毫无疑问,海先生与我的合作正是按照他的理念来做的。他在合作中一方面要我把中国诗歌的语文作用对他作详细的说明和讲解,另一方面也介绍我读一些西方的文学理论著作。在我与他合作的第一年,他就介绍我去读勒内·韦勒克(Rene Wellek)及奥斯汀·沃伦(Austing Warren)合著的一册《文学理论》(*Theory of Literature*)。我当时还曾翻译过其中之一章"文学与传记"("Literature and Biography"),并对中英对译之事发表了一些看法(此篇译文曾被台湾大学学生刊物《新潮》于1968年发表)。我非常感谢海先生对我的协助,后来我自己更去旁听了不少西方文学理论的课,并曾经引用西方文论写过一些诗词评赏的文字。其中的一篇长文《论词学中之困惑与〈花间〉词之女性叙写及其影响》被海先生读到后,他非常高兴,立刻就提出要与我合作将之译成英文。我前面所提到的那篇于1990年提交给在美国缅因州举办的词学会议的《从我对王国维境界说的一点新理解谈王词之评赏》的文稿,就也是经海先生协助而译成英文的。只不过自从1974年我利用暑期回国探亲及1977年回国旅游,又自1979年回国教学,更自1981年赴成都参加杜甫学会的首届年会以后,就被四川大学的前辈教授缪钺先生相邀每年到川大与他合作撰写《灵谿词说》,于是我与海先生的合作就一连停顿了数年之久。海先生后来在英文版的《中国诗歌论集》中曾经提到,他的本意是计划与我合写一系列论词的文稿。后来这个论词的系列著作是由川大缪钺先生与我合作撰写的《灵谿词说》一书完成了。不过海先生还是把我在《灵谿词说》中所撰写的《论苏轼词》与《论辛弃疾词》两篇文稿译成了英文,而他则已经与我合作完成了《论柳永词》与《论周邦彦词》两篇文稿。另外他又曾协助我把我的《论晏殊词》《论王沂孙词》和《论陈子龙词》也都先后译成了英文。遗憾的是当我于二十世纪九十年代初写成了《从艳词发展之历史看朱彝尊爱情词之美学特质》一篇论文时,他的视力已经极度衰退。本来他对我的这一篇文稿甚感兴趣,以为我在此一文中所提出的朱氏爱情词的"弱德之美"是指出了词之美感的一种更为基本的特质。他曾经把我在此文中所举引的朱氏之《静志居琴趣》中的六首爱情词都翻译成了英文,并鼓励我把这六首英文译词和我的那篇论朱氏爱情词之美学特质的中文稿,提交给了1993年6月在耶鲁大学举办的一个以"女性之作者与作品中之女性"为研究主题的学术讨论会。可惜的是海先生终因视力下降未能完成这一篇文稿的英译。其后有一位我在温哥华的友人陶永强先生中英文俱佳,他曾经选译过我的一些诗词,出版了一册题为 Ode to the Lotus(《独陪明月看荷花——叶嘉莹诗词选译》)的集子。他曾有意要把我那篇论朱彝尊爱情词的长稿译成英文,后来终因我的文稿太长和他的工作忙碌,未能完成。海先生当年颇以他未能完成这一篇长文的译稿为憾,而我则更因为自己当年忙于回国讲学及与川大缪先生合作,未能及时与他合作完成此一长篇文稿的英译而深感歉憾。2001年我被邀到美国哥伦比亚大学客座讲学期间,曾利用春假的机会到康桥去探望一些老朋友,与海先生及赵如兰、卞学鐄夫妇有过一次聚会,那时海先生与他的一个孙女在康桥附近的地方同住,视力已经极弱。此次相晤以后,我每年圣诞假期都会以电话向他致候。及至2005年圣诞,我给他打电话一直无人接听,我想他可能被儿女们接往他的故乡德国去住了。及至2006年2月,我忽然收到了哈佛大学韩南教授一封电邮,说海先生已经于1月8日在德国去世了,哈佛大学将为他举办一个追悼会,希望我能去参加,并且说他将在仪式中提到海先生与我的合作,他以为在北美汉学界中,像海先生与我这样有成就的学者能在一起合作研究,是一件极为难能可贵的事。我收到韩南教授的信后,曾写了一封回邮,表示了我对海先生深切的怀念和哀悼。只可惜路途过远,我当时正在天津南开讲学,未能及时赶去参加海先生的追悼会,至今仍深感歉仄。海先生之大力协助我把一些论诗词的文稿译成英文,并非只为了个人之私谊,而是由于作为一个研究中国诗词的汉学家,他有几点极深切的理想和愿望:其一是西方汉学家要想研读中国诗词,首先需要有大量的英译文本;其二是中国诗词在中国独有的语文特质下,也需要与精通中国语文特质和中国诗词之美感的华人学者密切合作。尤其是"词"这一种文体,其美感特质更为窈眇幽微,一般而言西方学者对此更深感难于着力。但一般学者大多追求一己的研究成果,很少有人能具有像海先生那样的胸襟和理想,愿意与一个如我这样的既无西方学历又不擅英文表述的华人学者合作。我对海先生既深怀感激,更对他的胸襟志意和理想深怀景仰。他去世后,我未能赴哈佛参加他的追悼会,这使我对他一直感到愧歉,所以愿借此机会把我们合作的经过和他与我合作的理念略加叙述,也算是我对他的感念之一点补偿吧。

《灵谿词说正续编》重版前言

我于1982年至1986年四年间曾与四川大学缪钺(彦威)先生合作撰写论词专著《灵谿词说》,当时拟定之体例是欲将旧传统中"论词绝句"与"词话"等体式与近代之"词学论文"及"词史"等体式相融合,在每篇论述之文稿的前面先以一首或多首论词之绝句撮述要旨以醒眉目,然后再附以论说之文字作深入之探讨。此种编写之方式主要乃出于缪先生之提议。关于此点,缪先生与我在本书旧版之《后记》及《前言》中,都曾加以说明,读者可以参看。全书完稿后,交由上海古籍出版社于1987年印行出版。其后缪先生与我又准备陆续撰写《灵谿词说》之续编,乃于此时接到上海古籍出版社友人来函,谓《灵谿词说》出版后各地新华书店对此书征订之册数甚少,此或由于"此书之题名及撰写之体例皆不免过于古雅"之故。于是缪先生与我在继续撰写论词文稿时,遂将书名及内容之编排都做了相当的改变。这就是何以续编之书名既改题为《词学古今谈》,而且在体例上也取消了论词之绝句,更因我之所论已涉及近现代之词人,所以我在论说中也征引了一些西方之理论的缘故。此书于1992年完稿后,本拟仍交上海古籍出版社出版,而因四川大学将于当年10月为缪先生举行九十华诞寿庆,希望能及时出版此书为缪先生寿诞之庆,征之上海古籍出版社,复函云虽极愿出版此书,而无奈出版任务过重积压文稿甚多,是以无法赶在寿庆之期出版。而在此时适有长沙之岳麓书社及台北之万卷楼图书公司先后来函邀稿,于是缪先生与我商议之结果乃决定将此一部分文稿交由此两家出版社以简繁两体分别出版。关于此种情况,我在1993年岳麓书社首次出版时,曾写有一篇序言,作了简略的说明。

其后河北教育出版社拟出版我的个人著作集,以为不便于将《灵谿词说》中缪先生的论词文稿一同编入,遂将其中我所撰写的部分提取出来编了一册《唐宋词名家论稿》,而我则在此一册书之前特别写了一篇很长的前言,对缪先生与我合作之动机与经过作了详细的说明。此书于1996年出版。2004年,河北教育出版社也出版了一套《缪钺全集》,将《灵谿词说》中缪先生所撰写的全部文稿与缪先生其他词学论文编成一册《冰茧庵词说》,收入其中。此后,缪先生与我当年合作撰写之《灵谿词说》乃以各自独立之形式出现。我虽在自己历年出版的《唐宋词名家论稿》前对于当年缪先生与我合作之经过与撰写之内容都作了详细之说明,但毕竟已非全璧。而今日乃有北京大学出版社愿意重印《灵谿词说》一书,缪先生之孙男元朗遂提议将原为其续编而曾一度改题为《词学古今谈》之一部分一并收入,合为正续编同时出版,庶几可恢复当年缪先生与我共同撰写时原有依时代先后撰写以沿承词史发展之顺序的原意。我认为元朗之提议甚好,北京大学出版社亦赞同此一将两册书印为正续二编一同出版之计划。至于内容则一切皆按原书之内容编排,仅做了两点修正:

其一,原版《灵谿词说》将论词绝句分别附在各篇论文之前未免过于分散,此次重印除保存原来旧版各论文前之绝句外,更将缪先生与我所撰写之论词绝句共八十六首依所论词人时代之先后集中刊于旧版《前言》之后。如此或者更能收到具有词史之观念的效果。此须说明者一。

其二,续集编排之次序也有所订正,盖以旧版《词学古今谈》乃是依撰写人编排的,一组为缪先生之论文,一组为我的论文。此次重编则按旧编《灵谿词说》之编排方式,不以撰写人为准,而改以所论述之词人的先后为序,以取得与旧编相沿续之效果。此须说明者二。

  写至此处,回首前尘,距离缪先生于1982年向我提议并开始撰写《灵谿词说》之往事,盖已有整整三十年之久了,而距离缪先生之逝世也已有十七年之久了。先生在为《灵谿词说》所写的《后记》中,曾举引先生赠我的一首《高阳台》词,有"人间万籁皆凡响,为曾听流水瑶琴"之句;我于1995年所写的《缪彦威先生挽诗》中,也曾有"每诵瑶琴流水句,寂寥从此断知音"之句。夫光阴易逝而人事难常,撰写此文,感怀无限,犹忆先生当年与我合作时曾引举汪容甫致刘端临之书信云:"诚使学业行谊表见于后世,而人得知其相观而善之美,则百年易尽,而天地无穷,今日之交乃非偶然。"先生又曾赠我长诗七古歌行,有"百年身世千秋业,莫负相逢人海间"之句。多年来,我为《灵谿词说》之正续编未能合刊,曾深以为憾,而今乃得由北京大学出版社完成了先生与我合撰词说时最初的理想和愿望,则先生在天有知亦当欣然告慰矣。

2013年2月18日写于南开大学中华古典文化研究所

刘波画册序

刘波先生目前已是中国艺坛上创作与评论两方面皆有可观之成就的知名人物之一,我有幸与他相识于近二十年之前。当时刘君正在天津南开大学从范曾先生修读博士研究生课程,而我当时则正在南开大学为中文系博士生开讲诗词的课程。经范先生之介绍刘君亦常来我的课堂中与中文系诸生共同学习讨论。我当时对刘君的天资之高、用力之勤、方面之广,可以说早就留有深刻之印象。其后2002年刘君将出版其第一册书法、绘画、诗歌、联语、篆刻合编之个人专集,我曾为他写了一篇序文,其中对我们结识之经过以及我对其才华功力之认识曾经有较详的叙述。在该文结尾之处,我曾对刘君未来之成就有过深重的期许,说"夫南山豹变,北海鹏飞,资质与根基既已兼具,则其丰华硕果,固当指日堪期"。如今已是十年之后,而刘君之成就其华果之丰硕固早已为世人之所共见,至于就我个人而言,则对其艺事与修养之进展盖曾有两次切实之体认。

一次是在2009年春夏之交,刘君应加拿大不列颠哥伦比亚大学与中华文化中心之联合邀请,曾来温哥华举办了个人的画展和讲学,画展开幕当日到场的嘉宾几乎包括了大温地区华人文艺界所有的知名人士,当时展出的除了刘君的多幅画作以外,还有刘君所撰写的多副联语。中国书画界自古就有诗书画三绝的美谈,不过真正能在诗书画三种艺事方面并皆各有成就的艺术家则实在殊不易得,而刘君则在此三方面可以说各有过人之成就,所以当时现场来观赏的各位知名人士都对刘君之成就赞誉不已。而刘君更以其文学之根柢与书法之工力分别为其中一些知名的前辈当场撰写了多副嵌字的联语,即如其赠周士心教授的一联写的是"论道依高士,传神有本心",句尾既分别嵌入了周教授的大名"士""心"二字,而且整副联语之格调高远、气韵不俗就深得周教授之爱赏。另外刘君为温市之著名汉学家王健教授与其夫人李盈女士也写了一副联语,联曰:"右军淡远风神健,北海开张骨气盈。"此一联则不仅嵌入了他们夫妇两位的大名"健"与"盈"二字,更远溯历史上之名人,以晋代之王羲之与唐代之李邕的典故暗中点出了二人之姓氏,博雅而工巧,当时就得到了不少人的赞美。此外更有书法家谢琰先生与其夫人施淑仪女士,刘君也为他们夫妇二人写了一副联语,曰:"通会天人书见性,优游华梵笔同文。"此一联语则脱除了嵌字的拘束而以上下联句分别指出谢先生研究及管理图书馆之专业与其夫人施女士之一身兼诗人作家与翻译家的成就。夫联语虽为小道,然非具有深厚之古典根柢者固不能从容撷取要点写为骈偶之句如此之恰当敏捷也。何况刘君更复当场书写,笔墨挥洒亦非一日之功所能成就。我当时在场目睹刘君才思之敏捷与功力之深厚,乃知我当年所写的北海南山鹏飞豹变之祝愿,固真得一验证矣。

又一次刘君给我深刻之印象者则是在2013年的2月,当时我应中央文史研究馆之邀赴北京参加春节联欢会,在宾馆中曾有机会得与刘君相见,刘君友人乃为我从电脑中演示近年来刘君赴各地参访之所得。原来自2009年来温哥华举行其个人书画展览之后,刘君更曾于2010年与2012年两次赴英国以组委会委员名义参加奥林匹克美术大会;并曾于2010年访问以色列,受邀在海法大学承办的"第九届亚洲学年会"上发表《中国画在二十世纪》的讲演,并曾给以色列的艺术家和大学生讲授中国艺术;又曾于2010年及2012年分别在上海与台北前后两次参加了"世界华人收藏家大会"并发表论文和演讲,阐述文人收藏之意趣;又曾于2011年及2012年随中国青年代表团访问印度及巴基斯坦,对佛教美术的源头曾加以探寻,且曾只身前往巴基斯坦西北部古代佛教造像艺术起源地之犍陀罗地区参访遗址,获得精美之佛教造像图片数千幅之多;随后更自新疆一路东进,沿佛教东传路线先后参访了克孜尔石窟与伯孜克里克千佛洞及敦煌,更曾参访了遍布河西走廊之大小洞窟,然后到兰州参观炳灵寺、麦积山,直至西安等地,其后更于2012年9月赴山东办画展之际,参观了山东境内的汉碑与佛教造佛之遗存,所获汉魏石刻图片将近万余种。对佛教造像之逐步东传的经历和衍变有了清晰而切实的认知。同时在此期间刘君更搜寻了大量的名碑精拓。原来刘君早年学习书法与绘画之时即对东汉魏晋以迄于唐之此一历史阶段之石刻造像壁画墓碑等之研读有浓厚之兴趣,每常致慨于博物馆中此一方面之收藏有所不足,今兹刘君乃得亲自跋涉千里广为搜寻,其中所包含的文化信息固应至为深广也。

刘君年华正富,学养兼优,以其天资之敏慧、功力之精勤、学养之深厚,相信于不久之将来,刘君于绘画、书法、鉴赏各方面都必将有更大之拓展,是则其豹变鹏飞之前途乃真有不可限量者矣。因乐为之介绍如上。

2013年4月

八九老人叶嘉莹写于加拿大之温哥华

谈我与荷花及南开的因缘

我出生于荷月,故小字为荷,因此平生对于荷花情有独钟。自少年时代即写有咏荷之作。对于荷之出泥不染、中通外直之美质,尤为爱赏。考入中学后,未几就发生了"七七事变",父亲随国民政府迁移后方,母亲又于不久后因病弃养。沦陷区之百姓生活极为艰苦,当时偶读李商隐《送臻师》之作,诗云:"苦海迷途去未因,东方过此几微尘。何当百亿莲华上,一一莲华见佛身。"盖以在佛书中往往以莲花为超度苦厄之象喻,我虽得名曰"荷",然自愧有愿而无能,所以当时曾写有《咏莲》小诗一首,诗曰:

> 植本出蓬瀛,淤泥不染清。如来原是幻,何以度苍生。

其后考入辅仁大学国文系,从顾随先生受读《唐宋诗》课程。先生每以禅宗佛理说诗,而当时我家中长辈自幼只以儒学教子弟,与佛教禅学殊少接触。一日偶见报章中刊有广济寺将讲授《妙法莲华经》之消息,心焉好奇,遂往聆听。当时自惭愚昧,并未有深入之所得,只记得说法人所举出的"花开莲现,花落莲成"的一个话头。听讲归来后遂写了《鹧鸪天》一首小词,词曰:

> 一瓣心香万卷经。茫茫尘梦几时醒。前因未了非求福,风絮飘残总化萍。　　时序晚,露华凝。秋莲摇落果何成。人间是事堪惆怅,檐外风摇塔上铃。

我当时对佛学禅宗原为门外汉,但因我既小字为"荷",因此乃对"花落莲成"之喻,颇怀警悟之心。不知此莲此荷经秋摇落后之终有何成也。当时青春年少偶读古诗,见有"涉江采芙蓉"及"采之欲遗谁"之句,又读大晏词,见有"莫将琼萼等闲分,留赠意中人"之句,于是乃于此莲终有何成之证悟的追寻后又有了一种终将向何处投赠的反省和寻思。于是遂模仿乐府体又写了一组《采莲曲》,诗如下:

采莲复采莲,莲叶何田田。鼓棹入湖去,微吟自叩舷。
湖云自舒卷,湖水自沦涟。相望不相即,相思云汉间。
采莲复采莲,莲花何旖旎。艳质易飘零,常恐秋风起。
采莲复采莲,莲实盈筐筥。采之欲遗谁,所思云鹤侣。
妾貌如莲花,妾心如莲子。持赠结郎心,莫教随逝水。

大学毕业后于1948年春赴南京结婚,时已为国民党败退之前夕,南京市乱象纷呈,遂于是年11月底随外子工作调动迁往台湾。时外子在海军士兵学校任教职,我则经友人介绍在彰化女中任教职。一年后,我产下一女,三个月后乃遭白色恐怖之厄,外子既被海军监押,半年后我携哺乳中之幼女亦与彰化女中之校长及其他几位教师同时被彰化警察局所拘捕,其后我虽幸获释出,而生活上则备经艰苦,久不事吟咏。其后曾偶于梦中得句,杂用义山诗足成绝句三首,诗如下:

其 一

换朱成碧余芳尽,变海为田夙愿休。
总把春山扫眉黛,雨中寥落月中愁。

其 二

波远难通望海潮,朱红空护守宫娇。
伶伦吹裂孤生竹,埋骨成灰恨未销。

(按:义山诗原句作"恨未休",为押韵之故改为"恨未销"。)

其 三

一春梦雨常飘瓦,万古贞魂倚暮霞。

昨夜西池凉露满,独陪明月看荷花。

1969年因种种机缘,乃于无意中竟然落足到了加拿大的温哥华,此一城市地近太平洋之暖流,气候宜人,百花繁茂,而独鲜植荷者。而我既以荷为小字,终身对荷情有独钟,遂对温哥华之不见荷花未免心有所憾。二十世纪七十年代初归国探亲,其后又应邀在国内各地讲学,每睹新荷辄思往事,遂写得《木兰花慢》一阕,词曰:

> 花前思乳字,更谁与、话生平。怅卅载天涯,梦中常忆,青盖亭亭。飘零自怀羁恨,总芳根、不向异乡生。却喜归来重见,嫣然旧识娉婷。　　月明一片露华凝。珠泪暗中倾。算净植无尘,化身有愿,枉负深情。星星鬓丝欲老,向西风、愁听佩环声。独倚池阑小立,几多心影难凭。

而在祖国所见的各地荷花中,则以南开大学马蹄湖中之荷花予我之印象最为深刻。盖因南开大学所建之专家楼与马蹄湖相距甚近,我当年在专家楼居住时,最喜在马蹄湖边散步,曾写有诗词多首。

写到此处,我就不得不将我回到南开来教学的前后因果略加叙述。原来1970年加拿大与中国建交后,我就曾申请回国探亲,1974年获得批准,我遂于是年暑期经过旅行社的安排于离乡二十六年之后,终于得到了回国探亲旅游的一次机会。当时我曾写有《祖国行长歌》一首七言长古,诗长有一千八百字以上之多,就时间言既包括了二十余年的生离死别的经历,就空间言则包括了我背井离乡二十余年来飘转于台南、台北、北美各地的经历和生活。由我少年时所经历的抗战沦陷之苦到当时看到中国的崛起壮大,内心中自然是充满兴奋之情。只不过当时尚在"文革"之中,我心想以后我大概只能回国探亲旅游,而再也没有回到祖国来贡献我自己之所学的机会了,所以此诗开端所写的虽是"卅年离家几万里,思乡情在无时已。一朝天外赋归来,眼流涕泪心狂喜"的欣喜之情,但在结尾处所写的则是"雕虫文字真何用,聊赋长歌纪此行"的自我失落之感。谁知世变无常,1976年就发生了巨变。先是周总理去世,天安门前民众自发的对于周总理的悼念竟然汇成了一片诗歌与联语的海洋,这使我极感兴奋,以为祖国虽历尽诸多艰危苦难,而只要诗心不死,就大有可为,所以内心乃极为激动。继之又有"四人帮"的倒台,国内很快就恢复了大学的招生考试,而也就是在这一阶段中,我自己家中却发生了一件绝大的不幸之事。就是我的长女言言与女婿宗永廷在一次外出旅游途中竟然发生了车祸,夫妇两人同时去世了。我于悲悼之余,写了十首《哭女诗》,最后两首写的是:

> 平生几度有颜开,风雨逼人一世来。
> 迟暮天公仍罚我,不令欢笑但余哀。

> 从来天壤有深悲,满腹酸辛说向谁。
> 痛哭吾儿躬自悼,一生劳瘁竟何为。

正是这一次悲惨的巨变,使我当年辛苦持家的为家庭劳苦牺牲和工作的个人之梦觉醒了。当我于1977年再度回国探亲旅游时,就动了申请回国教书的念头。1978年当我写好了申请信步行到街口去投寄时,曾经写了两首绝句,题曰《向晚》,诗如下:

> 向晚幽林独自寻,枝头落日隐余金。
> 渐看飞鸟归巢尽,谁与安排去住心。

> 花飞早识春难驻,梦破从无迹可寻。
> 漫向天涯悲老大,余生何地惜余阴。

申请信寄出后不久,我就从海外版的《人民日报》看到了一则令人振奋的消息,说原先在南开大学任教的李霁野教授在"文革"中一度被批判,现在已经复出任教了。李先生是我的老师顾随先生的好友,台湾光复后,李先生曾与其好友台静农先生同赴台湾大学任教。当我随外子工作调动赴台时,顾先生曾写信嘱我去探望李先生。我于1949年春天曾在台北与他见过一面,其后不久台湾就发生了白色恐怖,1949年冬外子被拘捕,1950年夏我携哺乳中的女儿也与彰化女中的校长及同事们一同被拘捕,从此遂与李先生断绝了音信。谁知现在我竟然在报纸上见到了他复出的消息,于是兴奋之余,我立即就给李先生也写了一封信,告诉他我现在正在申请回国教书,不久就接到了李先生的回信,说祖国形势大好,我就又写了两首诗,如下:

> 却话当年感不禁,曾悲万马一时喑。
> 如今齐向春郊骋,我亦深怀并辔心。

> 海外空能怀故国,人间何处有知音。
> 他年若遂还乡愿,骥老犹存万里心。

1979年我收到了教育部的回信,批准了我回国教书的申请,并安排我到北大教书,于是我遂于这一年春天回到了国内。先在北大教了一段时间,不久就应李先生之邀转到了南开大学。南开的老师和同学都极为热情,我曾为此写了在南开教书的纪事绝句,有二十四首之多。初到南开时正值"文革"之后,又正值唐山地震之后,操场上还留有一片防震棚,可谓百废待兴。但老师与同学们则莫不满怀热情,对一切事都充满了理想和期待。去年有七七级的南开中文系校友曾出版了一本纪念册,要我题诗,我于是为他们写了两首七言绝句。诗如下:

> 春风往事忆南开,客子初从海上来。
> 喜见劫余生意在,满园桃李正新栽。

依依难别夜沉沉,一课临歧感最深。

卅载光阴弹指过,未应磨染是初心。

1979年当日的满园桃李如今都已各有成就,这当然是件值得欣喜的事。不过三十年来国内社会也发生了不少变化,我所盼望的是我们仍都能保有当年那一份充满了理想和期待的纯真的本心,所以说"未应磨染是初心"。"磨染"典出于《论语·阳货》:"子曰:'然,有是言也,不曰坚乎,磨而不磷;不曰白乎,涅而不缁。'"而这种不磷不缁的风骨则正与我们在本文开端所提到的"荷"之"出泥不染、中通外直"的品性颇有相似之处。南开之吸引我的除了前面所叙及的李霁野先生之邀聘的一份殷切的情谊以外,南开马蹄湖的一片荷塘以及由此一片荷塘所涵育和影响出来的一种精神和风骨也都有其足以引人赏慕之处。更为难得的是,南开的校领导大多对于诗歌有着浓厚的兴趣。记得我于1979年初到南开来的时候,南开的校长是位著名的老化学家杨石先教授,我初次见到杨校长,他就送给我一册线装的极精美的李清照的词集,据南开的友人告诉我说杨校长对旧诗词极为喜爱,枕边案头经常置有诗词文集,甚至外出开会也会携带一册诗词集作为旅途中休闲的读物。另外吴大任校长与其夫人陈鹭教授也极为喜爱诗词,八十年代初,我在南开讲课时,他们夫妇常来班上旁听,还曾介绍我为他们的一位已逝世的好友石声汉先生的遗著《荔尾词存》撰写了序言。现在的龚克校长也是一位诗词爱好者,每次见面经常与我谈论诗词,而且有一次开会,他走在我的身边还竟然顺口背了我的一些诗作。我对理科出身的领导能对旧体诗词有如此浓厚的兴趣和修养,实在感到钦佩不已。至于中文系出身的陈洪校长则更是博学多才,几乎可以说是诗文词赋无所不能。前两年有一位南开历史系的校友张候萍女士编写了一册访问我的文稿,曾将草稿呈交陈校长,请求指正。陈校长批阅后竟然写了三首诗送给我,诗的题目是《读叶嘉莹先生〈谈诗忆往〉,夜半掩卷,久久

不能释然,有感而作绝句三章》,诗如下:

> 才命相妨今信然,心惊历历复斑斑。
> 易安绝唱南迁后,菡萏凉生秋水寒。
>
> 北斗京华望欲穿,诗心史笔两相兼。
> 七篇同谷初歌罢,万籁无声夜欲阑。
>
> 锦瑟朦胧款款弹,天花乱坠寸心间。
> 月明日暖庄生意,逝水滔滔许共看。

读了陈先生这三首诗使我非常感动,回忆 1979 年我初来南开时,陈先生那时还在中文系读研究生,而其文才与干才则已早为系内师长所共同知赏。我的课程结束后临行之际,陈先生还曾亲自到我住的饭店中为我收拾行李。三十年来陈先生亲眼看到了我所走过的每一步足迹。而且我与陈先生还有一件巧合之事,就是有一次校方为了要为我办些手续,把我的护照取去填写我的生年月日。陈先生无意中发现我护照上的生日与他的身份证上的生日竟然完全相同,而且陈先生也知道我生于荷月,小字为荷。陈先生所读的那一册访谈稿,题为《红蕖留梦》,所以陈先生在赠我这三首诗的同时,还赠给了我几张他亲自在马蹄湖畔拍摄的荷花图像,还有他的一册论史说禅的题为《结缘》的新著,更有一篇他为天津写的题为《津沽赋》的长赋。于是我就也写了两首诗答谢陈先生,记述了这些情事。诗如下:

> 津沽大赋仰佳篇,论史说禅喜结缘。
> 曾为行人理行李,高情长忆卅年前。
>
> 谈诗忆往记前尘,留梦红蕖写未真。
> 摄取马蹄湖上影,荷花生日喜同辰。

关于研究所的成立陈先生也曾给予了大力协助。原来校方提出来想要成立研究所,并拟聘我为所长的一切经过也尽为陈先生之所深知。在最初我原不肯应承校方此一请求,盖因我自己深知除了教书以外,我其实别无所长,更从来没有担任过任何行政工作,所以最初我原持坚拒之态度,而当时南开外事处的逄涌丰处长则有他的一个理想,就是要把汉教中心从语言教学提高到一个科研层次,当时母国光校长也支持逄处长的设想。于是多方劝说要我担任此一名义,说校方会为我安排得力的老师作为副所长来担任实际工作。于是在多方劝说下,我就表示了同意。岂知其后不久逄处长就退休了,这个研究所就只成了虚挂在汉教中心下的一个空名。但逄处长却拜托鲁德才先生来做了副所长,鲁先生做了许多开拓的工作,但1995年初鲁先生赴韩国去讲学了,在此时期幸而请得崔宝衡先生来担任了副所长,又请得安易女士来担任了秘书。是他们几位从既没有办公室,也没有教室,更没有经费的最为艰苦的时期开展了起步的工作。谁知就在极度困窘之中,居然结下了意想不到的善缘。原来温哥华有一位书法家谢琰先生,他原在不列颠哥伦比亚大学的亚洲图书馆工作,负责中文善本书的管理,我来不列颠哥伦比亚大学任教以后经常麻烦他为我检寻书籍。他的夫人施淑仪女士毕业于香港中文大学的中文系,酷爱诗词,经常到我班上旁听一些课程,遂成为极亲密的友人。当他们夫妇知道了我当时困窘的情况后,适值温哥华有一位热心中华传统文化的实业家蔡章阁老先生,因在不列颠哥伦比亚大学成立亚洲研究中心的种种因缘与谢琰先生相结识。谢先生向蔡老先生介绍了我的情况,并安排蔡先生来听了我的一次讲演,蔡先生当即决定要为我捐资在南开大学兴建一座中华古典文化研究所的教学楼,于是事情遂有了转变。而恰巧在此一时期陈洪先生做了中文系系主任,遂由陈先生提出愿意接受将研究所挂靠在中文系的名下,并且立即由中文系拨给了研究所两名极为优秀的研究生。其后研究所建成,一切遂得顺利进行。我在对蔡先生及南开校方表示感谢之际,也当即决定把我从国外所领到的退休金的一半十万美元(当时约合人民币九十万元左右)捐给研究所设立了奖学金。研究所大楼于1999年正式落成,次年我应澳门大学之邀去参加澳大举办的首届词学会议,并担任会议的首席主讲员。会后宴请席上又得与澳门实业家沈秉和先生夫妇同席,沈先生即席提出要为研究所捐款之事,不久就从澳门邮汇过来一百万元人民币作为研究所购买书籍及设备之用。于是从此研究所的一切工作遂得顺利展开。而在展开工作中,温哥华的友人,如梁珮女士及朱宗宇先生皆曾惠予协助,更有蔡章阁老先生之长公子、在香港的蔡宏豪先生也在研究所设立了儒学奖学金。我对南开校方的支持以及蔡先生和沈先生以及诸多热心学术的友人们,实有不尽的感激之情。

其实本来早在1979年我开始回国赴各地讲学时,原曾写有一首小诗,诗云:

> 构厦多材岂待论,谁知散木有乡根。
> 书生报国成何计,难忘诗骚屈杜魂。

我原是抱着书生报国的理想回来的,因此多年来我都是自费回国在国内各地义务讲学,未曾收受过任何报酬,及至研究所成立,有了正式的研究生,而且当时国内各大学的经费也逐渐宽裕了以后,南开大学遂在我每年回国授课期间发给我每月的生活费,而旅费仍由我自己承担。如此直到我所教的较早的两位研究生获得了硕士学位时,都是如此。其后招收的硕博士学生渐多,校方遂开始提出愿为我负担往来机票旅费。近年又因我年事渐高,校方遂又将原来负担的经济舱的旅费改成了商务舱。我对南开校方多年来给我的支持与照顾一直深怀感谢。

研究所的大楼建成后,我仍住在专家楼,有一天我到马蹄湖边去散步,当时已是凉风萧瑟的秋天,面对着"菡萏香销翠叶残"的景象,我虽然也不免有自伤迟暮之感,可是想到研究所既已经建成,而且又得到了

各方面的支持和赞助,心中自然也不免有一种欣幸感激之情。于是乃即兴吟成了一首七言绝句,诗曰:

> 萧瑟悲秋今古同,残荷零落向西风。
> 遥天谁遣羲和驭,来送黄昏一抹红。

又有一天我从住所的专家楼向新建成的研究所的办公楼走去的时候,蓦然听到了遥空的几声雁唳,举头望去正有一队排成"人"字形的雁阵由北向南自高空飞过,于是我就又顺口吟成了《浣溪沙》一首小词,词曰:

> 又到长空过雁时。云天字字写相思。荷花凋尽我来迟。
> 莲实有心应不死,人生易老梦偏痴。千春犹待发华滋。

人生易老而情意长存,我虽然已如秋荷之即将摇落,但我也依然记得当年我听讲《妙法莲华经》时的那两句"花开莲现,花落莲成"的偈语。私意以为"花落莲成"盖可以有两层意蕴,一者为自己之证果,另一者则为传继之延续。记得多年前我曾读到过一篇考古的文字,记述说在一座汉代古墓中发现几颗千年以上的莲子,经人们尝试种植以后,竟然也生长出来了新一代的莲叶和莲花。夫禅宗有传灯之喻,教学有传薪之说,则我虽老去,而来者无穷,人生之意义与价值岂不正在于是。又有一年九月既望之夜,我与安易及另一位友人在马蹄湖附近的校园中散步,提到了对研究生的期待和盼望,于是我就又写了一首小词《鹧鸪天》,词曰:

> 似水年光去不停。长河如听逝波声。梧桐已分经霜死,么凤谁传浴火生。　花谢后,月偏明。夜凉深处露华凝。柔蚕枉自丝难尽,可有天孙织锦成。

其后不久,又占得绝句二首,第一首用李义山《东下三旬苦于风

土,马上戏作》诗韵而反其意,第二首用旧作《鹧鸪天》词韵而广其情。二诗如下:

一任流年似水东,莲华涸处孕莲蓬。
天池若有人相待,何惧扶摇九万风。

不向人间怨不平,相期浴火凤凰生。
柔蚕老去应无憾,要见天孙织锦成。

天池相待之人与天孙织锦之人都表现了我对同学们之深切的期望。

今岁我已行年九十,虽幸而身体尚未全衰,仍可乘飞机来往于大洋两岸,也仍能开筵授课,不过毕竟精力日减,于是乃有关心我的两位友人,温哥华的刘和人女士与澳门的沈秉和先生提出了要向南开捐献一笔启动资金为我之晚年安排一个可以集科研、教学与生活居住为一体的住所,此一提议立即得到了南开校方的热情回应,而且因为我喜爱荷花,校方更为我选择了一处与马蹄湖相近的所在作为以后修建学舍的基地。我一生漂泊、半世艰辛,早岁写诗曾有"入世已拼愁似海,逃禅不借隐为名。伐茅盖顶他年事,生计如斯总未更"的诗句。当我飘零在外时,一心想要归去的原是北京的老家,但我在北京察院胡同的老家早于十年前就已经被拆除平毁,我的两个弟弟也早已相继去世,现在我的故乡早已无家可归。乃今竟在迟暮之年蒙受到友人和南开大学如此关怀的厚爱,真是衷心感激难以言说。我自思我所能答报大家的只有继续为传承中华文化而努力。昔杜甫曾有诗句云"盖棺事则已,此志常觊豁",我愿为传承诗词中之文化生命而努力的愿望,盖亦有类乎是。目前刘女士与沈先生各捐出的一百万元人民币已经到位,校方正在从事进一步筹划中。日前接获南开校方正在筹办首届荷花节的通知,自思我与南开及马蹄湖的因缘可谓不浅,所以乃借此机缘,撰写了这篇文字,以表示我对南开三十多年来给予我的一切支持和协助的感激之情。

最后,我愿以一首小诗来记写我与南开大学马蹄湖的一份情谊。诗曰:

> 结缘卅载在南开,为有荷花唤我来。
> 修到马蹄湖畔住,托身从此永无乖。

诗中所说的"永无乖",就我而言,其实包含了三重意愿:其一自然是表示我将长久以此为家而不再远离;其二则也暗喻着我将以湖中荷花的君子之德自相惕励,永无乖违;其三则我还有更深一层的意喻,那就是我在前引诗文中之所说的"莲实有心应不死""千春犹待发华滋"的对于继起青年学子们的祝愿。诗虽不佳,但那确实是我真诚的一片心意。

九十老人叶嘉莹为南开大学首届荷花节而作

2013年6月15日于温哥华

读书曾值乱离年

时间过得太快了,转眼间,"叶氏驼庵奖学金"已经是第十七届颁发了。可是,我的老师顾随驼庵先生的作品,我却从来都没有介绍过。当我准备挑选几首我的老师的词来介绍给大家的时候,我就发现,我老师的作品很多都是抗战时期所写的。我本来的讲题很简单——学诗忆往,就是讲我跟老师学诗,我回忆当年的往事。

我曾经写过一首小诗。这首小诗是1979年前后,也就是我开始回到南开大学教书的时候所写的。当时我跟很多老同学在北京聚会,我写了十二首小诗,其中一首是这样说的:

读书曾值乱离年,学写新词比兴先。
历尽艰辛愁句在,老来思咏中兴篇。

我现在是一位九十岁的老人。我之成为今天的样子,不管是我的形貌、思想、感情,还是我的人生体会和认识,都不应该只是眼前的短暂的一个印象,而是带着这九十年的生活背景、体验以及我对人生的认识和觉悟。我就从这一首小诗说起,讲一讲我当年读书,跟我老师学诗以及我所经受的乱离和艰辛。

读书曾值乱离年

我是1924年出生的,1937年"卢沟桥事变"发生的时候,我只有十三岁,当时在读初中二年级。我大学毕业,是在1945年抗战胜利的时候。整整八年的抗战,是我从初中二年级到大学毕业的八年的学习时代。

我初中二年级的暑假发生了"七七事变"。初中三年级开学的时候,以前的老师都不见了,全部换成了新的老师。新老师第一天上课不讲课,要求学生们把历史书、地理书拿出来,用带着的毛笔跟墨盒,把历史书从第几页到第几页涂掉,从第几页到第几页撕掉,地理书也是如此。所以现在日本要改编新的教科书,他们常常要篡改历史。一个国家如果灭亡了,就读不到自己真正的历史了,侵略者不会让你读到自己的历史。

讲到这里,我还要说一下"南京大屠杀"。我1938年曾经在南京住过。我问过我的邻居,他们说,当时街上那些死尸,真是满街都是。但是,后来日本不承认这件事情,说南京没有大屠杀,那只是战争的自然结果。他们还提出了一个证据:说中国人称当时有一个大湖,里边都是死尸,但是现在的南京根本就没有那个湖。那是谎话,是造假。

在这里我要反驳日本这个说法。我有一个老同学叫陈继揆,他现在已经不在了。我这个老同学有一个爱好,就是搜集古旧的地图。日本不承认"南京大屠杀"的事实,说现在的南京根本就没有一个那样的湖。我的那个同学就拿出他所搜集的旧地图,证明当年是有那个湖的。我现在讲出这件事,如果我们的老师、同学有心的话,我可以提供我这个同学的姓名和联系方式。要找到他的后人,把这个古旧的地图保留下来。那是一个证据,历史上的证据。

抗战时期,我们是在沦陷区度过的。有一位宗志黄先生①作有一套散套的曲子——【南吕·一枝花】,就记录了抗战逃亡途中的那种苦难,记录了那些追随政府流亡的人的生活。我是1948年在南京看到这套曲子的。1948年,我到南京结婚。那时有一个研究戏曲的卢冀野先生主编《中央日报》,其中有一版副刊叫作《泱泱》。因为卢冀野是研究戏曲的,所以当年那个副刊上刊登了很多词曲。我当时就看到了这套曲子,觉得写得真是好,就把它剪存下来,前几年还在班上把这套曲子印给我的学生们看过。

作者在序中说"甲申夏",那是1944年,是抗战最艰苦的阶段。"长衡陷敌",长沙、衡阳,都被日本占领了。宗志黄,这位戏曲家,他说我从"渌口间道返桂",而"桂柳"——桂林、柳州"相继不守"。那时的中国,从北平、天津、上海、南京、长沙、汉口、武昌,真是一路败退下来。作者到了桂林,桂林、柳州也沦陷了。"携家避难",带着家人、眷属逃难。"三月有余",三个多月后他到了金城江,"宿于对江之六墟"。"穷山恶水,地少人居,食宿艰难,赀斧莫继,复遭疟累",当时在后方,很多人得了疟疾。"而大塘、怀远寇警频传,不得不西向河池。将行之夕,临墟眺远,四顾茫茫",在一片荒野之间,大家都在旅途中逃难,作者在

---

① 宗志黄先生是当代一位在戏曲之研究与创作两方面都有相当成就的学者,而声名湮没不彰。甚至有些报刊在登载他的作品时,连他的姓氏也印错了。我于1948年在当日南京《中央日报》之《泱泱》版,曾先后读到他的两套散曲。其一即为本文所引之【南吕·一枝花】一套,作者署名为"宗志黄"。同年稍后,该刊又发表其另一散套【正宫·端正好】,则署名为"宋志黄"。前一篇写抗战时在道路中流亡之百姓的苦难,写得真实亲切,哀感动人;后一篇则写国民党自大陆败退之前夕的贪官与奸商之恶行,更是写得痛快淋漓,曾被编者卢冀野先生所激赏。我曾以为后一篇有编者之按语,当以后一篇之署名为是。而为我整理讲稿的两位南开大学中文系研究生则极为用心,他们为此查阅了《大成老旧期刊全文数据库》,发现其中所登载的作品皆署作"宗志黄",故特作说明于此。私意以为当代曲家之佳作难得,不忍令其湮没,所以现在特把两套曲文全部附录于文后,以供读者之欣赏。(曲文见本书《介绍六十七年前我所读到的反映当年时事的两套散曲》附录部分。——编者注)

废墟上眺望。"道路之间,流民麇集,亲朋永隔,生死不闻,慨念平生,泫然泪下,因口吟【一枝花】【梁州第七】二曲。仲冬至贵阳……"仲冬,逃到贵阳。"虽在疏散中,而喘息略定,始足成之。丙戌七七为抗建……"丙戌是1946年,此处当为"戊子"之误,戊子是1948年;所谓"抗建",就是抗战建国。"十一周年纪念,回忆前尘,竟若梦寐,乃搜旧箧,得兵间散稿二十余篇,重为改正,庶较谐协。"1948年是抗战建国十一周年。但大家要知道,就在1948年的冬天,国民政府就逃到台湾去了。历史是一个很好的借鉴。人应该努力,知道平安是得来不易的,知道祖国的兴起也是得来不易的。

他这套曲子很长,我只是挑其中一段念一念,就念【梁州第七】:

【梁州第七】恰正是昏惨惨江空岁晚,冷清清日暮天寒,好教我低头不住连声叹。我只见车尘接路,人影遮山。前奔后赶。有去无还。一个个苦了脸怀抱着愁烦。皱了眉背负起艰难。急慌慌都不怕越卡穿关。乱滚滚皆不惜倾家荡产。苦凄凄全不顾露宿风餐。一番,两番,三番四次的逃兵难。一家家一户户尽分散。真的是不幸生当离乱间。血泪难干。

我们现在再念最后一支曲子【草池春】(节录):

多少人儿病翻。无药无医谁盼。死便几方木板。抛在山崖水岸。躲过兵追马赶。又怕临空飞弹。昨晚听他打鼾。今午已经遭难。恰才见他就餐。顷刻阴阳途限。天地都无阻拦。人命不知晨旰。不是孀单便鳏。自哭自悲自叹。谁不是有田有产。到落个无牵无绊。说不尽千难万难。这日子又何曾过惯。似这般天陷地坍。惨绝人寰。生不相干。死不相关。好伤心暴骨千山。流血重滩。相看。这身家性命无非幻。从古来一梦邯郸。

抗战的时候,虽然是在艰辛和苦难之中,但当时沦陷区的人们都有盼望祖国光复的那种忠爱的愿望。至于随着祖国的军队步步撤退的那些工作人员和流亡的学生，他们都宁可忍受千辛万苦，也要跟随着政府到后方去。我这样说不是空口无凭，跟随政府到后方去的，就有我的父亲。我父亲是北京大学外文系毕业的，晚清以来，列强都把中国看作一块可以供他们宰割、分享的土地，当时我们签了多少丧权辱国的条约！许多读书人为了挽救祖国的危亡，用了各种不同的方法。有人参加了武力的革命工作。至于我父亲，在外文系毕业以后，就参加了航空署。因为一百二十年前的甲午之战，我们中国的海军失败了。而空军，则根本是一无所有。所以晚清时曾成立了一个机关，叫作"航空署"，就是为了在航空这一方面，能够赶上西方列强。当时我们国家在航空事业上是一片空白，我们要跟发达的西方国家学习，比如机翼结冰应该如何处理，无人驾驶的飞机应该如何控制等等。当年我父亲翻译了五十多篇关于航空的译著。我前面提到的我的老同学保留的古旧地图，是历史。我父亲翻译的这几十篇文章，把外国的航空技术介绍到中国，也是历史。我们庆祝嫦娥三号成功登上月球，这个成就不是一朝一夕的，是航空航天界的工作人员几十年的不断努力，才获得了今天的成就。所以我说，古旧的地图是重要的，【南吕·一枝花】的曲子是重要的，那些翻译介绍航空技术的资料也是重要的，它们都是那段乱离历史的见证。

学写新词比兴先

诗词，我说过是很妙的一件东西。诗呢，一般是直接地叙写自己的感情。像杜甫的《喜达行在所》："西忆岐阳信，无人遂却回。眼穿当落日，心死著寒灰。雾树行相引，连山望忽开。所亲惊老瘦，辛苦贼中来。"杜甫所写的都是真实的历史背景、真实的生活感情。这个写得好，当然是感动人。词，因为它本来是歌筵酒席之间的歌儿酒女唱的歌词,所写的都是美女,都是相思,都是爱情。可是中国的传统,是用美人香草以喻君子。而且,君臣是中国的"三纲"之一,夫妻也是"三纲"之一。因此有的时候写男女的感情,就会有君国托喻的联想。所以,与诗相比,词更是微妙。我曾经教我班上的学生学习写词。他们有时候模仿南宋的词人。南宋词人的作品,也有好有坏,有深有浅,有的词中也有不少的感慨寄托。可有的时候,这种词社的风气流行下来,就只是咬文嚼字、雕琢章句,表面上看起来也很典雅,但是没有内容,没有真正的感情。词这种文体,从晚唐五代的歌词之词,经过北宋的沦亡,到了南宋,有很多激昂慷慨的、所谓"豪放派"的词。到了南宋末年,有许多作者感慨南宋的败亡、蒙元的入主,有那样悲慨的词。清代也有很多有寄托的词。所以,王国维先生曾经说,词一定是在经历了很多的苦难之后,才写得越来越好。他说:"天以百凶成就一词人。"(《人间词话》卷下)这样的词才有深刻的意义。张惠言也说,词是"以道贤人君子幽约怨悱不能自言之情"(《词选·叙》)。

我最初认识词,是在我刚刚考上初中那一年。因为我是以同等学力考上的初中,我母亲给我买了一套《词学小丛书》作为奖励。《词学小丛书》里有一卷纳兰性德的《饮水词》。纳兰其实跟我是本家,我们都姓叶赫纳兰。我小的时候就读了纳兰词,觉得他写得很不错。因为他写得很浅白,很容易懂。像"昏鸦尽,小立恨因谁。急雪乍翻香阁絮,轻风吹到胆瓶梅"(《纳兰词》卷一),非常清新,非常流丽。

后来我考入辅仁大学的国文系。我们当时就叫国文系,现在叫中文系。中文是跟外文相对的,跟日文、英文相对的。所以,那时候管我们自己的中文就叫作国文。国文系二年级开始我跟顾随先生,就是驼庵先生学诗词。

顾先生的旧学是小的时候学的,是家里边的家教。顾先生大学念的是外文系。我在编《顾随文集》的时候就已经说了,顾随先生的诗不如词。我以为这是因为顾先生不吟诵。顾先生只是读,他给我们朗读,朗读杜甫《自京赴奉先县咏怀五百字》,就是像现在的人朗读一样,但不是吟诵。而诗这个东西很妙,你如果不吟诵的话,你就不能得其神理韵致的微妙之处。可是词,顾先生是以词胜,当然他后来曲子也写得非常好。顾先生本来有一个好处,就是非常现代化,他是外文系毕业的,所以常常用参差错落的词的句子写些比较现代的感情和语言,这是旧日的词人所不曾写过的,这方面他有很好的成就。但是如果以词的"要眇宜修"的传统来说,那顾先生词写得最好的一个阶段是沦陷以后。在沦陷中,他的词有了一个很大的跃进和改变。那时我才发现,张惠言说词里边要有比兴,并不是空洞的、白白说的一段话。我老师那些写于乱离之中的小词,有不得已的难言之情,有很多深远的寄托。那种曲折深婉的词,才有更深远的意义。

我们先看一首《虞美人》:

无人行处都行遍。有恨无人见。一双华表立斜阳。愁似一双海燕、语雕梁。　樽前不惜风光好。所惜人空老。飞花飞絮扑楼台。又是一年春尽、未归来。

这个表面上当然是词了,是写相思怨别了。可是你要知道,他写的是对于故国的怀念。从卢沟桥"七七事变"以来,抗战持续了八年。我经历了这八年,而且在沦陷的第四年,我母亲去世了,我父亲没有音信。我们深深地知道国家残破这种痛苦,所以说:"樽前不惜风光好。所惜人空老。飞花飞絮扑楼台。又是一年春尽、未归来。"

我们再看一首《临江仙》:

又到年时重九,眼前无限风光。一林枫叶半红黄。天高初过雨,日暖欲融霜。　旧岁花明酒酽,新来水远山长。莫教断尽九回肠。无寒侵翠袖,有泪损严妆。

这是以男女之情写国破家亡,不过只是写国破家亡的沦陷的感情。像宗志黄的【南吕·一枝花】,则写到了逃难之中的那种危险、苦难。他说你现在还看见他埋锅做饭,转眼之间就天人永隔了;刚才还跟你面前说话,转眼一个枪弹、一个炸弹就死掉了。而且,逃难之中那种饥饿、寒冷,在露天之下,即使没死于枪炮炸弹的人也都生病而死。我说过我父亲是跟随着抗战而转移的。他在航空公司工作,后来到四川以后,一切陆路交通都断绝了,中国的航空公司就跟美国的飞虎队合作。当时疟疾流行,我父亲也染患了疟疾。因为航空公司跟飞虎队合作,所以用美国的Quinine(奎宁,俗称金鸡纳霜)这种特效药治好了。那么平民百姓呢?很多人都因此死掉了。

下边一首《少年游》,词前有小序:"季韶书来,言屏兄死矣,泫然赋此。"季韶跟屏兄——这个"屏"是伯屏——他们都是顾先生的好朋友。如果从顾先生整个的诗词稿来看,他在以前的诗词里面写了很多跟季韶兄、伯屏兄一起交游、饮宴的感情。季韶和伯屏随着政府到后方,逃到后方去了。顾先生有六个孩子,因为要养活这一家,没有办法到后方去,所以就留了下来。如此一来,彼此连是死是生都不知道。就像我的父亲离家到后方去,他当时的处境是那么危险:日本进攻上海的时候,我父亲在上海;"南京大屠杀"的时候,我父亲在南京;武汉陷落的时候,我父亲在武汉;长沙大火的时候,我父亲在长沙。我母亲在去世以前,一封我父亲的信都没有接到过。在这里,顾先生说,他接到朋友季韶的信,说他另外一个好朋友伯屏死在道路之上,所以"泫然赋此"。

> 楼头风急雁声哀。愁绪苦难排。不道生离,竟成长往,犹自盼归来。　九城洒遍深秋雨,黄叶满空阶。剑阁云寒,锦江波冷,真个隔天涯。(《少年游》)

他的朋友在四川,死在后方了。所以,你可以知道,抗战时候的死生离别,体现在小词里边是所谓"幽约怨悱"的感情。

再看一首《江神子》,序云:"偶为学词诸子说稼轩'宝钗飞凤'一首,诸子既各有作,余亦用韵。"

> 苍空昨夜梦骖鸾。话前欢。两心宽。淡尽银河,天外晓星残。下视蓬莱沧海际,红日上,未三竿。　醒来枕畔泪斑斑。半窗闲。月弯环。南去征人,犹在旅途间。渡过湘江行更远,千里路,万重山。

这都是写抗战时期我们中国的河山破碎、亲友流离。现在是和平年代,你们不会感觉到这种战乱流离的痛苦,也不会知道我们后来离开大陆以后,对亲友、家人这种怀念的痛苦。没有音信,一封信都没有。所以顾先生的日记里边还有一篇,说英女、嘉莹久无消息。他的一个女儿去了台湾,我这个学生也去了台湾。日记上写他还写了一封信问我的一个同学刘在昭,说是我的这个女儿跟我的这个学生很久没有消息了。可见老师对我们的关心。所以,我从加拿大回到祖国来的时候,为什么那么兴奋?你们不知道我们这些人的这份感情。我坐飞机回来,飞到北京的上空,看到北京的灯光,我就流下泪来了。"长街多少经游地,此日重回白发生。"又说:"一朝天外赋归来,眼流涕泪心狂喜。"(《祖国行长歌》)我另外一个辅仁大学的女同学,中文系的,比我晚一年,她是坐火车回来的。她说从广州一上火车,一路上流泪流到北京。所以,你们不会理解我们当年的感情,也不会知道在国家败亡、破碎的时候是什么样的感觉。

下面再看一首《虞美人》:

> 去年祖饯咸阳道。斜日明衰草。今年相送大江边。霜打一林枫叶、晓来寒。　深情争供年年别。泪尽肠千结。明春合遣燕

双飞。夹路万花如锦、伴君归。

沦陷区的人盼望有一天祖国真的能够取得胜利。可是祖国胜利以后,国民政府的接收成了最大的一次失败。因为他们的自私,因为他们的贪婪,因为他们没有道德、没有品格,把接收变成了"劫收"。所以,国民政府转眼就败退了。所谓"前事不忘,后事之师",一个人应该明白自己的历史,应该知道有些机会是来之不易的。

我们最后再来讲一首《鹧鸪天》:

> 不是新来怯凭栏,小红楼外万重山。自添沉水烧心篆。一任罗衣透体寒。 凝泪眼,画眉弯。更翻旧谱待君看。黄河尚有澄清日,不信相逢尔许难。

这首词是很微妙的,就像张惠言所说的"里巷男女哀乐"之词。这首词表面上所写的,就是里巷之中的少男少女的恋爱,不过是小儿女的情事。可是一首好词,里边是有寄托的,隐藏了"贤人君子幽约怨悱不能自言之情",只不过表面上是男女哀乐之词。

"不是新来怯凭栏",这个"凭"字有两个读音,有平声的读音,有仄声的读音,在这里念仄声。"凭栏"就是"倚栏"。倚栏是什么?倚栏是望远。温庭筠有一首小词:"梳洗罢,独倚望江楼。过尽千帆皆不是,斜晖脉脉水悠悠。肠断白蘋洲。"(《梦江南》)晏殊的小词:"昨夜西风凋碧树。独上高楼,望尽天涯路。"(《蝶恋花》)都是写思妇思念远方的爱人,她每天盼望着他回来,所以凭栏望远。

说我现在"怯",就是我"怕"靠近那个栏杆,因为靠近栏杆就会引起我的思念和伤心。所以说"不是新来怯凭栏"。只要一靠近栏杆,我就看到"小红楼外万重山"。在我住的小红楼外,隔着万水千山。这写的是什么?是当时我们祖国在抗战之中的流亡惨象。我母亲在抗战第四年,也就是最艰苦的时候去世了。父亲做航空的工作,随着政府迁到后方。而我在沦陷区,在中学读书的时候,日本人说,要庆祝南京陷落。我们祖国的南京陷落了,千百万的中国人死去了。但是在日本的统治之下,却要庆祝,庆祝他们拿下南京,庆祝汉口陷落。而那都是我们的国土。

词中说,虽然我是孤独的、寂寞的,虽然我所爱的人离开了我,虽然我的祖国在败退,可是我没有放弃,我自己"自添沉水烧心篆"。"沉水"是一种香,有一种树木叫作"沉香"。沉香有两种,有的是沉在土中的,有的是沉在水中的。佛教把沉香做成念珠,所以沉香是很贵重的一种香料。词中说"自添沉水烧心篆",中国的小词向来有很精美的语言、很精美的形象。每一个语言,每一个形象,每一个 vocabulary(词汇),每一个 image(形象),都有着丰富的含义。前些时候我也曾讲过西方的理论从对于作者的重视,到对于作品的重视,讲 microstructure,就是说你要注意作品之中那些精微的、显微的 structure(结构)。structure 不仅包括文法,所有的 vocabulary,所有的形容描写的字句,都包括在内。词中说,我要添的,是最珍贵的沉水的香。中国古代对于焚香很讲究,古人可以把这香盘绕成一个字的样子。当然现在我们也可以,比如我在上课的时候,天气热的时候有蚊子进来,我就在门口点一盘蚊香,那种一圈一圈的香。但中国古代在房间里焚香是很讲究的,古人不只是简单地一圈一圈地盘,他们会盘成一个心字,盘成一个卍字,盘成各种图形。沉水,是一种珍贵的香。心,不仅指形状的委曲转折,心的意义更代表了那种深切的感情。"自添沉水烧心篆",我没有因为隔绝就放弃了,我永远保持我内心的芬芳和美好。

前些时候,我在班上给学生讲李商隐诗的诠释与接受。安易老师写了一篇文章,讲我对于李商隐诗的接受和诠释。我曾经梦中得句,用李商隐的诗句凑成一首七绝。我说:"波远难通望海潮,朱红空护守宫娇。"(《梦中得句杂用义山诗足成绝句三首》其二)我手臂上那个朱砂的红点,我永远珍惜,我永远保持我的持守的坚贞。所以我要"自添沉水烧心篆",即便我所处的环境很艰难。你不要因为四围的环境而影响了自己。也许四围的环境有丑陋、有罪恶,但是你要保持住你自己内心的那一点持守,你要珍重自己心之所向的那一方面。所以说"自添沉水烧心篆。一任罗衣透体寒"。

也许在这物欲横流的社会之中,你有所持守,就会遭到很多挫折、很多打击,你也会有痛苦。但是我不怕,"一任罗衣透体寒"。任凭我穿的轻薄的罗衣,在寒冷的空气之中,我不躲藏,我不逃避。所以"自添沉水烧心篆。一任罗衣透体寒。 凝泪眼,画眉弯。更翻旧谱待君看"。虽然我满眼都是泪水,但即使是"凝泪眼",我也要远望,我也要期待我所爱的人回来,期待我的祖国胜利,期待我的祖国的复兴。"凝泪眼",我仍然要"画眉弯",仍然要把我的眉毛画得很美丽。古人画眉,代表对自己才能和品德的珍重。李商隐说:"八岁偷照镜,长眉已能画。"(《无题》)李商隐就是用一个女子自比。你能够画出你的长长的眉毛,代表你珍重、爱惜自己的才能。"凝泪眼,画眉弯。更翻旧谱待君看。""谱"是什么谱呢?就是"眉谱"。中国古代,眉有眉谱,有卧蚕眉、小山眉、远山眉……各种形式的眉毛。我当年在我所爱的人的面前,画的是这样的眉毛。古代有张敞画眉的风流韵事,说张敞给他的妻子画眉。所以画眉代表了一种爱美的、要好的品格。画给所爱的人看,那是对感情的珍重。我当年画给我爱的人看,画的就是这样的眉谱。而现在,我没有因为时代的改变就迎合潮流,去画另外的眉谱,我画的还是旧日的眉谱,所以说"更翻旧谱"。我是在等你回来,等你回来我画的仍然是旧日的眉谱,"更翻旧谱待君看"。我相信,你一定会回来。不要管外界如何,只要你有信心,只要你有持守,你就会等到所爱的人回来,你就会在社会上有你的一分力量。

佛教的《华严经》上说,人在社会之中,譬如在一个大圆镜之内,彼此互相映照,一影中复现众影。你的影子就照在别人身上,别人的影子也照在你的身上。每一个人都有自己的光芒,每一个人都有自己心里边发出来的力量。你的心是向着哪一方面的?词中说"黄河尚有澄清日,不信相逢尔许难"。中国古人说,黄河千年一清,尽管千年才能够清,但毕竟会有清的一日。"黄河尚有澄清日,不信相逢尔许难。"我不相信你不会回来了,你一定会回来的,胜利一定会等到的。我们应该有一种美好的、向前的、向上的、向善的持守。所以说"不信相逢尔许难"。

历尽艰辛愁句在

我的老师的词可以说是有不少比兴之意。不过我当年不常写词,因为我幼少年时代在家中所读诵的原是以诗为主的。

我父亲跟着国民政府败退流亡的途中,四年间我们没有接到他的一封信。在我考上辅仁大学那一年,在抗战最艰苦的那一年,我的母亲去世了。1941年秋,我写了《咏怀》诗:

高树战西风,秋雨檐前滴。蟋蟀鸣空庭,夜阑犹唧唧。
空室阒无人,萱帏何寂寂。自母弃养去,忽忽春秋易。
出户如有遗,入室如有觅。斜月照西窗,景物非畴昔。
空床竹影多,更深翻历历。稚弟年尚幼,谁为理衣食。
我不善家事,尘生屋四壁。昨夜雁南飞,老父天涯隔。
前日书再来,开函泪沾臆。上书母氏讳,下祝一家吉。
岂知同床人,已以土为宅。他日纵归来,凄凉非旧迹。
古称蜀道难,父今头应白。谁怜半百人,六载常做客。
我枉为人子,承欢惭绕膝。每欲凌虚飞,恨少鲲鹏翼。
苍茫一四顾,遍地皆荆棘。夜夜梦江南,魂迷关塞黑。

我向来主张"修辞立其诚"。诗词一定要写你的真诚的感受和感情才能好,才是有生命的。你矫揉造作,挑些漂亮的字句,拼凑成一首诗、一首词,那绝对是不好的。所以,我一无所长,我的诗词也不见得好,但是我唯一的一点,不管我写作,不管我讲课,都是"修辞立其诚"。你要说你自己真正感受的、有真正体会的话,不要说一些外表的、冠冕堂皇的、人云亦云的、假大虚空的话。所以我说"斜月照西窗",这是写实。我们家北房原来是我祖父住,东房我伯父住,西房我们住。所以我说"西窗",就是我们西厢房的窗户。每到有月亮的晚上,月亮从东天升起,就照在我的西窗上。所以你会看到我的诗里边很多写到西窗的,写到窗上的竹子的影子如何如何的,这都是写实。"空床竹影多,更深翻历历。"以前有我母亲在,那现在呢?只剩下空床了。我们窗前有竹子,所以竹影也是写实。"稚弟年尚幼,谁为理衣食。"我小弟还在念小学,我比他大九岁。我十八岁上大学,他就只有九岁,在小学大概是三年级。每天要我给他叫起来,每天要我给他穿衣服,每天要我送他上学校。"我不善家事,尘生屋四壁。"我是最大的姐姐,但不是很会做家事,我母亲在世的时候,从来不让我做的,所以就弄得"尘生屋四壁"。"前日书再来,开函泪沾臆。"我母亲去世以后,我收到了我父亲的信。"上书母氏讳,下祝一家吉。岂知同床人,已以土为宅。"我父亲的信开头写的是我母亲的名字,他不知道我母亲已经去世了。"谁怜半百人,六载常做客。"这是抗战第六年了。"苍茫一四顾,遍地皆荆棘。"当时到处都是战乱和流离。

后来我去了台湾,1950年写了《转蓬》诗。序中说:"一九四八年随外子工作调动渡海迁台。一九四九年冬长女生甫三月,外子即以'思想问题'被捕入狱。次年夏余所任教之彰化女中自校长以下教员六人又皆因'思想问题'被拘询,余亦在其中。遂携哺乳中未满周岁之女同被拘留。其后余虽幸获释出,而友人咸劝余应辞去彰化女中之教职以防更有他变。时外子既仍在狱中,余已无家可归。天地茫茫,竟不知谋生何往,因赋此诗。"我们是从大陆去台湾的,都没有房子,只有是你有工作,才有宿舍。他在海军,有海军的宿舍;我在彰化女中,宿舍不够分配,所以校长让我住在他家里。那时我先生的宿舍已经被没收了,校长已经被关了,我就离开彰化女中,真的是无家可归了。

  转蓬辞故土,离乱断乡根。已叹身无托,翻惊祸有门。
  覆盆天莫问,落井世谁援。剩抚怀中女,深宵忍泪吞。

我好像蓬草随风飘转,离开了自己的故乡。当时台湾跟大陆不能通书信,我们连书信都不能通了,这些都是写实。后来我先生的姐姐就叫我们到她家里去住。刚到台湾,大家住房都很小。我先生姐姐家里就是两间卧室,他姐姐跟姐夫睡一间,他姐姐的婆婆带着孙子、孙女睡一间。所以我不仅没有一间房,连个床铺都没有,什么都没有。那怎么样呢?我这人比较约束自己,不愿意打搅别人,他们下午睡午觉,我女儿不睡就吵人,我就抱着她出去。你要知道那是台湾高雄的左营,是暑假,就知道它有多热了。我就在一棵树底下,抱着我女儿转,等人家午睡醒了再回去。等晚上很晚很晚了,大家都睡了,我就在走廊边铺一个毯子,带我女儿睡觉。后来我到了台北,也是住一个宿舍。我们一家,我跟我先生和两个女儿,四个人住一间很小的卧室,铺着日本的草席。我们一张双人床,我跟我先生睡。这边是上下的两层竹床,我大女儿睡一层,我小女儿睡一层。这个竹床跟我们大床之间就是很窄的一条走道。什么书房、书柜、满架的图书,都没有的。走廊那里我放一个学生用的小书桌,桌前一把椅子,前腿在那边走廊的地板上,后腿就在我们卧室的草席上。我的《从李义山〈嫦娥〉诗谈起》等几篇文章都是在那里写的。所以大家不要说我们环境不好,不能写,不能看书,不是的。当然也是因为我小时候背了很多书,不用去查很多资料,我是凭我的感觉记忆来写的。

我先生自从被放出来以后,可以说没有正式的工作。当年我在台大教书,是许诗英先生介绍我去的。我先生出来以后,证明我们没有"思想问题"了。原来彰化女中的训导主任吴学琼到台北的二女中去教书,二女中要找高中的老师。她就写信让我去教他们高中的国文,所以我就去了,教了高中的国文。我说我先生也没有工作,你们能不能给他找份工作,所以他们就让他到台北二女中的分部,在汐止,在一个乡下,我们就来到了台北。我到二女中教书以后,我就去看望许诗英先生。当时台湾大学有一些留学生、侨生,要一个普通话说得标准的人去讲课。我已经在二女中教书了,许先生临时来找我,说要找一个人教这班的大一国文,就让我去兼课,我就去兼了课。兼课兼了一年,台湾大学决定把我改成专任了,我就来跟二女中辞职,但是校长不放。校长说,你要把我们这班高中生教到高中毕业。所以我就很忙,那边是专任,这边还是专任,那些作文的卷子,还有大字、小字、周记、日记,我完全被这些卷子所包围。不久,台大校长钱思亮先生告诉我说,他要把我交换到密歇根州立大学。当时凡是要到北美去工作的,拿到项目的资助的,都要口试——英文口试,那我就去口试了。没想到这个口试的人是哈佛大学的海陶玮教授,他非要请我到哈佛。所以我到密歇根州立大学交换本应是两年,但只教了一年就去了哈佛大学。第二年在哈佛任教结束以后,海陶玮先生一定要留我,不让我走。他说,你们在台湾遭遇了很多不幸,你先生跟小孩子都在这里,你为什么非要回去?我在留别哈佛时,写了留别的诗句:"吝情忽共伤留去。"(《一九六八年秋留别哈佛三首》其三)因为海陶玮先生研究陶渊明诗,陶渊明曾经说过,跟朋友喝酒喝醉了就去休息,"曾不吝情去留"(陶渊明《五柳先生传》)。"吝情"就是说在感情上计较,说些要挽留你的话。可是现在他非要留我,我非要走,所以我说"吝情忽共伤留去"。至于我坚持要走的缘故,因为我是交换出来的,我要守信用,要回去,这是一个原则。还有我教了台大、辅仁、淡江三个大学,当年都是老师对我很好,要我去教的。9月开学了,我忽然间说我不回来了,我不能做这样对不起人的事情。何况我有八十岁的老父亲,我把先生、小孩都带出去,把我父亲放在那里算怎么回事。所以,我就坚持要回去。后来因为通行证件的问题,我没有能够再回哈佛,而留在了加拿大。不列颠哥伦比亚大学说你不能只教研究生,你要教本科,你要用英文教。我之所以留下来,因为我没办法。我先生没有工作,我的两个女儿已经出来念大学、中学了,所以我就留了下来。

到了1976年,我大女儿已经结婚三年了。我小女儿也已经结婚了。我那年要到美国东部耶鲁大学去开会。我从美国开完会回来,到我小女儿家。我接到了电话,说我大女儿夫妇出车祸遇难了。当我去东部的时候,我满心欢喜。我当时五十二岁,年过半百。我想现在两个女儿都成家了,我后半生可以安定了。这确实是我坐飞机出发时候的想法。可是我中途在我小女儿家就听到了这个噩耗。所以我写了《一九七六年三月廿四日长女言言与婿永廷以车祸同时罹难日日哭之陆续成诗十首》(又作《哭女诗》)。

其一

噩耗惊心午夜闻,呼天肠断信难真。
何期小别才三日,竟尔人天两地分。

其三

哭母髫年满战尘,哭爷剩作转蓬身。
谁知百劫余生日,更哭明珠掌上珍。

其四

万盼千期一旦空,殷勤抚养付飘风。
回思襁褓怀中日,二十七年一梦中。

其九

平生几度有颜开,风雨逼人一世来。

迟暮天公仍罚我,不令欢笑但余哀。

其十

从来天壤有深悲,满腹酸辛说向谁。

痛哭吾儿躬自悼,一生劳瘁竟何为。

所以我说"历尽艰辛愁句在",你看我写的这些诗,真是愁句啊,我没有办法不写愁句。因为我遭遇了太多的忧患、太多的困苦。

老来思咏中兴篇

我的大女儿跟我的女婿发生了这么突然的变故;我的小女儿已经结婚,也不在家里了。所以我就想,我要做一些我自己要做的事情。我说我一辈子没有主动地选择过什么,都是把我丢在哪里,我就在哪里努力地活下去。可是现在我都落到一无所有了,我要选择,我的余生要做什么呢?我选择了回国来教书。1978 年春天,我到我们巷口外边的邮箱,投寄了我向中国教育部申请回国教书的信。当时我写了《向晚二首》,诗序云:"近日颇有归国之想,傍晚于林中散步成此二绝。"

向晚幽林独自寻,枝头落日隐余金。

渐看飞鸟归巢尽,谁与安排去住心。

我一辈子吃苦,历尽艰辛。我当年有家,有我父亲,有我先生,有我女儿,我当然要尽我的力量养家糊口。现在我总算在加拿大把家安定下来了,可是我父亲去世了,我大女儿突然间又发生了这样的不幸。所以我就想"渐看飞鸟归巢尽,谁与安排去住心"。

花飞早识春难驻,梦破从无迹可寻。

漫向天涯悲老大,余生何地惜余阴。

只有回国教书是我的选择。所以,现在一直到九十岁我还在继续教书,因为这是我唯一的选择。我并没有别的理想、希望和寄托,这就是我唯一的选择了。

我的《再吟二绝》诗后注:

> 写成前二诗后不久,偶接国内友人来信,提及今日教育界之情势大好,读之极感振奋,因用前二诗韵吟此二绝。

我所说的"国内友人"就是我们南开大学当年的外文系主任李霁野先生。因为李霁野先生也去过台湾,我当年在台湾,我跟我先生因白色恐怖被抓的前一年,我在台大见到过李霁野先生。因为那个时候,我的老师顾随先生给我写了一封信,说你如果到台湾,你去看望我几个老朋友,所以我就看望了李霁野先生。然后我3月就回到彰化女中去教书,圣诞前夜我先生被抓了,第二年我就被抓了,就跟李先生再也没有往来。等到许诗英先生让我到台大去教书的时候,李霁野先生早就回大陆了。后来我在报纸上看到他在南开,我就跟他通了信。李霁野先生无论是对国家、对朋友,都是非常热忱的一个人。李霁野先生说你回来吧,说我们现在"文革"已经过去了。那我接到李先生的信,就写了《再吟二绝》:

> 却话当年感不禁,曾悲万马一时瘖。
> 如今齐向春郊骋,我亦深怀并辔心。
>
> 海外空能怀故国,人间何处有知音。
> 他年若遂还乡愿,骥老犹存万里心。

"文革"的时候,李先生也被批判了。他说现在形势大好,我们的大学都复课了,大家都很热心地教学,你赶快回来吧。"如今齐向春郊骋,我亦深怀并辔心",所以我就回来了。

前年我写了几首诗,给 1977 级校友。我说:

春风往事忆南开,客子初从海上来。
喜见劫余生意在,满园桃李正新栽。

我第一次来南开教书是在 1979 年的春天,因为每年 3 月不列颠哥伦比亚大学的研究生就都放假去写论文了,所以我就利用假期回国了。当时的祖国经过了很多的劫难,有"文革"的劫难,有唐山大地震的劫难。我来到南开的时候,操场上都是地震棚。虽然如此,但我很欢喜地看到,那第一批招进来的大学生真是有满心的求学的热情。当时的课堂完全是挤不进来,连老师上课都进不来,来听讲的同学太多了。所以"喜见劫余生意在,满园桃李正新栽"。我真是抱着满怀的希望、热情回来的。我希望我真的能够遇到好的青年,真正能够培养出来好的下一代,看到祖国真正的复兴,我是满怀这样的希望回来的。我还在尽我的"骥老犹存万里心",九十岁了我还在教书。

古人说:"人之所以异于禽兽者几希。"(《孟子·离娄下》)一个人若没有理想,没有持守,没有道德,那么他就跟动物一样,甚至比动物还不如。因为动物只是出于本能,出于生活的需要,才做那样的事情。而现在的一些人,可以用种种手段、种种机谋做很多伤天害理的事情。因此有的人就对这个社会感到悲观,感到失望,觉得这个社会没有希望。其实,每个人的希望都在于自己。我以前看过一个电影《国王与我》,尤·伯连纳(Yul Brynner)演的。这个国王表面上看来没有什么知识,他并不是一个有理想的人,他的性情也很粗犷,可是他的心是向善的。每一个人对自己的心之所向,都应该有一个持守:你的心是向着哪一方面的?你不要站在负面的那一方面,要站在正面的那一方面。你不要觉得一个人的力量是小的,每一个人的心之所向都是重要的。我们国家走到今天,不再像当年的晚清一样受列强的侵略和宰割。我们现在能够站立起来,不是一件容易的事。大家应该珍惜这个机会,珍惜这个时代。我希望所有年轻的同学,珍重你们自己,珍重你们自己的希望,珍重你们自己的理想。不要在社会中一些堕落的、败坏的、邪恶的东西中迷失掉自己。谢谢大家!

叶嘉莹审订　于家慧整理

（本文系根据2013年12月17日叶嘉莹在南开大学文学院举办的第十七届"叶氏驼庵奖学金"、第九届"蔡章阁助学金"颁奖典礼上的发言整理而成）

甲午恭王府海棠雅集诗序
——谈我与恭王府海棠的因缘及雅集的文化传统与未来的拓展

恭王府海棠雅集已经举办了三次,我虽然曾应邀录奉过一阕《金缕曲》小词,又录奉过四首七言绝句,但却始终并未身临其境,今年(2014)是我第一次有幸亲自在北京参加恭王府海棠雅集的盛会,不过我对此一雅集却早曾抱有七十年以上的向往。原来当我于1941年考入辅仁大学时恭王府就是我们女校学生读书上课的所在,入学不久,我就听说了恭王府后园的庭园花木之美,也听说了后园中每年春季海棠花开时,师长们都有赏花吟诗的雅集,只不过我当日只是一个初入学的本科生,当然无缘参与此一盛会。到了大学二年级时,顾随羡季先生来担任我们"唐宋诗"的课程,我读到了他诗词作品中一些吟咏海棠之句,就更增加了我对恭王府海棠的向往。但1945年我大学毕业后不久,就离开了北平,到南方结婚后于1948年的11月就随外子的工作调动而去了台湾,而台湾地处亚热带,很少有海棠的种植,因此海棠就成为我乡愁中的一个重要成分。而且外子和我抵达台湾后不久就遭遇了白色恐怖之祸,我日夜思念故乡的师友而不知何日才得重返。因此就在夜间常做一些还乡之梦。有一次我梦到在课堂中讲授一副联语,上联是"室迩人遐,杨柳多情偏怨别",下联是"雨余春暮,海棠憔悴不成娇"。醒后把联语记写下来时才发现"海棠"一句原出于一首顾羡季先生的《浣溪沙》词,谁知这一句词竟然出现在我的梦中,成为我当日离乡背井之劫后余生的写照。其后我因偶然的机缘曾经被美国的密歇根州立大学与哈佛大学相继邀聘,更因偶然的机缘来到了温哥华,获得了加拿大不列颠哥伦比亚大学的终身聘约。定居温哥华以后,有一天我忽然接到了美国威斯康星大学周策纵教授发来的一封邀请函,邀我赴该校参加他所倡办的"红楼梦第一次国际学术会议",我应邀到威校后,在会场中有幸见到了远从国内来参加此一会议的几位红学专家。与周汝昌先生晤谈后才知道他也曾从顾羡季先生受业,原来是我的同门学长。会后不久他就从北京寄来了一册他的新著《恭王府考》,阅读之后引起了不少我对往事的回忆。汝昌学长向我索诗,我就写了三首五言律诗。诗如下:

其一

漂泊吾将老,天涯久寂寥。诵君新著好,令我客魂销。
展卷追尘迹,披图认石桥。昔游真似梦,历历复迢迢。

其二

常忆读书处,朱门旧邸存。天香题小院,多福榜高轩。
慷慨歌燕市,沦亡有泪痕。平生哀乐事,今日与谁论。

其三

四十年前地,嬉游遍曲栏。春看花万朵,诗咏竹千竿。
所考如堪信,斯园即大观。红楼竟亲历,百感益无端。

汝昌学长念念不忘恭王府,在他垂暮之年乃提出了重启"恭王府海棠雅集"的倡议。我对此一倡议极感振奋,但前几次的盛会我却都未能亲往参加,那是因为我的行程是每年9月返回南开大学讲学,而次年3月则要返回侨居地的温哥华处理一些家事。有时也为温市爱好诗词的友人们举办一些讲座。直到今年我因推迟了返去温哥华的行期,才得于本年4月18日亲自参加了这一次的雅集之会。在开会当日,恭王府的友人们先引领我对恭王府做了整体的参观和介绍,并在当日上午参观过后安排了一次媒体的访谈。访谈中他们问起我雅集的文化传统,当时在匆促之中,我只简略地提起了王羲之《兰亭集序》中所记述的一些情事,作了简略的说明。其实如果仔细追溯起来,我以为春日的雅集似乎竟可以追溯到《论语》中孔子与弟子们的一段谈话。原来在《论语·先进》一篇的"子路、曾晳、冉有、公西华侍坐"一节,曾记述说孔子有一次问起了这些弟子们的志意,他们在回答时每人都谈了一些治国安邦的理想,只有曾晳在一旁弹瑟,一直没有讲话,直到孔子再三追问,他才放下了所弹的瑟,站起来回答老师说,他的理想与其他同学不同,他所向往的乃是"莫春者,春服既成,冠者五六人,童子六七人,浴乎沂,风乎舞雩,咏而归"的一种游春之乐事。而孔子则对曾晳的回答给了特殊的称许。我少年时读《论语》此章颇为不解,不明白孔子何以会认为游春之乐事竟然比治国安邦的理念更为重要。其后我读到陶渊明的《时运》一诗,其中有一节写的是"延目中流,悠想清沂。童冠齐业,闲咏以归。我爱其静,寤寐交挥。但恨殊世,邈不可追",诗中所向往的就正是《论语》中孔子所称许的曾晳所回答的游春之乐。至于我在回答媒体时所举出的王羲之《兰亭集序》中所描述的游春雅集之乐,应该也就正好是对于孔子所称述和陶渊明所向往的一种人生境界之一种具体实践的描述。而此种描述其实具含了多方面的文化意义。首先是修禊的习俗,修禊一事表面看来虽似乎颇有迷信之意味,但其实习俗之形成也必定与人们在现实生活中所追求向往的美好愿望有着密切的关系。在春暖花开之际,人们到大自然中去追求和享受一种生活的情趣,对山水花木的爱赏,正表现了人类与天地万物为一体的情怀。所以《兰亭集序》首先就叙写了大自然的山川草木之美,"仰观宇宙之大,俯察品类之盛"的"人天一体"的襟怀。这应该正是春日雅集的第一个重要意义。而其后乃继之叙写了人们集会时"或取诸怀抱,悟言一室之内,或因寄所托,放浪形骸之外"的交感相生的人间生活之乐趣。然而人生苦短,世事无常,因而乃又产生了"俯仰之间,已为陈迹"的悲慨,如何在无常中求得不朽,这本是仁人志士们一直思考的一个问题,所以序文中乃又叙写了"列叙时人,录其所述。虽世殊事异,所以兴怀,其致一也"的在文学中的永恒的生命。记得有一次媒体采访我时,曾经问过我,以后时代不同还会有人喜爱旧体诗吗?我曾回答他们说,诗歌自有它自己的生命,只要在诗歌中有真实的兴发感动,这种诗歌就有其生生不已的生命。所以杜甫才会写有"摇落深知宋玉悲"的诗句,辛弃疾也才会写出"老来曾识渊明,梦中一见参差是"的魂梦相通的感动。这应该也正是雅集吟诗的另一个重要意义。

  不过在我们谈过以上所引述的《兰亭集序》中所寓含的春日雅集的一些重要意义以后,我却还想再返回本文前面所叙及的陶渊明之《时运》诗中的几句话来作一些引申的论述。王氏《兰亭集序》所提到的"会稽山阴之兰亭"是一个名胜之地,而陶氏《时运》诗中开端所写的"迈迈时运,穆穆良朝,袭我春服,薄言东郊"则只是乡里近郊的一个寻常之地,而且陶氏《时运》诗中所写的"山涤余霭,宇暧微霄。有风自南,翼彼新苗"也只是乡野田间寻常的景物,并没有用力去追求什么名山胜水的用心。至于王氏之《兰亭集序》,如我们在前文所曾叙及,他既曾提出了人世间交感相生的生活之乐趣,也点出了人生苦短想要在文学中求得不朽的向往。而陶氏《停云》诗中所点出的,他对于孔子和曾皙所提出的"游春之乐"的向往,实在却只有极为简单的两句,那就是"我爱其静,寤寐交挥"。私意以为陶氏所提出的"静"字实在极堪玩味。记得少年时看《三国演义》写到刘玄德三顾茅庐时曾经提到诸葛亮住处所悬挂的一副联语,那就是"淡泊以明志,宁静而致远",孔子与诸弟子谈话时之所以独独称许曾皙之所言,应该就也正是由于曾氏所言乃是不外慕的平静淡泊的一种精神境界,否则如果只是提倡春日出游,则近日假期中各名胜地点之乱象就是一个最好的警示。而且所谓

"静"不仅不是无所为,反而还应该正是可以达到治国安邦的致远之理念的一个基础,这一点是极为值得我们加以深思的。关于《论语》中"舞雩之乐"的记述,历代学者原曾有很多不同的说法,即如东汉王充在其《论衡》中即曾著录有《明雩》一篇详论雩祭之重要,其后宋明之间程、朱、陆、王诸理学家亦多有论及《论语》此一记述之为义者。私意以为诸理学家之说未免过于深求,反不如晋陶渊明之但点出一"静"字,更为直指本心且可以与前文诸子言志之说互为参照。盖以《论语》的记述以言志开端,以"静"为有志于用世者之重要心理基础,庶几与前文亦更能互为应和也。

恭王府海棠雅集纯以赋诗言志为主,自然是一个春日雅集的最好的榜样。只不过如果每年吟咏同一个主题,日久也许不免有辞穷厌倦之感。所以私意以为也许以后再举行雅集时,或者可以把主题稍加拓广,使之可以包容意境更为广阔的抒情言志之作。即如早在2006年我曾经拜读过马凯先生送给我的一册《马凯诗词存稿》,当时我确实大有"惊艳"之感,以为其所成就者是过去传统诗人所一向未曾达到过的一种极新的境界。因此曾为之写了一篇读后小言,题为《喜看诗域拓新疆》。及至2012年我收到恭王府寄下的恭王府海棠雅集首次聚会的各家诗词之作,又读到了马凯先生为雅集所写的一首七言律诗,我当时也曾极为叹赏马凯先生对于传统风格的旧体之作也能写得如此之工丽而且富有新意。及至连续三年不断撰写同一雅集的固定内容,我就不免感到这一匹"拓新疆"的骏马未免受到了狭小主题的拘限。我相信马凯先生近年来在实际的工作和生活中,一定更有不少"拓新疆"的作品。因此我希望雅集能把所录的作品内容更加扩大,而且不仅是马凯先生,其他诗友们也能在雅集中提供一些自己的不限主题的新作,使我们能在更广大的内容中得到更多的彼此观摩欣赏之益。拙见如此,不知是否有当,希望得到诸位方家的指正。

九十回眸

——《迦陵诗词稿》中之心路历程

我今天听了诸位嘉宾的讲话,我觉得我现在要讲的太狭窄、太渺小了,实在不值得在大家面前讲述,因为我的题目非常个人化,是《九十回眸》。

我是1924年生人,现在是2014年,我是恰恰整整地来到这个世界上九十年了。之前有南开的校友跟我说,他们1979年入学时,在南开听我讲课,至今还记得我穿什么衣服、梳什么头发。但你知道佛经上说过一句话,"若以色见我",你如果只从外表来看我,"以音声求我",只听我外表的讲话,是"人行邪道,不能见如来"(《金刚经》)。我当然不是如来,我要说的是我之所以为我。我已经来到世界上有九十年之久了,像我前些时候在南开大学"初识南开"的讲座上讲到的,你们今天看见站在讲台上苍然白发的叶嘉莹,这是现在的、眼前的、刹那之间的我。我站在这里,不只是我的形体、我的相貌——一个现在的、外表的叶嘉莹;我之所以成为现在的我,我有九十年的人生的各种经历——我的思想,我的感情,我的一切,为什么成了现在的这个样子,我是怎么样走过来的,这是我今天要讲的。所以我说"九十回眸"。

但是"九十回眸"是"事往便同春水逝",往事如烟,你什么都看不见了。不过我这个人有一个习惯,我从小就学诗,就读诗,就吟唱,我就随口可以唱一些诗,所以我从很小,大概十一二岁就开始作诗。而且我那个时候虽然没有读过《易经》,也没有学过孔孟的大道理,只是写我自己的所见所闻，写我内心之中当年幼稚的感受，但我以为这应该也符合我们古人所说的"修辞立其诚"。所以虽然是"往事如烟不可寻"，但是我有一些诗篇留下来了，我就可以借着我的诗篇来回眸，看一看我过去走过了什么样的历程。

我刚才说，我是1924年出生的。当时是一个什么样的年代？正是中国北伐战争的年代，到处都是战争，到处都是军阀，直奉战争、直皖战争，各种的战争。我是在乱离之中出生的。那么另外我有一个回眸，觉得是非常可纪念的一件事情，就是我出生的月份是阴历的六月。我们中国古代有一个习惯，每个月份都给它搭配一种花卉，比如说正月是梅花的月份。我六月出生的，那是荷花的月份，我的父母就给我取了一个小名叫"小荷"。而我既然是叫作"小荷"，我内心之中就不由地对于一切凡是与荷花有关系的事物，都有一种特别亲切的感情。我回想起来，觉得这是佛法所说的，万事各有因缘。你追寻不到今世的因缘，甚至于过去的一些因缘，种种的因缘。人，有的时候你出生，你不知道你从哪里来，你不知道你到哪里去。可是像我活了九十年这样久，而且我又留下来一些诗歌的痕迹，我现在回头看我小时候写的诗，就觉得很奇怪：十几岁的小孩子，为什么说这样的话？为什么写这样的诗？而我也不是一直写那样的话，一直写那样的诗，我中间经过了多少次的改变和转折，我现在九十岁的时候也写了一些诗词。我们今天就回眸，看一看我自己是怎么样成长的，我的心路的历程。

叶嘉莹为什么成为现在的叶嘉莹，凡事都有一个因缘。我出生在一个古老的家庭，叶不是我的本姓，我的本姓是叶赫纳兰。你们大概都知道我们的叶赫纳兰族中有两个名人，一个是男性，就是清代有名的《饮水词》的作者叶赫纳兰·成德；一个是女性，就是慈禧太后，西太后的氏族，是叶赫纳兰。这个叶赫纳兰的姓氏，其实并不是我们原来的姓氏。我们这一族，原来是蒙古的土默特族，后来迁到了女真的纳兰部所在之地,遂以纳兰为姓。我现在为什么讲这个?这就是人种种的因缘。因为我们是叶赫族,清朝的努尔哈赤的皇后是我们叶赫纳兰的女子,后来努尔哈赤把叶赫纳兰的部落征服了,我们这个蒙古的族裔就合并到满族的族裔里边去了。我的曾祖父在清朝做过二品的官,我的祖父在光绪时代考中了进士,在工部做官。后来因为民国了,所以就放弃了满族的姓,取了第一个字为姓氏,就姓了叶。

我说这些事的缘故,是说人世的因缘。我生在一个这样古老的家庭,而我们叶赫纳兰部族被满族给合并了,入关到了中国以后,都受到了汉文化的熏陶和感染。所以我们虽然是蒙古裔的满族人,但是我们家里从我的曾祖父、我的祖父起,就基本是以儒学传家的。我小的时候,家里边的长辈没有送我去学校,而是在家里教我读圣贤之书——读"四书",我读的第一本课本就是《论语》,"子曰:'学而时习之'",不像我的女儿后来在学校读的是"来来来,来上学,去去去,去游戏""大狗叫,小狗跳"的课本,我们开始背诵的就是圣贤的语言。而且,当年我的同族同姓的纳兰成德,那么喜欢诗词,所以我家里边的人都喜欢诗词,我的伯父、我的父亲、我的伯母、我的母亲,他们不但是喜欢,他们还吟诵,我常记得我父亲每当下雪就吟一首"大雪满天地,胡为仗剑游"。我伯母跟我母亲,她们女子不像我伯父跟我父亲大声地在院子里吟诵,她们就在自己房子里面,拿一本诗"呢呢喃喃"地吟诵。所以我从小就听着诗歌的吟诵,我从小就背诗、吟诗。

我现在记载下来的最早的一首诗,就是《秋蝶》。写作的时间是1936年,我当时是十三岁。当时我的父亲在航空公司做事,在上海。我伯父在家里,说你背了这么多诗了,自己作一首吧。我就作了一首诗,当然作得非常幼稚,但从此我就养成了作诗的习惯。我十三岁写的《秋蝶》是这样说的:

几度惊飞欲起难,晚风翻怯舞衣单。

三秋一觉庄生梦,满地新霜月乍寒。

第一句"几度惊飞欲起难"是记秋天的蝴蝶,它飞不起来了——我是在院子里长大的,我们院子里边有些花树,蝴蝶很漂亮的彩色的翅膀好像歌舞的霓裳那么漂亮,可是现在天冷了,到了蝴蝶的生命的末日,所以"几度惊飞欲起难,晚风翻怯舞衣单"。蝴蝶也有它的生命,蝴蝶的生命到它临终的时候,它觉醒了吗?以前王国维写过一首《咏蚕》的诗,他说这些蚕,活的时候"蠕蠕食复息",那个蚕软软的爬在那里拼命地吃,"蠢蠢眠又起",它茫昧无知,吃饱了就睡,睡醒了再吃,"三眠"以后就吐丝结茧,"春蚕到死丝方尽"。它一生忙的是什么呢?生命——蝴蝶的生命,蚕的生命,人的生命——你忙了一世,结果又是什么呢?所以看到蝴蝶在秋天生命快要终了的时候,我说"几度惊飞欲起难,晚风翻怯舞衣单"。天气冷了,它的翅膀感到寒冷。"三秋一觉庄生梦",因为《庄子》上曾经说过,"昔者庄周梦为蝴蝶,栩栩然蝴蝶也",那么生动活泼,是庄周梦了蝴蝶呢,还是蝴蝶梦里边变成了庄周呢?那么现在,蝴蝶到了末日,如果是庄生的话,他的梦醒了,"三秋一觉庄生梦",他留下的是什么?"满地新霜月乍寒",天冷了,露结为霜,"满地新霜",月亮,秋天的月亮,这是一轮凉月,那么高寒,那么寒冷,李商隐说"青女素娥俱耐冷,月中霜里斗婵娟"。满地的严霜,寒冷的月色,他剩下的是什么?其实当时我还很小,十几岁,但是我就很奇怪,我很喜欢追问人生终极的问题。你忙碌了一生,有这么多欲望,有这么多追求,你的意义和价值究竟在什么地方?这是我留下来的很早的一首诗。

还有一首是《对窗前秋竹有感》:

记得年时花满庭,枝梢时见度流萤。

而今花落萤飞尽,忍向西风独自青。

原来我家院子里,就在我的窗前,有一丛竹子。我当时的生活很贫乏,因为那个时候作为一个女孩子,家里面管得很严,我是关在院子里长大的,我的诗没有什么波澜壮阔的世界大事,就是一个少女对院子里面的事物的真诚感受。我说"记得年时花满庭,枝梢时见度流萤",我记得夏天的时候,我们院子里花坛上都是花,真是"花满庭",这个竹子的竹梢上"时见度流萤",夏季有很多萤火虫。"而今花落萤飞尽",当年院子里都是花,萤火虫在花丛里面一闪一闪地飞,院子里有竹子,它在竹子里面一闪一闪地动。现在呢,"而今花落萤飞尽",萤火虫不见了,花也凋零了,只有竹子是经霜而长青不老的,"忍向西风独自青"。你怎么忍心看到别的生命都凋零了,而你一个人还活在这里呢?所以我的老师也曾经说过,他说世界上有几种人:平常人呢,像"蠕蠕而动"的虫子,趴在地下爬来爬去的虫子,只知道追求口腹之欲,只知道追求传宗接代,是蠕蠕地爬行的虫子;有一种人是比平常人高明的,他从这"蠕蠕而动"的动物中飞起来了,他不管你们在地下怎么样,反正我是飞起来了,这是一种人;你能飞起来,当然已经很了不起,但是更有一种人,是说我既然飞起来了,我要下去,我要教那些飞不起来的人,告诉他们怎么样可以飞起来,这是人生境界的不同。总而言之,我是说这个竹子,"记得年时花满庭,枝梢时见度流萤"。"而今花落萤飞尽",你怎么忍心看见那些人过这种愚昧的、罪恶的、自私的、贪欲的生活呢?你为什么不能把他们叫醒呢?为什么不能用古典的诗词把他们叫醒呢?这时我还很小,总而言之,我有一种关怀是关怀到生物的、生命的。辛弃疾也写过一首词,他说"一松一竹真朋友",我看每一棵松树,每一根竹子,都是我的朋友。所以中国古代有"民吾同胞,物吾与也"的说法,一个人应该有这种博大的、容纳的和关怀的心胸。如果只是每天自私自利、斤斤计较,只顾一己的私人所得而不顾惜伤害别人,用不法的手段满足自己的私欲,那是何等的卑鄙,何等的狭窄。所以我们说诗人要像辛弃疾,是"一松一竹真朋友,山鸟山花好弟兄"。像圣贤说的"民吾同胞,物吾与也"。小的时候,不过十几岁,我当然没有这种哲学的思想,关起大门我也出不去,但是很奇怪,当我看到萤火虫,看到竹子,看到蝴蝶,写下这首诗,这是我本心的生命的一种共感,是我的一种本能。

我后来又读了李商隐的诗。李商隐有一首诗题目是《送臻师》,"臻师"是一个法师,所以诗中用了佛家的典故,他说"苦海迷途去未因",我们人生在苦海之中,大家都迷了路,你不知道过去、未来的种种因缘。"东方过此几微尘",佛法东来,经过了多少微尘的大千的世界。《大般涅槃经》上曾经记了一个故事,说释迦说法的时候释迦佛的身上每一个毛孔都可以出现一朵莲花,每一朵莲花中间都有一尊佛像,可以"利益众生",可以拯救众生。我都是偶然——所以我讲因缘——偶然读到李商隐的诗,偶然听到李商隐说"苦海迷途去未因,东方过此几微尘。何当百亿莲华上,一一莲华见佛身"。我就在想,我出生在荷花的月份,我小名叫作"荷",所以我就写了一首《咏荷》的小诗,我说:

植本出蓬瀛,淤泥不染清。
如来原是幻,何以度苍生。

当时是1939年,我不过是十五岁,我有什么能力可以说到"度苍生"?可是因为我所经历的那个时代是太痛苦了,我出生在战乱的时代,我读初中二年级的时候发生的"七七事变"。

我父亲生在晚清光绪年间。晚清、民国初年那个时候,我们中国的年轻人,其实都有一种救国救民的理想,各尽所能。我们现在又到了甲午年了,一百二十年历史的沧桑——上一次甲午战争的失败,我们的海军全军覆没,空军我们一无所有,所以我们就成为任列强割取的俎上之肉。所以有理想的青年人,有的就真的投身革命了,有的是要使我们国家富强起来。所以我父亲进了北京大学的外文系,后来投身在晚清建立的第一个航空机构,叫作航空署。我们要建设空军,不能不借鉴西方。他一生所致力的,就是翻译介绍西方的航空事业,现在我还在我们国家几十年前的古旧杂志里边找到好几十篇,都是我父亲翻译、介绍西方的航空事业的文章,如飞机上翅膀有了冰怎么办,无人驾驶的飞机应该怎么样驾驶,我父亲这些翻译的文章现在还留在《大成》杂志之中。我父亲最早投身的是航空署,中国最早的航空机关。后来我们成立了航空公司,我父亲就转到航空公司去工作了。当我们的国土一片一片地沦陷,飞虎将军陈纳德来援助中国的时候,跟中国航空的队伍有密切的合作。我父亲从"七七事变",就随着政府辗转地迁移,到了后方八年没有信息。

我母亲带着我还有我两个弟弟跟我伯父一家沦陷在当时的北平,"南京大屠杀"的时候,我父亲在南京,上海的四行抗战的时候,我父亲在上海,而我父亲跟我们就没有音信了,我母亲当然是很忧伤,还不只是因为分别,那时候真是生死存亡莫卜。我们小孩子也不能够体会我母亲的忧伤——杜甫在天宝的乱离之后怀念他的妻子家人,曾经写过一首题为《月夜》的诗,说"遥怜小儿女,未解忆长安",杜甫是说他的儿女不解事,不能体会他妻子的怀念忧伤——真的不只是隔绝,而且是生死不知,所以我母亲在忧伤中就生病了。在抗战的第四年,最艰苦的阶段,我母亲就去世了。我是家里最大的姐姐,我有两个弟弟,大弟小我两岁,小弟小我八岁。我就要做一个长姐,每天我小弟起来,我要给他穿衣服,要送他上学校。古人常常说,没有父母,就是"孤露",说你就是孤单的,你就暴露在人生之中,没有一个遮蔽,没有一个荫庇,我就经历了这样的生活。今天时间也不多,我只能简单地再给大家读一首诗,来说明我经历的悲苦。我当时写了八首《哭母诗》,现在来不及读,我只读这一首:

  瞻依犹是旧容颜,唤母千回总不还。
  凄绝临棺无一语,漫将修短破天悭。

为什么我母亲临死一句话都没有留下来？因为我母亲当时是子宫里边生了瘤，在北平很多中医那里看了很久都没有看好，当时就有人说这个病应该开刀，天津租界里外国的医生开刀的手术好，所以就由我的舅父陪着我母亲到天津的一个外国医院去开刀。我当时高中三年级，正是考大学的时候，我母亲说，小孩子的功课学业要紧，不要跟随她去，说过几天她开完刀就回来了。我母亲就去了，去了以后，据说开刀以后伤口感染了，感染了没有办法，已经到了不治的地步了，可是我母亲说不愿意死在天津，说我们小孩子都在北平，她不放心，一定要回北平。那时候的火车也没有快车，我母亲是死在火车上的，所以没有一句话留下来，这是我所写的哭我母亲的诗。那么运回来以后当然要殡殓，都是我亲手给我母亲换的衣服。所以我说"凄绝临棺无一语"，我是"漫将修短破天悭"。人生最悲哀的是死生离别，这是就我的体会而言，就是我的母亲被棺殓的时候，钉子敲在棺材板上的声音，那真是代表了天人永隔。所以我不但小的时候对于动物植物有一种关怀，我那个时候真是认识到生死的无常。这是我的经历。

我小时候是从《论语》《孟子》《大学》《中庸》的"四书"开蒙的，我们家里边说你只要相信孔子、读孔子的书就好了，我们家不接受任何的宗教，所以我从小没有跟宗教接触过。我说因缘，这只是因为我出生在荷花的月份，我就总以为我与荷花有一点因缘。我在大学读书的时候，我的老师顾羡季先生也喜欢谈禅，他偶然引一些佛经的话头。我看到报纸上有一个消息，说当时广济寺有一位高僧来讲《妙法莲华经》，我看到与莲花有关系，我就跑去广济寺听讲去了，这是我第一次接触与佛家有关的事物，就是《妙法莲华经》。我当时对于宗教、对于佛经，从来没有接触过，所以我听讲的结果，只记了两句话，就是"花开莲现，花落莲成"。是说人人的内心都有一粒成佛的种子，就看你有没有觉悟了。而你这个种子，当你花开的时候，它原来就在你的心中，"花开莲现"；

可是你有没有成佛,不是每个人都可以成佛的,是"花落"才"莲成",等它所有的繁华、所有的花瓣都凋落尽了,那个时候它的莲子才结成。我听了讲经,就只记得这么两句话。我回来就写了一首词《鹧鸪天·一九四三年秋,广济寺听法后作》,我说:

　　一瓣心香万卷经。茫茫尘梦几时醒。前因未了非求福,风絮飘残总化萍。　　时序晚,露华凝。秋莲摇落果何成。人间是事堪惆怅,帘外风摇塔上铃。

我说我那时候在战乱之中,父亲到后方,多年没有消息,母亲又去世了,我虽然是小名叫"荷",与莲花有了因缘,人家说"花开莲现","花落"才"莲成","秋莲摇落"是"果何成",我不知道我将来会落得一个什么样的下场,我的人生会走过什么样的道路,会有什么样的完成,这是我不知道的。我现在回顾我七八十年前的作品,总而言之,那个时候我是有过这样的想法。

小的时候我就写些短小的绝句跟短小的令词,后来我读了辅仁大学的中文系,在大学里边,就慢慢跟老师学作诗,然后就越写越长,我在沦陷区写过一系列的七言律诗。现在我简单读其中一个题目《羡季师和诗六章用晚秋杂诗五首及摇落一首韵,辞意深美,自愧无能奉酬,无何,既入严冬,岁暮天寒,载途风雪,因再为长句六章仍叠前韵》,当时是 1944 年的冬天 11 月,我二十岁,正是大学毕业的那一年,那是抗战最艰苦的阶段,我们是 1945 年的夏天才迎来抗战的胜利的,1944 年的冬天是抗战的危急存亡之秋,真是国脉悬于一线,不知道会如何。我们沦陷区的人,已经沦陷了七年多快要八年了。在这 1944 年的冬天,我在北平,你要知道,我们在北平,每到冬天,如果西北风吹起来,呜……带着那个哨子般的声响,所以我就写了六首诗,现在来不及讲,我只讲其中第三首:

> 尽夜狂风撼大城,悲笳哀角不堪听。
> 晴明半日寒仍劲,灯火深宵夜有情。
> 入世已拼愁似海,逃禅不借隐为名。
> 伐茅盖顶他年事,生计如斯总未更。

整夜你听到"呜呜"带着哨子响的北风,好像把这城都吹得摇动了,"尽夜狂风撼大城";你所听到的声音——"悲笳哀角",这当然是一种象征的说法,不是真有人吹笳、真有人吹角。是什么呢？日本占领了北平,非常的狂妄,开着战车带着队伍在大街上横行而过,唱《支那之夜》。而当年沦陷区的伪北大那边,是他们的宪兵司令部,关的都是抗日的志士,夜静更深,"狂风撼大城",除了日本人狂妄的歌声,你还可以听到那北大红楼里被关起来的爱国志士在拷打之下的哀嚎。"晴明半日寒仍劲,灯火深宵夜有情",偶然有半天的晴天,偶然也许有一些好的消息,说美国的陈纳德将军在昆明组织了飞虎队,加入我们帮助我们来抗日,"晴明半日寒仍劲",但是冬天没有过去,胜利没有到来。时局是这样的艰难,我说在我们北平的家"灯火深宵夜有情"。寒冷的冬天,外边虽然是那么冷,但是屋子里面我们有一盏灯,还不是说电灯,我们后来只能点煤油灯,如果遇到日本什么空袭、什么预防的演习,这都要遮起来的。但是毕竟在黑夜里面,你有了一盏灯火,在寒冷的天气里边,你前面有一炉的炉火呀。不管外边怎么寒冷,你有一点点的光明,你有一点点的温暖,你的心如果没有死,你的心里边就有一点光明和温暖,所以"晴明半日寒仍劲,灯火深宵夜有情"。"入世已拼愁似海,逃禅不借隐为名",我现在都很奇怪,我当年怎么会写出这样的句子来。一个人活在世界上,你不想做一些事情就算了,我说"入世",如果你真想要入世,真想为这个世界、国家、人民做出一些事来,你就避免不了劳苦和烦琐,避免不了别人的埋怨和责备。你只要入世,你就应该拼掉,"入世已拼愁似海,逃禅不借隐为名"。我说我可以做的是入世的事业,但我的心不在世俗之中,我是逃禅,但是我不假借,不需要到深山里边去隐居,只要我内心不受沾染。"伐茅盖顶他年事",就是给自己盖个房子——"伐茅盖顶",我从来没有为自己打算。现在有很多人关心我,所以我真是非常感谢,因为有海外的朋友,居然不但在南开捐款给我盖了研究所的大楼,现在还要给我盖一个学舍,世界上真是有热心的人,真是有爱好古典诗词的人。"伐茅盖顶他年事,生计如斯总未更",我说我的生活的理想,就是如此,我一直没有改变。这连我自己都很奇怪,我当年才二十岁,其实连"入世"也没有,我还在大学读书,我怎么会写出这样的诗句来呢?

1945 年,就是抗战胜利的那一年,我大学毕业后就去教中学了。我这个人天生来就是教书的材料,我教了一个中学,大家觉得教得好,就有第二个中学找我去兼课,第二个中学一接,第三个中学就来找我去兼课。你们不能想象我教了多少班。

然后在差不多接近结婚的年龄,有一个中学的老师就很欣赏我,把她弟弟介绍给我了。她弟弟本来在秦皇岛工作,我在北平,他就总是跑回来,找了他一个同学的弟弟来找我的弟弟,整天在我们家打乒乓球,忽然有一天他失业了,在北平贫病交加。后来他有一个亲戚,给他在南京的海军找到了一个士兵学校的教官的工作,他就要让我跟他订婚,否则就不走。那我想,他可能因为总是跑到北平来才把工作丢掉了,我就答应了他。他因为要到南京的海军工作,我就跟随他到了南京,而不到半年,他们海军就到了台湾,我就跟随他到了台湾。

而我这个人天生是教书的,所以我很快就在彰化找到一个教书的工作。到了台湾第二年暑假中我生了我的女儿,我先生趁着圣诞新年的假期,从左营的海军到彰化来看我们,他是那个圣诞夜,24 日到的,25 日一大早,天还没有亮,就来了一群海军的官兵,把我先生带走了,说他有"匪谍"嫌疑。我不放心,就带着我四个月大的女儿,跟他到了左营。等了几天,我想打听他的消息,一点消息都没有。但我还要维持我跟我孩子的生活,所以没有办法,我就又坐着火车回到彰化。见到彰化女中的同事,她们说你先生怎么样了,我说没有什么问题,他留在那边还在工作。可是我隐藏也隐藏不过,第二年的夏天6月,我的女儿还没有周岁,又来了一批人,把我住的宿舍给包围了,把我跟当时那个彰化女中的女校长还有另外一个女老师统统关起来不说,还把学校另外六个老师也关起来了,说我们都有"思想问题"。然后他们要把我们送到台北的警备司令部。我就抱着我吃奶的女儿,去找了当时他们的警察局的局长。我说我先生已经关起来了,我从大陆到这边来,无亲无故,没有朋友,你把我跟我的女儿带到台北,万一发生点什么事情,我连一个交托的人都没有,彰化这里,我至少教了一年多的书,你就把我关在你的警察局,反正我也跑不了。而那个警察局长还不错,他就把我放出来了。

虽然放出来了,但我是有"匪谍"嫌疑的人,就不可以再工作,我就无家可归了。欧阳修说"无一瓦之覆,一垄之植,以庇而为生",我就是连一片瓦都没有,所以我没有办法,我就去投奔了我先生的一个亲戚。当时他们生活也很紧张,我就在走廊上,每天晚上打一个地铺。我是从这样的生活过来的,我曾经写了一首诗《转蓬》:

转蓬辞故土,离乱断乡根。已叹身无托,翻惊祸有门。
覆盆天莫问,落井世谁援。剩抚怀中女,深宵忍泪吞。

这首诗当时没有一个人看见过,一直到1979年我回祖国大陆以后,河北教育出版社给我出版了一系列作品,我才敢把我这个作品收进来,这个作品在台湾当时是不能够发表的。我说"转蓬辞故土,离乱断乡根",我就如同一个随风飘转的蓬草,在离乱之中,从此与故乡隔绝。我先生也不在,连个家都没有,没有工作,没有家庭,连个床铺都没有,

"已叹身无托,翻惊祸有门"。"覆盆天莫问,落井世谁援",当时谁都不敢沾惹你,凡是有"匪谍"嫌疑的人,没有人敢沾惹你的。所以我就写了这样的诗,"覆盆天莫问,落井世谁援。剩抚怀中女,深宵忍泪吞"。

后来,我带着我女儿找到一个私立的中学去那里教书,而我先生仍然一点消息都没有,我的老家北京、我的家人、我的老师、朋友,一点消息没有。所以当时我又写了一首《浣溪沙》(1951年台南作):

一树猩红艳艳姿。凤凰花发最高枝。惊心节序逝如斯。

中岁心情忧患后,南台风物夏初时。昨宵明月动乡思。

凡是我写的诗,都是真实的感情、真实的景物。我说"一树猩红艳艳姿",南台湾有一种树,叫凤凰木,很高大的树,很茂密的对生的羽状的叶子,每当夏天6月的时候,就开出来火红的满树的红花,给人的印象非常的深刻。因为我在北京没有看过这种花,我在台湾经过患难,看到这个花每年夏天开,说"一树猩红艳艳姿",每次花一开,就是又过了一年,所以说"惊心节序逝如斯"。你看到凤凰花开,你知道这一年又过去了,一年、两年、三年,我先生没有音信,不能回来。我带着我的女儿,在私立中学教书。同事学生都问我,怎么老看不见你先生?我一个年轻的女子,带着个吃奶的孩子,是什么来历呢?我没有办法跟人解说。我不能说我先生有"思想问题"被关了,这样的话,连私立中学都不叫我教书了,所以我就什么都不说。我只看到每一年的凤凰花开,又一年过去了,我的年华,真是"惊心节序逝如斯"。"中岁心情忧患后",我说"中岁心情",那一年是哪一年?是1951年。我是1924年生人,当时我只不过是二十七岁啊,我说"中岁心情",因为我虽然现实的年龄只有二十七岁,但是经过离乱和忧患,我的心情是"中岁心情"。所以我说,"中岁心情忧患后,南台风物夏初时。昨宵明月动乡思"。看到天上的月亮,哪一天我才能够回到我的故乡?当时,北京还叫北平。什么时候我的先生才会回来？我在乱离之中，我一个孤单的女子，带着一个女儿，身份不明，人家都带着疑问的眼光看。这是我所过的生活。

后来生活当然有了转折，三年多以后，我先生回来了。回来了就证明，我们没有"思想问题"，所以就有人请我去台北的中学教书。我一到台北，就有很多人找我去教书。先是台湾大学有些我的旧日的老师，邀请我到台湾大学教书，后来又邀请我到淡江大学、辅仁大学去教。教了那么多书，就遇到一个机会。我们大陆当年竹幕深垂，不跟资本主义世界来往，所以西方有很多汉学家，只有跑到台湾去研究。到了台湾一看，台湾大学、淡江大学、辅仁大学，还有教育电台、教育电视台，都是叶嘉莹在讲嘛，他们就跑来听我的课。然后我们台湾大学的钱思亮校长，就把我交换到了北美的密歇根州立大学。要出去之前，项目委员会派来一个人来面试，当时来口试的是哈佛大学的海陶玮教授，他口试完了以后就要把我邀请到哈佛大学去。但钱校长说不可以，他跟人签了约的，所以我就必须去密歇根。我先生内心是有准备的，他不想留在台湾，所以他说你出去的时候，就把两个女儿带出去，交换一年之后的教授可以申请眷属探亲，我就把他接出去了。然后第二年哈佛大学就把我请到哈佛大学，做客座教授。到了暑假，两年的交换期满，我就要回台湾。

哈佛大学的海陶玮教授就留我，说你先生也在这里，两个女儿也在这里，而且台湾把你们关了那么久，为什么你要回去？但我坚持要回去。我说第一个我要守信用，我的交换是两年，而且台湾那三个大学请我去教书的人，都是我的长辈、我的老师，我不能对他们失信。还有，我八十岁的老父亲在台湾，我不能把我父亲一个人留在台湾。所以我坚持要回去。临走的时候，我写了《一九六八年秋留别哈佛三首》其一：

又到人间落叶时，飘飘行色我何之。

日归枉自悲乡远，命驾真当泣路歧。

早是神州非故土，更留弱女向天涯。

浮生可叹浮家客，却羡浮槎有定期。

  你们现在去哈佛大学可以看到，从学生活动中心到校园的本区，在中间有一大片的草地，所有的车辆都是从底下通过的，很安静。可是我初到那里的时候，上边都是非常频繁的汽车的往来。那个夏天刚刚把这个地下通道修成，刚刚把一片草地铺上，我一个人走在草地上，脑中就忽然间跑出来两句诗，我常常开玩笑，说我的诗不是作出来的，都是自己跑出来的。跑出来的两句诗就是"又到人间落叶时，飘飘行色我何之"，当时我正在跟哈佛大学的海陶玮教授谈论着我要回台湾的事，我经过新修成的这一片草地，当时已是九月天气，"又到人间落叶时"，这个时节的盛衰令人感慨，而且我在哈佛的办公室，窗外有一大棵枫树，每年看它长叶，看它秋天的变红，看它冬天盖满了白雪，现在是第二年，"又到人间落叶时，飘飘行色我何之"。我到哪里去，我是想回大陆的，可是那是1968年，我们大陆是正在"文化大革命"，我不敢回去；台湾我要回去，可是我先生和两个女儿不能跟我回去，所以我说"飘飘行色我何之"。"曰归枉自悲乡远"，《诗经》上说"曰归曰归"，"胡不归"，我倒想回到我的北京的老家，"曰归枉自悲乡远，命驾真当泣路歧"，我现在要走，我到哪里去？我是听他们的劝告就留下来，还是我要回大陆，还是我要回台湾？"飘飘行色我何之"，我现在又要上路了，"命驾真当泣路歧"，我到哪里去？"早是神州非故土"，神州大陆是我的故乡，可是因为"文化大革命"我回不去了。"更留弱女向天涯"，我两个女儿还没有成年，我要把她们留在美国了。"浮生可叹浮家客，却羡浮槎有定期"，传说那个浮槎，每年还会回来，但是我不知道我未来究竟要归向哪里，所以我说"却羡浮槎有定期"。

  我临走的时候，请海陶玮先生给我先生介绍了一个工作，教汉语。可是没想到，我先生的工作只教了一年就失业了，我一个人在台湾工作的收入，养活不起他们啊。所以海陶玮又约我还回到哈佛去。我要回美国的时候，因为我要把我父亲也带出去，相关办事处说这种情况不能给你通行证件，你这是要办移民，那就没有办成功。后来因为种种的机缘，我就留在了温哥华的不列颠哥伦比亚大学。而在不列颠哥伦比亚大学，我不只要带学过中文的研究生，还要教完全没有中文背景的大班的课程。我当时真是别无选择，每天晚上查生字到两点，第二天到学校去给那些不懂中文的外国学生讲课。可是你知道，天下事情非常奇妙的。我的英文虽然不好，可是我的学生非常喜欢听我的课，因为他们从我所述说的，感受到了我们中国诗词里边的生命和感情。所以一个人要真诚，中国的《易经》上就说："修辞立其诚。"做人，做文章，都要以真诚对人，不要说些冠冕堂皇的、虚伪的假话。于是我就在温哥华留下来了，而且我只教了半年加拿大的学校就史无前例地给了我终身聘书。所以，我就留在了加拿大。

过了几年，我大女儿和小女儿先后大学毕业了，结了婚。我还曾对大女儿说，你生了孩子我可以帮你照看。1976年我去美国开会，沿途先到多伦多大女儿家，开完会又去费城看望小女儿家。那时候，我真的是内心充满了安慰。我想我这一生受尽了千辛万苦，现在毕竟安定下来了。但谁知就在我动这一念的时候，上天给了我惩罚。我的大女儿跟我大女婿，出去旅游开车出了车祸，两个人同时不在了。所以我就写了哭女诗十首。

第一首：

噩耗惊心午夜闻，呼天肠断信难真。
何期小别才三日，竟尔人天两地分。

第三首：

历劫还家泪满衣，春光依旧事全非。

> 门前又见樱花发,可信吾儿竟不归。

"历劫还家泪满衣,春光依旧事全非。"我在费城听到了这个消息,到多伦多给我大女儿办了丧事。然后我再回到温哥华,那真是"春光依旧事全非"。我走的时候满心的欢喜,以为我一路上可以到我两个女儿家。我回来的时候什么都不是了,所以我是"历劫还家泪满衣,春光依旧事全非"。"门前又见樱花发",我们家前门外面有两棵樱桃树。"可信吾儿竟不归",可是我女儿永远不会从这个门里再回来了。我还有最后一首:

> 从来天壤有深悲,满腹酸辛说向谁。
> 痛哭吾儿躬自悼,一生劳瘁竟何为。

"从来天壤有深悲,满腹酸辛说向谁",我一肚子酸辛,不能说。我不能和我先生说,只要一说他就发脾气,他觉得我要是说我的辛苦就是在说他没有作为,所以我不能说。也不能跟别人说,他尤其忌讳我跟别人说。"痛哭吾儿躬自悼,一生劳瘁竟何为。"所以佛说因缘祸福,因缘祸福是你所不知道的,你所不能掌握的。

可是你要知道,人不经过绝大的痛苦,不会觉悟。我就是因为经过这么多患难痛苦,把自己打破了,不再被自己的家庭子女所束缚了。我一世辛勤,忍气吞声,养家的责任我已经尽到了,我要把我投向古典的诗歌,我要为古典诗歌的传承献出我的余生。所以我说我一辈子没有做过我的选择,最后才是我的选择,我就选择回到祖国来教书了。

我是1978年提出来申请的,那个时候我也恰好赶到很好的时机,恰好"文革"过去了,恰好大学考试恢复了。教育部第二年就批准了我的申请,我就回来教书了。我的诗里面写到了这个经历,我写了《向晚二首》(1978年春),序云:"近日颇有归国之想,傍晚于林中散步成此二绝。"

向晚幽林独自寻,枝头落日隐余金。

渐看飞鸟归巢尽,谁与安排去住心。

花飞早识春难驻,梦破从无迹可寻。

漫向天涯悲老大,余生何地惜余阴。

我加拿大家的屋前是一大片树林。"向晚幽林独自寻",已经落日黄昏了,我要投寄申请回国教书的信给中国教育部,我穿过一片树林,树枝上有落日的余晖,金黄的落日的光照在树枝上,可是你要知道,黄昏的光色不久长啊,慢慢地慢慢地太阳就要落下去了,"枝头落日隐余金"。"渐看飞鸟归巢尽",傍晚树林里面的鸟都回来了。"谁与安排去住心",我从1948年就离开了自己的祖国,现在都已经1978年了,所以我应该回来。我既然喜欢教书,就要回到自己的国家,用自己的语言教自己国家的年轻人。而且我还写了"花飞早识春难驻,梦破从无迹可寻",大家都听说温哥华的风景很美,尤其是春天,满街的花树。我出来寄信的时候,沿街的道路上是一地的樱花,"花飞早识春难驻",我知道,春天是不会停下来的,春天转眼就消逝了,人的生命是短促的。"梦破从无迹可寻",如果你想要回来教书只是一个梦,那只是一个空想,什么都不会成功。"漫向天涯悲老大",我徒然地悲哀,当时我已经是五十多岁了,所以我说"余生何地惜余阴",我剩下的生命不多,我要把我余生的光阴用在哪里?外国当然也不错,你在一个大学教书,能够得到终身的教职,我那些外国学生也都对我很好,可是没有办法,特别是诗词,那感情,那文化,那根,一定是在中国的。

我1979年回国教学,当时教育部的安排,是让我去北京大学。那我怎么跑到南开了呢?因为南开大学有位李霁野先生,是当年我在辅仁大学读书时候的老师。他后来也曾经到过台湾,我在台湾也见过他。在台湾的白色恐怖的时候,李先生回到大陆来了,他"文革"的时候也曾受到打击。等到我1979年从加拿大回到祖国,我在报纸上看到李先生恢复工作的消息,说他在南开大学外文系做系主任。我马上给李先生写了一封信,我说我也回来教书了,现在在北大。李霁野先生很高兴,说你不要在北大教了,北大的名教授很多,我们南开在"文革"期间很多老教授不在了,所以你来南开教书吧。从此我就结缘在南开了。

那我现在的想法是什么?我现在在南开大学教书,南开大学给我很深的印象就是马蹄湖的一池的荷花。我当年住在专家楼,走出来不远就是这个马蹄湖。所以我在南开教书的时候写过几首关于马蹄湖的荷花的诗,可以看到我后来的心情。一个是《七绝一首》,我说"南开校园马蹄湖内遍植荷花,素所深爱,深秋摇落,偶经湖畔,口占一绝":

萧瑟悲秋今古同,残荷零落向西风。
遥天谁遣羲和驭,来送黄昏一抹红。

"萧瑟悲秋今古同","萧瑟悲秋"取自宋玉的《九辩》,"萧瑟兮草木摇落而变衰"。悲秋,是中国一个古老的传统,屈原说,"日月忽其不淹兮,春与秋其代序",所以"萧瑟悲秋千古同,残荷零落向西风",荷花已经残破了,对着秋天的西风。"遥天谁遣羲和驭,来送黄昏一抹红。"我那天散步的时候,荷花虽然是零落了,可是还有些残余的荷花,在黄昏落日的余晖之中。天上是谁叫那个赶着太阳的羲和给快要零落的荷花在黄昏的时候抹上一抹斜阳的红色呢?我回到南开教书时已经是五十多岁了,现在三十多年过去了,我当时这首诗还是比较多自我的伤感的。

后来当我教书多年以后,还写了几首诗,我们再看一首《鹧鸪天》。词序说:"友人寄赠'老油灯'图影集一册,其中一盏与儿时旧家所点燃者极为相似,因忆昔年诵读李商隐《灯》诗,有'皎洁终无倦,煎熬亦自求'及'花时随酒远,雨夜背窗休'之句,感赋此词。"

皎洁煎熬枉自痴,当年爱诵义山诗。酒边花外曾无分,雨冷窗寒有梦知。　　人老去,愿都迟。蓦看图影起相思。心头一焰凭谁识,的历长明永夜时。

这首词写于2001年,说"友人寄赠'老油灯'图影集一册",那是我们国内出版的老照片,有一本里面都是老油灯。我小的时候,抗战的时候,没有电灯都点油灯,"其中一盏与儿时旧家所点燃者极为相似,因忆昔年诵读李商隐《灯》诗",李商隐的一首诗就叫《灯》,前面有几句说:"皎洁终无倦,煎熬亦自求。"灯是永远照明的,永远不疲倦,它永远愿意把光亮给人家,"皎洁终无倦";可是它是燃烧自己才有的亮光,"煎熬亦自求"。"花时随酒远,雨夜背窗休。"灯,有幸运的灯,有不幸运的灯。幸运的灯被那些诗人文士拿着去看花饮酒,"花时随酒远";可是不幸运的灯,则是"雨夜背窗休",在很寒冷的雨夜的窗下被人吹灭了。这是李商隐的诗句,我看到这个老油灯的图画,想到李商隐的诗句,就写了一首词。我说"皎洁煎熬枉自痴,当年爱诵义山诗"。"皎洁终无倦,煎熬亦自求",你是自己在那里煎熬,发出亮光给人家,这是灯的本能,灯的作用、灯的意义就在此,我喜欢这样的诗句,奉献我自己,不求任何报答的。但是这个灯是个不幸的灯,"酒边花外曾无分,雨冷窗寒有梦知",我没有享受过欢愉快乐的生活,"酒边花外"这个灯无分,"雨冷窗寒"这种孤独、这种寂寞、这种痛苦"有梦知"。"人老去",那个时候,已经是2001年,我已经将近八十岁了;"愿都迟",你说你还有什么理想,什么愿望,一个七八十岁的老人了,还谈到什么理想和愿望?所以是"人老去",一切的愿望都太晚了,"愿都迟"。但是我"蓦看图影起相思",但是我看到这个老油灯的这个图画、这个影像,还是引起我内心的很多的感动。"心头一焰凭谁识",我心里也有一盏灯,也有一个闪动的光焰,什么人看见了,凭谁能够看到?"的历长明永夜时",你们虽然看不到,但是那个小小的光焰,仍然是在黑暗之中闪动着的。

后面还有一首《浣溪沙》,也是为南开马蹄湖荷花作的:

又到长空过雁时。云天字字写相思。荷花凋尽我来迟。

莲实有心应不死,人生易老梦偏痴。千春犹待发华滋。

"又到长空过雁时",我每年9月开学回来,南开外事处的逄处长就提出要以我的名义办一个研究所,我原不敢应承,逄处长用种种方法说服了我。可是就当此时逄处长卸任了,于是在办所时就有了很多困难。非常感谢有这么多人爱好古典文学,他们听说我成立古典文化研究所,有这么多的困难——我说过"入世已拼愁似海"嘛——海外就有朋友给我捐助了一座办公楼,现在很多文学院的人都在里面办公,那是加拿大的一个朋友蔡章阁先生给我捐资建筑的一幢大楼。还有澳门的一位朋友沈秉和先生给我捐资购买了里面的一些设备和书籍。这些人真是爱古典文学的热心朋友,这个楼就建成了。我当时还住在南开大学的外国专家楼,我每天要到这个研究所去上班,我就要从东边走到西边去。有一天我在路上走的时候,忽然听到空中有雁叫声,是一队鸿雁飞过去了。于是我就有了几句词,"又到长空过雁时。云天字字写相思"。我每年9月回来,都是这个大雁南飞的时候,"又到长空过雁时";"云天",在蓝天白云上写的一个"一"字或"人"字,而在中国古代"雁"字是代表相思的,李清照说,"雁字回时,月满西楼",代表你的怀人,你的相思,你的愿望。"又到长空过雁时",那蓝天白云之上"字字写相思"。"荷花凋尽我来迟",我9月回来,荷花都凋零了。我这里有两个意思,一个是说荷花真的凋零了,我回来得晚了;一个是我的小名叫荷,我虽然回来了,但我已经是这么老的人了,"荷花凋尽",是我来得太晚了。可是我虽然是来得晚了,虽然是现实的荷花零落了,也许我这个小名叫荷的人也是零落了,可是"莲实有心应不死",我不是说我听《妙法莲华经》里说"花开莲现,花落莲成"吗?所以莲花落了,但是里面有莲蓬,莲蓬里面有莲子,莲子里面它有一个莲心,只要有那个莲心,这个莲花就不死。因为我看到考古的刊物,说研究人员从一个汉墓中发掘出来一个两千年前的莲子,把它培育、栽植了,它居然还长叶开花了,所以"莲实有心应不死"。我当时回来的时候还没有这么老,现在真是,已经是九十岁了。我的意思是,我虽然是老了,但是有这么多年轻人,我也看到在这里就有这么多南开的校友,每个人都有他的成就,所以"莲实有心应不死,人生易老梦偏痴"。人生数十寒暑,你回首一看,数十年一瞬间,不管是悲欢离合,刹那之间都过去了。"千春犹待发华滋",我的梦,我的痴梦是什么?我在等待,等待年轻人有没有一粒种子,因为我的讲解而留在你的心里。尽管是"千春",多少年之后,我要等着,等着这一粒种子有一天会发芽,会长叶,会开花,会结果——"千春犹待发华滋"。

我讲这个心路历程,把我从出生——我出生的荷花的荷月的因缘,到我现在——这个荷花,虽然是零落了,但是这个莲花,"莲实有心应不死,人生易老梦偏痴",在此作一个平生的回顾。我希望这个莲花是"千春犹待发华滋"——我等待着年轻人,开出美丽的花朵!

(本文系叶嘉莹在"2014年文化中国讲坛·春季讲座"中所作讲演的整理稿)

读诗词不只是"入乎耳,出乎口"

——共同感受诗词之美

第一次看《中华好诗词》节目是在温哥华,一个学生推荐给我的。看到这个节目后我非常高兴,它其实是实现了我多年以来的一个理想。我在二十年前曾经写过一篇文章叫《谈中国诗歌兴发感动的特质与吟诵的传统》,主要是说要想把中国诗学好,应该要背诵,背诵还不够,要学会吟唱,才能够真正体会其中的微妙之处。

我那篇文章里面曾经提到,当年,也就是二十年前,很多中国小朋友背的诗不多,而据我所知,在日本,所有的中小学生都要背诗。那么怎么提起同学的兴趣呢?他们把背诗变成一个有娱乐和比赛性质的游戏。日本每一个地方的小学,自己先举行这个比赛,然后推出代表,从县市级到国家级逐级选拔,选出最后的优胜者。具体的办法是选一百首诗,做成像扑克牌一样的道具,前一张牌是前两句,比如说"渭城朝雨浥轻尘,客舍青青柳色新",下边是"劝君更尽一杯酒,西出阳关无故人"。参赛选手分成两组,一边一组,有一个吟唱的,比如说"渭城朝雨浥轻尘,客舍青青柳色新"在上一组吟唱的时候,知道下句的人马上把那个牌抽出来,看谁前面的牌先抽出来,就表示胜利了。

所以那个时候我写了那篇文章,就是说,如果能让小朋友有一种游戏和比赛的兴致,不是枯燥、死板地背诵,也许更能够提高他们的兴趣。而且我也提倡,不要死记硬背,要学习用诗歌的平仄调子来吟唱。可惜我年纪太大了,没有精力做这样的事情,所以我看到有《中华好诗词》

这样一个节目,能用游戏的形式传播诗词文化就很高兴。

我们中国古代一个大学问家叫荀子,他写过一篇叫《劝学》的文章,说如果学一个东西,"入乎耳,出乎口,口耳之间则四寸耳,曷足以美七尺之躯哉"。意思是说,耳朵听了嘴巴就背出来,耳朵和嘴巴之间只有四寸的距离,如果只是死记硬背,"入乎耳,出乎口",对你整个的人生有什么作用呢?

古人的那些名篇巨作,经过大浪淘沙,几千年流传到现在,那些诗词里边,他们的思想、感情、修养、志意,都是我们中华文化的瑰宝,所以我们不能只是死记硬背,要把它的精神、感情、思想、品格,跟我们融汇成一体。这才是我们学习诗词的真正目的。

诗歌是一种美文,它包括了形、音、意好几个方面,其中诗歌的声音,是非常重要的。所以我始终在提倡,不要死记硬背,要学习用诗歌的平仄调子来吟唱。我们中国的语言有一个特色,就是有"平上去入"四声。除了中国以外,不管是西方的英语、法语,还是东方的日文、韩文,他们没有这四声的变化。尤其是英文,它是拼音,我们说"花"是一个单字,单音节,他们说"flowers",是复杂音节。这种单音独体的语言,就是我们汉语的特色,所以当我们作诗的时候,要注意它的平仄和节奏,才能够有一个声调。而这个平仄的节奏和声调,不是古人生编硬派给我们的,它是自然而然形成的。所以《诗经》的语言大概是四个字一句,当时没有规定。《诗经》里边偶然也有五个字的、六个字的、七个字的、八个字的,不过大多数是四个字一句的。为什么?就是因为我们独体单音的语言,用最短的语言,是能够表现出节奏的,就是四个字一句。一个字没有节奏,两个字也没有节奏,三个字还是很单调,四个字就有一个仄仄平平、平平仄仄,总而言之,它有一个停顿的节奏。

《诗经》里边的第一首是《关雎》,"关关雎鸠,在河之洲。窈窕淑女,君子好逑。参差荇菜,左右流之。窈窕淑女,寤寐求之",两个字一个停顿,这样才有节奏。这个节奏,是我们中华民族语言基本停顿的节奏,所以不管是五言诗还是七言诗,原则上还是两个字为一个节奏。比如说"国破山河在"是二二一节奏;"相见时难别亦难"是二二三节奏,最基本的停顿韵律,就是两个字一个音节。连我们普通说话都是如此的。比如我们说"桌"就太单调了,要说"桌子";"椅"也太单调了,我们说"椅子"。所以,把语言的节奏定成两个字一个停顿,不是任何人强加给我们的,是我们中华民族语言的特色就是如此。

后来大家慢慢地发现,如果几个字都是同一个声音,比如"溪西鸡齐啼",你念起来都是同一个声调的,这样不好听,跟说绕口令一样,所以要有仄声来调配,还要有平仄声的变化。这不是别人强加的,是我们中华民族语言天生的特质如此要求。

普通话有四声"阴阳上去",阴平、阳平、上声、去声,这是普通话的声调。可是我们中华民族古代的语言里有一种入声字,现在普通话里面没有了,南方的广东和福建还保存着这个入声字。我在台湾教过很多年书,也在香港教过书,他们说闽南语或者粤语就有入声字。为什么北方的普通话没有入声字了?这是因为在中华民族绵长的历史之中,北方曾经发生过很多次战乱,大量外族来到中原,少数民族的人让他们学那些入声字比较困难,所以就形成了普通话。普通话英文叫mandarin。这种普通话为什么形成?我们中国古代科举制度,不管天南海北哪一省的读书人,都要经过科举考试,考中了以后到首都来做京官。朝廷上有广东人、广西人,也有湖南人、湖北人,如果大家说起话来,你不懂我的话,我不懂你的话,鸡同鸭讲,怎么办公呢?所以所有在中央政府、在首都做官的人,要说一种普通话,也就是mandarin。

古代各地方都有方言,李白有李白的方言,杜甫有杜甫的方言,李商隐有李商隐的方言,每个人都有他的方言。可是现在我们普通话里没有了这个入声字,李白、杜甫、李商隐,他们可都是按照字的平仄来写的诗,我们现在没有了,就少了原有的韵律。比如辛弃疾写过两句词"一松一竹真朋友,山鸟山花好弟兄"。"竹子"的"竹"是个入声字,普通话念"一松一竹"体现不出来。

从诗中还可以看出,诗人不光写诗,还要有关怀天地宇宙、关心爱物的仁心,这是做诗人的开始。所以诗是志之所至,草木鸟兽,它们的生长,它们的凋零,说"悲落叶于劲秋",强冷的秋风吹来了,诗人就悲哀了;"喜柔条于芳春",看见那柔嫩的枝条,在芬芳美好的春天成长了,他们就欢喜。所以诗人是要以天地宇宙万物为心,是要关怀所有一切的生物和生命的。

诗人之所以为诗人,诗人跟普通人之所以不同,就是诗人不是麻木不仁的,是以天地为心的,有一种仁爱的心,对于草木鸟兽都有一种关心,都有一种爱护。古人写的诗,对老百姓是表现出关心的。如杜甫的那一首诗《春夜喜雨》,描写的是春天的夜晚春雨下来了,他很欢喜。他说"好雨知时节",雨有好的有坏的,如果夏天下了大雨带着台风,泛滥成灾,那我们不欢喜这样的雨,好雨是按照应该下的季节下得恰到好处。所以杜甫说昨天晚上真是下了一场好雨,它下得恰到好处,应该下雨的时候它降下雨来了,说"好雨知时节","节"字是入声。"好雨知时节",好雨下在什么季节?"当春乃发生",它是在春天万物需要润泽的时候,就下了雨。"发生"就是下雨,有这样的雨降下来了,"发"字是入声字。好的雨、润物的雨,不是狂风暴雨,所以它润物,滋润万物的生命。但是它没有喧哗没有吵闹,跟一个人一样,帮助人,做了很多善良美好的事情,不需要宣扬,不需要喧哗。润物的功德,也要在那细微无声之中去完成。所以"随风潜入夜,润物细无声"。

杜甫也关怀百姓,下雨的季节老百姓会怎么样呢?他说"野径云俱黑,江船火独明",他关心远行的人、在山野之间行路的人,雨夜更加黑了,所以是"野径云俱黑"。"江船火独明",是指江上的船灯还亮着,灯光下面鱼虾蟹就在那里聚会,打鱼的人亮着灯光在打鱼。所以杜甫的诗关怀整个宇宙人生、各方面人的生活。春雨也滋生了春天美好的花朵,"晓看红湿处",破晓时分带着鲜红的颜色,带着湿润的雨滴,牡丹花开了,春天的花开了。"花重锦官城",是说四川的成都。成都之所以称为"锦城",因为那里江水非常美丽,织成的锦缎在水里边一漂洗,颜色更加鲜明。而且这首诗的音节,你要注意的是入声字,你要读对了才好听,不然的话不好听。诗有平仄,所以可以吟诵,我们刚才是读,现在我给大家吟唱这一首诗:

> 好雨知时节,当春乃发生。随风潜入夜,润物细无声。
> 野径云俱黑,江船火独明。晓看红湿处,花重锦官城。

我再读一首词,相传是李太白的作品,这个不可考。词牌的调子叫《忆秦娥》,词里边也有很多个入声字:

> 箫声咽。秦娥梦断秦楼月。秦楼月。年年柳色,灞陵伤别。
> 乐游原上清秋节。咸阳古道音尘绝。音尘绝。西风残照,汉家陵阙。

这是一首非常好的词。背诗背词,不是只看外表的字面,要懂得它里边所隐藏的深厚情意。不管是不是李白作的,这首词是写在唐朝由盛而衰的时期。贞观之治、开元盛世是唐朝的盛世,天宝之乱是唐朝的一大转折,经过了天宝战乱,长安沦陷,唐朝衰落了。这首词的作者,有很深的悲哀。

我们先说"箫声咽。秦娥梦断秦楼月"。为什么是秦娥跟秦楼呢?为什么要用"秦"字?有很多的原因。陕西的咸阳,原来是秦朝的都城所在,战国的时候秦国就在这里。而秦娥跟秦楼是有出处的。中国的诗词讲究有出处,每个字都有来历,为什么美丽的女孩子称为秦娥?为什么美丽的女孩子住的地方叫秦楼?只因为我们汉乐府有一首诗《陌上桑》："日出东南隅,照我秦氏楼。"说的是太阳从东南角升上来了,照在一个姓秦的人家的楼上。"秦氏有好女,自言名罗敷",秦楼上的女子秦娥,是非常美丽的女子。

中国的词从《花间》以来大都是写相思怨别,这首词看起来,也是一首寻常的写相思怨别的感情,可是李白写在天宝年间,这里边就有了深刻的意思,至少他的作品给我这样丰富的联想。他说你听到吗？那吹箫的声音,像哭泣一样的呜咽,那楼上的女子,每当月明的夜晚,就怀念远离的那个人。"秦娥梦断秦楼月。秦楼月。年年柳色,灞陵伤别","灞陵"是首都长安送别远人的地方。我所怀念的那个人走了,那个人可以是一个我所爱的男子,可以是我怀念的那个逃难到西蜀的唐玄宗,还可以是那个即位在西北的唐肃宗。我现在留在沦陷的长安,每年当杨柳绿的时候,就想到了朝廷和皇帝。当年玄宗盛世曾经被百姓拥戴过,可是我们的国家和朝廷已经不在这里了。"乐游原上清秋节","乐游原"是长安的一个高原,能看得很远。很多人都写过乐游原的诗,杜牧写过"欲把一麾江海去,乐游原上望昭陵",李商隐也写过"向晚意不适,驱车登古原",都是写登上乐游原的。"乐游原上清秋节",是写乐游原又到了凄清冷落的秋季;"咸阳古道音尘绝",是说从长安出发,在咸阳古道远行的那个人一直没有回来。玄宗到了四川,肃宗即位于灵武,朝廷和皇帝没有消息。"咸阳古道音尘绝。音尘绝。西风残照,汉家陵阙",在凄清冷落的秋天,在夕阳斜照之下,一阵秋风吹过,秋风吹到什么地方？残照照到什么地方？"汉家陵阙"。所以从最后的两句"西风残照,汉家陵阙"可以看出,这不是普通男女相思怨别的词,里边有对时代、对国家危乱的悲哀和感慨。所以读诗词,不只是"入乎耳,出乎口",只会背就算了,要知道它的声调,把它声音的美感读出来。你要知道一首诗写作的时代和背景,读出它的内容和深刻的情意来。

我只是给大家提供这一点小小的意见。你们节目办得很好,能够鼓励青年人背诵这么多诗词,非常好。配合节目出书,应该算是更进一步,通过对节目中诗词的深度解读,让大家不只是背诵,更能够理解诗词之中的深意,知道我们数千年来的那些伟大的诗人,给我们留下了多少宝贵的思想、感情,多少悠久的文化!

　　我九十岁了,教书也有七十几年了。从二十岁教书到现在,教过幼儿园的小朋友,也有六七十岁的老先生听过我的课,我真的是喜爱我们国家的诗词,这么多年支持我走过的也是诗词。我之所以九十岁还站在讲台上愿意给大家讲,就因为我觉得我们的诗词里边蕴藏着这么丰富美好的文化,我既然知道了,如果不讲出来,就上对不起前代的那些诗人、词人,下对不起未来的年轻人。所以我还愿意尽我的力量,但是我的能力有限,而且年岁不饶人,我只是尽人力听天命而已。

叶嘉莹 2014 年于天津

谢琰先生文集序

谢琰先生是温哥华市著名的书法家,也是对温哥华市的文化活动曾作出多年重大贡献的知名长者。最近他将出版一册文集,其中收录了自1969年直到今日四十五年间所发表的杂文共有64篇之多。谢先生嘱我为这一册文集写一篇序言,这对我而言,实在有一份义不容辞的情谊。

我与谢先生的相识就正是从1969年开始的。我当时因偶然的机缘应邀来温哥华不列颠哥伦比亚大学的亚洲系任教,系主任蒲立本教授与我一见面就向我介绍了亚洲图书馆藏书的丰富,可以说居加拿大全国之冠,特别是当时才收购到的一套蒲坂藏书,其中更有不少珍本古籍。我一向就是一个喜欢躲在图书馆里看书的人,听到这一番介绍,真是喜不自胜。于是立刻就跑到图书馆里去寻幽访胜,但一时间在幽暗的重重叠叠的书架行列中,实在找不到查书的门径,尤其是像蒲坂这样的珍本藏书,更是难以查到。在我的询问之下,于是就有一位极为热心的先生给了我很多的协助,这就是当年在图书馆中负责中文藏书的谢琰先生。谢先生为人诚笃热心,对中国文化有深厚的修养,每次我到亚洲图书馆看书,谢先生就会不惮其烦地把我所要看的书一部部地找出来供我阅读。

其后不久,谢先生结了婚,有一次邀我去他府上与他的新婚夫人相见。他的夫人施淑仪是香港中文大学中文系的毕业生,对古典诗词有浓厚的兴趣,而且系出名门,无论就其父系而言或就其母系而言,都是对古典极有修养的学人。不久后他们喜获掌上明珠,淑仪曾经一度专心理家育女。其后家务稍闲,淑仪遂来我班上旁听我的诗词课程。由赏读而创作,多年来所写的诗作已极有可观。1989年我自不列颠哥伦比亚大学退休后,虽然经常回祖国讲学,但每逢暑期炎夏,我总会回到温哥华来享受美丽而舒适的夏季。于是谢先生夫妇就往往邀集一些喜爱诗词的友人在家中聚会,要我去讲诗词。其后听众渐多,谢先生遂介绍我陆续到中华文化中心、岭南长者学院和加华作协各社团去讲授诗词。

而谢先生尤其使我感念的则是当天津南开大学要我创办一个传承中华文化和诗词的研究所之时,创业伊始,在一无所有的情况下,谢先生介绍我认识了关心中华文化之发展与传承的蔡章阁老先生。谢先生夫妇为此在他们自己的府上安排我去做了一次关于张惠言赠其学生杨生子掞五首《水调歌头》词的讲演。当时蔡老先生亲来谢先生府上听了我两个多小时的讲课,然后蔡老先生遂立刻做出决定捐出巨资给南开大学,与南开校方合资建成了中华古典文化研究所的办公教学楼。而这只不过是谢先生热心文化之精神在我个人所亲身领受到的一个实例而已。

谢先生对于他认识的每一位友人都是极为热诚而乐于给予协助的。关于这一点,我们只要对他的文集目录略加浏览就可以得到证明。自1969年开始,他陆续撰写了多篇对于华人画家和书法家的介绍。我们现在阅读这些记叙,就恍如看到了温哥华四十多年来的华人社会文化活动之发展的一部简要的史纲。在这些文字中,我们不仅可以看到谢先生对于友人的热情的关怀和协助,同时也可以看到谢先生对于书法及绘画的真知和爱赏。而这些文字既然都已经按照年代先后编入这一册文集之中,我现在就不再做个别的介绍了。

其次我所要谈到的则是谢先生在文集之后一部分所收录的他所写的一些使我更为感动和欣赏的有关人生之感悟的文字。首先是他对于"老"与"病"的一些超然的证悟。本来每个人都免不了会有"老"与"病"的经历,而只因每个人的心态不同,因此就有了不同的人生境界。我比谢先生虚长有十二岁之多,谢先生所写的对于衰老与疾病的感悟和超越,给了我不少启示和感悟。他所写的《一念:我怎样与癌症共存》《病中记》《病为良师》《寿者劫之余》以及《老得自在》诸文,都引起了我不少共鸣,也给了我不少鼓励。谢先生还曾经为我们在温哥华的一段交往的生活留下了一些极可纪念的文字。我非常幸运地在温哥华住家附近结识了一些对古典文化和诗词有同样欣赏情趣的友人。谢先生在文集中所写的《三鼠同心——〈独陪明月看荷花〉序》所记述的就是谢先生与施淑仪夫妇及陶永强与梁珮夫妇在我们一次结伴出游中,因偶然的灵感而促成的一次美好的合作。

此外谢先生在《陈风子先生最后的两张书法作品》一文之第二节中更记述了2006年他们夫妇邀我一同赴中山公园观赏并为园中的各处名胜撰写对联的往事。按照中国的传统,如果一处园林没有楹联的题写就如同画龙而没有点睛一样,将使整个园林中的景物都因之黯然失色。但当我们拟定了这些题写的楹联以后,却久久没有得到相关方面的支持。谢先生因为关爱温哥华这一处难得的华人文化的重要景观,曾经过多方不断的努力而终于完成了他的关爱文化的心愿。其中一副楹联是请陈风子先生用篆体书写的,而这一篇书法竟然已是陈风子先生所留下的最后一幅作品。谢先生在其《陈风子先生最后的两张书法作品》一文中,对此有详细的记述。谢先生在文字中所表现出来的他们的交谊、人品和风骨,以及谢先生对于文化和友人的关怀和热情,读后都使我深受感动。而这也正是谢先生这一册文集的整体特色和价值之所在。

谢先生的文章具在,我不过仅举出与我相关的几篇文字而已。相信所有读者读过这一册文集中的文章以后,都会因为谢先生在文字中所表现的修养襟怀而感动。

叶嘉莹 2014 年 7 月 10 日写于不列颠哥伦比亚大学亚洲图书馆

介绍六十七年前我所读到的反映当年时事的两套散曲

序 言

我是一个年逾九旬的老人,平生曾饱经战乱流离之苦。自去年(2014年)国家公订每年的12月13日为"南京大屠杀死难者国家公祭日",而且国家又连续表明了反贪腐的决心。这一系列的决策,使我想起了六十年前我在南京的《中央日报》副刊《泱泱》版,所读到的两篇写得极为真切动人的散曲套数。一套以【南吕·一枝花】一支曲子为开端,写的是在抗战后期,人民百姓在战乱中逃亡的颠沛流离之苦;另一篇以【正宫·端正好】一支曲子为开端,则写的是国府大员于胜利后,把接收变成了"劫收",上下贪腐,不到三年就面临了败亡的结果。前一套曲子写得情景真切哀感动人,使人读了可以深切感到"国家兴亡,匹夫有责","覆巢之下,无有完卵"的古训,激起每个人对国家安危的关切;后一套曲子则将当年国府上下贪腐的恶形恶状和人民百姓的激愤,写得嬉笑怒骂淋漓尽致,而且对元曲写作艺术之增减务头方言俗语,有着精熟的掌控能力。我在六十七年前读到这两套曲子时,真是颇有"惊艳"之感。所以曾经将此两套曲子剪存,一直保留到现在。只可惜近年来曲学没落,无论是在学府黉宫,或者是在诗词刊物上,都很少有人关怀曲学之研究和创作,我实在不忍心看到我们文化遗产中一些极为出色的作者和作品就此消亡,因此特为加以推介,希望这两篇内容与辞采兼胜的作品,得有重见天日的机会。

迦陵

2015年元月写于天津南开大学

附录　宗志黄散曲两套

南吕·一枝花

甲申夏长衡陷敌,余自渌口间道返桂,而桂柳又相继不守,余携家避难,凡三月有余始至金城江,宿于对江之六墟,穷山恶水,地少人居,食宿艰难,赀斧莫继,复遭疟累,匝月不痊,而大塘、怀远寇警频传,不得不西向河池。将行之夕,临墟眺远,四顾茫茫,道路之间,流民麇集,亲朋永隔,生死不闻,慨念平生,泫然泪下,因口吟【一枝花】【梁州第七】二曲。仲冬至贵阳,虽在疏散中,而喘息略定,始足成之。丙戌(按,当为"戊子"之误)七七为抗建十一周年纪念,回忆前尘,竟若梦寐,乃搜旧箧,得兵间散稿二十余篇,重为改正,庶较谐协。

一身归去难。四海飘流惯。十年肝胆尽,万里梦魂寒。蒿目时艰。独有愁无限。不教心暂闲。一重重急水荒山。一对对遥眉远眼。

【梁州第七】恰正是昏惨惨江空岁晚。冷清清日暮天寒。好教我低头不住连声叹。我只见车尘接路,人影遮山。前奔后赶。有去无还。一个个苦了脸怀抱着愁烦。皱了眉背负起艰难。急慌慌都不怕越卡穿关。乱滚滚皆不惜倾家荡产。苦凄凄全不顾露宿风餐。一番,两番,三番四次的逃兵难。一家家一户户尽分散。真的是不幸生当离乱间。血泪难干。

【隔尾】你看那流离道路的有千千万。他抛舍了家园个个单。异地相逢各长叹。茅棚儿半间。不能够动弹。挨过了今宵明日又趲。

【牧羊关】身世连云栈。肝肠急水滩。望天涯何日回还。这途路中几曾有半霎儿心安。顿教我一时间意懒。世乱忘生死,命贱惯饥寒。不怨精神苦,须知睡觉难。

【贺新郎】忆那年芦沟桥上溃洪澜。血洒满中原。气冲上霄汉。那长蛇封豕倾巢犯。只待要冲城撞阙,管甚么血海尸山。到处田园皆寂寞,无村鸡狗不伤残。盼煞人漫漫长夜何时旦。直恁的举国存亡毫发际,全家骨肉在死生间。

【草池春】我暗暗的抬头看。早纷纷的雨泪潸。哀哀的痛彻心肝。数千里烽火连番。七八载生灵涂炭。无日夜逃兵避难。成年岁东分西散。冲雨汤风冒寒。越岭爬山过涧。身上淌浆不干。不知是血是汗。走得筋疲力殚。不管手糜脚烂。直恁胡奔乱攒。那敢稍迟且慢。才得魂宁梦安。又要搭锅造饭。日日家家地摊。露面抛头都干。入晚人人泪眼。前路茫茫怎办。个个无家可还。处处他乡飘泛。多少人儿病翻。无药无医谁盼。死便几方木板。抛在山崖水岸。躲过兵追马赶。又怕临空飞弹。昨晚听他打鼾。今午已经遭难。恰才见他就餐。顷刻阴阳途限。天地都无阻拦。人命不知晨旰。不是孀单便鳏。自哭自悲自叹。谁不是有田有产。到落个无牵无绊。说不尽千难万难。这日子又何曾过惯。似这般天陷地坍。惨绝人寰。生不相干。死不相关。好伤心暴骨千山。流血重滩。相看。这身家性命无非幻。从古来一梦邯郸。平凡。我纵是不伤病残。也熬成皤发衰颜。

【隔尾】衡郴南去无鸿雁。桂柳西来少市阛。中夜迢迢望银汉。冷月儿半弯。慢腾腾下山。我几度思眠都合不上眼。

【骂玉郎】一心儿先到江南岸。风月好家山,年年不见梅花绽。书报难。情意懒。抛离惯。

【感皇恩】亲友凋残。父老悲叹。望青天,思故国,有无间。何时梦返。不奈心烦。风更寒。天将旦。泪汍澜。

【采茶歌】战云顽。定魂难。千村万舍血斑斓。这恶债何年得算还。我早历尽了辛劳艰险一番番。

【隔尾随煞】天边闪闪星犹灿。道上瀼瀼露未干。一宿匆匆又奔散。不知又是过那关、宿那山。只向着天涯没命儿赶。

钟馗捉鬼　戊子端午和冀野先生作

【正宫端正好】辞过了老阎王,拜别了诸神怪。落红尘痛扫妖霾。我只见乌糟糟一个乾坤袋。都不辨阴阳界。

【滚绣球】一家家贴桃符枉辟邪,一处处扎艾人空禳灾。几曾见有一日民安国泰。遍人间无地不雾锁云埋。高簇起血肉堆成的大货仓,脂膏糊就的深第宅。摆列着一尊尊凶神恶煞,逞威风直恁的似虎如豺。搞的个鹅飞水尽才如愿,地灭天诛始称怀。自筑坟台。

【倘秀才】更有那背时鬼胡思乱揣。本分汉痴期傻待。一个个眼望着青天呆答孩。由着那鬼精灵胡布摆。活罗刹强支排。两泪盈腮。

【滚绣球】不由我痛骂了一番将宝剑拔,却又早长叹了一声把脚步抬。看不尽乱纷纷魔营鬼寨。闹一场热烘烘怪病奇灾。我走遍了大大小小几座城,穿过了长长短短无数街。好教我老钟馗失颜落色,对群魔倒做尽痴骏。似这般败纲坏纪从来少,把那些世道人心彻底埋。大伙儿只要钱财。

【倘秀才】只见他显神通为非做歹。装模样左摇右摆。昧着良心胡发财。全没些人气息,不枉你鬼胞胎。卖弄你王牌。

【滚绣球】见如今好人也懂爱钱,傻瓜也学做乖。便是那精穷汉,干功名也不曾草芥。他喜孜孜做黄粱苦费裁。划都只为无官想做官,做官好敛财。也顾不得断宗绝代。拿着把铁打的算盘还不服烧埋。这莽乾坤直丧尽元阳气,教孔夫子出来也做不开。只落的哭哭哀哀。

【倘秀才】他有那填不尽的穷坑教人喝彩。料不到的阴谋令人失色。只可怜那穷百姓何辜受祸灾。他眼巴巴渴望着河清见,又谁知乱糟糟撺进个恶魔来。月值年该。

【滚绣球】你搽着个鬼脸儿公然做座上客。全没些人样子看似天下才。笑杀人那一副尊容是什么仪态。你压根儿倒身世清白。你懂的是刮地皮发外财。全不管别人家成败。把他们那湿皮肉拌上你干柴。直搞到民穷财尽犹无足,可知道世乱年荒也可哀。你少得胡来。

【呆骨朵】不由得我骂得个心头怒起生毒害。也是你天数合该。苦尽甘来。冤消业解。我一皮鞭早打破天灵盖。还了你脓血债。你再休夸法力高,我老钟馗也不嫌心地窄。

【倘秀才】我一双手左捆也那右捆。两只脚前踹得这后踹。杀得你走尽三魂和六魄。把你那贼禽兽都变做死尸骸。东倒西歪。

【滚绣球】你精唇莫讨饶,我怒气也不曾解。你从来夸下的心灵也那手快。到如今快与我货去财来。你把你流年小运排。今朝劫数该。你须知欠钱的还债。我跟前送命的消灾。把一座清平世界重扶起,直教你漆黑黄泉去撒乖。一表人材。

【叨叨令】你往常见了些金条银块便存心爱。棉纱布匹早低头拜。五洋百货盈车载。杂粮米面搬家快。如今在哪里也么哥,如今在哪里也么哥,直教你痛伤心物在人何在。

【脱布衫】你从今守规矩本分在泉台。再休要瞎打算满口儿胡柴。常言道青山易改。只怕你本性儿依然还在。

【醉太平】你分清楚那青红皂白。看明白邪正平侧。是必要小心在意细挑择。快些儿去来。鬼门关畔分憎爱。槐安国里看成败。北邙山下惜兴衰。猛回头吓呆。

【煞尾】你瞒神吓鬼做尽十分怪。昧地欺天的发了一世财。说什么名教纲常往脑后摔。说甚么天理人情向脚下踹。只要金银共财帛，那顾人家好共歹。你一家发不怜万户白。一人笑可知百姓哀。将人命条条紧着迫。把国脉根根都挤出来。你罪恶滔天死可该。国法如炉你躲不开。到我手中怎救解。也是你爱宝贪财把祸栽。我恨不的再揪住你头发托住你下颏，撕破你面皮剥开你两腮。打的你肉绽皮开血乱筛。叫不迭爷爷和奶奶。也不枉你祖上阴功葬得个好墓台。生下你这后代儿孙血糊了大院宅。我问你再有甚高明好计策。只除是换一付心肝再捏胎。把你那没天日的所在彻骨儿改。让老百姓安居无祸灾。共享升平万千载。

从漂泊到归来

我是1924年生人,差不多经历将近一个世纪了,是一个老人,现在我要讲的题目是《从漂泊到归来》,从我离开故乡北平,现在的北京,到我回来教书。我一生漂泊,现在回想从前,真是往事如烟,前尘若梦,很多详细的情况都追忆不起来了。不过幸而我有作诗的习惯,这让我随时内心有什么感动,常常用诗记写下来,我记写的都是当时我非常真诚的感情。

我1924年出生,那是清朝灭亡民国建立、各地军阀混战的时期。1925年的5月30日就发生了"五卅惨案",那时候日本在中国办了很多纱厂,对工人的待遇很不好,有些工人就要求加薪,日本人就把一个工人打死了,后来群众上街游行,引起了日本和英国的镇压,死伤的人非常多。1928年的5月3日,正当我们北伐的时候,日本人不愿看到我们国家的统一,就以保护日本侨民为借口,发动了战争,制造"五三惨案"。1931年发生"九一八事变"。1933年中日签订了《塘沽协定》,等于把我们华北所有军政的权力都让给日本人了。1937年又发生了"卢沟桥事变"。

今年是抗战胜利七十周年,我就是在这样的历史背景中走过来的。当时很多有志之士都希望能够从事有建设性的事业以复兴祖国,因为甲午之战我们中国海军溃不成军,至于空军更是一无所有,所以我的父亲从北大外文系毕业后就进入了当时中国第一个从事航空建设的机关——国民政府的航空署工作,后来改名叫作航空公司。当"七七事变"后,北平沦陷,天津沦陷,南京发生大屠杀,上海也陷落了,我父亲就一路随着国民政府退到重庆,而母亲带着我和我的两个弟弟在沦陷区北平。由于父亲多年没有音信,母亲忧伤患疾,到天津租界进行手术治疗,在从天津回北平的路上,母亲因术后伤口感染病逝在火车上。我从小就遭遇到国和家的各种苦难,母亲早逝,父亲杳无音讯,我和两个弟弟由伯父伯母照顾。

我对于外面的事情不大留意,幸而我有诗记下来,从我的诗中还可以回忆到当年的情景。1939年,我十五岁,写了《蝴蝶》这首小诗:

几度惊飞欲起难,晚风翻怯舞衣单。

三秋一觉庄生梦,满地新霜月乍寒。

当年我在北京的老家是一个大的四合院,方砖铺地,我母亲在我们西屋的房前开辟了一片小小的花池,夏天萤火虫、蝴蝶都在花丛中翩跹起舞。一个秋天寒冷的傍晚,一只小小的白蝴蝶落在院子中间地上后再也飞不起来了,我一个小女孩就蹲下来看了它半天,当时真的觉得生命是如此之短促,如此之脆弱。我也没有什么清楚的想法,就写了这首小诗。

1940年的夏天,我又写了首小诗《咏荷》:

植本出蓬瀛,淤泥不染清。如来原是幻,何以度苍生。

这首诗有一个引起我写作的动机。那个时候我的父亲已经多年没有音信,只知道父亲所在的地方国民党军队一个城一个城的陷落,而我的母亲已经去世了,我就想到人世间有这么多的战争、这么多的灾祸、这么多的苦难,我们都是在人生的苦海之中迷失了自己,我们不知道这苦难的一生有什么价值,我们来到世界到底该做些什么,反省些什么,什么才是我们人生的目的。

还有一个很巧合的事情,我出生在六月,在中国传统说法里六月的花是荷花,所以我的小名就叫作荷,我从小就对荷花有一种特别亲切的感觉。荷花从佛法上说,是一种救度的莲舟,而我们家里没有宗教信仰,所以我说"如来原是幻,何以度苍生"。我想我也是苍生中的一员,我们什么时候才能够被度脱?

我是关在大门内长大的,没上过幼稚园和小学,所以我在人群中非常羞怯,不敢跟人交往,所以上大学以后,很多同学四年没跟我讲过话。跟我常常在一起的是我高中的一个女同学,她也考入辅仁大学中文系,与我又成了大学同窗。我们两个在一起也不多说闲话,就是一起去辅仁大学的女校图书馆借书,我们在教室里她拿一本书我拿一本书,每到周末我们就背《诗经》《楚辞》,我给她背她给我背。我的老师顾随先生讲诗讲得非常好。我上了大学,顾随先生教我唐宋诗,有时就叫我们作诗。我从小就在家里作诗,我就把旧作抄了几张纸送给老师看,顾先生看了以后对这些诗很赞赏,这更加激发了我写诗的兴趣。有一天顾先生把我作的诗发回来,说都写得不错,想帮我发表,问我是否有笔名?我当时没有笔名,顾先生让我取个笔名,我突然想起有种鸟叫迦陵,想迦陵和嘉莹的读音差不多,我说就叫迦陵吧,我就有了一个迦陵的笔名。

1944年秋冬之际,我突然间想写律诗,就一口气写了好几首。第一首诗叫《摇落》,那是写秋天刚刚来的时候的景色。我写道:

高柳鸣蝉怨未休,倏惊摇落动新愁。

云凝墨色仍将雨,树有商声已是秋。

三径草荒元亮宅,十年身寄仲宣楼。

征鸿岁岁无消息,肠断江河日夜流。

我到现在读这些旧诗,当年的情景,就恍如仍然在眼前。我们家里有棵很高大的柳树,前两天蝉还在鸣,没想到一场秋雨一场寒,转眼之间盛夏就过去了,我就写了这首诗。

后来秋天越来越深了,我就写了五首晚秋杂诗。后来我将《摇落》和《晚秋杂诗五首》交给了顾随老师,老师读后,不仅一字未改,还以《晚秋杂诗六首用叶子嘉莹韵》和了我六首诗。这时候已入寒冬,我继而又写了一组诗,题为《羡季师和诗六章用晚秋杂诗五首及摇落一首韵,辞意深美,自愧无能奉酬,无何,既入严冬,岁暮天寒,载途风雪,因再为长句六章仍叠前韵》,其后顾随先生再和了我六首诗。

这组诗中,有一首我写道:

> 尽夜狂风撼大城,悲笳哀角不堪听。
> 晴明半日寒仍劲,灯火深宵夜有情。
> 入世已拼愁似海,逃禅不借隐为名。
> 伐茅盖顶他年事,生计如斯总未更。

后来有读者问我,你怎么这么年轻就写这样的作品呢?我是莫知其然而然,莫知其为而为,总之就是写了这样的诗。

第一句是写实,呼啸的北风吹得好像大地都要摇动了,那是1944年,是胜利的前一年,也是抗战最艰苦的一年。我们在北平,傍晚至深夜,就能听到日本人在街道上喝醉酒唱着歌,开着卡车呼啸而过,所以我说"尽夜狂风撼大城,悲笳哀角不堪听"。当时已经是抗战的后期了,有时有一些好消息传过来,但是毕竟战争还没有结束,我们仍然承受着苦难,所以我说"晴明半日寒仍劲"。

说到战争中的苦难,前两天我到北京去诵读了一套曲子,是散曲家宗志黄先生写的【南吕·一枝花】。我们说"南京大屠杀"是一个事件,慰安妇是一个事件,现在说起来好像成了历史的叙述,从宗志黄先生笔下你才能了解当时真实的状态。宗志黄先生在逃难之中写了这套散曲,记载了当时千千万万的老百姓流离失所的情形,其中写道"昨晚听他打鼾。今午已经遭难",你眼看着眼前的人一个炸弹来了,这个生命就没了,宗志黄先生真是把血泪的、流离的老百姓的艰苦都写出来了。我现在一直在提倡要把这套曲子印出来,编入中学的课本,让我们年轻人记住:我们的国家曾经有过这样的苦难,如果我们不奋发图强,苦难还会再来。

尽管外面是这样的战乱,但是我在沦陷区中关在自己的房间,还有一盏煤油灯,还有一炉火,我就还有光明还有温暖,我也就还有希望,所以说"灯火深宵夜有情"。后四句是说你身为人活在世界上,就该为人类做一些事情,你要做事就会有责任,就会有人批评指责,你要有这种担荷和牺牲的精神,你的心必须要有一定的持守。

我还写过一首诗,里面有一句诗,说"甘为夸父死,敢笑鲁阳痴"。夸父是追太阳的,我希望尽我的力量做一些事情,我当然也没有什么大的本领,没有大的学问,但我真的喜欢诗词,我从诗词里看到古代的诗人那种美好的心灵、美好的品格和操守。我觉得应该把我看到的这么好的东西说出来,留下去。我一直在教书,情不自禁。这么好的诗词,不让青年人知道,不但是对不起青年人,也对不起古人。我已经九十多岁了,还坚持站着来讲课,这也是对诗词的一种尊重。当然人总是会老的,我现在有点跑不动了,走路常常怕跌跤。我原来真是单枪匹马,坐飞机跑来跑去的,各地方去讲课。现在体力虽衰,但志意仍在。

我还写过一首诗是《转蓬》:

转蓬辞故土,离乱断乡根。已叹身无托,翻惊祸有门。
覆盆天莫问,落井世谁援。剩抚怀中女,深宵忍泪吞。

人生的流转,人生的命运,不是你能掌握的。我这个人,没有什么远大的志意,我从来不去主动追求什么,把我丢到哪里我就在那个地方尽我的力量，做我应该做的事情。

二十四岁有人给我介绍了一个男朋友。我天生就是个好学生，从初三到高三毕业，我一直是第一名，大学从二年级到四年级毕业，也是第一名，但是我从来没有争过第一，我只是觉得我应该尽我的力量把书读好。我的老师都喜欢我，不仅教我诗词的顾随先生喜欢我，中学时候一个教英文的女老师也喜欢我，这个女老师有个弟弟，于是这个老师就很热心地把我介绍给她的弟弟了。

1948年，我们结婚后，他在南京工作。转眼之间国民政府败退，当时我父亲是中国航空公司的人事科长，我先生在海军学校教书，他们都要随国民政府去台湾，所以我们就在1948年11月来到了台湾。到了台湾以后，我在彰化女中找到了一个教书的工作，1949年生下了我的大女儿。1949年圣诞的前一个晚上，我先生趁着圣诞的假期从左营来看我们，12月25日圣诞节的一早，天还没有亮，来了一群官兵，把我的房间都翻搜遍了，然后就说要把我先生带走，说他有"思想问题"。我不知道有什么事，当然我要探寻个究竟，所以我就匆匆忙忙地拿了一个小包袱把女儿的尿片、尿布装一装，跟他走了。那个时候台湾只有火车，而且是一站一停的慢的火车，我和先生上了火车。到了左营的海军军区，就有人把他带走了。我等了两天，什么消息也等不出来，后来我就回了彰化。第二年，我的女儿还没满周岁，彰化女中考完了学期考试放暑假，彰化警察局又派了一群人把女校长、我，还有另外一个住在那里的女老师，都带到警察局了。我到警察局一看，不只我们三个人，彰化女中的老师被抓了六七个，警察说我们都有"思想问题"，叫我们写自白书。后来警察局长看了我写的自白书，说这人真是不懂政治，就是教书作诗，就把我和我女儿放出来了，放出来我就无家可归了。所以我就投奔了我先生的姐姐家，他们家在左营，可以顺便打探我先生的消息。他姐姐家里也不宽敞，只有两间窄小的卧室，姐姐、姐夫住一间卧室,她的婆婆带一个孙女和一个孙子住一间卧室,所以到晚上等更深夜静,大家都睡了,我就拿一个毯子铺在他们的走廊上,带我女儿睡觉。你要知道,一个妇女,要等人家都睡了我才能睡,第二天早上要在人家都没起床以前,我就要把一切收拾干净,把毯子都卷好了。下午人家睡午觉,我女儿要哭闹呢,我就把女儿带出去。海军军区在左营,那是比台南还要更南的地方,烈日当空,我就抱着我的女儿在树荫下走来走去,这就是我当年的生活,所以我就写了《转蓬》,我说从漂泊到归来,这是我的漂泊。

我的诗说"转蓬辞故土,离乱断乡根",那时我们在战乱之中,真是身不由己,人飘落到哪里都不是自己的选择。离别战乱断了乡根,那个时候我们不敢和大陆通信,连家书家信都不敢写,完全没有一点故乡的消息。"已叹身无托,翻惊祸有门",是说我没有托身之所,灾祸无缘无故就降临了。"覆盆天莫问,落井世谁援",当时台湾白色恐怖非常可怕,你要是被怀疑有问题,你的亲戚朋友都不敢跟你来往。"剩抚怀中女,深宵忍泪吞",我在别人家里寄宿不可以痛哭流涕,只有自己把泪咽下去。

在这样苦难的日子里,我就常常做梦,总梦见我回了老家,回到我的故乡北京。有一天我做了一个梦,梦到我在教书。我一毕业就在北平做中学教员,我大概天生就是一个教书的,我本来教了一个中学,可学生喜欢我教书,就传说出去,就有第二个中学请我教,第三个中学请我教,连第四个中学都来请我教。我在台湾也是,教了第一个大学,然后就有第二个大学、第三个大学,广播电台都来找我教,所以我那个时候仍是在台湾教书。可我在白色恐怖中有了嫌疑以后,就没有资格去申请学校教书了。这是我当年所过的生活,我就梦见我回到北京,梦见我在北京教书,梦见我在黑板上写了一副对联:"室迩人遐,杨柳多情偏怨别。雨余春暮,海棠憔悴不成娇。"人在梦里作什么诗呀,脑筋糊里糊涂,梦里的诗通常是化用我以前读过的诗中的句子。"室迩人遐"出自《诗经》,是说你虽然住得很近,但是人很远,就像我梦到我回到老家的四合院,门窗都是关的,一个人都见不到。杨柳的柔条本来代表绵长的相思情意,因此古人才折柳送别。可是杨柳的多情,却总是在留别的时候被人折断送别的,所以"杨柳多情偏怨别"。1949 年的冬天我先生被关,1950 年我被关,我只有二十多岁,我真是"雨余春暮",经过了多少风雨的摧残,春天就走了,我的青春就走了,所以"海棠憔悴不成娇"。

那时公立的中学我不敢申请去教书,我在台南的私立光华女中有一个亲戚,他找到更好的工作空出了职位,说你去替我代课吧。我带着孩子需要一个宿舍,所以就到这个有教职员宿舍的女中教书了,在那里教书教了三年。1951 年我写了一首《浣溪沙》:

　　一树猩红艳艳姿。凤凰花发最高枝。惊心节序逝如斯。
　　中岁心情忧患后,南台风物夏初时。昨宵明月动乡思。

台南有一种给人印象特别深刻的树叫凤凰木,非常高大,很茂密的叶子,夏天在树顶上开出火红的花,非常漂亮。李商隐写过一首五言绝句:"春日在天涯,天涯日又斜。莺啼如有泪,为湿最高花。"李商隐一生都漂泊在外地的幕府之中,妻子儿女都隔绝了,他说我漂泊孤独在天涯,又是一天过去了,假如黄莺鸟有眼泪,会把眼泪洒在最高的花朵上,那是何等的悲哀。所以我说"一树猩红艳艳姿。凤凰花开最高枝",这是多么美丽多么高的花,却又是多么大的悲哀。我真是没有想到我经历了抗战的苦难,经历了漂泊流离的苦难,经过了牢狱之灾,所以说"惊心节序逝如斯"。"中岁心情忧患后",其实我那个时候只有二十多岁,可是我经过了那么多忧患,我的心情已经是中岁的心情。"南台风物夏初时",是说我眼前看到的是南台湾的景色,这不是我故乡的景色,北京没有这么高大的凤凰木。"昨宵明月动乡思",是说我昨天晚上看到天上的一轮明月,想到往事如烟,前尘若梦,当年在故乡的那些欢乐的时光永远不会回来了。

1952年,我写了一首《蝶恋花》的小词:

倚竹谁怜衬袖薄。斗草寻春,芳事都闲却。莫问新来哀与乐。眼前何事容斟酌。　雨重风多花易落。有限年华,无据年时约。待屏相思归少作。背人划地思量着。

我眼前没有选择余地,只能在这个私立中学教书,所以"莫问新来哀与乐。眼前何事容斟酌"。"雨重风多花易落",是说我一个二十来岁的女子,经过了这么多苦难,雨重风多,我这个"花"转眼就零落了。当年我的誓言、理想、追求都落空了,什么也没有了,所以"有限年华,无据年时约"。"待屏相思归少作。背人划地思量着",是说我已经把年轻时候那些作诗填词的理想愿望都抛弃了,可是你的感情、你的旧梦忽然之间就会回来,所以我梦里会作诗、会写联语,我白天不能做的事情就跑到梦里出现了。

后来,我先生出来了,证明他不是"匪谍",我也就没有嫌疑了。我当初在彰化女中教书的时候,有些在那里的同事,觉得我教书教得好,就把我请到台北的二女中去教书。我一到台北,台湾大学就也请我去教书,然后辅仁大学在台湾复校了也请我去教书,淡江大学也请我去教书,我都是不教书则已,一教书就会有很多所学校请我去教。我的生命都用在教书上了,我没有想过我会成为诗人,也没想过自己会成为什么了不起的学者。我喜欢诗词,也想把我对诗词的喜爱传给下一代的人,让他们真的能进到诗词里面去,不只是表面文字的知识,而是诗词里面的生命、理想、感情,所以我教了那么多学校。

后来开始有了电视,我是第一个在台湾电视上讲古诗的人,也在教育电台广播讲过《大学国文》。西方的汉学家,那时候到台湾来看见我到处在讲课,就有人邀请我出去讲课。密歇根州立大学与台湾大学有交换计划,台大钱思亮校长就说要把我交换过去。

去美国教书之前,台大安排我去补习英语。当时我在三个大学两家电台教书忙到什么程度,上午三节课,中午回家吃完饭,下午三节课,晚上吃完饭,夜间部还有两节课,星期六晚上还有广播的录音。我英文补习的课就在星期六的上午,当时英语补习班里都是三十来岁的年轻人,我大概有四十二岁了吧。那时用的课本是《英语九百句》,内容都是生活用语。教书的是一个美国来的女老师,她要求我们一定要背诵。我这个人从小就喜欢背书、背诗,我就很能背,后来结课时有人告诉我,我平均分是98分,是全班第一名。

光学完英语还不行,要出去之前,项目委员会派哈佛大学的海陶玮教授来口试,他口试完了以后就要把我邀请到哈佛大学去。但钱校长说不可以,他说我已经跟人签了约的,所以我就必须去密歇根州立大学。然后第二年哈佛大学就把我请去做客座教授。

前段时间有一个记者问我:过去的九十年里,如果让你重新再生活一次,你会选择哪一阶段？我说是在哈佛大学教书和研究的那个时期。

那个时候,我每天早上吃两片面包,一杯麦片,中午吃一个三明治,再买一个汉堡包作我的晚餐。海陶玮教授特别优待我,五点钟图书馆的学生和老师都走了,我一个人可以在四壁图书的图书馆里工作到任何时间,那真是我觉得最美好的时间。但我也不是只会工作,周末我的学生就会开着车带我到各地去旅游,带我去看漫山遍野的红叶,所以我最喜欢那时的生活。

到了暑假,两年的交换期满,我就要回台湾。哈佛大学的海陶玮教授就留我,说,你先生也在这里,两个女儿也在这里,而且台湾把你们关了那么久,为什么你要回去？但我坚持要回去,我说第一个我要守信用,我的交换是两年,台湾那三个大学、两家电台还在等我回去开学教课,我不能失信于他们。还有我八十岁的老父亲在台湾,我不能把父亲一个人留在那里。所以我坚持要回去。临走的时候,我写了《一九六八年秋留别哈佛三首》,其中一首写的是:

又到人间落叶时,飘飘行色我何之。
曰归杖自悲乡远,命驾真当泣路歧。
早是神州非故土,更留弱女向天涯。
浮生可叹浮家客,却羡浮槎有定期。

当时是9月,我从哈佛远东系要穿过一个广场,周围的树都开始落叶,而落叶归根,我又要归去哪里呢?所以说"又到人间落叶时,飘飘行色我何之"。我是留在哈佛,还是回台湾,还是回到我故乡北京?我当然愿意回到我的老家北京,但是1968年正是"文化大革命"的时候,我回不去,所以我说"曰归杖自悲乡远,命驾真当泣路歧"。"早是神州非故土,更留弱女向天涯",是说我回不去故乡,又把我的两个女儿留在美国。"浮生可叹浮家客,却羡浮槎有定期"中的"浮槎"是古人的一个传说,有一个浮槎每年来去,如期而至,而我却不知道是否能够再回来跟先生、女儿见面,更不知何时能回到故乡北京。

回台湾后,第二个暑假我决定带父亲一起离开。但相关办事处借口说我有移民倾向取消了我的旅行证件。于是我准备先到加拿大,然后再到美国。但我到了加拿大温哥华,却仍无法得到去美国的旅行证件。后来经海陶玮教授介绍,我就到不列颠哥伦比亚大学去任教。但该校的亚洲系主任要求我必须用英文授课,我只好硬着头皮答应了。我每天晚上查字典备课到凌晨两点,白天再讲课。我这个人也许天生有教书的天赋,我的文法也许不完美,发音也不完全正确,可是我就是用蹩脚的英语把诗歌的感动讲出来了。所以我授课以后,选修中国古典诗歌的学生越来越多,很快我就申请了一个助教。因为我要用英文教课,看作业,看考卷,慢慢地我的英文水平也被逼出来了,这并不是一件非常顺利的事情。可是在国外就算我教书学生们喜爱听,我也不能像在中国教书这么随性发挥,所以我就写了一首诗《鹏飞》:

  鹏飞谁与话云程,失所今悲匍地行。
  北海南溟俱往事,一枝聊此托余生。

在中国,我教书都可以随心所欲"跑野马",可是现在却查着英文生字给人上课,跟在地上爬一样。我之前在北平教书算是"北海",在台湾教书算是"南溟",这两个能用母语教书的地方我都离开了,只是为了生活不得已留在了异国。

后来中国和加拿大建交了,我想国家间都建交了我应该能回去了,1974年我申请回国探亲。回国后我写了一首长诗《祖国行长歌》,有一千八百多字,其中有一段写道:

  卅年离家几万里,思乡情在无时已。
  一朝天外赋归来,眼流涕泪心狂喜。

离开了我的故国故乡三十年,我在飞机上远远看见北京一片长街灯火,我想,那是不是我小时候常常来往的西长安街呢?当时我的眼泪就流下来了。那次探亲我见到我两个弟弟、弟妹,还有侄子、侄女。

1976年3月24日,我的长女言言与女婿永廷发生车祸双双殒命,我日日哭之。之前我去美国开会,曾沿途先到多伦多大女儿家,开完会又去费城看望小女儿家。那时候,我真的是内心充满了安慰,我想我这一生受尽了千辛万苦,现在毕竟安定下来了。但谁知就在我动这一念的时候,上天给了我惩罚。我的大女儿跟我大女婿,出去旅游开车出了车祸,两个人同时不在了。所以我就写了《哭女诗》十首。其中有一首诗是:

> 从来天壤有深悲,满腹酸辛说向谁。
>
> 痛哭吾儿躬自悼,一生劳瘁竟何为。

我辛辛苦苦地工作,主要是为了维持我的家,各种艰辛都受过了。可是经过那次大的悲痛后我忽然间觉悟了,把一切建在小家小我之上,这不是一个终极的追求,我要有一个更广大的理想,我决定回国教书,我要将古代诗人们的心魂、志意这些宝贵的东西传给下一代,所以我就开始申请回国教书。

很多人问我:"你是南开的校友吗?""中国那么多的大学你为什么跑到南开来?"我将用下面这两首诗来回答这个问题。

当时我决定申请回国,就开始注意国内的新闻,我看到一个消息:南开大学李霁野先生复出担任外文系主任。我之前就认识李霁野先生,我在辅仁大学中文系读书时,李先生是辅仁大学外文系的教师。他是我的老师顾随先生的好朋友,台湾光复后,曾经被邀请到台大教书,我在经历白色恐怖之前,曾在台大见过他。我马上给李先生写了一封信,说我现在正申请回国教书。李霁野先生很快给我回信说,你回来正好,现在祖国的形势一片大好,我们都在努力做一点事情。后来我写了两首诗:

> 却话当年感不禁,曾悲万马一时喑。
> 如今齐向春郊骋,我亦深怀并辔心。
>
> 海外空能怀故国,人间何处有知音。
> 他年若遂还乡愿,骥老犹存万里心。

我说我在这个时候也愿意回来,为祖国的教育尽上一份力量。

1979年我接到了当时教育部的一封信,批准我到北京大学教书。我回国后就给李霁野先生写了一封信告诉他我已回国。李先生一见这信就回复说你赶快来南开吧,南开更需要你。我就答应了,从此以后就与南开结缘了。南开师生对我都很热情,我讲课的时候,教室里坐满了学生,以至于我都上不去讲台。看到我们祖国的年轻人对中国古典文化有如此的热情,我真是非常感动。那时候我还没有从不列颠哥伦比亚大学退休,但只要他们3月底一停课考试,我马上就回到南开大学教书,至今已经三十几年了。

回到南开,我写过一首小诗:

> 萧瑟悲秋今古同,残荷零落向西风。
> 遥天谁遣羲和驭,来送黄昏一抹红。

我在南开住在专家楼,有一天我到马蹄湖边去散步,当时已是凉风萧瑟的秋天。诗中我问驾着"太阳车"的羲和是谁让他在傍晚荷花快要零落的时候,送一抹红的余晖照在荷花上?我小名叫荷,这句诗是表示能够回到南开教书,我非常感谢南开给我这个机会。

1993年,南开大学成立了中华古典文化研究所,并聘请我为所长。最初研究所没有办公室,也没有教室,更没有经费,只能借用东艺楼内一间办公室工作。后来,温哥华一位热心中华传统文化的实业家蔡章阁老先生,听说了这个情况,就出资二百余万元人民币为研究所建立了大楼。我在对蔡先生及南开校方表示感谢之际,也当即决定把我从国外所领到的退休金的一半十万美元捐给研究所设立了奖学金。研究所大楼于1999年正式落成,次年我应邀参加澳门大学举办的首届词学会议,会后宴请席上又得与澳门实业家沈秉和夫妇同席,沈先生即席提出要为研究所捐款,不久就从澳门邮汇过来一百万元人民币作为研究所购买书籍及设备之用。从此研究所的一切工作遂得顺利展开。

这两年海外又有朋友为我捐建了迦陵学舍,我真是感谢,尤其要感谢那些海外喜爱中国古典文学的朋友。现在我把我所有海外的录音、录像、研究资料都搬回来了,我希望自己还能够有短暂的余年,协助爱好诗词的学生朋友们把资料整理出来。

我再读一首我作的词：

> 又到长空过雁时。云天字字写相思。荷花凋尽我来迟。
> 莲实有心应不死，人生易老梦偏痴。千春犹待发华滋。

在中国古诗中，常用雁排成人字来表达对人的思念，而这种思念不应是小我的、私人的那一点感情，而应该是对国家、文化更博大的情谊。我知道我虽然老了，但对我的理想、感情还是有痴心。我相信只要有种子，不管是百年千年，我们的中华文化、我们的诗词一定会开出花结出果来的。

后来我们南开大学倡立了荷花节，我又写了一首绝句：

> 结缘卅载在南开，为有荷花唤我来。
> 修到马蹄湖畔住，托身从此永无乖。

我喜欢南开校园里马蹄湖的荷花，现在在各方的支持下，在离马蹄湖不远的地方建了迦陵学舍。我说我不要私人的住房，但我要一个讲学的地方，就像古代的书院，可以在里面讲学、开会、研究。现在差不多快要建成了，我很高兴。

这就是我的从漂泊到归来的故事。我虽然老了，但还是愿意尽我的力量把我们诗词的种子传承下去。谢谢大家！

（此文为叶嘉莹 2015 年 4 月于天津图书馆所作演讲的整理稿）

纪念我的老师孙蜀丞先生

最近我收到中华书局的一封来信,说他们与北京大学的陈苏镇先生搜集到了孙蜀丞先生的遗著数种,拟整理出来编订为《唐宋词选》及《孙人和文存》两种著作,于近期出版。因为知道我曾经从孙先生受教,所以希望我能写一篇文字,叙述当年的一些往事。我接到此一来信,真是欣奋异常。盖以我自1979年返国来南开任教之时起,就开始了对孙先生遗著的寻访。原以为这是一件并不困难的事,因为孙先生的女儿亮珍,原是我在辅仁大学时小我一级的师妹,而孙先生的爱婿高熙曾则是长我两级的学长。更听说,熙曾学长原来曾在天津师范学院任教,其后天津师院改为河北大学迁往保定,但一批师院中年长的教师员工则仍然留守在天津。当时有一位在南开大学任教的王双启先生与熙曾学长夫妇为多年旧识,于是我就请王先生带我去看望熙曾学长。谁知熙曾学长因脑溢血已在医院卧病甚久,语言失能,其夫人亮珍师妹则因为患有严重眼疾,已久不出门,也甚少与外界联系。于是,我想从他们夫妇二人那里寻找孙先生遗著为之刊印的愿望,就完全落空了。我为此曾一直感到深重的遗憾。如今幸得中华书局搜集到孙先生的遗著多种,并且即将于最近整理出版,对我而言,这当然是一件极可欣奋之事。

至于中华书局要我写一些当年从顾羡季与孙人和两位先生读书时的往事,我可以套用一句英国小说家狄更斯的话头来说,我在辅仁大学读书的时代,那既是一个极不幸的时代,也是一个极幸运的时代。就国家而言,我考入大学的1941年,当时的北平已沦陷有四年之久,那当然是一个极不幸的时代。当时的北京大学和北京师范大学等公立大学都已在日军的管理控制之中,有些原在这些公立大学任教的教师,其后因不肯接受日人控制竟至有饥馁而死者,即如当时原在北大任教的缪金源教授,就是其中最为著名的一个个例。本来当日北平原有两所不受日人控制的私立大学,一个是属于美国基督教体系的燕京大学,另一个就是属于欧洲天主教体系的辅仁大学。而自珍珠港事变以后,燕大就关闭了。于是在沦陷区中不受日人控制的遂只剩了一个辅仁大学。当时担任辅大校长的陈垣先生,是一位著名的史学家,不仅学识渊博,而且为人严正,坚持独立自主的风格,所以辅大的师生遂可以既在管理上不受日本的控制,同时在思想上也保持学术的自由精神,全然没有受到宗教干预。于是当年的辅仁大学遂得以邀请到许多望重一时的学者来任教。即如担任我们系主任和目录学教学的余嘉锡先生,担任我们戏曲史教学的赵万里先生,担任我们经学史教学的刘盼遂先生,担任我们文字学教学的陆宗达先生,就都是当时各专业中的杰出学者。而我个人则因为特别偏爱古典诗词,所以就对担任我们"唐宋诗"课程与担任我们"词与词学"之课程的顾随和孙蜀丞两位先生留有特别深刻的印象。

顾先生与孙先生两位老师,在教学方面有着迥然相异的两种风格。顾先生是天马行空,一无依傍,既没有课本,也不发讲义;而孙先生则编印有详尽的词学讲义,对于词之起源、词之体制、词之音律以至词之作法,各个方面莫不有详尽之介绍。顾先生是站着讲课,往往是稍微侧着身,右手拿着粉笔,口中是滔滔不绝地讲述,右手则随时在黑板上写下一些征引的材料和字句,而精神则似乎一直神游于他所讲的诗词的情意与境界之中,几乎完全忘怀了课堂中我们这些学生的存在;而孙先生讲课时的态度,则与顾先生完全不同,孙先生是一上讲台就端坐在讲桌后面的一把椅子上,面前摊开他编写的讲义,直面着台下的学生,双目炯炯有神,而且当他讲起词人的作品时,他的面部也随着词的内容有丰富的表情。给我们印象最深的,是当他讲温庭筠的《菩萨蛮》一词时,模仿女子"照花前后镜"的神情。两位老师都对我有很大的影响。记得二十世纪五十年代中,当我在台湾大学任教时,有外文系的几位师生办起了一份《文学杂志》,他们来向我索稿,我曾经应邀写了一篇题为《从李义山〈嫦娥〉诗谈起》的文稿,先是从此一首诗谈到了诗人的寂寞心,又从此寂寞心之一念,联想到了王国维的一首《浣溪沙》词和一首题为《端居》的五言古诗,又联想到了王维的《竹里馆》和一首题为《积雨辋川庄作》的七言律诗,全文都纯任感发和联想,而不曾作任何拘狭落实的解说。那时在台湾大学有一位担任"词选"和"曲选"两门课程的郑骞教授,是顾随先生的晚辈友人,他看了我这篇文稿后曾经对我说:"你文章的风格真是得了顾先生讲课的神髓了。"而其后当我于二十世纪六十年代在台湾的淡江与辅仁两所大学担任"词选"一课之教学时,除了讲授王国维与顾随两位先生所赏爱的晚唐五代和北宋小词及南宋之稼轩词以外,也对南宋的吴文英和王沂孙等人的长调慢词感到了很大的兴趣,早在二十世纪六十年代既写了一篇论吴文英词的文稿,七十年代又写了一篇论王沂孙词的文稿,其后于八十年代与缪钺先生合撰《灵谿词说》,我又曾分别写作了论吴、王二家词的多篇文字。而这两位词人,就都不是王国维和顾随先生之所赏爱,却是孙蜀丞先生之所赏爱。当我撰写论王沂孙词一文时,我就曾想到以前我早就听说孙先生写有论王氏《花外集》的文字,可惜我当年在海外一直未曾见到过。我对此曾深以为憾。这也是我何以 1979 年一回国就急于想整理和编印顾先生与孙先生两位老师之遗著的缘故。顾先生的遗著既已早由他的女儿顾之京编印出版了多种著作,如今又见到孙先生的遗著也已经有中华书局即将为之整理出版,欣喜之余,追怀往日大学时代追随两位老师读书学习时的种种情事,盖已有七十年以上之久矣,今日草写此文,真可以说是思潮起伏,欣慨交心。至于孙先生在学术方面之成就,则中华书局今所搜集编印之孙先生全部著作俱在,我在此就不更加辞费了。

此外,中华书局的来信中还曾问起我有无忆往之诗作,现在就抄录几首小诗在后面,聊以应命。其一是1979年所写的《赠故都师友绝句十二首》之中的一首追忆当年学词之作。诗云:

读书曾值乱离年,学写新词比兴先。
历尽艰辛愁句在,老来思咏中兴篇。

其二是2014年我参加恭王府海棠雅集时的感旧之作四首录二:

青衿往事忆从前,簧舍曾夸府第连。
当日花开战尘满,今来真喜太平年。

花前小立意如何,回首春风感慨多。
师友已伤零落尽,我来今亦鬓全皤。

2015年5月4日写于南开大学

附记:草写此一小文前曾蒙和希林博士影印了孙先生的很多资料给我,在此特致感谢之意。

"中国好书"获奖感言

我自1945年从辅仁大学毕业登上讲台,成了一名教师,至今已整整有七十年之久。作为一个教师我向来并无大志,对自己既从来未尝以学者自期,对自己的作品也从来未曾以学术著作自许。《〈人间词话〉七讲》一书侥幸获奖,我其实颇感惭愧。因为此一册书原来只是2009年为了纪念王国维《人间词话》问世百年,我应温哥华爱好诗词之友人的要求而做的一次系列讲演之录音整理稿。当日因时地之种种限制,所讲多有不足。而其实北大还曾出版过我另外一些书,像《清词丛论》等,里面也有关于《人间词话》的内容,读者可以参看。不过此书就内容而言虽并无新意,但它附有一张现场录像的讲课光碟,长达14小时以上,此则为前此诸书皆所未有也。

《一组四十六年前的书信》序言
——纪念一位未曾谋面的友人宋淇先生

宋淇先生（1919—1996）与我的相识，是从文字开始的。原来早在二十世纪五十年代，台湾大学外文系的夏济安先生与几位友人联合在台湾创办了《文学杂志》，这一杂志在当年的台湾文学界，产生了极为重大的影响，不仅引领了当时创作、批评和译介的风气，而且培养出一批杰出的小说家，即如台湾的名作家白先勇、王文兴、陈若曦等人，就都是夏先生的高足弟子，同时也是《文学杂志》的重要作者。宋淇先生虽然身在香港不在台湾，但他却是此一杂志的重要支持者，经常以"林以亮"的笔名发表作品。我当时已在台大中文系任教，同系有一位较年轻的同事叶庆炳先生，为人极为热诚，也经常为该杂志向中文系的师生邀稿。我也曾应他之邀，写过一些文稿，即如《从李义山〈嫦娥〉诗谈起》和几首咏花的诗，以及《从〈人间词话〉谈诗歌的欣赏》诸文，就都是在此一刊物中发表的。当时刊物中的作者也常有一些书信交游的往来，不过我个人则例外。一则是前此我曾经历过白色恐怖的牵累，所以格外谨言慎行；再则也因为家累极重，上有老父，下有两个幼龄女儿。而且因为当时许诗英、戴君仁诸先生都是我当年在北平辅仁大学读书时的老师一辈，他们后来做了淡江大学和辅仁大学的中文系主任，邀我去任课，难以拒绝。我每周几乎要担任三十个小时课时，除了教书及写稿以外，几乎没有任何的社交活动，因此与宋淇先生一向并没有任何往来。而谁知 1969 年之夏，我因为哈佛大学邀我赴美任教的证件手续未成,而临时留在了加拿大温哥华,却意外接到了向未谋面的宋淇先生远自香港寄来的一封长信。

宋淇先生这封信之用笔与用心,真可以说是写得委婉周至,极为感人。我当时应该是很快就给他写了回信。但在谈到回信以前,实在应该先简单说明一下,我是何以来到温哥华的,而我在温哥华的处境又是如何呢?原来我在台大任教多年,而且在淡江与辅仁两所大学兼课,工作虽然忙碌,却一直极为安定。1965年夏天,一次学生的谢师宴中,钱思亮校长突然走过来告诉我说,按照台大与美国密歇根州立大学所定的交换计划,他已签订了明年要把我交换到密大的远东系去教中国古典诗歌。匆促间我实在还没反应过来,事情就这样决定了。第二年夏天6月,该项目派了一个人来要给我们这些即将交换到美国的人举行面试。来给我们面试的人是哈佛大学远东系的海陶玮教授,谁知面试以后,海教授却立刻决定要邀请我到哈佛去。那时负责联系工作的是台大历史系的刘崇铉教授,刘教授提议要我去询问钱思亮校长能否改派他人到密歇根州立大学去。钱校长不予同意。于是哈佛的海教授就提出了一个折中办法:要我于6月把台大课程结束后,他就先聘我去哈佛大学做访问的学者,与他合作两个月后,再于9月密歇根州立大学开学时转去密大,在密大讲学一年后,不要延期就于1967年暑期再回到哈佛来,暑期中先做访问学人,9月开学以后做客座教授。这时我的先生与两个女儿都已经以眷属身份来到了美国。大女儿已经考入密歇根州立大学,小女儿在读初中。外子当时已年逾五十,既不能再入学读书,也难以找到适当工作,但他以前在台湾时曾因白色恐怖被海军囚禁多年,所以当我两年后交换期满将要回台湾时,他坚持不肯回去,哈佛海教授也极为热心地挽留我,而我自己则坚持要回去。这一则当然是要对台大遵守交换的两年期限,再则也因为还有一位八十岁的老父在台,我不能把老父一人留在台湾。于是哈佛大学的海教授遂与我约定,明年再请我到哈佛来。第二年哈佛果然寄来了聘书，但是当拿着我父亲和我的证件到相关办事处去办理手续时却被他们拒绝了。于是海教授遂教我先到温哥华，再转去美国。当我到温哥华后再去提出赴美申请，也被拒绝了。而外子与两个女儿的生活和读书费用，我实在无法供应。就是在此种困难中，经海教授的介绍，我临时留在了温哥华的不列颠哥伦比亚大学，而聘书则只是客座一年的短期聘约。至于所任课程则除了带领两个博士生以外，还要用英语给一个大班讲授"中国文学概论"。

就是在这种沉重的压力下，接到了宋淇先生这一封邀请我去香港任教的来信。想来宋淇先生很可能是听说了我的艰难处境，所以想给我安排一个去香港大学教书的机会，而他的信却写得极为客气而委婉。我当时自然对他十分感激，但因为我既有家累，所以就不得不与家人商议方能决定。我就把此种难处告诉了宋淇先生，于是他就又写来了第二封信。

我非常感谢宋淇先生和马蒙先生对我艰难处境的同情和理解，总之在我身负家累而来日茫茫然的困境中，宋淇先生与马蒙先生两位所表现的对我的关爱和理解，是使我极为感动的。

而另一方面则幸运的是，温哥华不列颠哥伦比亚大学的系主任蒲立本教授也十分关心我，那时不列颠哥伦比亚大学的学生，不仅两个研究生对我的指导极为满意，就连我用并不高明的英语所教的大班选修课的学生，对我的教学也反应极好。本来这班学生一向只有十几个人来选修，我任教以后竟然增加到五六十人之多，所以蒲立本教授遂于学期结束前，就向我表示了将于下一年改聘我为终身教授的意愿。哈佛的海陶玮教授听说此一消息，也支持我接受不列颠哥伦比亚大学的终身聘任，因为如此就确定了我可以留在北美，也确定了我每个暑期可以去哈佛与他合作研究。于是我立刻就给宋淇先生写了一封信，说明了我的情况,并且给他寄去了两份最近出版的《哈佛大学亚洲研究学报》的抽印本,其中所刊印的就是我的一篇论吴梦窗词的论稿,由海教授与我合作英译,一份送给他,另一份请他代我转给港大的马蒙教授,表达我未能应邀赴港的歉意。信寄出后过了些时,没有收到他的回信。我原以为我接受了不列颠哥伦比亚大学的聘任,因而不能去港大任教使他感到失望了,谁知不久后我就又接到了他的一封极为热心诚挚的回信。他不仅对我接受了不列颠哥伦比亚大学的聘约完全谅解,而且信中表达了对我的极大的期待和鼓励,说:

  如果你能像目前这样继续写下去,并且能不停和现代英美诗歌和文学批评接触,相信将来一定会集古今和中外之大成。这并不是我一个人的意见,而是我们整个朋友(圈)私底下常常提及的话题。……你在任何地方,任何学校授课都是一样,反而成为次要的问题了。遥祝

  一切顺利并安好。

宋淇　书
二月廿七日

宋淇先生的宽宏大量处处为友人设想的情谊确实使我十分感动,赴港大任教之事虽然未能实现,而我们之间的友谊不仅未曾因此而疏远,反而进入了另外一个合作的阶段。

宋淇先生实在是一位非常热爱文学与艺术的人,时时刻刻都为文学与艺术做着方方面面不懈的努力。不久后他就在香港创办了《文林月刊》。其后,向我提出了要出一期介绍我的专刊,向我要了一些照片,于是就在1973年6月出版的一期刊物中发表了一篇专访的文章,共七页,登载了我一些照片和几册我的著作的封面,还有我的老师顾随先生早期写给我的一封书信。而使我感到极为惭愧的,则是他还以

"余怀"的笔名写了一篇题为《新学者写旧诗》的文稿,竟把我和陈寅恪与钱锺书两位前辈学人并列,说我们之写作旧诗"其目的并不在娱人而在娱己"。我虽不敢与前辈学人并列,但宋淇先生所说的我写旧诗只是自娱的特点,倒是不错的。

其实,就在宋淇先生编《文林月刊》的同时,他还编了另外一份投注了更多心血的刊物,那就是闻名于翻译界的《译丛》(Renditions),当宋淇先生创办此一刊物时,也曾与我有多次书信往来,在1979年《译丛》出版了第11期与第12期合刊本的词学专刊,其中收录有缪钺先生的《谈词》及论柳永词十三首、论欧阳修词二十一首,顾随先生的《说东坡词》,还有我的《说晏殊词》诸篇,就都是我所提供的。在宋淇先生的来信中,他所表现的对于《译丛》之组稿审阅的用心之细密,字里行间所流露的一份对词学和译事的心血的投注,以及其见解之超卓,都使人极为钦仰感动。

宋淇先生的书信,我一直保存,其为人与为文的诚挚都使我极为感动,但我们却从来未曾有一面之缘。原因很多,其一是因为我当年曾经历过白色恐怖的牵累,在台湾时几乎从来不参加任何文化或作家们的聚会活动;再则也因为我当时的课业负担极重,每周每日,甚至夜间都排满了课程,因此既无心也无暇再参加任何社交的活动。其后远赴加拿大教书,每天要以英文讲课,而且在国外家中没有佣人,除课业外,还要忙于家务,更少交游。但我对宋淇先生的高情雅谊一直十分感念。其后在二十世纪九十年代我有一次因事途经香港,想去探望他,托友人联系,友人告诉我说,当时宋先生在病中,所以未能安排与他相晤。2003年香港城市大学邀请我讲课一学期,在香港有较长的停留,而那时宋淇先生已经不在了。未能与他相见一面,这一直是我的一件憾事。最近,整理旧日文件,又见到宋淇先生的这批书信,有一位热心的友人给这批书信做了电子版扫描,并提出愿介绍给《明报月刊》发表。宋淇先生与我虽未曾有一面之缘,但宋淇先生之对人对事的热心与"抱病坚持"的精神,一直使我深为感动。如今我已经是年逾九旬的老人,重新检视这些书信,不胜感慨。现在既蒙《明报月刊》愿将宋先生这十二封信全文刊载,因特写此小序,略述其原委如上。

(刊于2015年10月《明报月刊》)

要见天孙织锦成

——我来南开任教的前后因缘

诸位听众、诸位朋友：

我今天要讲的题目，不是古典诗词，"要见天孙织锦成"本来只是我的一句诗。"天孙"，就是传说中的织女，织女之所以叫织女，是因为她能够把天上的云霞织成美丽的云锦。我曾经把自己比作一条吐丝的蚕，说是"柔蚕老去应无憾"——我从小热爱中国古典诗词，到现在已经教了七十年古典诗词，虽然今年已经九十二岁了，却从来没有停止过教书。我自己就像一条吐丝的蚕，我希望我的学生和所有像我一样热爱古典诗词的年轻人能够把我所吐的丝织成美丽的云锦。因此，我用了我诗中的句子"要见天孙织锦成"来作我今天讲演的题目。

我的副标题是"我来南开任教的前后因缘"。因为经常有人问我："你是天津人吗？"我说不是。又问我："你是南开的校友吗？"我说也不是。"那么，中国那么大，学校那么多，你为什么选择定居在天津的南开大学？"这个问题一言难尽，所以我今天在这里要讲的，就是我来南开任教的前后因缘。

因缘这个事情是非常奇妙的。我前些日子在南开做过一个讲演，说的是如何赏读古人的诗词。我说《孟子》上说过："颂其诗，读其书，不知其人，可乎？是以论其世也。"李白之所以成为李白，杜甫之所以成为杜甫，苏东坡之所以成为苏东坡，辛稼轩之所以成为辛稼轩，都有他的一段因缘在。那常常是非常久远也非常复杂的事情。那么,我之所以终生从事了古典诗词的教学,我之所以成为今日的我,我之所以最后来到南开定居,自然也有一段因缘在。而这个因缘,我必须从最开始的源头说起。

首先要说的,是我出生的年代。我是 1924 年夏天出生的,在我出生以后,我们的国家都发生了什么样的事情呢?

1927 年 4 月,在我三岁的时候,有个叫田中义一的人当了日本首相,他召开"东方会议"发布了对华政策的纲领,那就是:怎样能够占领整个的中国,他们应该从哪里开始下手。

1928 年 5 月,在我四岁的时候,也就是田中发布纲领之后的第二年,日本出兵在山东济南屠杀了中国军民好几千人,这就是历史上所记载的"济南惨案"。

1928 年 6 月,日本在皇姑屯炸毁了张作霖的专车。——你要知道那时候中华民国虽然已经宣布成立,可是孙中山先生在他的遗嘱上也说过,"革命尚未成功"。当时遍地都是军阀割据,东北是由张作霖割据的,而日本占领中国打算从东北下手,所以就先炸了张作霖的专车,炸死了张作霖。张作霖被日本人炸死了,他的儿子张学良继任东三省保安总司令,决定东三省和热河易帜。他不再做割据的军阀,宣布拥护南京政府,也就是拥护当时的蒋介石。

1929 年 7 月,在我五岁的时候,发生了"中东路事件",其结果是张学良方面被迫在伯力签订了议定书,恢复苏联在中东铁路的特权。——这个伯力在黑龙江和乌苏里江交汇的地方,本来也是中国的土地,是在 1860 年清政府签订《北京条约》的时候割让给沙俄的。

1930 年,在我六岁的时候发生了"中原大战"。军阀阎锡山、冯玉祥、李宗仁联合起来挑战蒋介石,大战持续了好几个月的时间。

1931 年,在我七岁的时候发生了"九一八事变",到 1932 年,整个东北全境就都沦陷在日本的手中了。

我讲的以上这些事情,当时离我好像还比较遥远,我只是知道国家有这些事情发生了而已。可是到1937年的7月7日,我就亲身经历了"七七事变"。我的老家就在北平西城西单牌楼那一带,卢沟桥的炮声我们都可以听得到。然后北平就被日本人占领,日本军队的军车就进入北平了。

"七七事变"后日军相继占领了北平、天津。上海曾抵抗了一段时间,到1937年11月也失守了。于是日本人就从上海到了南京。1937年12月南京陷落,接着就发生了"南京大屠杀"。

对于"南京大屠杀"我虽然没有亲眼看见,但是1948年我结婚以后由于我先生工作在南京,我就也来到南京。我们曾在南京租住了一个民居的房子,听当地一位年长的人说,当年在南京的大街上到处都是被日本军队杀死的人,南京有一个湖都被死尸填满了。后来当我从加拿大回到南开大学教书的时候,有一天看到报纸上发表了一条新闻,说是日本现在说没有这件事情,因为在现在的南京地图上找不到这个湖。可巧的是,天津有一个我在辅仁大学读书时的同班同学,他有个特别的爱好就是保存古老的地图。他把他保存的一份"南京大屠杀"以前的地图拿给我们看,上边是有这个湖的。他说现在的地图上没有这个湖,那是因为大屠杀时死了这么多人,这个湖后来就被填平了。

"南京大屠杀"以后,相继就是武汉的陷落和长沙的大火。这些我虽然没有亲身经历,但是我父亲亲身经历了。我父亲是清末民初的人,由于清朝的积弱和列强的侵略,那时的年轻人都想着怎样尽自己的一分力量报效祖国。中国的海军在甲午一役中全都被毁灭了,至于空军则是我们从来没有过的。所以我父亲报考了北大外文系,毕业后就进了中国的第一个航空机关,叫航空署。他在航空署的工作就是翻译介绍西方关于航空的著作,以准备建立我们中国自己的空军。最近南开大学还曾有同学从民国的旧报纸杂志里找到过我父亲翻译和写作的好几十篇关于航空的文章。

"七七事变"之后，我父亲随着国民政府的军队节节后撤，和家里断绝了音信。我母亲和我以及小我两岁的大弟、小我九岁的小弟留在了北平老家。我那时候读初中，每天仍去上学，但是南京陷落的时候日本人逼迫我们这些学生上街打着红布标语庆祝南京陷落；武汉陷落的时候又逼迫我们上街庆祝武汉的陷落。记得那一年暑假开学时，老师要我们带毛笔和墨盒到学校，上课第一件事就是涂改原来的史地课本，把列强和日本对我们的侵略都涂掉。因为他们来不及重新编印新的史地课本，所以只能涂改旧课本。

我父亲是随国民政府撤退的，上海陷落时他在上海，武汉陷落时他在武汉。上海淞沪会战打了好几十天，父亲音信断绝，我母亲整天忧愁焦虑因而得了病。到抗战的第四年我父亲仍然没有音信，母亲的病一天比一天深重，内脏里长了瘤。

我家是祖居祖产没有分家，我们和伯父伯母一起生活。伯父说中医不会开刀，天津租界里有外国人开的医院，他们的外科手术要好一些。于是我母亲决定到天津开刀。我本想陪她一起去，但母亲说我刚刚考上大学要好好读书，不叫我去。我的弟弟们更小，所以母亲就叫舅父陪着去天津了。那时我年轻，很多事情还不清楚，后来听舅父告诉我说，是手术感染了，我母亲在天津一下子就病重了。在病重垂危时，母亲坚持要回北平，因为她不放心我们尚未成年的姐弟三人。那时候北平和天津之间还没有像现在这样快速的火车，结果我母亲是在火车上去世的。

以上我讲的，是我出生之后所处的时代的背景。下面我再谈谈我小时候的生活和我小时候所写作的诗歌。

我生在一个古老的家庭，我们家里面总是说，最重要的是学习做人,做人比读书更加重要。所以我小时候开蒙的第一本书就是《论语》。——这和后来的学校教育不同,我女儿出生在台湾,她上学回来大声念诵的课本是"来来来,来上学;去去去,去游戏",这个背下来对将来实在并没什么用处。而我小时候背诵下来的第一本书《论语》,是对我的平生影响最多最大的一本书。因此我一直主张趁小孩子记忆力最好的时候,应该背一些有意义、有价值的著作。前些时候鲁豫来访谈,曾问我说:"如果真能选择一个古人来跟你对话,你希望选择谁?"我脱口而出说我选择孔子。这是我的由衷之言,因为我从小就背诵了《论语》,《论语》对我的一生影响最大,如果有这种机会,我一定要跟孔子印证一下他所说的话应该怎样实践,哪些是可以实践的,哪些是不可以实践的,哪些随着时代的改变可以有不同的理解。这是一个很好的话题,可惜鲁豫当时没有接着这个话题问下去。

在开蒙读《论语》之前,在我刚刚学会说话的时候,家里人教我背诵的是唐诗。有一件事直到我长大了家里人还拿来和我开玩笑。我很小的时候背李白的《长干行》,其中有几句,"八月蝴蝶黄,双飞西园草。感此伤妾心,坐愁红颜老",他们就开我的玩笑说:"你才四岁,愁什么红颜老啊?"——我现在早已是"红颜老"了,可是我并不愁。因为在中国传统文化的熏陶之下,对于人生,我有我自己的理解和验证。

小时候我不止读李白的诗还读很多人的诗,因为我很喜欢像唱儿歌一样背诵这些诗。其中我就读了李商隐的一首《送臻师》:

> 苦海迷途去未因,东方过此几微尘。
> 何当百亿莲华上,一一莲华见佛身。

李商隐说,现在有多少人生活在苦难和战乱之中,而且每个人的内心也常常被私欲和利害的烦恼所占领,既不知道过去,也不知道未来,整个人类都在苦海之中迷失了自己。佛祖从西方传教到东方,经过了多少微尘的大千世界,而我们什么时候才可以看见在那百亿莲花的每一朵莲花上都能够出现一尊佛,也就是说,能够让每一个人都对自己的自私和愚昧有所觉醒,对人类自己制造了这么多悲哀痛苦的环境有所觉悟？后来我背的诗多了,就开始学着作诗了。其实作诗一点儿都不难,我在温哥华教小孩子们学诗的时候,有的小朋友就自己作了诗。我当年也是这样,我背过李商隐的这首诗,后来我伯父只是稍微指点了一下平仄,我就也作了一首咏莲花的诗：

植本出蓬瀛,淤泥不染清。

如来原是幻,何以度苍生。

莲花就是荷花,我家的院子里就有一个很大的荷花缸。小时候我经常去的北海和什刹海也有许多荷花。而且,我是在农历六月份出生的,六月是荷花的月份,我的小名就叫荷,所以我对荷花有一份特别的感情。在我国的史书上记载着有蓬莱和瀛洲等神山,那都是神仙居住的所在。人们常说荷花"出淤泥而不染"：什么东西都不能沾染到荷叶与荷花,风一吹一摇动,荷叶上所有的污垢和尘土就都跌落下去了。为什么会如此呢？现在有科学家说那是因为荷花的叶面上有一层纳米级的突起,他们说如果用纳米结构的面料来做衣服就不会沾染任何污秽。当然我那时候并不懂得什么纳米,我只是觉得,荷花、荷叶能够出淤泥而不染,那么它应该是出自蓬莱仙岛的。"如来原是幻,何以度苍生",这个世界有这么多愚昧自私的人,有这么多心怀恶念的人,怎样才能够使这个世界变好呢？——因为我们家没有宗教的信仰,说是只信孔子就好了——不过现在有的时候想一想也觉得很奇怪：当时我一个十来岁的孩子,怎么会有这样的想法呢？

我祖父在世时,我家的院子是方砖墁地,铺的都是很整齐的砖,祖父不许在院子里种任何植物,只能在荷花缸里养荷花,在花盆里栽种石榴、夹竹桃什么的。祖父过世后,我伯母和我母亲都喜欢花草,母亲就在我们住的西厢房窗下挖了一个池子专门种花。我那时在读中学,因为看到古人的诗里总是写松写竹,就从同学家里挖来一段竹根种在了母亲所开辟的花池里。竹子长得非常快,不几天就长成了很高的一丛。我小时没有从一年级上小学,而是在家里跟姨母读书。我是家里唯一的女孩子,我伯父也没有女儿,所以没有人跟我玩,我每天就只是看一看院子里的花草。我母亲在花池里种了很多的花草,夏天长得非常茂盛,可是一到秋天它们就都零落了,只有我种的竹子青翠依然。所以我就写了一首《对窗前秋竹有感》:

> 记得年时花满庭,枝梢时见度流萤。
>
> 而今花落萤飞尽,忍向西风独自青。

记得夏天的时候,我母亲和伯母种的花都开了,满院子都是花。有花草的地方就有萤火虫,我常常看见萤火虫在花的枝叶上飞过。可是到了秋天花草全都黄落凋零了,只剩下竹子依然茂盛,所以我说:看看你所有的同伴都凋零了,你怎么忍心自己一个人还青翠依然呢?一个人生在世间,你对宇宙、对人类有多少爱心?你自己又有多少自私和贪婪之心?这本是一些人生哲理的问题,我不知道为什么我在十五岁的时候就会想这样的问题。

总之我小的时候在家里是有一个很安静的读书环境的,所以我在一开始作诗的时候写的都是我在院子里看到的景物,看见花就说花,看见草就说草。可是刚才我也说了,我母亲到天津做手术开刀感染,在回京途中的火车上去世了。此前,我只看到花草植物的生存与死亡,但是现在我看到了人的生存与死亡,而且是我最亲近的母亲的死亡。所以那时我写了《哭母诗》八首。由于时间的关系,我只简单说开头的两首:

> 噩耗传来心乍惊，泪枯无语暗吞声。
> 早知一别成千古，悔不当初伴母行。
>
> 瞻依犹是旧容颜，唤母千回总不还。
> 凄绝临棺无一语，漫将修短破天悭。

当初我母亲不叫我陪她去天津，但我要是早知道是这样的结果，怎么会留下来不跟着一起去呢？母亲临去天津之前，因为快到重阳节了，还给我们买了重阳糕放在瓷罐子里，而我的母亲这一去就不再回来了！而且，这还不是最悲惨的事情。由于传统习俗是死者不可以再进家门，我母亲就被送到北平的一所医院。我的两个弟弟还小，我是最大的孩子，所以是我在家中找了母亲的衣服拿去亲手给母亲换上的。然后就停棺在嘉兴寺——不知道这个寺院现在北京还有没有。我觉得人生中最悲惨的事情，就是当棺盖盖上，钉子钉下去的时候。从此你与棺木中的亲人就人天永隔了。"漫将修短破天悭"，指生命的长短。修短是命，我母亲去世的时候，只有四十四岁。

然后，在我母亲去世一年之后，我们接到了父亲的一封信。这就是我那时候在一首题为《咏怀》的五言古诗中所写的：

> 昨日雁南飞，老父天涯隔。前日书再来，开函泪沾臆。
> 上书母氏讳，下祝一家吉。岂知同床人，已以土为宅。
> 他日纵归来，凄凉非旧迹。古称蜀道难，父今头应白。
> 谁怜半百人，六载常做客。

父亲的信是写给母亲的，开头写的是我母亲的名字，他还不知道母亲早已不在了。当时已经是抗战的第六年，我们不知道抗战什么时候才能胜利，而且就算到胜利的那一天父亲终于回来，他也不能看见母亲了。更何况父亲独自一人多年离家在外，他此时已经是将近五十岁的人了。

以上所说的，是我小时候在北京老家的生活经历和那时候所作的诗歌。我上了大学以后,跟顾随顾羡季先生读古典诗词,受到了很多启发。后来我就不只写那些短小的诗,也开始写律诗了。下面看一看我在那一时期写的几首七言律诗。我有一组诗的题目是《羡季师和诗六章用晚秋杂诗五首及摇落一首韵,辞意深美,自愧无能奉酬,无何,既入严冬,岁暮天寒,载途风雪,因再为长句六章仍叠前韵》,现在我们看其中的第三首:

> 尽夜狂风撼大城,悲笳哀角不堪听。
> 晴明半日寒仍劲,灯火深宵夜有情。
> 入世已拼愁似海,逃禅不借隐为名。
> 伐茅盖顶他年事,生计如斯总未更。

现在有的同学还看见过我保存的当年做学生时的作业,有些作业上边有我老师的批改。这五首《晚秋杂诗》和一首《摇落》虽然也是我交的作业,但顾随先生没有批改而是用原韵和了我的六首诗。——大家要注意,动词"唱和"的"和"字念 hè;形容词"温和"的"和"字念 hé。作为中国人,一定要对自己文字的特色有所了解。英语是拼音文字,它的词性变化在拼写。比如"I learn English"(我学习英语),这个 learn 是动词;"English learning is difficult"(学英语很难),这个 learn 加上 ing 就变成了名词;"he is a learned professor"(他是一个有学问的教授)这个 learn 加上 ed 就变成了形容词。而我们的汉语是单音独体的文字,没有 ing 和 ed 的变化,我们汉语词性的变化就表现在四声的不同。现在很多人不了解自己语文的特色,动词也这么念,名词也这么念,那是不对的。而且我还要说,我认为我们这种类型的文字比拼音的文字要好。因为随着时间流逝时代变化,人们说话的语音也有变化,世界上很多古老国家的文字都不再流传了,因而他们的古代文明也就不再流传了。只有我们中国这种形体的文字,才能够几千年流传下来直到今天。我们今天仍然能够看懂《诗经》《书经》《易经》，仍然能够读诵古人留下来的诗文，仍然能够写出像李白、杜甫他们所写的那样体式的诗歌，那都是因为我们的文字不是拼音而是单音独体的文字的缘故。这真是一件很幸运的事情。所以我们一定要注意在读音上把四声分辨清楚。

我的老师用我的原韵和了我的诗，那是在晚秋的时候，而现在已经到了冬天。我小时候北京冬天下的雪很大很厚，院子里堆起来的雪往往要到春天才融化，所以我在题目中说"既入深冬岁暮天寒载途风雪"。"再为长句"的"长句"，指的就是七言律诗，古人把七言律诗也叫作长句。——在说这首诗之前，我还要再插一句：写诗并不是一件很困难的事，像这首七律就是我不到二十岁的时候写的。现在喜欢写旧体诗的人也很多，你和我一首，我和你一首，要歌功颂德的时候就作诗歌颂一番，和朋友交往时就作诗唱和一番，学会了平仄以后，就把诗当成了一种应酬工具。这真是诗的堕落！你要知道，诗是"言为心声"啊，是你内心有了真正的感动才写诗。人有堕落，诗也有堕落。作诗如果都是些应酬文字，那还真不如不作。当年我和我的老师虽然是唱和，但那不是敷衍，我们都写的是自己，是"言为心声"，是先有诸中然后才形诸外的。

写这一组诗的时候是在1944年的冬天，虽然已是胜利前夕，但在后方正是抗战最艰苦的阶段。此时日本已经发动了太平洋战争，他们也处在战争最艰苦的阶段。"尽夜狂风撼大城"，当年的北平，整夜里刮着西北风，声音像哨子一样响，感觉大地上的一切好像都被吹得震动了。这是写实，但其实也象征了当时战争局面的险恶。"悲笳哀角不堪听"，胡笳和悲角都是代表战争的，我家的后边就是西长安街，经常听到日本军车呼啸而过的声音。"晴明半日寒仍劲"，当时美国已经参战，我们有了可能战胜的盼望，但胜利毕竟还没有到来，我们仍然生活在被日军占领的沦陷区。这写的虽然是天气,但也是时局。我母亲已经不在了,我父亲这么多年被战争阻绝没有回来。但就是在这狂风凛冽的夜晚,我屋里的一盏灯还亮着,炉子里还有一点火没有熄灭,这是希望。我的希望仍然存在,我等待着抗战的胜利,我等待着我父亲的归来。所以是"灯火深宵夜有情"。

后边这两句,其实我也不知道我当时还那么年轻为什么会说出这样的话:"入世已拼愁似海,逃禅不借隐为名。"一个人活在世界上能够处在平安、快乐和幸福之中,这是上天垂顾给你的一段处境。但是,你的自私、你的愚昧,会不会把这幸福与平安的环境毁坏掉?你看那些社会上的新闻和那些电视、电影中所反映的现实生活,包括父母、子女、婆媳、兄弟姐妹这些亲人之间,有多少自私自利的争斗!如果你想要不负此生,为人类或者为学问做一些事,你就必须要入世。可是周围有这么多苦难与不幸,你能够不被世界上这些痛苦和忧愁所扰乱吗?你能够保持住你内心本来的一片清明吗?所以我说,"入世已拼愁似海"。至于"逃禅"这个词,古人有两种用法,一个是从俗世间逃到禅里边去,一个是从禅里边逃出来。我这里用的是第一种。不过,有些常常说要逃到禅里边去的人其实是自命清高,有时候是自私和逃避。因为不沾泥,不用力,不为人做事,就永远也不会有过错,用不着承担责任。而我要做的是:不需要隐居到深山老林里去追求清高,我可以身处在尘世之中做我要做的事情,内心却要永远保持我的一片清明,不被尘俗所沾染。那时候我还不到二十岁,我并不能预料将来我有怎样的生活,不能预料我的下场会怎样。所以我说:"伐茅盖顶他年事,生计如斯总未更。"人,总要有一个住处,要盖一间茅草房作为遮风挡雨的所在。我说,那都是将来的事情,我现在并没有这个打算。这就是我对生活的态度,到现在我也没有改变这个态度。——不过最近,我的一些喜欢诗词的朋友们倡议为我捐款在南开大学建造一个老年定居之所,此事得到了南开校方的大力支持,现在已经建成了一个四合院式的兼居住、教学、科研为一体的建筑,题名为"迦陵学舍"。我非常感谢倡议和捐款的友人,更感谢南开大学的诸位领导。从此,我就可以不必再每年越洋奔波了。

  以上所说的,是我在上大学期间所经历的生活和所写的诗。那么前些日子鲁豫采访我,问我谈没谈过恋爱。我说没有。她不信,说没谈恋爱你怎么会结婚了?但我是真的没有像现在的年轻人一样谈过恋爱,因为我从小关在家门里长大,养成了很羞涩和不善于交际的性格。辅仁大学那时候虽然也有舞会等交际活动,但我从来不参加。工作以后进入社会,我也从来不参加交际活动。温哥华有位朋友访问台湾诗人痖弦先生,痖弦先生回忆说,二十世纪六十年代他在台湾一个电影院看电影,中间休息等候换片的时候看见一个女子站在那里好像空谷幽兰一般,影院里人来人往非常吵闹,可那人却像完全沉浸在自己的世界里,对周围的一切视而不见。他在心里数遍了在台湾社交场合所常见的女作家、女学者,从来没见过这个人。当时他心里想:莫非是叶嘉莹吗?访问者就问痖弦先生,当时为什么不过去打个招呼认识一下?他说,她的样子意暖神寒,我哪里敢冒昧去问!直到几十年后我在温哥华遇见痖弦先生,他才验证了这件事。那确实是我,我看电影也是独来独往的。

  那么我是怎样认识我先生的呢?我先生的堂姐是我的老师,他是在他堂姐那里看见了我的照片。正好我的一个大学同学的男友是他的同事,而我这个同学的父亲不久前去世了,她不能出来,就约我们这些同学到她家去聚会。我在她家里就遇到了我先生,他告诉我说,他的堂姐是我老师,还有一个妹妹是我同学。于是就开始交谈。聚会散了之后,他问我是否骑车来的,我说是的。他就提出要求说,他也是骑车来的,可以伴送我回家,就认识了我家的所在。以后他约了一个年轻人说是我弟弟的同学,经常来找我弟弟。那时我家南房里有个乒乓球台,他们常常一起来我家打乒乓球或下跳棋,有时也约我过去和他们一起玩。这样我们就认识了。他那时候在秦皇岛工作,却常常不上班跑到北平来,后来不知为什么就失业了,一个人在北平租了一个地方住,贫病交加。他的姐夫在南京海军的部门给他找了一个工作,他就向我提出要和我订婚,如果我不答应他就不去南京就业了。我认为可能是因为他不上班老是跑到北平来看我所以丢了秦皇岛的工作,落到如此下场,就答应了他。后来我们就在南京结婚了,不久又跟他去了台湾。

到台湾后,我在彰化女中找了个教书的工作,第二年生下我的大女儿。他常常从海军的左营军区到彰化来看望我们母女。大女儿刚刚四个月,我先生就因"匪谍"的罪名被逮捕了。因为那时蒋介石撤退到台湾,唯恐有共产党进来,看每个人都有可疑,任何人说话一个不小心就有了"思想问题"。我先生被关几个月之后,我教书的彰化女中连校长和我在内一共有六个老师也都被关起来了,我还带着我的吃奶的女儿。彰化警察局说,要把我们这批人送到台北的宪兵司令部。我就抱着不满周岁的女儿去见警察局长。我说我是个妇女,还有个吃奶的女儿,逃不到哪里去,而且我先生已经被关,我在台北没有亲人和朋友,万一我发生什么事,我女儿都没有人可以交托。在彰化我至少还有同事和学生可托,你要关就把我关在这里好了。后来他们看我果然不懂政治而且抱着吃奶的孩子,就把我放出来了。

我们这些从大陆随着国民政府来到台湾的人,大半都是军公教人员,我们有工作才有宿舍。我先生被关,他的宿舍没有了;我被关,我的宿舍也没有了。我虽然被放出来了却已经无家可归。没有工作,没有薪水,连睡觉的地方都没有。于是我就抱着吃奶的女儿投奔了我先生的姐姐和姐夫。他们在左营海军,住的也是宿舍,只有两间屋子,他姐姐姐夫住一间,她姐姐的婆婆带着孩子住一间。我每天要等大家都睡了,再在走廊里铺个毯子带着我女儿睡。这就是我那时候所过的生活。那时我写过一首诗,在白色恐怖的时候不敢发表,一直到若干年后在海外才敢发表的。这首诗的题目是《转蓬》:

> 转蓬辞故土,离乱断乡根。
> 已叹身无托,翻惊祸有门。
> 覆盆天莫问,落井世谁援。
> 剩抚怀中女,深宵忍泪吞。

"转蓬",就是飘转的蓬草。我离开故乡,就如同离开根株的断梗飘蓬一样,不但还乡无望,连和故乡通信都不能了。我和我的两个弟弟、我的伯父伯母、我的老师,都已音信断绝。若干年后,我老师的女儿顾之京教授整理出我老师的信札,其中有一封给我同学的信中说:"嘉莹与之英遂不得消息,彼两人其亦长相见耶?"我老师有六个女儿,之英是他最爱的一个。她的丈夫是空军,也随国民政府到了台湾。我虽然经历了这么多苦难但还是活下来了,而之英就在这苦难中死去了。我先生关了四年之后在1953年被放出来,这就证明了我们不是"匪谍",于是就有人介绍我到台北二女中教书。我们全家搬到台北以后,我才敢按照以前我老师给我的地址去找他的女儿之英。我找到了他们的空军眷属宿舍,她的邻居告诉我说,这一家人都不在了。先是妻子生病死去,然后她的丈夫带着三个孩子全家服毒自杀了。所以你们看,这就是我们当年"转蓬辞故土,离乱断乡根"的悲惨经历。

而在我先生被抓之时,如果你有"匪谍"的嫌疑就没有人敢和你来往。幸好有我的堂兄后来介绍我到台南一家私立女子中学教书,我才有了工作,也才有了宿舍能住。但时间长了人家看我一个人带着孩子,几年不见先生出现,都觉得很奇怪。我不能够跟人家说我先生被关起来了,因为那样这私立学校也不敢要我了。所以只能默默地承受别人

好奇的目光。当时我特别思念家乡,曾写过一首《浣溪沙》的词:

  一树猩红艳艳姿。凤凰花发最高枝。惊心节序逝如斯。
  中岁心情忧患后,南台风物夏初时。昨宵明月动乡思。

当时台南的火车站前马路两旁都是凤凰木,每年夏天开很多鲜艳的红花,这花开一次就是一年又过去了。一年一年看到凤凰花开,一年一年我的先生没有回来。所谓"中岁心情",其实我那时还不到三十岁,却在他乡遭到了这么多的忧患。现在我们大家都有电话,有传真,有微信,拿起手机就能跟海外的人面对面地讲话。而我们那个时候不但是没有这些东西,而且根本就不能和对岸通信,是完全的音信断绝。我们那时候的那种思念故乡的感情,可能是现在的年轻人很难理解的。我在台南的时候还写过一首调寄《蝶恋花》的词:

  倚竹谁怜衫袖薄。斗草寻春,芳事都闲却。莫问新来哀与乐。眼前何事容斟酌。 雨重风多花易落。有限年华,无据年时约。待屏相思归少作。背人划地思量着。

在那个时候,我实在没有任何选择的余地。我被抓之后失去了公立学校的教职,只能到私立学校去教书,对眼前的一切我只能默默地承受。如果说女人是花,我觉得我很早就凋零了。少年时代那些美丽的梦想我已经不再期待了,"待屏相思归少作"的"屏"字读 bǐng,是摒弃的意思。但是,夜深人静,有的时候突然间也会想起以前曾经有过的那些理想和梦想。

  那个时候,我常常梦见回到北京的老家,进去后院子里还像从前一样,但所有的门窗都是关闭的,所有的房间都进不去。还梦见像当年一样和同学一起去老师家,我的老师顾随先生住在离恭王府不远的后海附近,但在梦中走到后海的时候,那里的芦苇长得遮天蔽日,怎么走也走不出去。我还曾梦见我在课堂上给学生讲一副对联:

> 室迩人遐，杨柳多情偏怨别。
> 雨余春暮，海棠憔悴不成娇。

"室迩人遐"化用《诗经》上的话，"其室则迩，其人甚远"，说是房子虽然很近但人离得很远。古人有折柳送别的习惯，柳丝绵长，杨柳本是多情之物，但却总是被人们折去送别。春天将要消逝的时候，几场风雨过后，美丽的花全都零落了。这两句对联，真的是我梦中所得，不是清醒时作出来的。

我讲了这么多，还没讲到我为什么到南开来呢。时间已经很晚，下面我要快一点儿讲了。1953年我先生被放出来，证明我们不是"匪谍"了，所以我才能到台北二女中任教，我们全家搬到了台北。台湾大学立刻聘我去兼课，第二年改聘我为专任。我向二女中辞职，二女中要求我必须把我所教的两班高中学生送到毕业。两年后，我辞去了二女中的教职，而淡江大学和在台复校的辅仁大学都邀我去兼课。所以那一段时间我的课程非常重，你们都不能想象我那时有多少课：每天早上三节课是一个学校，下午三节课又是另一个学校，晚上夜间班还有两节课，每周还有电台的《大学国文》广播。那时在台湾你只要喜欢古诗词就会发现，各大学和电台广播的古诗词课程都是叶嘉莹在讲。于是，就有人请我到海外去教书了。其实我从来没有像现在的年轻人一样想过毕业后考博士或出国，我的一切都是被生活逼出来的。本来台大校长安排我交换到密歇根州立大学去教书，但到台湾来主持面试的哈佛大学海陶玮教授面试后也邀我到哈佛去。所以我去美国先在密歇根教了一年，然后在哈佛教了一年。我先生坚持要离开台湾，我就把先生和女儿也接出去了。等到两年交换期满，哈佛要我留下来，而我坚持要回台湾，因为我的老父亲还在台湾，而且当年邀我到台湾三个大学教书的都是我的老师，我在三个大学都是专任。如果暑假后我不回去给学生上课，怎么对得起那些曾经爱护过我的老师！所以，我决定回台湾去。

1968年秋离开哈佛时我写了《一九六八年秋留别哈佛三首》的七言律诗,时间不够,我就不讲了。

可是,我两个女儿在美国读书,我先生没有找到工作,我一个人在台湾教三所大学的收入也供养不了他们。所以我准备把父亲也接出来一起去美国。但相关办事处说,你先生和女儿都在美国,现在你又要接你父亲,这等于是移民了,当时就取消了我的申请。哈佛的海陶玮教授很热心,他要我换个新旅行证件先到加拿大然后再到美国。我依言办理,到了加拿大,依然不能办理赴美工作的通行手续,无法解决全家的生活问题。于是海陶玮教授就向他的朋友、温哥华不列颠哥伦比亚大学亚洲系的系主任蒲立本教授介绍了我的情况,问他们学校有没有机会。恰好那一年亚洲系有两个研究生没有人带,但是系主任说,你作为专任教师不能只带两个研究生,你必须用英语教大班的课。我的英文不好,平生从来没有用英语讲过课,但是那时候我已经别无选择,只能答应下来。于是我每天晚上抱着英文字典查生字到深夜,第二天早晨用英文去给学生上课,从那时起,我养成了每天晚上两三点钟睡觉的习惯,直到现在我还是如此。不过我这个人,不但好为人师,也好为人弟子。在恶补英文的过程中,我也常常去旁听西方学者讲的英国诗歌和文学理论的课。所以现在有人问我,怎么会用那么多西方理论来阐释中国的诗论,我当时其实是被逼的。因为在中国传统的文学评论中,什么严沧浪的"兴趣说",王渔阳的"神韵说",王国维的"境界说",概念都十分模糊,外国学生很难明白。你说严羽的"兴趣"就是 interesting 吗?它并不是那个意思啊。所以这又促使我读了很多英文的理论书籍。有的时候用传统诗论说不明白的,用西方理论就说明白了。

我在不列颠哥伦比亚大学教书不到半年就被聘为终身教授,于是我就在温哥华定居了。温哥华是个气候宜人的城市,但是我从来没有忘记过自己的乡国。每次我在课堂上讲杜甫诗讲到"夔府孤城落日斜,每依北斗望京华"的时候都会流下泪来。我的故乡在中国,古典诗词的根也在中国。但那时国内正进行"文化大革命",我是回不来的。就这样一直到二十世纪七十年代,中国和加拿大建交了。我才看到了希望,于是就申请回国探亲。第一次回国是在1974年。我非常兴奋激动,曾经写了一首很长的《祖国行长歌》,诗的开头说:

卅年离家几万里,思乡情在无时已。
一朝天外赋归来,眼流涕泪心狂喜。
银翼穿云认旧京,遥看灯火动乡情。
长街多少经游地,此日重回白发生。

在飞机快要到达北京时,远远看见一排灯火,我就想:那是不是长安街呢?因为我老家的后门就在西长安街。从这个时候起,我就开始流泪。后来我的一个辅仁大学同学告诉我,她第一次回国时,从广州坐火车到北京,她从一上火车就开始流泪,一直流到北京。这就是我们那一辈的思乡之情。

我心里有那么多的话要说,所以我这首诗写得很长,写了一千八百七十八个字。这个数目不是我算出来的,是北京大学的程郁缀教授算出来的。他说,白居易的《琵琶行》六百一十六个字,《长恨歌》八百四十个字,韦庄的《秦妇吟》最长,一千六百六十六个字,叶嘉莹的《祖国行长歌》写了一千八百七十八个字,是他所见的现在旧体诗中最长的一首七言歌行。[①] 不过我可以说,这一千八百多字完全是从我内心涌出的真感情,没有一句是虚情假意的门面之语。

我那次回来只是探亲,并没有教书。因为"文化大革命"还没有结束。而在1976年的3月,我就又一次遭到了不幸:我的长女言言结婚

[①] 程郁缀《在叶嘉莹先生从教70周年庆祝大会上的致辞》,《北京大学学报(哲学社会科学版)》2016年第1期。

不到三年,和女婿一起开车出去发生了车祸,两人同时不在了。那一年我从温哥华去美国参加一个亚洲学会的会议,先到多伦多去看了大女儿,然后到美国去看小女儿。在飞机上我心里想:我为这个家辛劳了一辈子,现在终于两个女儿都成了家,我以后真的可以安度晚年了。我甚至对我大女儿说过,我说你应该要个孩子了,如果忙不过来,过两年我退休了就来帮你带孩子。可是我就这么一动念,马上就发生了这件不幸。这也许就是上天给我的惩罚吧。我大女儿发生不幸后,我写了十首《哭女诗》,这里只录其中的三首:

其三

哭母髫年满战尘,哭爷剩作转蓬身。
谁知百劫余生日,更哭明珠掌上珍。

其四

万盼千期一旦空,殷勤抚养付飘风。
回思襁褓怀中日,二十七年一梦中。

其七

重泉不返儿魂远,百悔难赎母恨深。
多少劬劳无可说,一朝长往负初心。

我的大女儿在吃奶的时候就和我一起被关起来经历过患难,出事时她只有二十七岁。这件事给了我很大的打击。可是,有的时候人生如果不是经历一个最大的打击,就很难打破自己这个"小我"。我原来想的是跟所有的母亲一样,退休帮女儿带孩子,安享天伦之乐。可是现在竟完全落空了。那个时候我就想:我必须从痛苦中超脱出来,我还可以把我的一切奉献给我的故乡、我的祖国。所以,从1978年开始,我就申请回国教书了。那时国内正是"文革"之后百废待兴的时候,大学招生恢复不久,师资比较缺乏。大学老师每月的工资只有几十块钱。

因此，我自付旅费回来教书，不要任何待遇和报酬。后来我这样坚持了很久，一直到2000年我回来主持我的研究生毕业答辩，还是我自己出的旅费。

我刚回来时国家分配我到北京大学教书，后来又应李霁野先生之邀到南开大学教书。由于我那时候看起来显得比较年轻，教的又是中国古典诗词，所以有些人很不以为然。像范曾先生就曾说：南开大学真是崇洋媚外，从国外请一个女的来教中国古典诗歌！当然，后来范先生看了我的作品马上就改变了看法，还把我的《水龙吟》词写成一幅书法送给我。那个时候，我在加拿大还没退休，不列颠哥伦比亚大学每隔五年可以有一年的休假，如果没到五年要休假就要扣一半的薪水。但是从1979年开始，我就几乎每年都跑回来教书。

我是怎样跑到南开来教书的呢？这就涉及我和李霁野先生的一段因缘了。李霁野先生1941年到1943年在辅仁大学教过书。他本是鲁迅的学生，是反对旧诗，不作旧学的。可是他在他的文集的《总序》里说："在辅仁大学教课时，我抽暇读了些中国古典诗词。"[①]我的老师顾随先生虽然开"唐宋诗词"的课，但他是外文系毕业的，和李霁野先生是好朋友。我是从我的老师那里知道的李霁野先生。李先生后来回了他安徽的老家，不久又应许寿裳先生之邀去台湾编译馆当编纂。台湾"二二八"之后，编译馆被解散，他就到台湾大学做了外文系的教授。

说到这里我还要插几句题外的话。我的老师顾随先生当年也是很崇拜鲁迅先生的。鲁迅与周作人兄弟曾经用文言文翻译了一本书叫《域外小说集》，其中给我印象最深的有两个短篇，一个叫《谩》，一个叫《默》。它们使我知道，原来也可以用小说的形式来表现内心的某种抽

---

① 《李霁野文集》第一卷《总序》，百花文艺出版社2004年版，第7页。

象的情思。而且我的老师顾随先生也曾翻译过一篇俄国安特列夫的短篇小说《大笑》。说是有个人爱慕一个女子，但那女子对他并不感兴趣。有一天开化装舞会，他知道他所爱慕的那个女子会去参加这个舞会，于是这个人也要去参加。他就到租衣服的店铺去试面具和衣服，试了绅士的、工人的面具和衣服都不合适，最后就戴了一副中国人的面具穿了一套小丑的衣服——西方人认为，中国人的脸上是比较缺乏表情的——来到舞会上，人家看了他的化装都觉得很可笑，就爆发了一片笑声。他走到他所爱慕的那个女子面前想跟她诉说自己的感情，可是那个女子一见他就大笑起来。整个小说所描写的就是这样一个人人看见他都会大笑，而他自己的内心却在流泪的人。用故事的形式表现抽象的情思，这和我们过去所看的小说很不一样。《谩》《默》《大笑》这三篇小说对我影响很大，所以我后来喜欢奥地利小说家卡夫卡的作品。卡夫卡的《变形记》写一个人变成了一只大甲虫，他用这种荒诞的笔法所要说的其实是：当一个人能工作的时候大家对他是什么态度，当他不能工作的时候大家对他又是什么态度，包括他的父母和他的妹妹。不过我最喜欢的还是卡夫卡的另一篇小说《饥饿的艺术家》。他说有一个人不食人间烟火，也就是不吃饭。于是有个马戏团就把他当怪物放在笼子里，和狮子、猴子等动物一起展览。但是没有人相信他真的不吃饭，人不吃饭怎么活呢？他一定是在晚上没人的时候偷偷地吃。卡夫卡说，这个人实在是真的不吃饭，并不是故意造作，因为他吃了人间烟火的食物就会呕吐。可是所有的人都吃饭啊，谁也不会相信这个世界上真有不吃饭的人。这个故事也是抽象的含义：当世界上所有的人都贪婪都自私的时候，你说你不贪婪不自私，没有一个人会相信你。

现在我还回来说李霁野先生。李霁野、台静农都是鲁迅门下，而我的老师顾随和李霁野又都是外文系毕业的，是好朋友，所以1948年我随我先生去台湾的时候,我的老师就给我写信让我去看望他在台湾的朋友台静农先生、李霁野先生,还有郑骞先生。我和李先生在台湾大学见了一面之后,就到中南部的彰化女中去教书了。然后就经历了白色恐怖的那些事情。等到1953年我再次来到台北时,台湾大学已经人事全非了。台静农先生还在,李霁野先生不见了。他们告诉我说在白色恐怖的时候,李先生得到消息说有人要抓他,于是他深夜携家逃亡,经香港去天津,做了南开大学外文系的主任。那么,当1979年我回国在北京大学教书时,李霁野先生就给我写信,希望我能够到南开来。他在信中说:"十分希望你能来长期任教。……你系统讲讲文学史可以,选些代表诗文讲讲也可以,做几个专题讲座也可以。中、外文系都有研究生。"①在李霁野先生的文集里,还有题名为《赠叶嘉莹教授》的两首诗:

一渡同舟三世修,卅年一面意悠悠。
南开园里重相见,促膝长谈疑梦游。

诗人风度词人心,传播风骚海外钦。
桃李满园齐赞颂,终生难忘绕梁音。②

说起来也有点儿奇怪:李霁野、台静农两位当年都是鲁迅的学生,都曾反对旧传统,都写新诗不写旧诗,可是他们中晚年以后,却都不再写新诗而写了大量的旧体诗。台静农先生的诗集,还是他女儿请我写的序。这也足以证明中国旧诗的魅力之强大。

我来南开的时候,适逢"文革"之后恢复高考不久,学生们的学习热情特别高。我在南开中文系的阶梯教室里讲诗词时,不但所有的座

---

① 《李霁野文集》第九卷,第129页。
② 《李霁野文集》第三卷,第108页。

位都坐满了人,连阶梯上、窗台上、讲台上也挤满了人。现在在座的听众中,就有当年在阶梯教室听过课的学生。

后来,李霁野先生还曾在信中说:"你在国内讲学的成绩有口皆碑,是应得的荣誉。你不仅没有按劳取酬,还自己花了旅费,并向南开大学赠送了不少书籍。"①又曾说:"南开既然请你来任教,我希望你答应下来。"②关于李霁野先生,我现在说得比较简单,但我有一篇文章《纪念影响我后半生教学生涯的一位前辈学者李霁野先生》,收在我的《迦陵杂文集》里,大家可以参考。

在那之前,我从没来过南开,但我想可能是由于李霁野先生的缘故,南开的老师们都对我非常亲切热情。中文系主任朱维之先生那时已经七十四岁高龄了,我在南开讲课两个月,他几乎每次都来坐在第一排和学生们一起听课。中文系的鲁德才先生每次讲课都到主楼前接我。还有中文系的郝世峰、杨成福、宁宗一、王双启诸先生,对我都是一见如故,推诚相待。那次我在离开天津时曾写过《天津纪事绝句二十四首》,其中除了有两首是赠给李霁野先生的,还有好几首是赠给鲁德才等诸位先生的。由于我们讲座的时间有限,这几首诗今天就不讲了。不过我现在还要特别提起一个人就是陈洪先生,我当时没有写诗赠给陈先生,因为那时他还是中文系的研究生。但在那时候他就已经表现出了过人的干练之才,我离开南开时就是陈先生帮我收拾的行李,而后来当我开始办研究所时,陈先生更是给了我大力的支持。对于我办研究所的个中甘苦,陈先生可以说是知之最详的一个人。所以后来张候萍要出版她所写的我的访谈稿《红蕖留梦》一书时,我曾经特别邀请陈先生为我写一篇序。结果陈先生为我题写了两首诗,我答谢了陈先生

---

① 《李霁野文集》第九卷,第188页。
② 同上书,第527页。

两首诗。这距离1979年我第一次回南开临行前他为我收拾行李已经有三十年以上之久了。

还有一位需要提到的是范曾先生。1979年我回国教书,结束以后临走的时候南开大学送给我一幅《屈原图像》,就是请范曾先生画的。后来范先生还曾赠给我他写的字和画的画,还有一卷他吟诵诗词的录音磁带。我也曾为他的画册写过一篇序言,也收在我的《迦陵杂文集》里。其实不只范先生,还有不少名家,像赵朴初先生、饶宗颐先生、台静农先生、程千帆先生,都曾把他们的书画赠给我。这次我从温哥华回来定居南开,把这些书画都带回来了。以后我会把这些书画和带回来的线装书、善本书及一些英文书都留赠给南开大学。

我说我跟古典诗词结了不解之缘,这是没办法的一件事情。诗,真的是"有诸中形诸外","情动于中而形于言"。我国古代那些伟大的诗人,他们的理想、志意、持守、道德时常感动着我。尤其当一个人处在一个充满战争、邪恶、自私和污秽的世道之中的时候,你从陶渊明、李杜、苏辛的诗词中看到他们有那样光明俊伟的人格与修养,你就不会丧失你的理想和希望。我之所以九十多岁了还在讲授诗词,就因为我觉得我既然认识了我们中国传统文化里边有这么多美好的、有价值的东西,我就应该让下一代人也能领会和接受它们。如果我不能传给下一代,在下对不起年轻人,在上对不起我的师长以及所有古代那些伟大的诗人。我虽然平生经历了离乱和苦难,但个人的遭遇是微不足道的,而古代伟大的诗人,他们表现在作品中的人格品行和理想志意,是黑暗尘世中的一点光明。我希望能把这一点光明代代不绝地传下去。我曾经写过一首《浣溪沙》,词中有句云:"莲实有心应不死,人生易老梦偏痴。千春犹待发华滋。"因为我曾经在一份考古的报刊上看到过一篇报道,说是在古墓中发掘出来的汉代的莲子,经过培养居然可以发芽能够开花。所以我说,我的莲花总会凋落,可是我要把莲子留下来。那就如同我在讲演一开始提到的我的那首诗中所说的:"柔蚕老去应无憾,要见天孙织锦成。"

谢谢大家!

(此文系叶嘉莹2016年4月6日在天津大剧院的讲演整理稿)

谢琰先生手书淑仪夫人《鸣岐吟草》序言

我是一个终身从事诗歌之教学的教师,平生所读过的诗集难以数计,其中固亦不乏珍贵之手写本古籍;我七十年来教过的学生也难以数计,其中也不乏长于创作的诗人。而在此众多的诗集与诗人中,谢琰先生手书的这一册淑仪夫人的《鸣岐吟草》,对我而言其中却特别有一份殊胜的因缘。

说起我与淑仪的结缘,首先我就不得不先对谢琰先生表示一份衷心的感谢。原来早在 1969 年,当我初到温哥华不列颠哥伦比亚大学亚洲系任教时,谢先生正在亚洲图书馆之中文部门任职。我每次到图书馆查找参考书籍,谢先生总会给我热诚的协助,我虽衷心感谢,但当时却并无私交。其后,有一年我从外地讲学回来,听说谢先生曾去香港度假,已经与一位香港中文大学中文系毕业的施淑仪女士结为秦晋之好。而此后不久我就接到了他们夫妇的热情邀请,约我到他们新婚的府上去做客。我当时的印象,淑仪夫人是一位极为娇美灵秀的女子,但并没有深谈的机会。其后不久,淑仪生了一个可爱的女儿。她忙于持家育女,我忙于各地讲学,所以很长时间我们并没有进一步的交往。直到有一天,她忽然出现在我讲授诗词课的教室中。我那时教的是研究生的诗词课,研究生都懂中文,也往往要参考中文书籍,所以我就把课程安排在亚洲图书馆内的一间教室中了。当时正式的研究生人数并不多,教室中有些空位,于是就来了不少旁听的人士。所以当淑仪出现在教室中时,我也并未加以特别的注意。谁知几个月后,当第二年春季开学时,她竟然交来了两首七言绝句的习作。第一首题目是《早春》,写的是:

> 东风带雨夜方休,晓露轻匀翠萼羞。
> 喜听知更窗外唱,早春初上树梢头。

第二首题目是《早樱》,写的是:

> 二月春樱烂漫开,红云作浪染天来。
> 昨宵花雨红云坠,梦入乡关忆旧梅。

　　读了这两首诗后,实在使我大有惊艳之感。第一首的开端一句,一读就使我联想到了李商隐的"飒飒东风细雨来"之句,开口就写出了一份早春的感觉。次句"翠萼羞"三字,用一个"羞"字写初生的花萼,把鲜嫩的花萼写活了。第三句写树梢上知更鸟的啼唱,更是温哥华早春庭院特有的景色。至于第二首开端写温哥华春天樱花盛开的景象,更是写得灵动真切,像我这样在温哥华居住过的人,一闭眼就会感到淑仪所写的景物真是如在目前。如此声调谐美、语言灵动、意象真切的诗句,出自一个初次写诗之人的手笔,实在使我叹为天才。其后,我曾经问起过她是否曾经学过作诗,她告诉我说,以前在香港中文大学读书时,曾经有一位苏文擢先生讲过诗的声律,而且她在班上曾经写过两首绝句。可是离开香港中文大学以后多年来没有再接近过诗词。她说若不是听了我的课,她绝不会写这些诗的。从此,我与淑仪就结下了谈诗论词的深厚情谊。记得我少年时初学作诗,曾经有一位前辈给了我两句评语说:"诗有天才,故皆神韵。"我想,我现在是大可以把这两句评语移赠给淑仪了。

　　其后不久,他们夫妇恰好又在我家附近的一条街上买了一所房子,与我家距离极近。如果走路,也不过十几分钟的路程;如果开车,更是不到五分钟的车程。因此我们的交往也就更加密切了。及至我从不列颠哥伦比亚大学退休,有些朋友听课的热情不减。于是淑仪就主动提议邀我在周末的晚间到他们新居的客厅中去谈讲诗词。而也就是在他们府上谈讲诗词的短短的一段时日里,我却有幸结了一段殊胜的因缘。原来温哥华有一位极为热心于中华文化的长者蔡章阁先生,因为欣赏谢琰先生的书法而互相结识,谢先生遂邀请蔡先生来听我讲诗词,还向蔡先生提起了我在南开大学创办研究所时的一些艰窘的情况。蔡先生听了我的讲课后,遂慷慨解囊给了南开一大笔赞助,捐建了与文学院相结合的一所五层高的教研楼,题名为"中华古典文化研究所",并且在大楼中心之庭院中树立了一块巨大的碑石,其正面请谢先生题写了"天行健君子以自强不息"十个字的铭文,以作为对师生们的精神鼓励。关于此事,我在几年前为谢先生之《文集》撰写序文时已曾叙及,在此就不再重述了。而在我与蔡先生于谢府中相遇后不久,就因为来谢府听讲诗词之人日益增多,已非其客厅之空间所能容纳,于是他们夫妇遂又热心安排,邀请我到温市的一些文化会所去开设诗词的课程。本来我的讲课乃全出于个人之兴趣与友人之情谊,并不接受任何报酬,但其后为了租用场地和请人来录像,遂不得不对听众收取了一些费用。而听众之热情不仅并未减少,而且来者众多,一个百人的教室都坐满了,直到场地不能接受容纳才罢,不得不婉拒了后来的报名者。更使我感动的则是淑仪的热情好学。她不仅不辞辛苦地担负了许多联络安排的事务,而且她自己更把我讲课的录音全部收藏了起来。据她告诉我说,她在家中做家务时,就总是把我的录音放在旁边,一边做家务一边听。不仅如此,每次她与我开车外出,在途中如果我偶有所见所感,随便谈了一些与诗词有关的话,或者念诵了一些诗词的句子,她都记在心里,回到家中就立刻从她的手提袋中取出一个小本子来,殷殷追问,要把我在途中所说的话一一记写下来。所以,在她的诗集中所写咏的情事往往与我的生活有密切的关系,这从她的诗题中就可以窥见一斑。

即如她写的《温哥华陪侍迦陵师生活诗八首》就是一个明显的例证。在这一组诗中她所写的"佳期翘首",是她对于我讲课的期待;"花间同绕",是用张惠言《水调歌头》五首写师生互相勉学之乐;"杖履追随",是写她在我讲学时的伴随;"托身千载",是写我讲过的陶渊明《饮酒》诗中的"千载不相违"之句;"遗民心事",是写我讲过的陈曾寿的词;"野马心驰",是写我讲课时之喜欢跑野马;"迢递微波",是写我在讲诗词时对于前代诗人之"沧海遗音"的追溯。她对每一首诗都做了详尽的注释,所以当我阅读的时候,真是感到往事前情无不历历在目,内心中有无限感动。另外,她所写的《读先外曾祖张公其淦〈七十自述诗〉及〈七十生朝书怀〉有感六首》一组六首七绝等,也因为我与她曾经一同诵读过张公的这些诗作,所以读起来别有一种亲切的感动。至于她所写的《健步行》及《迦陵师住所后巷》诸作,根本可以说写的就都是我现实生活的种种情事,简直是为我写的"诗歌别传"了。她对我的情意之真诚与对我的生活之关切,在我平生所交结的朋友中真是无人可比。不过这些诗虽然莫不写得情真景切,使我读之有无限感动,但在她所有的作品中,我以为写得最有深度的实当推其题为《白头吟》的三首七绝。因为,淑仪的作品虽然也都写得情真景切,但却大都只是感锐情真的一些眼前情景的记述,但她所写的《白头吟》三首,则脱离了眼前的情景,而写出了一种内心中对人生的体悟。我认为这是她所有作品中最有特殊之成就的一组诗。以上可以说是我读诵她的诗作的总体之感受。

最后我还要对她的诗集之题名为"鸣岐"略加说明。原来"鸣岐"二字乃是她要求我为她取的一个别号,因为她的名字叫"淑仪",这原是极为典型的一个女性的名字,其出处盖来源于《尚书·益稷》之"箫韶九成,凤凰来仪"之事典,《尚书》之典原本是记写帝舜与禹及皋陶的谈话,谈话之后曾演奏音乐,有"箫韶九成,凤凰来仪"之记述,是说音乐美好,有凤凰之祥瑞。而一般习惯以凤鸟为女性之象征,所以女子常以"凤仪""淑仪"为名字。但淑仪不喜欢"淑"字之过于女性化,更不喜欢"凤仪"之联想,因此我就想到了另外一个"凤鸣岐山"的典故,那是记述周文王在岐山之时,因为有盛德而凤鸟出现的故事,把女性化之"凤"字、"淑"字都除去不用,于是就得到了"鸣岐"两个字。淑仪很喜欢这两个字,所以就把自己的诗集题名为《鸣岐吟草》了。

　　上面我既然已经记叙了我与淑仪交往的种种殊胜因缘,又说明了她的诗集之题名的缘起,现在我还想补叙一段关于她的先外曾祖张公其淦在诗歌方面的成就,用以说明淑仪之锐感灵心的诗才其来有自。

　　原来淑仪的外曾祖张公其淦乃是清末民初之际一位极有成就的诗人,张公生于1859年(清咸丰九年),广东东莞人,1892年(光绪十八年)壬辰科贡士,因病延至1894年(光绪二十年)补甲午科殿试,入翰林院。翰林院散馆,外放山西任黎城知县四年(1897—1900),因义和团之乱,受教案牵连而被罢官遣返原籍。张公再出任安徽提学使时,已是1910年(宣统二年)。辛亥革命后,张公避居上海,远离官场,潜心学术著作。著作中有《元八百遗民诗咏》八卷及《明千遗民诗咏》三编共计三十卷,咏叹遗民,亦自抒怀抱。辛亥革命推翻清廷建立民国,中国由帝制进入共和,这些被认为忠于前朝异族的遗民,便成为时代的落伍者。他们在孤立的困境中忠于自己的信念,不与当时混浊昏暗的环境同流合污,在强势的社会环境压力下,内心自有难以诉说的痛苦,因此遗民诗词充满人生无奈的悲凉与历史兴亡的感慨。2011年我曾经在温哥华做过一系列题为《弱德之美——晚清世变中的遗民心态》的讲演,淑仪也曾与我一同研读这些晚清遗民的诗词。我认为,他们的诗词实在写得好。淑仪挹仰其先外曾祖的气节与持守,写有一系列题为《读先外曾祖张公其淦〈七十自述诗〉及〈七十生朝书怀〉有感六首》的组诗,其中第四首写的是:"失群孤雁暮空悲,厉响思清影独飞。千载立身堪自贵,高松冷露挹澄辉。"其气骨之超逸俊拔,显然受有外曾祖的影响。可知家学传承冥冥之中固自有其不可忽视者在也。

最后我还要说明一点,就是我虽然一直是淑仪之诗作的第一读者,但却一直未能保有她的诗稿。因为她每次把诗稿交给我看时总是与我讨论完了就把诗稿收回,一向未在我处留存。直到去年夏秋之际的一天傍晚,他们夫妇邀约我到他们府上,向我展示了谢先生以工笔楷书亲手写录的这一册装订精美的《鸣岐吟草》。当时真是给了我极大的感动和震撼。因为我一般所见的谢先生之书法大抵以行草为主,殊不知谢先生原来对楷书积有深厚之工力。这一卷诗稿写得端整工丽之余更表现了一种秀逸之气,与淑仪之诗歌的灵心锐感中所洋溢的才情配合得如此之相得益彰美妙无双,实在可以说是世上手书诗稿中难得一见的珍品。

以上是我为此一集《吟草》所写的序言。而在此结尾之际我却还想借此机会对谢先生表示一种言之不尽的感谢。那还不仅是因为我平生所撰的联语题词,一切书法多出于谢先生之手笔,而更主要的是由于最近南开大学得到我的两位好友之赞助,在南开园中为我修建了一所"迦陵学舍",作为我的研读讲习之所,谢先生以工笔楷书为我题写了《迦陵学舍题记》的刻石。此一题记是我的学生汪君梦川所撰写的一篇骈体铭文,全篇长达700字左右,谢先生先请他的学生为其仔细度量,画出了端整的方格,而后更以一笔不苟的秀整劲健的楷书写录了全篇的文字。一气贯注,如美玉之无瑕,真可以说是一篇足以传世的书法极品,凡来学舍参访之友人及学者与书法家对之莫不称赏不已。夫《鸣岐吟草》一册乃为淑仪个人所藏之珍品,而此一刻石题记之为珍品则将为世人之所共赏与流传。我个人在迟暮之年既能得此安心讲学读书之所,更能得谢先生为之题写如此书法之珍品,真可谓古今难得的一大幸事。故于草写《吟草》序言之余珍重记之如上,以表个人对谢先生书写此一题记之深深的感谢。

纪念我的老师储皖峰先生

我是在1941年秋季考入辅仁大学国文系的。当时因为北京大学和北京师范大学都在日本人的控制之下,而著名的燕京大学也已经在珍珠港事变之后被关闭,所以一些不愿受敌伪控制的学者们,就大都集中到德国天主教所办的辅仁大学来任教了。校长陈垣先生是一位严正的学者,他主持校务既不受宗教的控制,也不受日伪的控制。因此当时辅仁大学的教师中,真可以说是人才极一时之胜。关于这些往事,我在以前所写的一篇《纪念我的老师孙蜀丞先生》一文中已经有所记叙。孙先生是担任我们"词与词学"课程的老师,而储皖峰先生则是担任"唐宋诗"一课的老师。不过我却并未得有真正做储先生学生的幸运,因为"唐宋诗"是大学二年级的课程,而我当时则只是一个刚刚考进来的新生,没有资格选修这门课,但因为我个人非常喜爱诗歌,所以就忍不住先跑去旁听了。而且事实上,我只在课堂上旁听过储先生一节课。记得那一天储先生讲的是宋代的苏轼和陆游两家的几首绝句①,先生讲课并不斤斤于字句之琐细的诠释,而是注重在诗人的风骨和才情。讲课的详细内容我现在已经记不清楚了,不过在听讲以后,我却曾把听

---

① 今日追思,储先生当时所讲授的,很可能是下面的东坡与放翁的两首七言绝句。录之以供读者参考。苏轼《澄迈驿通潮阁二首》其二:"余生欲老海南村,帝遣巫阳招我魂。杳杳天低鹘没处,青山一发是中原。"陆游《花时遍游诸家园》其二:"为爱名花抵死狂,只愁风日损红芳。绿章夜奏通明殿,乞借春阴护海棠。"

讲的感想和心得写进了三首小诗。现在就把这三首小诗抄写在下面：

低讽如闻落笔声，兴言啼笑自天成。

青山碧水崚嶒气，有客高歌咏不平。

自古诗人涕泪多，一腔孤愤写悲歌。

每吟舒望遥山句，始信文章挽逝波。

自是春花富艳妆，东坡五醉不为狂。

林梅陶菊谁堪并，合铸新辞陆海棠。

就听课的整体印象而言，则先生之风度是一位温文尔雅、纯乎纯者的学人。只是当时先生的双腿双足都极为肿胀，所以先生当年来上课时，脚下穿的乃是两只宽大的拖鞋。关于先生腿足之浮肿，当时有两种说法。有人说，先生是患了风湿症。也有人说，是因为当时的北平沦陷已有四年以上之久，太平洋战争爆发后，沦陷区的物资严重缺乏，一般老百姓成年吃不到正式的米面，只能买到一种所谓"混合面"。那是一种棕黑色的粉状物，洋溢着一种酸腐的味道，没有丝毫黏性，不但不能包饺子或做面条，连一张饼也做不成。即使做成饼状也拿不起来，放在水中就碎成一块一块的硬块，实在无法下咽，我们就炸了很咸的酱拌着这些碎块勉强吞咽下去。所以当时有很多人都因为营养不良患了腿足浮肿的病。

在我听过这一次课以后，先生就请了病假。及至第二年的早春二月，我们就听到了先生已经因病逝世的噩耗。当时同学们都非常悲伤难过，后来得知先生就埋葬在距离辅仁大学不远的嘉兴寺的墓园里，我们一些同学就相邀去吊祭先生。嘉兴寺是北京城内一座有名的寺院，始建于明朝弘治年间，原址坐落在地安门外西黄城根路北的一座高台之上。寺内既可以停灵，也可以做佛事。更有着一片不大的墓园。我对这一座寺庙留有深刻的印象，因为我的母亲于1941年秋天不幸因开刀手术感染病逝后,就曾在此处停灵,并且是在寺中办的佛事,然后才由此地运送到西郊祖坟去安葬的。这次重来寺中凭吊老师储皖峰先生,内心颇多哀感,当时也曾写了两首小诗:

> 几回凭吊过嘉兴,俯视新碑感不胜。
> 遥想孤吟风露下,数丛磷火代青灯。

> 列坐春风未匝年,何期化雨遽成烟。
> 从今桃李无颜色,啼鸟声声叫杜鹃。

岁月易逝,如今我已是九十三岁的老人。追思我当时听老师储皖峰先生讲课之事,已有七十四年之久。先生之德业文章固早已为世所共知,我现在只是记述我对先生的一点个人的感念怀思而已。

重印天禄琳琅藏书本《花间集》序

《花间集》是中国最早的一本词集,成书于后蜀之广政三年(940),书前有当时之武德军节度判官欧阳炯所写的一篇序文。据序文之所言,则此一词集之编辑,原只不过是为了供给当时的一些"绮筵公子"在歌酒之欢会中交给那些"绣幌佳人"的歌妓去演唱的歌词而已。本来"自南朝之宫体",既已"扇北里之倡风",而自唐天宝以来,又有从丝路传入中国的胡乐,再加上佛道之"法曲",其乐曲与歌词本已盛极一时。敦煌曲之出现,就正是此一古今汉胡交汇中的产物。只不过敦煌途中的商旅之人,其所写之曲子词往往粗鄙不通,而当时之文士受了这些流行歌曲之影响,遂亦偶尔用此流行之乐曲谱写新词,而《花间集》所收录者,则正是这些文士们所写的"诗客曲子词"。这些曲子在士大夫眼中本是不能登大雅之堂的淫靡之作,所以文士们虽偶或亦染指其间,而对于这一类淫靡之作的价值与意义则实在不免心存疑问,所以宋人之笔记中乃充满了对于是否应该写作这一类不合于大雅之风范的小词的困惑。而孰知这一类歌酒筵席之间的小词,在逐渐发展之中竟然形成了一种迥异于传统诗文而别具窈眇深微之意境的特美。于是张惠言在其《词选·序》中遂尔提出说,这一类叙写"里巷男女哀乐"的小词,可以表达出一种"贤人君子"的"幽约怨悱不能自言之情"。王国维虽然不赞成张氏这种过于拘狭的比附之说,可是王氏也承认词中有一种"境界",但可惜王氏对于所谓"境界"者,也未能作出明白的解说。

只不过大家在读词时,都往往会觉得小词在其表面所写的景物情事以外,似乎果然别有一种触动人心之处。私意以为,这种特美之形成,其始盖皆由于《花间》一集之编选与流传所造成的影响。因此我每尝自思,在人类历史之发展中往往会有一些偶然之事件的发生,而其后却对后世文学与文化之发展造成了重大之影响者,《花间集》之编选与流行,就正是这偶然性的事件之一。

关于《花间》一集之何以能对后世的文学与文化之发展造成如此重大之影响,这当然是赵崇祚当年为了歌筵酒席而编录此一册词集时所决然未曾想到的。我一生以教授诗词为业,多年来一直为词学中之困惑与词之特美,做过不少反思和探索,其后直到1991年我才写出了一篇结合词史中之发展与词学中之困惑,并参考了西方女性主义之文学理论,而归纳出的结论。那就是《花间集》中对于女性与爱情之叙写,原来与传统诗歌中对女性与爱情之叙写有着一种迥然之差别的缘故。因为一般说来,诗中所写的无论是思妇或怨妇,都有其现实中之家庭背景,而《花间集》中所写的女性与爱情,则是脱离了外表现实社会限制之一种纯然的爱与美的呈现。关于我的这种想法,我曾经结合西方女性文论与中国历代词话对词中微妙之作用的逐渐发现和反思,写过一篇四万七千三百余字的长文,其标题是,《论词学中之困惑与〈花间〉词之女性叙写及其影响》。此文完成于1991年8月,于1992年2月交由台湾出版之《中外文学》分两期刊出。其后由台北万卷楼图书公司收入《词学古今谈》一书,又被北京大学出版社收入《词学新诠》一书。这一篇长稿是我多年来对词学中之困惑的一个解答,而其解答之关捩则正在《花间集》之女性叙写。所以我一直认为,《花间集》一书之编印行世对中国词学之形成与发展,实在是至关重要的一件大事。只是此时限于篇幅不能详论。希望对此一问题有兴趣的读者能够找到那篇拙文一阅,便可以认识到《花间集》之编印与出版在我国韵文发展之历史中的重要性了。

至于就版本而言,则天禄琳琅藏书之珍美,自属世所共知。其所收录的《花间集》之版本为明代正德年间陆元大覆刻的南宋晁谦之跋的版本。缪荃孙曾谓陆氏之翻雕宋本"形式古雅,今亦视同宋版矣"。此一版本,我虽未曾亲见,但宋代所刊印之版本的精美古雅,则为我夙所极赏,盖以我当日少年时代在北京故居读书之时,先伯父狷卿公雅好藏书,曾以偶然机缘购得元代大德年间广信书院所刊印之《稼轩长短句》一函,伯父因我喜爱诗词,乃将此一函珍贵之刊本交付与我,置之案头,供我随时取阅。回忆当日读书之乐,真不可言。而事变沧桑,北京之旧家不仅已经图书散尽,而且故居也已经全部被拆除。事往如烟,乃今耄耋之年,得睹此天禄琳琅珍本之重新刊印,真可谓为盛世之征,因乐为之序。

丙申荷月写于南开大学西南村寓所

汪君梦川《没名堂存稿》序言

万事各有因缘，汪君梦川当年以一奇梦而入我门下（详见其博士论文后记），于今已有十五年之久。犹忆当时我在南开大学成立中华古典文化研究所，开始招收博士生以后不久，一日忽然接到自本地邮局寄来的一封极为厚重的信函。启封之后，才知是一卷诗稿。而函内并无片言只语之说明，只在卷尾署名曰"南开大学历史系汪梦川"。展读之下，乃颇使我有"惊艳"之感。盖其所作各体皆备，遣词造句、用典使事，不仅可见作者工力之勤，亦可见其学养之厚。当时我从事古典诗词之教学，已有六十年以上之久，然所见学子大多以科研为主而极少从事古典诗词创作者。回忆当年我在台湾各大学任教时，虽然开有"诗选及习作"的课程，也曾教诸生以格律令其习作，当时固然也有一些才智之士偶然写出一些不错的作品，但具有汪君之深厚功力者，则殊不多见。于是我立刻就请研究所的秘书前往历史系去寻访此人。两天以后，汪君到我所居住的南开大学专家楼来相见。我原以为他在诗作中所表现的学养工力必然有所师承，而汪君乃自谓他之喜爱古典诗歌并且从事创作，盖全出于一己之兴趣与自学，并表示愿意投入我之门下。我当即欣然表示接受，于是汪君乃开始来到我的研究生班上随班听讲，更于一年之后正式考入了我的博士班。当时因为我曾于不久前对词学之研究提出了"弱德之美"的说法，所以在班上所讲之诗人往往都是一些在世变艰难中的作者。即如西晋之阮嗣宗、东晋之陶渊明，降而至于清末民初之际的王国维与陈曾寿,甚至上推还讲了太史公写《伯夷列传》之用笔。我想很可能就是因为我所提及的这些人物和作品,引起了汪君的兴趣,所以他在写论文时一度曾选择了"末代遗民"作题目,其后因为此一题目之界定颇有难度,于是乃决定了改写南社之词人。其实南社词人之复杂也极为难写,不过我自己对复杂难写之题目也颇感兴趣,所以乃不仅同意了他的选题,而且还协助他寻找有关论文的资料。至于他平日在我班上读博士期间,则当时班上有不少才智之士,每当讨论之时莫不议论风发,独汪君发言不多,而时时有新作之诗篇交我赏读。当时汪君年少,除感时伤事之诗篇以外,也颇多绮怀之作。汪君喜读佛书,又长于骈语,是以曾赴五台山参加新建筑楹联之撰写,其遣词之工整、用典之切当,时人殆少其匹,故获得不少人之赞赏。及今其所收辑之《没名堂存稿》,则不仅所收之联语并非全部,更且对当年绮怀之作亦多有删除。盖以汪君今日既配嘉耦,更喜获麟儿,故其所作乃于一贯的感时伤事之史笔以外更另添了一份室家之乐的情趣。而其长达六十余万字的《南社词人研究》之巨著,亦已获得国家社科基金项目之资助,于近日由上海古籍出版社刊印出版。诸喜临门,壮途方始,则其未来之成就,必将更有可观者也。书此致勉,企予望之。

最后我还更要对汪君表达一份谢意,盖自去岁之秋,南开为我既举办了九十寿辰之庆祝,更于同时举办了"迦陵学舍"落成之典礼,举凡典礼中之一切文字,自贺柬之文启以至于学舍之题记,并皆出于汪君之手笔。其用典之贴切、文笔之渊雅,凡读其文者莫不称赏,以为此乃当今时代青年学者中之所仅见。而我于此耄耋之年,乃能得见门下之士有如此之成就,其欣喜感激,盖更有言语所不能尽者。故于序文之后附笔及之。

丙申荷月九三老人纳兰迦陵写于迦陵学舍

我与顾随先生七十五年的师生情谊

首先我要感谢词学会颁给我这个"终身成就奖",对此我感到非常惭愧。因为我这个人从小并没有"大志",大学毕业时,我从来没有想过要考研、读博、出国等远大的理想。学校分配我去中学教书,我就到中学教书了,到现在我已经教了七十多年的书了。现在我已经这么老了,就像我刚才说的,我已经既不读书也不写作,耳又聋、眼又花,步履艰难,所以我并没有准备发言。讲话的事,是在来的时候在车上才提起来的,说要我讲一段话。其实这次我之所以不顾自己这么衰老,而来到河北大学,只是因为我跟河北大学有一段渊源,我的老师顾随先生曾经在河北大学教过书。有这样的一段渊源,沿途我就想到我的老师当年对我的勉励、对我的教导,因而有很多的感想,这是一方面。另外一方面,是前些时候,因为我们国家要出版一套《天禄琳琅丛书》,丛书里边有一本《花间集》,编者要我给《花间集》写一篇序言,我就把我最近写《花间集》序言的感想,跟我这次到河北大学参加会议回忆起老师对我的教导和期待联系起来。本来我到河北大学,想到我的老师对我的教导和期望,跟我最近给《天禄琳琅丛书》里的《花间集》写序是截然不相干的两件事情,可是其实在我整个一生的学习体验之中,这两件事情实在是有密切的关系的。

因为时间有限,我也不想耽搁大家很多的时间,现在我就先讲我老师对我的期望。我是1941年考进的辅仁大学,1945年大学毕业,我的老师对我的教导、给我的启发,对我产生了非常重要的作用。但是我没有时间讲那么详尽和仔细,现在只是简单地说,就从我老师给我的一封信说起。我老师顾先生的书法写得非常好,但大家只是看行草的书稿恐怕不容易认识,所以我请人用楷体打了出来。写信的年代是 1946 年 7 月 13 日,就是我 1945 年大学毕业一年以后。本来我老师平时也常常给我写一些信,但是这一封信里面有老师非常殷切的期望。我现在先念一遍我老师的信:

> 两日以来,气候骤变,暑雨蒸湿,大有入霉之势矣。不佞腰腿之疾,最怕此种天气,愈益不能读书作文。携去书数种,恐不能餍足足下读书之欲;但如为学习英文计,或当不无小补耶?

我老师给我写信总是自己称为"不佞"。我的老师旧学的根底当然是很好的,我老师在辅仁大学开的课是"唐宋诗"。不过,我老师的思想非常的活跃,而且他的知识非常的渊博,所以他在讲课的时候常常举引古今中外的文学。我老师其实本来是北大外文系毕业的,因为他本来家学的根底很好,所以学校就鼓励他上了外文系。我的老师是外文系的,所以我老师在信里说了一段话,当时我不十分体会,不十分了解,也没有想到我真的要怎么样去实行。现在我把老师的这段话念一下,他说:

> 不佞虽不敢轻于附和鲁迅先生"不读线装书"之说,但亦以为至少亦须通一两种外国文,能直接看"洋鬼子"书,方能开扩心胸,此意当早为足下所知,不须再喋喋也。年来足下听不佞讲文最勤,所得亦最多。然不佞却并不希望足下能为苦水传法弟子而已。假使苦水有法可传,则截至今日,凡所有法,足下已尽得之。此语在不佞为非夸,而对足下亦非过誉。不佞之望于足下者,在于不佞法外,别有开发,能自建树,成为南岳下之马祖;而不愿足下成为孔门之曾

参也。然而欲达到此目的,则除取径于蟹行文字外,无他途也。凡以上所云云,足下亦能自得之。苦水所以不能已于言者,则是老年人絮聒之常情,自知其可笑而不克自已耳。

看到这一封信中老师对我的期望,我实在是非常的惶恐,当时我只是一个学生,而且是一个胸无大志的学生,我从来没有想过我要出国、我要留学、我要做什么,国家、学校把我分配到哪里我就到哪里去。老师说让我学英文,其实我父亲也说过,因为我父亲也是老北大外文系毕业的,跟顾先生一样。当时在清末民初的时候,大家都希望能够使中国富强,甲午之战我们的海军一败涂地,空军我们更是一无所有。我父亲毕业以后就在中国第一个航空机构航空署工作,翻译介绍外国航空事业的基础知识,培养开拓我们中国的航空事业。从小我父亲就叫我好好学英文,可是在我初中二年级的时候就发生了"七七事变"。我父亲本来在上海的航空公司工作,"七七事变"以后,北平陷落,天津陷落,经过一次大战以后,上海陷落,南京陷落。我那个时候不过是初中二年级的学生,如果我父亲不是因为战乱而音信断绝,他一定会让我上外文系。可是我父亲不在家,而且北平已经沦陷了。沦陷以后,我们中学的英文课都减少了,都不重视了,而且还给我们增加了学习日文的课程。老师当年虽然鼓励我要好好地学外文,可是我在沦陷区多年就没有好好学英文的机会,毕业以后就去教中学的语文课,我从来也没有读过什么外文书,再也没有学习英文。

可是天下的事情真是很难说,有的时候我觉得上天的安排是非常奇妙的一件事情。我1948年春天3月底结婚,我先生的工作是海军士兵学校的文科教师。1945年11月,我曾经亲眼看见国民党的胜利归来,而1948年,又看到国民党的全面败退。那个时候我先生是海军,所以就随着他们的机关撤退到了台湾。到了台湾的第二年,1949年我生下了我的大女儿不到四个月,我先生就被海军抓去关了起来,说他有

"匪谍"的嫌疑。第二年,我的女儿还没有满周岁,我当时教书的台湾彰化女中从校长到下面的六个教师,还有我都被关了起来。我的女儿是吃我的奶,所以我是带着我吃奶的女儿被关起来的,关在彰化警察局。彰化警察局说要把我们送到台北的宪兵司令部。我就抱着我吃奶的孩子去见了警察局长,我说我先生已经被关起来了,我的女儿还正在吃奶,你要是把我关在台北的宪兵司令部,我在台北无亲无故,不认识任何一个人,万一有什么事情发生了,我吃奶的女儿连个交托的人都没有。我说反正我带着孩子也跑不了,你就把我关在彰化警察局好了。当时我们彰化女中被关进去的连校长带教师六个人,他们就都被送到台北的宪兵司令部了,而我则被放了出来。放出来以后,我彰化女中的工作就没有了。我们从大陆去台湾的人有工作就有宿舍,有薪水,就可以生活,可以吃饭。我被关过以后虽然是放出来了,但既没有工作,也没有薪水了。没有收入,上无一瓦之覆,下无一垄之植可以庇而为生,就流落为无家可归。当时我从来不敢想,我老师对我有什么期望。我的老师后来也曾经在书信里面常常表示对我的怀念。我刚刚结婚,跟我先生到左营的时候,我只是一个小媳妇。我先生到左营当海军是他姐夫给他介绍的工作,他姐夫有个妹妹,当时又刚刚生产,家里有孩子,我这个小媳妇就要料理家里的一切事务。我要走很远的路,到军营外面的菜场去买猪蹄来给他姐夫的妹妹炖汤。我那时候还不会闽南语,也说不通,我就拍一拍自己的手臂对那个猪肉摊子的人说要买这里,卖猪肉的就拍一拍大腿说不是那里是这里。在这种情形下我曾写信告诉我的老师,我说我现在根本就不读书,就是每天做这种家务事。现在之京师妹在这里,我老师曾经在一篇日记中说接到我的信,见我在做这样的事情,他曾经感叹说"天之忌才",很为我惋惜。我老师一直对我非常惦念,可是我老师不知道我们在台湾经历了这些不幸。

我老师还有一个女儿,是之京的姐姐,叫顾之英,她是随着她的先生的空军撤退过去的。我老师希望我这个学生能够跟他的女儿在台湾保持联系,可是没想到我到了台湾刚生下我的女儿四个月,就碰见这种变故,哪里都不能去,被关起来了,无家可归,我就没有机会去探望之京的姐姐。等到四年以后我先生被放出来了,我离开了南部到了台北。我找到空军的眷属宿舍,去探望我的师姐,他们宿舍的邻居说她全家都没有了。我的师姐是因病去世了,她的先生带着三个孩子都自杀了,这是当年我们在战乱之中的经历。所以,我从来没有,也不敢想老师对我的期望,我想都没有想过将来能够完成老师的理想。

可是天下事情有的时候因缘际会是很难说的,后来既证明了我们没有"匪谍"的嫌疑,我先生被放出来了。我就到台北一所中学去教书,但不久就被台大请去兼课。说到在台湾大学兼课这件事情,我最近发现了我的老师当年曾经给台湾大学中文系的系主任台静农先生写过一封信,我看了这封信以后非常感动,这封信稿我也带来了。这封信写于1949年,信封上写的是寄到台湾大学的。可是那个时候我还没有到台湾大学,所以就寄到左营海军军事学校,寄给我的先生教练处的赵钟荪。可是赵钟荪已经被关了,我也被关了,所以这封信谁也没有见到。等到几十年以后,我先生去世,我料理他遗留下来的一些文件,才发现了这封我的老师给台湾大学的系主任台静农先生写的信。信中说:

静农吾兄如晤:

穷忙久未书候。闻台中此际天气温煦,有如北国春夏之交,想起居佳胜也。兹启者,辅大校友叶嘉莹女士,系中文系毕业生,学识写作在今日俱属不可多得,刻避地赴台,拟觅相当工作。吾兄久居该地,必能相机设法,今特令其持函晋谒,倘蒙鼎力吹嘘,感等身受。南望驰怀,书不能悉。

十二月十日

这是1949年写的信,因为我先生被关起来很多年,这封信寄到的时候谁也没看见。台先生没有接到这封信,我们也没有看到这封信。我先生后来放出来才看见,但我已经在台北也在台大教书了,他就没有把这封信拿给我。直到我先生去世以后,我整理他旧日的文件,看到老师的这封信,老师对我的关怀真让我非常感动。老师说希望我能够成为南岳下之马祖,别有开发,能自建树,然而欲达到此目的,要"取径于蟹行文字"。可是像我经过了患难,苟且谋生,而且我要养活一家的人。我先生从被海军关了三四年出来以后,就从来没有找到过正式的工作。我在台湾教了三个大学和两个电台的课,上午三小时一个学校,回家吃午饭,下午三小时一个学校,晚上吃过晚饭,夜间部还有两个小时的课。周末有《大学国文》广播的录音,我哪里还想到老师叫我学英文,能够有所开发,能自建树,我真是没有想过。

可是天下有很多事情真是很难预料,当时大陆竹幕深垂,不与西方交往,西方的汉学家要想学中国诗词,想学汉学,就都要到台湾去学。因为我在台湾教了这么多学校,而且还有广播,台湾大学、辅仁大学、淡江大学,电视上《大学国文》《大学古诗》都是叶嘉莹在讲,所以就有学校跟台大要求把我交换出去。校长告诉我交换的事情,说你到外面去就不能不学一点英文,说以后每个星期六的上午,你就到项目基金会开的英文班上去学英文。那个时候1966年,我四十二岁。我念的是《英语九百句》,老师是美国人,她根本不讲中国话,她就叫你背。这九百句都是会话,并没有故事,也没有理论,就要死记硬背。不过我这个人是会背书的,所以我就背诵。后来,最后结业,主持这个补习班的是台大历史系的刘崇鋐教授,他说叶先生你的成绩全班第一,总平均成绩98分。但这也不能就出去,还要从美国来一个人面试。他就请了哈佛大学的海陶玮先生来面试。其实班上很多都是比我年轻的人,好多人想要出去。后来我在南开大学出了一本中英文对照的《古典诗歌论集》，里面有海陶玮先生的一篇序文，他说他面试的结果就只录取了我一个人。所以天下事很难说，那我就出去了。出去本来讲的条件是我只教研究生，他们要会说中国话才可以。第二年，我交换的两年期满，回到了台湾。不过我先生本来就一直想要出去，他已经出去了就不肯再回台湾，两个女儿也出去了。我要跟台湾的学校守约，就回去了。第二年我要接我父亲随我一同去美国，结果相关办事处不给我们办理。不能出去，哈佛的海陶玮先生就说你先到加拿大吧，然后再过来。我就到了加拿大的温哥华，我就去加拿大办通行手续，他们说你要到美国只能够旅游，你不能够接受聘书。我本来是为了养家才去的，既然不能以教师工作的身份过去，我就不去了。结果海陶玮先生就介绍我到了不列颠哥伦比亚大学，所以天下的事情很难说。到了不列颠哥伦比亚大学，我就没有挑选的余地了，系主任说我们愿意留下你，但你不能够只教会中国话的研究生，你要用英文教大班的课。所以我每天就查着英文字典给人家上课，然后查着英文字典给人家看论文，给人家看考试卷。不过我这个人并不怨天尤人，我每天就埋头苦干查生字。我的老师说"你要学一两种外国文字"，当我用英文教书的时候，我同时旁听他们那边的英国文学的课程，而且我不止听英国文学的课程，我还听他们文学理论的课程。听了以后，我一本一本地查着生字拿书来读。后来我就发现，我老师说的话果然是有道理的。

我对词的美感的特质，从我小的时候一接触词就产生了一种疑问。我接触词，差不多在十岁左右，我以同等学力考上了中学。我父亲不在家，所以没有人管，我爱学什么就学什么。我母亲觉得我以同等学力能考上中学就很不错了，就奖励给我一套《词学小丛书》。《词学小丛书》里边就有王国维的《人间词话》。本来我也读很多清朝人的词话，但是都觉得不能够完全理解，可是我读了王国维先生的《人间词话》，特别是他讲温、韦、冯、李四家词的时候，他一说，就让我完全体会了这四家词的特色和好处。王国维先生说:"词以境界为最上,有境界则自成高格,自有名句。"可是这"境界"是什么?我觉得王国维在整本的《人间词话》里没有说明"境界"究竟是什么。而且他说得非常混乱,他说,"境非独谓景物也,喜怒哀乐亦人心中之一境界",然后有词的"境界"还有诗的"境界"。他既然说"境界"是词的特色,怎么举了好多例证都是诗的例证呢?所以他的"境界"之说太模糊了。而且王国维反对张惠言,张惠言说"意内而言外谓之词",说词可以"道贤人君子幽约怨悱不能自言之情"。张惠言还说温庭筠的词都有寄托,"懒起画蛾眉"中的"蛾眉"跟《离骚》中"众女嫉余之蛾眉兮"的"蛾眉"是同样的意思,王国维就以为张惠言是牵强比附。王国维不牵强比附,可他的"境界"是什么呢?他到头来没有说明白。我对他评赏温、韦、冯、李的词,是"于我心有戚戚焉",与我有共同的感受。可什么是"境界",他没有说出来。所以我一直想把这个答案找出来,词里边到底是有一个什么特殊的东西?大家都感觉到了,张惠言没有能够说明,王国维也感觉到了,王国维也没有能够说明,所以我就一直追寻这个特殊的东西,到底是什么?

后面我就说到《花间词》,最近《天禄琳琅丛书》要出版《花间集》,要我写一篇序言。我在那篇序言中就说了,天下有很多事情是莫名其妙的,就像我怎么就跑到加拿大去了,怎么就逼得我要学英文。如果不逼我,我是一定不会学英文的。而且我这个人就对西方的理论有了兴趣,当我看西方理论的时候,我忽然觉得这个话可以来解释我们词里边的某一种现象,解释我们词里边的某一种特质。所以,我最近写的《〈花间集〉序》里边就曾经讲到,我说天下有很多事情偶然发生而对后世产生了莫大的影响。近来我除了写《〈花间集〉序》,还有北京的朋友让我去讲丝路文化的交流,我也写到敦煌的曲子。敦煌的曲子,是后来清朝王道士从敦煌墙壁里发现了很多唐人写的卷子。当时宋元明的这些人并没有看见过敦煌的卷子。只是敦煌有些曲调是流行的,文人也跟着它配合着流行的曲调偶然填写一些歌词。这个时候我就觉得天下有很多事情你莫知其然而然,莫知其为而为,那些偶然发生的事情却对后来产生了莫大的影响。我认为《花间集》的编选是影响我们中国词的美学特质的一个重要的因素。

《花间集》前边有欧阳炯的一篇序文,序文说得很明白,"因集近来诗客曲子词",就是这个流行的都是俗曲,敦煌曲子很多都不够典雅,有很多早期的词作也是跟随俗曲写的白话曲子。欧阳炯把赵崇祚编选《花间集》的目的说得非常明白,他说:"因集近来诗客曲子词五百首……将使西园英哲,用资羽盖之欢,南国婵娟,休唱莲舟之引。"它为什么叫作《花间集》呢,我把它翻译为英文 *Songs Among the Flowers*,就是一些美丽的艳情的歌曲。他说编这个集子的目的就是要使那些诗人墨客,当他们饮宴聚会有歌妓酒女唱歌的时候,不要唱庸俗的曲子,有诗人文士写的美丽的歌曲给她们唱。就是这个《花间集》影响了我们中国词的美感特质。《花间集》的词是很美的,所以宋朝很多人就模仿《花间集》。敦煌曲子没有流传,大家就是模仿《花间集》,而且敦煌曲子写得俗鄙,没有《花间集》的典雅,所以当时大家就都模仿《花间集》写美女跟爱情的词。文人们觉得词很美,他们也写了,可是写了之后他们就有一种困惑。比如黄山谷(黄庭坚)也模仿《花间集》写艳情的曲子,法云秀就对他说,"诗多作无害,艳歌小词可罢之",黄山谷说"空中语耳",这就是非常妙的一点。

中国原有的传统的写宫怨、闺怨的诗,也是写女子的相思和爱情,其中女子的身份都是可以归属的,都是现实之中的。不管是思妇、不管是怨妇,她们的身份都是现实之中可以指称、可以归属的。可是《花间集》就是逢场作戏,偶然给歌妓酒女写一首爱情的美丽的歌词。诗是言志的,文是载道的,都有一个志意、理想,有一个思想、道理在那里。

可艳歌小词却是游戏笔墨,所以黄山谷说这个我不过是游戏笔墨,终不至因此坠入地狱吧。就是在这种矛盾的心情之下,当时很多宋朝的人写了艳歌小词又不肯承认,这是非常妙的一点。《花间集》的出现,它的特色使文人墨客把他们内心之中所蕴藏的一种最深微的、最幽隐的、最美丽的一种感情,因为无所指称,也就无所避讳,坦然地写出来了,写出来他们显意识里面自己不敢承认的某一种,脱除了士大夫外表的虚伪的礼节,展现出他内心之中本质的最精微、美妙的一种情思,这是非常奇妙的一件事情。所以发展到以后,小词就形成一种特质,就是张惠言所说"极命风谣里巷男女哀乐,以道贤人君子幽约怨悱不能自言之情",王国维所说"词以境界为最上,有境界则自成高格,自有名句"。可是他们都不能够说出来那"境界"究竟是什么,为什么小词里有这样的"境界"。后来我参考西方的"接受美学",按照伊塞尔的理论,把这种小词中微妙的境界,起了一个名字,那就是作品中的一种 potential effect,译成中文,或者可以称作"潜能"。

下面有一个我写的作品的目录。几十年来,因为我从小读词就产生了这个疑问,所以我一直要推寻那究竟是什么?为什么形成了这样的特质?恰好我前些时候给我的学生们列了一个表,就是我几十年来推寻小词的特质是什么的研讨。我现在已不招任何的研究生了,但是有些人喜欢跟着我来学,有空就跑来听课,我就给他们列了一个表,这一切都出于偶然的巧合。我是按照写作年代排列的:

一、《常州词派比兴寄托之说的新检讨》

写作时间:1967—1968年在哈佛期间所写,海陶玮译,为1970年维尔京岛国际会议提交的论文

中文稿最早发表于台湾《现代文学》1973年10月号

二、《迦陵随笔》(十五篇)

写作时间:1986年10月—1988年9月

最早发表于《光明日报·文学遗产副刊》1986—1988年之间

三、《对传统词学与王国维词论在西方理论观照中的反思》

写作时间:1988年5月27日

最早发表于1989年第2期之《中华文史论丛》

四、《论词学中之困惑与〈花间〉词之女性叙写及其影响》

写作时间:完稿于1991年8月底

最早发表于1992年,分上下两期发表于台湾《中外文学》第20卷之第8、9期

五、《从艳词发展之历史看朱彝尊爱情词之美学特质》

写作时间:1993—1996年之间

最早发表于"中研院"文哲所《清词名家论集》1996年12月

六、《常州词派张惠言与周济二家词学的现代反思》

写作时间:1996年12月8日定稿

最早发表于1997年6月香港中文大学《中文学刊》第1期

七、《对传统词学中之困惑的理论反思》

写作时间:1997年春夏之间

最早发表于《燕京学报》1998年4月

八、《〈荔尾词存〉序》

写作时间:1998年1月25日定稿

最早发表于1999年4月中华书局版石声汉《荔尾词存》

九、《论词之美感特质之形成及反思与世变之关系》

写作时间:2000年为"中研院"文哲所"世变与文学"国际会议提交的论文

最早发表于《天津大学学报》2003年第1—2期

十、《从文学体式与性别文化谈词体的弱德之美》

最早发表于《人文杂志》2007年第5期

其中第四篇《论词学中之困惑与〈花间〉词之女性叙写及其影响》,是一篇四万几千字的长文,我自己以为这篇文章,是我追根究底、一步一步去探寻词之美感特质的一篇很重要的稿子。大家读书不明白为什么词有这种特质,张惠言也说不明白,王国维也说不明白,谁都没有说明白。我引证了西方的诠释学、符号学、女性主义的理论来说明词学中之困惑。我现在才了解我的老师为什么说,我希望你能在我的学问以外,别有开发,能自建树,然而你非"取径于蟹行文字",不能够"达到此目的"。我觉得我们中国的文学批评是一种感发性的、诗意的,而不是逻辑性的、思辨性的。我们接受西方的理论不可以盲目地接受,很多人对中国一无了解,就搬了一个西方的理论来硬套我们中国的古典诗歌。例如有人说"香炉"就是女性的象征,"蜡烛"就是男性的象征,这简直是胡说八道,强词夺理。你不能够盲目地摘下一两个西方的理论,就牵强附会地来解释中国的诗歌。可是你要把中国的那种诗意的、感性的、没有逻辑性的文学批评说清楚,你也需要有一个西方理论的基础,所以我几十年来就像我老师说的欲达到此目的,"取径于蟹行文字"了。

我最近就在想我的学生们,他们所感兴趣的就是看一看我的《唐宋词十七讲》,看一看我的词说、词论,觉得挺有意思。可是很多时候,你做学问不是只能够肤浅地欣赏一下就算了,你真要入乎其内,出乎其外,把它表里澄澈,能够发掘,能够表述,能够说明出来。所以我这一系列作品,就是今年9月开学以后叫我学生准备去读的。我的经历印证了我老师所说的你"欲达到此目的",要"取径于蟹行文字",这是我当时自己所没有敢计划,没有敢预期的。可是天下有的事很奇妙,很多苦难的遭遇逼迫我、带领我,我对于苦难也没有低头,在苦难之中我还在学习,就得到了这个结论。

这就是我到河北大学,想到我的老师对我的教诲,结合近来我给《花间词》写的那篇序言,又结合我给学生选的下一个学期要读的篇目所感受到的。回顾我这一世,真是冥冥之中好像我的老师还对我有所带领,使我今天能够有机会见到大家,把我这点儿体会向大家作一个简单的报告。谢谢大家!

李云整理

(本文系叶嘉莹在"2016词学国际学术研讨会"上的演讲整理稿)

《白先勇细说〈红楼梦〉》读后小言

《红楼梦》是一大奇书,而此书之能得白先勇先生取而说之,则是一大奇遇。天下有奇才者不多,有奇才而能有所成就者更少,有所成就,而能在后世得到真正解人之知赏者,更是千百年难得一见之奇遇,而白氏此书就令我深有此难得之感。

我自少年时代就耽读《红楼梦》,往往一经入目,便不能释手,如今我已是耄耋之年,没想到白氏此书竟然又唤起了我多年前之耽读的热情和乐趣。

《红楼梦》一书所蕴含的人情世故、妙想哲思,都是体味和述说不尽的,而白氏此书则能对其中多方面之意蕴都做到了深刻细致的分析与说明。既能有入乎其内之体悟,更能有出乎其外的超妙之评说。所以我在读白氏此书时,乃常常除了享受之外还更有一种好奇之心理,即使是对《红》书之故事早已为我所熟知者,也还亟亟然想看一看白氏对之是如何评说的。因此在阅读时,遂得到了一种双重之乐趣。私意以为,《红》书与白说之结合,实为作者与读者之间千古难逢的奇遇。但现在有些年轻人之读《红》书则往往只能读其故事,而不能知赏其中意蕴之深厚丰美,此真可谓一大憾事。如今乃有白氏取而说之,尽发其中之妙,此诚为中国文化史上极可欣幸之事,因而写为"小言"以记此难得之奇遇。

叶嘉莹

2016 年岁尾于南开寓所

《九十华诞论文集》谢辞

面对这一叠如此厚重的文稿,编者要我写几句话。我所能说的,首先当然是深挚的感谢,其次则是自己的惭愧。

我本是一个胸无大志之人,除了天生对诗词的喜爱,实在别无所长。所以大学毕业后,虽然有人曾劝我考研读博,我却从来没有动过什么深造的念头,就老老实实按照校方的安排到中学去教书了。而且一开始教书,我就爱上了这一份工作。

我是家中唯一的女孩子。堂兄和弟弟们都喜欢外出交游,而我则一直安于在家中独处,以读书吟诗为乐。其后我以同等学力考上了一所女子中学。因为不习惯与人交往,所以性格羞怯,在同学间很少讲话,甚至上了大学以后也依然如此。及至做了教师登上讲台,非要讲话不可了,我才发现自己原来有这么多的话可以讲说,而且也发现了同学们竟然如此喜欢听我讲课。而当我善于讲课的名声传出去后,就不断有学校邀我去兼课。而且有的学校竟然以不必批改作文为条件,只要我去讲课。于是我从此就踏上了忙于讲课的不归之路。我大学毕业后教了三个中学,到台湾后又教了三所大学,还担任了教育电台《大学国文》的广播课。及至到了北美以后,虽然不再兼课,但是每到假期我就往往被各地邀去讲学。中国以及新加坡、马来西亚等地,都留有我讲课的足迹。那时候我也曾经发表过一些论著,颇获好评。于是就有人劝我要减少讲课,而应该多留些精力去从事学术的研究和诗词的创作。虽然我对这些友人的好意也非常感谢,不过我一向并没有要以"诗人"或"学者"成名成家的念头,我写的诗词大多只是兴之所至随地称心而发,而并没有争强求胜之心。至于一些学术性的研究著作,也往往只是机缘凑泊有感而作,有些则是应邀之作。因此我实在没有想到,以我这样一个淡泊自甘的人,竟然会得到这么多友人的关爱。所以面对这一叠如此厚重的文稿实在是感愧交迸,深惭无能为报。

不过,我对诗词的传讲,则一直有一种发自内心的爱好,深愿为诗词的传承尽上自己一点微薄的力量。记得当南开大学为我举办九十寿诞并参观正在修建的"迦陵学舍"之日,我在答谢讲话中曾经说过,为了表达我对大家关爱的感谢,以后一定要更加努力工作。当时就有些人笑我,说已经九十岁的人了,还说以后要更加努力工作。但这确实是我真正的心意。直到如今我虽身体日衰,听力、视力、腰腿之力都在逐渐减退,但我却一直没有停止讲课。记得我以前曾写过一首小词说,"莲实有心应不死,人生易老梦偏痴。千春犹待发华滋";又在另一首小诗中写过,"柔蚕老去应无憾,要见天孙织锦成"。我一直以为在中国的诗词中存在有一种兴发感动的力量,我愿意为此种感发之力的传承尽到自己的一点微薄之力。杜甫曾有两句诗说:"盖棺事则已,此志常觊豁。"我也愿尽我有生之余年为诗词之传承继续努力,以答谢大家对我的厚爱。在此,我愿再一次深深地感谢这一册文集中所有的作者。

最后我还要感谢曾经为"迦陵学舍"之修建捐出巨资赞助的两位海外友人:一位是加拿大的刘和人女士,另一位是中国澳门的沈秉和先生。我更要感谢南开大学校领导方面所给予的大力支持和协助,还要感谢很多对学舍之装修以及花木之移栽培植都曾分别做出赞助的友人。我还要特别感谢为迦陵学舍书写题名,并以工笔楷书为我录写了长达七百余字之题记的温哥华书法家谢琰先生(题记为我的学生汪梦川博士所撰写的一篇骈体文)。

如我在前文所言,我虽然已年逾九十,但我还愿意贡献出自己的余力来答谢所有朋友们之深浓的情意。

《独陪明月看荷花》解题(代序)

早在 2007 年,温哥华的华侨互助会曾经出版过一册陶永强先生翻译的我的诗词的英译本,题名叫作《独陪明月看荷花》。此书之出版,盖全出于陶先生一人之力。将要付印前,陶先生要我为这册译诗写一篇序言。我的序文之标题是《敝帚精装》,因为我自己以为我的诗词只是一把"敝帚",而这本译诗之设计则极为精美,特别是谢琰先生为这些诗词所写的书法,其风神之清逸秀美,实在给我的诗词拙作增色不少。最近外研社要将此书重版,既请陶先生又增加了多首译诗,更请陶先生写了一篇序言。于是出版社就提出要我也再写一篇序言,我对自己的"敝帚"实在没有什么可以再说的话,于是就想到何不从此一册译本的标题谈起,写一篇"解题"来充数。

陶先生将此一册译诗题为《独陪明月看荷花》,可能有一个联想,我出生于阴历六月,中国习俗以为这是荷花的月份,因此我的小名就叫作"荷子",所以陶先生就取了这个带有"荷"字的标题。至于"荷"字对我而言,则颇有一种自我象喻的意味。不过这一句诗原来却只是我在睡梦中偶然梦到的一个句子,所以在显意识中实在并没有什么托喻的想法。不过我对于此一梦中之句颇为喜爱。夫水中之荷既是出泥不染,天上之月更是光影澄明,如此则"独陪明月"而"看荷花",对我而言就似乎也有了一种象喻的意味。因此就颇想把此一梦中断句凑成一首诗篇。不过醒后的语言,却再也找不回来梦中的清妙之境了,无奈之下,于是就想到了李商隐的一些诗篇,李氏之诗往往有一种朦胧之美,与我之梦境的迷离似乎颇有相近之处,因而我就摘取了李氏的一些诗句,断章取义地集成了一首七言绝句。陶永强先生似乎对于这首诗颇为赏爱,因此在他的译稿中,遂翻译了这一首梦中得句的诗。但陶先生并未说明我所引用的李商隐诗的个别出处。我现在就想把李诗三句之出处,略加说明:

一、"梦雨"句,出于李氏《重过圣女祠》一诗之首句;

二、"贞魂"句,出于李氏《青陵台》一诗之次句;

三、"昨夜"句,则出于李氏《昨夜》一诗之第三句。

关于李氏这三首诗之本义,此处不暇详论,如果只就我的断章取义而言,则首句"一春梦雨"所象喻的,可以说是一种幽微隐约而飘忽不定的情思;第二句"万古贞魂"所写的则是一种上冲霄汉的光影,李诗原意盖用以象喻一种坚贞之品节和持守;第三句诗所指示的则是诗人所处身的一个时空之场所。那么在此种情思、持守与境界的背景下,其中之人物又如何呢?于是遂有了"独陪明月看荷花"的一句结语,也就是在我的梦中出现的,莫知其所由来的一句诗。

以上是对于此一册译诗之标题,所作的简单的说明。至于见仁见智,则有待于读者自己的品味和诠释了,是为解题,聊以代序。

迦陵　丁酉元月写于南开寓所

周东芬女士楷书《迦陵论词绝句五十首》序言

每次当有朋友要单独出版我所写的一系列《论词绝句》之时,我总觉得对于当初倡议要我撰写此一系列绝句之前辈学人缪钺教授,有一种歉疚之感。因为此一系列绝句之撰写,盖全出于缪先生之倡议与鼓励。此一因缘之发生,最早实在可以推原到1979年我第一次的回国讲学。原来那一年我从加拿大回国讲学时,曾经随身携带了台湾地区所出版的我的两种著作,分别赠给一些朋友求正。这两册书其一是《迦陵论词丛稿》,其二是《杜甫秋兴八首集说》,接受我赠书的其中一位是南京师范大学的金启华教授,金先生与上海古籍出版社的陈邦炎先生相熟识,于是就把这两册书推荐给了陈先生。当时祖国大陆很少有出版海外华裔学人著作的前例,但由于金先生之推荐,与陈先生之力争,于是上海古籍出版社遂于1980年就把《迦陵论词丛稿》迅速地出版了。恰好杜甫学会又决定了于1981年4月在成都召开杜甫学会成立后的第一次大会,于是金启华先生遂又想起了我所写的《杜甫秋兴八首集说》一书,既将此一书再次推荐给了上海古籍出版社,同时还将此书推荐给了杜甫学会,学会遂向我发出了大会的邀请函。当我收到邀请函后,以为机会难得,就立即订了飞机票,远从加拿大之温哥华飞到成都去参加了这次盛会。也就是在这次大会中,我得以拜识了我夙所钦仰的前辈学者缪钺先生。而缪先生更是恰好才读过了上海古籍出版社所出版的《迦陵论词丛稿》。缪先生对此一册书极为赞赏,又听了我在大会上的发言,当日中午聚餐后,就令其孙男缪元朗邀我去谈话,又于次日写赠给我多首诗作,更于大会结束后立即写信给我,邀我合作研究,同时也立即就向川大校方提出了要与我合作研究的计划。而且从1982年春季开始,就拟订了我在川大合作研究及讲授唐宋词为时一学期的计划。关于合作研究的计划及体例,在《灵谿词说》的《前言》中,我已有详细之记述,兹不再赘。只有一点我要在此说明的,就是缪先生的作风是前辈学人的风范,词语简洁,而我则因为长久从事教学,语言烦琐。除了温、韦、冯、李四家,我因为早在台湾出版的《迦陵谈词》中,已有详细之论述,所以在《灵谿词说》中就未再赘言,因而写得极为简短以外,其他各家的词说,我都写得篇幅极长。关于柳永,我原拟分别作四节论述,先生以为过长,所以就把我原来的四首论柳词绝句简化为三首了。现在特作说明的缘故,是因为程郁缀先生要凑足五十首的整数,所以又恢复了我原来的篇数。程先生在这一册周女士楷书的《迦陵论词绝句五十首》之后,写了一篇极长的跋文,不仅对中国旧传统中的论诗与论词绝句有所论述,而且对于《灵谿词说》之成书,以及对于我所写的《论柳永词》绝句之删减及程先生之补足,也都作了简要的说明。更难得的是程先生竟然不辞辛苦,为了此书排印之版式,把我所写的冗长的论文,都浓缩成了精炼的短章,各附于绝句之后,这种改编重写的提炼之工力,实在使我既感动又钦佩。至于程先生跋文对我之过誉,则使我于感谢以外,实在极为惭愧汗颜。

程先生对于书法家周东芬女士也有详细的介绍。而且自与我相识以后,周女士于书法以外,乃更产生了学习诗词的兴趣。今春以来,也常自京来津,参加我在南开为学生们所开设的研讨课,我对周女士之为人乃更有了深一层的认识,她不仅在书法方面已有可观之成就,而且以其用功用力之勤,他日更结合诗词之修养,必将有层楼更上之一日。对于周女士之不辞辛苦地为我以行草书写了一千八百余字的长篇歌行,又以正体楷书为我书写了五十首《论词绝句》和程郁缀先生精简扼要的释文,美具难并,我之心感,实非笔墨所能形容,谨写此序言,以表达我对程教授与周女士深衷感谢之万一云耳。

    丁酉元月叶嘉莹谨序于天津南开大学寓所

周东芬女士手书《祖国行长歌》序言

《祖国行长歌》是1974年夏天我于背井离乡二十六年以后,第一次从加拿大回国探亲时之所作,所以其中充满了游子还乡的一片激情。

北京大学的程郁缀教授对此长诗十分赏爱,他曾经仔细统计过,此诗之长盖有一千八百七十八字之多,而且感发之力,一气流注,贯彻始终,尤为难得。程先生与我相识于1979年。当时我曾向教育部申请自费回国短期访问讲学,教育部分配我到北京大学去讲唐诗,当时程先生是方从北大中文系毕业未久,留校任教的一位青年教师。他曾经陪同当日的一些老师,如冯钟芸、费振刚、陈贻焮、袁行霈诸先生,做过接待我的工作。程先生热爱诗歌,不仅在1979年听过我讲课,而且当1987年春天北京的北师大和辅仁校友会等单位联合邀请我在国家教委的大礼堂举办"唐宋词系列讲座"时,程先生也还曾亲往聆听。因为有此诸多因缘,所以程先生乃热心地介绍书法家周东芬女士一同到南开大学我的住所相访,并且提出了要请周女士以行楷为我书写这一首长歌的计划。

周东芬女士生长于钟灵毓秀的江阴古城,自幼聪慧、酷爱书法,用力之勤,几于废寝忘餐,精研古今书法之各种体式,卓有所成,目前在北京大学之燕京学堂教授书法。而除去精研书法以外,周女士对诗词亦有浓厚之兴趣。所以经程先生之推介,乃志愿为我书写此一首几近两千字的长歌,而且不辞劳苦,精益求精,为求完美之极致,曾经数易其稿，其高情雅谊，实堪感动。

　　而除去程郁缀先生和周东芬女士以外，还有一位我要特致感谢之人，那就是为此一册长歌之书法题写书签的袁行霈先生，我想程先生之特别邀请袁先生为之题签，其中盖亦有一番深意，因为袁行霈先生及另一位于1979年一同接待过我的陈贻焮先生，我们三人曾经多次相聚，一同吟赏诗文，而且我们三人的生肖都在鼠年，我与陈先生同庚，袁先生则小我们一轮，我当年五十余岁，袁先生不过只有四十余岁，如今我已九十余岁，袁先生也已年逾八旬。程郁缀先生求得袁行霈先生为此长歌亲笔题签，回首前尘，此一题签乃弥足珍贵，中心感激之情盖真有言语所不能尽者矣。

　　　　　　　　　　丁酉新春叶嘉莹谨识于天津南开寓所

古诗的吟诵

我认为吟诵是学习中国古典诗歌之非常重要的入门途径。我从小是吟诵着诗词长大的,可是我教了这么多年诗词,没有能真正把吟诵传授给我的学生,因为吟诵的微妙之处难以言传。只有中国有吟诵,其他国家的文学没有。英文诗有朗诵、朗读,也有轻重的读音,但是没有我们这样拿着调子的吟诵。所以他们把吟诵翻译成 chanting,这样翻译并不准确,因为 chanting 其实是佛教做法事时的念诵,与诗歌的吟诵不同。

为什么中国有吟诵,西方没有?最根本的差别就是语言上的差别。世界上的文字大多是拼音文字,只有中国的文字是单音独体,每一个字的创造,都有着种种文化方面的基因,有它的意义、有它的声音,有种种的来源。而且当它的词性不同的时候,同样一个字是通过不同的读音来加以分别的。比如说"数学"的"数"念"shù";"数数"的第一个"数"念"shǔ";如果当作副词,作"屡次"的意思的时候,"数"念"shuò";而如当作"繁密"的意思的时候,"数"在古汉语中念"cù"。当词性变化,汉字字形是不变的。可是英文是拼音,所以词性变化,字就变化。"I learn English." "English learning is not difficult." "He is a learned professor." learn 加 ed 或 ing 改变了词性。而中国的文字不是如此,音变字不变,所以尽管经过几千年的历史,"关关雎鸠,在河之洲",我们还可以听得懂,还可以作出来跟它一样的诗句,这是奇妙的,是世界上其他语言没有的。历史上的世界四大古文明中能够延续到现在的,只有我们中国。到现在我们还可以看《易经》,可以看《黄帝内经》,可是其他地方的古文明都怎么样?都消亡了。其他地方的古文明为什么消亡?我们为什么没有消亡?就因为他们很多是拼音文字,说话的声音一变,那个字就变了,而我们的语言虽然也许声音不同了,但是写出来的字是不变的。惟其字不变,所以我们才能把几千年的文化都承传下来。

我们的文字不是拼音文字,但是读诵时一定要有节奏和韵律,所以中国的诗有汉字单音独体的节奏和韵律。最早的四言诗,四言的节奏就是二、二。"将仲子兮",文法上应该是"将/仲子兮",但是读的时候还是二、二的节奏。以我们生理的构造来说,两个字一个停顿是最自然的停顿。所以中国诗歌的吟诵,最基本的节奏是两个字一个停顿。可是两个字一个停顿太单调了,所以后来有了五言二、三的停顿。二、三的停顿可以破开,成为二、二、一。"客路/青山/外,行舟/绿水/前。潮平/两岸/阔,风正/一帆/悬。"五个字是二、三的停顿,七个字是二、二、三的停顿,一定要懂得这点。

如果碰到一个句子的文法和节奏不同,像欧阳修的两句诗:"黄栗留鸣桑葚美,紫樱桃熟麦风凉。""黄栗留",三个字,是黄莺鸟的别称;"鸣",是啼叫;"桑葚",是我们吃的桑葚;"美",是很好吃。"紫樱桃",是紫色的樱桃;"熟",熟了;"麦风凉",麦地里面清风徐来。文法上是"黄栗留/鸣""紫樱桃/熟",可是读的时候不能这么读。"熟"是入声,中国诗的节奏是重要的,平仄也是重要的。而读诵的平仄和节奏,影响了中国诗歌的吟写。吟诵的基本的节奏都是二、二、三的节奏,西方的诗不是这样的,每一个字的长短高低都不一样,没有办法定出像中国诗一样的韵律和节奏。因为有这样一个固定的节奏,所以我们养成了吟诵的习惯。像刚才举的欧阳修的那两句诗,本来是"黄栗留/鸣",读的时候是"黄栗/留鸣",吟诵的时候不按照文法的结构,而是按照声音的节奏。所以中国有吟诵,而更重要的一点,吟诵给你的不是知识,吟诵是一种声音、一种声调。你的诗句不是坐在那里打开电脑,拿一本辞典,找一本韵书而写出来的,吟诵是要带动一种自然的感发的力量,诗是伴随着你的声音出来的。

西方有一位女学者茱莉娅·克里斯蒂娃(Julia Kristeva),她是一个非常有智慧,而且知识面非常广的学者。她提出了一个词"chora",似乎可以说明中国诗歌之吟诵与创作之重要关系。"chora"是在婴儿学说话之前的一个抽象的阶段,小孩子还不会说话以前,隐约之间感觉到一种声音的律动,所以她说这个是 precedes a child's acquisition of language,是婴儿说话之前的一种抽象的阶段。她说这个阶段是 rhythmic,可以感觉到一种律动,滋养的,nourishing,没有僵死的,有一种成长、滋养的空间,有一种节奏的律动。而诗歌的吟诵,是在"玉露凋伤枫树林"这些文字都没有出现以前,杜甫经过夔州,当时想要"即从巴峡穿巫峡"回到长安,没想到困在夔州,这个时候内心有一种律动,诗句就伴随着声音出来了。文字是伴随着声音出来的,这是一个真实的事情。李白和杜甫的诗之所以写得好,就是因为他们吟诵,他们的诗不是坐在那里凑出来的。等到像孟郊、贾岛那样要推敲,那就已经是第二等、第三等的诗了。最好的诗人都是吟诵好的人。孟郊、贾岛绝对吟得不好,一推敲就推敲了半天,诗应该是完全自然地跑出来的,自然地就是最合适的字。你的内心有一种感情的酝酿,有时候自己都说不清楚,可是有一种不成形的感情、思想,就自然伴随着声音跑出来了,好诗往往就是这样作成的。

上次我到横山书院去讲课,碰到莫言,他说叶老师你讲吟诵其实很有道理,他小时候也是看到好的文章就想大声念,老师就骂他:"好好读,不要唱歌!"就把他限制了。这是莫言亲口告诉我的。好的文章、好的诗歌,自然有一种声音的感发在里面,你就不由自主地想把它大声念出来,这个是一种奇妙的现象。所以杜甫说"新诗改罢自长吟",改动一个字也不是很生硬地改,他是一边吟一边改,这个字是"伤"啊,还是"悲"啊?这两个字声音不一样,你吟着吟着就知道该用哪个字了,这是吟诵的妙用。

可是我截至到现在还是空谈理论,大家一定要开口去读诵和吟唱。如果不肯开口,就是作出平仄格律都对的诗,也永远不能再抬高一步。现在我说了半天还是空话,所以吟诵很难教,尤其是因为吟诵的传统现在已经几乎断绝了,大家听别人吟诵觉得很奇怪。所以我觉得我很对不起台湾的学生,当年我教诗选的课,课程是"诗选及习作",就是不只教他们读诗、背诗,也要教他们写作。我就把平仄的格律都教给他们,他们就平平仄仄拼拼凑凑地写来了诗,一点儿感发的力量都没有。我应该带他们在班上吟唱,但是因为那时我只有三十多岁,又是一个妇女,如果在台上突然大声唱起来,又唱得稀奇古怪,一定会使学生哗然惊异,所以我当时从来不开口给他们吟诵。这是我很对不起他们的地方。我现在年岁老了,经历快一个世纪了,才觉得吟诵一定要开口来学。大家不肯开口学,诗就不能作到更高一层的地步,顶多平仄格律都对了,可如果要想真的作出带着强烈感发力量的作品,就不容易了。

吟诵的妙用不只是在于诗歌的写作,你读古人的诗的时候,也要用吟诵来读,就能对它有更深的体会。"牛渚西江夜,青天无片云。登舟望秋月,空忆谢将军",一吟诵就把李白的悲哀和感情传达出来了,不是知识的理解,而是直接的感发,所以我们应该要学习吟诵。

可我现在说了半天,如果大家不开口去练习,这始终只是空话,佛教说"说食不饱",只是说食物怎么好吃,但你永远没吃过,怎么能饱?所以,你一定要深入其中去吟诵。这是最难的一点,我不知道怎么样教大家来吟诵。比如我刚才吟诵的诗,"牛渚西江夜,青天无片云",在吟诵之间,就把青天无片云的境界表现出来了。李白说,我也在牛渚江边的船上,也看到天上的明月,就想到当年晋朝有一个袁宏,也是在牛渚的江边,也是在船上。这个袁宏在吟诗,就被岸上的谢将军听到了,谢将军觉得这个人吟诗吟得这么好,马上就下马来与袁宏见面,请袁宏出去做了很高的官。中国的士大夫,修身齐家然后就要治国平天下,每个人都有治国平天下的梦想,所以杜甫说"致君尧舜上,再使风俗淳";李白也是说你要用我,我就能"为君谈笑静胡沙",如果用我,我一定做一番事业。他们都是有一种出来做一番事业的想法。李白本来想用作诗打动皇帝,可是没想到,唐玄宗虽然欣赏李白的诗,欣赏李白,但是就只是在沉香亭杨贵妃看花的时候让他作一首歌辞给贵妃唱,以倡优蓄之,把李白看作一个为贵妃写歌词的人,所以李白说我"安能摧眉折腰事权贵",就辞职不干了。做官做得很高,说不干就不干了,所以大家现在一说李白的诗就说《清平调》,李白死而有知,一定会提出来反对,因为那是李白觉得最窝囊的作品,而且他是因此而辞职的。但是现在说了半天,还是我在说你们应该学习吟诗,你们每个人举出一首诗,吟一吟试试看。你要学骑车,不上车骑一骑永远学不会,"说食不饱",空谈是不管用的。

吟诵没有一个死板的调子。诗的平仄是一定不能错的,但是平声怎么念,仄声怎么念,就没有固定的规矩。你就这样子把它唱出来,"平平平仄仄,仄仄仄平平。仄仄平平仄,平平仄仄平"。先按照戴君仁先生的吟诵录音来学也可以。我小的时候其实并没有人专门教过我吟诵,我就是自己吟唱,比如说"云母屏风烛影深,长河渐落晓星沉。嫦娥应悔偷灵药,碧海青天夜夜心"。我小时候没人管,逮着什么都大声地念。我曾经写过一首悼念许诗英先生的挽诗,许诗英就是许寿裳的儿子。他以前住在我们家外院,那时候我在中学念书。我也不敢跟这些老先生们讲话,偶然见到他我就给他鞠个躬,可是我在院子里边每天都大声地嚷嚷着念,他每天听我在里边大声嚷嚷着念书,给他很深的印象,所以他一直对我很不错。后来他在辅仁大学任教时虽然没有教过我,但是他知道我在辅仁读书。而且我读书的成绩很好,从中学到大学我都是班上考第一名的,不过我绝没有在分数上跟别人争竞的意思,我只是自己觉得就应该这么学,所以后来我到台湾去,许先生就一定要让我去淡江大学任教,他当时在那里当系主任。他让我去教诗选、词选、杜甫诗、苏辛词,几乎把所有的课都安排给我教了。他本来在教育电视台教《大学国文》的广播课程,但因为他年纪大了,眼睛不好了,所以他就要我去接这个《大学国文》的广播课程,因为他是从我少年时代就听过我背诵诗文,他也知道我在辅仁一直功课很好,所以我给他写的挽诗说"书声曾动南邻客"。我大声地念的时候,我没有想到他听不听,这只是我读诗文的习惯。我小的时候之所以会作诗,就是因为我小时候不管是读诗还是读古文,向来都是大声地念。后来我从加拿大回国探亲时写过一首《祖国行长歌》的长诗,我是一口气写下来的。北大的程郁缀教授说我的《祖国行长歌》是中国旧诗七言歌行中最长的一首诗,其中每一句都充满了感发的力量,因为我那感发的生命是贯彻全诗的。一两千字的诗我如果坐在书桌前怎么写也写不出来,开头几句自己跑出来,然后它停了,你也不能老在那儿写。那时候我每天从家里开车去上课,在开车时就有些句子跑出来,我就按着祖国行的这个行程写下来,怎么下飞机,怎么跟家里人相见……有一次我躺在牙科医院的椅子上拔牙,心中忽然就跑出来几句诗,我也就随时把它们记了下来。我回国探亲的时候真的天天都是欣喜,我一路上看到的都是新鲜的东西。我小时候关在家里长大,也没有去过什么西湖、桂林,你看我这一路上写得非常地兴奋,我写到上海,写到西湖,写到江南的田野、桂林的山水……我一路上都是感发地写下来,而且没有用古人的陈言旧句,我用的都是我自己的语言。我从小就喜欢一天到晚念诗,所以莫言说他大声念书被老师骂,说"你要背书,不能唱书",我觉得这是一件很可悲哀的事情,就是因为中国的好诗,都是带着吟诵写出来的,这个吟诵是口耳相传的。不会吟诵就失去了好诗的兴发感动的力量,我觉得是很可惜的事情。所以我一直在梦想,至少要让人家知道吟诵这件事情。

现在年轻人的节目《中国诗词大会》,每个人都会背诗,可是对于平仄很多人都弄不清楚,所以很少有会作诗的人,这对我们中国诗歌的传承而言,是非常不幸的一件事情。现在有些人学了诗的格律,就把诗当成应酬的工具,今天赠你一首诗,明天送他一首诗,今天赞美这个人,明天赞美那个人,把诗弄得非常堕落,变成一种吹牛拍马的东西,这是诗歌最大的劫难,所以我从来不写那样的诗。我可以写挽联,可以写贺联。挽联与贺联是一种专门用来应酬的作品,但是诗不一样。

不过你们今天都只是听我讲,像佛教说的"说食不饱",你要自己去体味,自己去吃。我现在觉得很可惜,我这一辈子活到这么老了,没有办法把吟诵传下去,这主要因为现在的年轻人根底太差,背得不够多,你背诵得多了再念诗的时候就有体会,随着声调继承了古人的精神、呼吸、感情。不肯下这个功夫,就永远徘徊在二门以外。当然白话文兴起是一件好事,我们有了白话文,有了很多好的小说,也有很多好的散文。不能否认白话文,可是它不应该把古文打倒。

总而言之,我是很希望把吟诵传给大家,虽然吟诵的传统与你们隔得太远了,但你们真正要把中国诗词学好,一定要学着读诵,一定要学会吟唱,你才能真的得到古诗的精华,要不然你就只是在门外徘徊,仿佛若有见,是耶非耶?所以我想在我离开世界以前,能够把吟诵说明,能够把它传下去,不然的话,像我这么老的当年知道吟诵的人就没有了。戴先生已经没有了,都任凭现在这些人随便像唱歌一样歌唱了。

所以我认为教学生这是一件重要的事情,但是也很困难,比用西方文论说中国词还困难。所以我把戴先生的吟诵传播出去,这也是我觉得我做的一件有意义的事情。

张元昕　整理

（本文系叶嘉莹2017年4月1日在南开大学寓所讲吟诵的录音整理稿）

《止庵诗存》序

宋子文彬性喜诗词,方其幼少年之时,父母以为诗词不切实用,曾一度禁不使学,然天性所近,非外力可改,宋子乃遍访津沽诗词之名家,熏染日久,所作亦渐入门径。其后,有人介绍来我班上旁听,光阴易逝,以至于今,盖已有十三年之久矣。偶然随班上同学交来习作,颇有可观,而其所写序跋酬应之文字,则更为诸同门之所不及。近日应友人之请,为近代北洋实业开拓者、诗人周学熙先生之《止庵诗存》二册做成校点工作,即将问世,因书数语,以为奖勉。

迦陵　丁酉夏日于南开大学寓所

从南开大学陈㚇教授创建"甲子曲社"谈起

我与陈㚇教授相识于二十世纪的八十年代。当时我经常利用加拿大的假期回到南开大学来讲授古典诗词。有一天我赫然发现在满课堂的青年学子中竟然端坐着两位满头白发的老人,原来是吴大任校长与他的夫人陈㚇教授两位长者。他们在听课时表现得非常认真,而且从九月中开学一直听到放寒假为止,从来都不曾缺席。不仅如此而已,陈教授对我更是备极关怀,平日既常来电话问候,更且每逢佳节就会给我送来美丽的花卉。九月的菊花,腊月的水仙,不断点缀着我在专家楼客居的小房间。有一次她给我送来一盆开得极为盛美的黄色菊花,不由得使我想起陶渊明"秋菊有佳色"的诗句,因而联想到古代高士在互相投赠时的一些雅致高情。于是我就写了一首小诗送给他们,诗是这样写的:

  白云难赠怀高士,驿使能传忆岭梅。
  千古雅人相赠意,喜看佳色伴秋来。

第一句用的是陶弘景答齐高帝的典故,表现了高人雅士的志意;第二句用的是陆凯折梅花送给范晔的典故,表现了友谊的纯挚;结尾两句则用的是前面所引的陶渊明的诗句,感谢陈教授赠我盆菊的秋色之美。

其后不久,陈教授在她北村的住处开始邀集友人为昆曲之会,成立了甲子曲社。每次有聚会,她都会给我打电话邀我去参加。我幼年在一个非常保守的旧家庭中长大,没有学习昆曲的机会,但却对如此抑扬宛转的乐曲有一种本能的喜爱,所以每逢陈教授相邀我都会前往参加,与社中的曲友也逐渐熟识。来参加曲会的曲友大多是古稀之年的老人,他们衣着朴素,气宇高雅,与我在网上所曾见到的一篇写甲子曲社的文章《突然想起天津南开甲子曲社》中所描述的似乎并不相同。其中有一位李世瑜先生是我的母校辅仁大学的校友,他的为人既热心又能干,对甲子曲社的活动非常关心,他听说澳门有一位沈秉和先生对文化活动也极为热心,曾经给南开大学古典文化研究所捐助巨资,而且写过多篇有关粤剧的专论,因此就和我谈起,希望沈先生对南开的甲子曲社也能有一些赞助。我向沈先生提及此事,沈先生果然给曲社也捐了一笔款项,其后李世瑜先生在他所写的《天津的业余昆曲活动》一文[①]中对此一事曾有详细的叙述。当我过八十岁生日的时候,李世瑜先生还曾经安排两位南开的校友为我演出过一场昆曲的折子戏《思凡》。更有一位爱好昆曲的高准先生对朋友也极为热心,他曾经把自己珍藏了多年的我的老师顾随先生早期的一本集子《味辛词》珍重地转送了给我。这些爱好昆曲的友人,他们的人品情谊都使我感动不已。而陈教授更是极为热心地培养我对昆曲的兴趣和观赏昆曲的能力。有一次,昆曲名家张继青女士来天津演出,陈教授特意邀请我一同去观赏。本来我以前也曾在其他场合看过几次《游园》和《惊梦》的演出,但是那一天看了张继青女士的演出真是令我有了一种崭新的惊艳的感觉。我觉得张女士的演出竟然在舞台上把本来只属于纯美之艺术欣赏的表演提升到了一种超越了现实的象喻的层次,那种对于美与爱的追寻和失落的感觉,真是演出了千古有情与有梦之人的共同的失落和悲哀。这

---

① 该文收入在《一代大师李世瑜回忆录》(台北,兰台出版社2011年版)一书中,读者可以参看。

一场戏使我终生难忘。

不过,美好的事物不能长葆,其后当1997年我再次回到南开大学去拜访陈教授时,蓦然发现吴大任校长竟然已经于不久前因病逝世了。我当时曾经写了三首悼念吴校长的五言律诗,其中第三首的结尾写有"知友能辞赋,交情见肺肝。遗言嘱为序,敢不竭冥顽"几句记述。这其间,有一个非常感人的故事。

原来,吴校长和陈教授夫妇曾经有一位情谊极深的挚友——石声汉先生。石先生是二十世纪三十年代与吴校长同时考取了第一届中英庚款留学的同学,后来专门致力于中国古代农学的研究,有极为卓越的成就。英国的李约瑟先生编撰《中国科技史》时,曾经多次引用过石先生的研究成果,对石先生的研究极为器重和称赏。但石先生实在不仅仅是一位长于农学和科技的学人而已,他同时更是一位极为出色的、迥然不同于流俗的词人。以我个人多年来研读中国诗词的体验来说,我觉得石先生实在是我平生读过的所有历代词人中特别具有异常之禀赋的一位极不同于流俗的作者。他曾经留有一册亲手写录而尚未刊印过的词集,题名为《荔尾词存》。吴校长与陈教授夫妇曾经先后叮嘱过我多次,嘱我为石先生这一册词集写一篇序文加以推介。其后,石先生的长公子、在清华大学任教的石定机教授亲自携此一册石声汉先生的词稿到北京我的老家来看我,要我为这一册词集写一篇序言。而我甫一展卷,就被集中所附录的石先生的刻印与书法所折服了。及至展读了石声汉先生的词作之后,对其才华襟抱之迥然不同于流俗,更是钦佩不已。就我个人而言,石先生词作中之幽深窈眇的情思志意,真是极其令我叹服,以为得未曾有。及至读到石先生平生之经历,对于他在抗日战争后期最艰苦之生活环境中,白天要去上课,晚间还在一间漏雨的小屋中用雨伞遮蔽着房顶上的屋漏,点着蜡烛在难得觅来的纸张中继续撰写他有关古代农书的著述。这种志意和精神持守,实在令我甚为感动。

我以为石先生在生计极为艰苦的环境中仍坚持要把这些古代农书加以整理留给后人,则这些古代农书中当然应该存有一些值得珍重流传的学问与价值在。多年来我在被邀讲中国诗词的时候,不仅曾经多次珍重地介绍了他的词作,也屡次提及过他的有关古代农书的著作。我真诚地盼望能得到一些有心人的注意,把他关于古代农书的评介整理出来,说不定其中也仍有可供今日农业参考之处。即如中国古代的医书一样,中华民族自有其独特的传统文化之成就。所以在忆述我与陈鹰教授关于昆曲的甲子曲社之追忆时,乃忍不住提到了吴校长和陈教授的这一位友人的著述。如果能使石教授的词作及其关于古代农学的著述重光于世,也算是我对于吴校长和陈教授之高情雅谊的一种回报吧。

而如果能因我之介绍而引起了研究古代农学之学者的兴趣,能够从石先生在极艰苦之环境中拼着生命而奋力整理出来的古代农学著述中果然发现有可以供现代农学的参考之处,当然就更可以告慰于吴校长、陈教授与石先生三位前辈长者,庶几不负他们当日之对我殷切相嘱托的一份苦心了。

只不过因我后来迁离专家楼搬到了西南村去住,与陈教授的住所距离较远,加之我也日益老迈,所以后来就没有再去参加昆曲的雅集了。现在想来,实在愧对了陈教授引领我接近昆曲的一份心意。

我的父亲
——《叶廷元先生译著集》代序

先父叶公讳廷元,字舜庸,清光绪十七年辛卯(1891)夏历十一月初五生于北京西城区察院胡同之祖宅(此一住宅为先曾祖联魁公于咸丰年间所购置)。1971年2月10日以脑溢血救治无效,殁于加拿大温哥华市之总医院(General Hospital),享年八十一岁。

按照中国旧传统之习俗,在为先世叙写生平时,首先要对家世之渊源略加叙述。我家虽然取姓叶氏,但与刘向《新序》所记述的中国历史上最有名的"好龙"之"叶公"则并无任何渊源。我家先世原为蒙古裔之土默特部族,原居住地在今呼和浩特一带,曾随元世祖忽必烈入主中原,约百年后遭汉人逐返漠北。其中一支于明代中叶移居海西之地。所谓"海西"者,是蒙古时代对于松花江大曲折处之西岸的一个通称。当时该地区原有几个女真族之部落,就是挥发那拉、乌拉那拉和哈达那拉。蒙古之土默特族移居此地以后,奉星根达尔汉为初祖。一说谓其入赘那拉部,另一说谓其攻占那拉部且取其姓,遂亦以"那拉"为氏族之称。至于其冠以"叶赫"之名,则是因为在十六世纪初,有一位名为祝孔革的首领(凡一切以汉字书写之名氏皆为蒙古语之音译,故其所书写之汉字往往有音近而文字不同之现象,特在此先作说明),率其部族迁居于一条名为叶赫的河水之滨,遂自称为叶赫那拉(亦称叶赫纳兰)。及至明代万历年间,有原居于建州之女真族首领努尔哈赤所率之部逐渐强大,遂并吞了原居海西之地的几个女真族之部落。至于自号叶赫那拉之原为蒙古土默特之部族,则与建州女真族之努尔哈赤原来互相友好,叶赫部族之最后一个领袖金台什曾将其妹号称"孟古格格"者,嫁给了努尔哈赤,她所生的儿子就是继承清太祖努尔哈赤之领袖地位的名为皇太极之清太宗。当年努尔哈赤为了扩展势力,曾将建州的诸女真部族陆续并吞消灭。其后遂率大军来攻打叶赫之部族。叶赫部原有东西二城,东城贝勒为金台什,西城贝勒为布扬古。努尔哈赤先来攻打东城时曾令其部下挖掘城基,东城不能守。金台什原拟自焚而死,未成,为努尔哈赤所执而缢杀之。金台什之子尼雅哈遂率众降于爱新觉罗,此一支编入了正黄旗;西城之布扬古亦随之而降,此一支编入了正红旗。及至努尔哈赤战死辽阳,其第八子皇太极即位,因问鼎中原,为减少中原人对"大金"国名之反感,宣布改定女真族名为"满洲",改国号为"大清",其开国之主即为叶赫氏孟古格格之子皇太极。其后顺治、康熙诸帝,对于叶赫之后人都颇为优遇。金台什之子、投降于清朝的尼雅哈,其子即为康熙朝权倾一时之著名的明珠大学士。而明珠之子纳兰性德则曾为康熙帝之侍卫近臣,且颇获宠信。我之所以琐琐记叙叶赫纳兰氏族之往事,主要盖由于我家先世实出于此同一之氏族。先曾祖联魁公字慎斋者,曾于道光年间任佐领之职,先祖父中兴公为光绪十八年壬辰科之翻译进士,曾在农工商部任职(先曾祖之职位得之于堂兄嘉榖之记述,先祖之功名职位则见于宣统四年春《职官录》之记载。且我家旧居之大门上端原曾悬有"进士第"之匾额)。盖以我家先世不仅与清皇室曾有姻亲之关系,既随满族之统治者同时入关,而且于入关之后也随满族统治者同时逐渐汉化,并受到了儒家思想极深的影响,有着"学而优则仕"的观念。先曾祖之讳联魁,先祖之讳中兴,皆可以为证。我幼年时还曾见到过他们父子两代朝服前胸的"补子"与朝冠上的顶戴花翎。据宣统四年春《职官录》于先祖中兴公之科第官职下之记载,先祖曾任农工商部之主事,并标注云:"满洲正黄旗人。"

(按：多年前当《红蕖留梦》一书之撰写者张候萍女士邀我访谈时，我曾误记为镶黄旗人，今据史料在此更正。)

总之，我家先世既接受了汉族之儒家文化，而养成了一种"学而优则仕"的观念，遂以仕宦为出身之正途。所以我的父亲乃被取名为廷元而字曰舜庸。此一名字之取义，盖出于《史记》之《五帝本纪》，其中于舜帝之记载曾云："高辛氏有才子八人，世谓之'八元'……至于尧，尧未能举……舜……举八元，使布五教于四方……内平外成。"由此可见，我父亲之得名，原也寄寓有先祖父的一种欲其出仕朝廷之意。不过事实上是当我父亲只有二十一岁时，清王朝就已经被中华民国所取代了。而国民革命的口号则是"驱除鞑虏，恢复中华"。于是清王朝旧日的世家宗族，遂纷纷把自己原来的满蒙之姓氏更改成了汉人之姓氏。于是我祖父遂择取了叶赫部族之首字，而改成了简单的叶姓。而且祖父也失去了原来工部的官职，而改以中医为业。这是因为先祖原来就一直喜爱岐黄之术，改业从医后，遂成了有名的中医。他借用了南宋淳熙年间永嘉著名学者叶适的名号，自题名为"水心堂叶"。盖以叶适原为温州永嘉人，曾居住于永嘉之水心村，人称之为叶水心先生。我当年的祖居，一进大门，迎面的影壁墙上正中央就镌刻了"水心堂叶"四个大字。先伯父讳廷义，自号狷卿，早年曾留学日本，其后就继承了我祖父的岐黄之术。也成为颇被人尊重的一位中医。大约在二十世纪九十年代，国内著名的文史学家邓云乡先生曾经在《光明日报》的副刊上发表过一篇题为《女词人及其故居》的文稿，内容写的就是我家的庭院。因为他少年时代曾到我家来请我伯父为他的母亲写药方子，故对我家的庭院有详细的记忆与描写，他在文稿中以为，正是因为有这样"庭院深深"的环境，才培养出我这样的"词家"。

至于我父亲，则因为少年时代清朝就已经被民国取代了，所以从来没有什么传统的仕宦观念，只是深感到国家因积弱为列强所欺凌，清朝虽然曾有海军之建设,但是在甲午一役就全军覆没了,而空军方面则是一片空白,一无所有。在此种时代背景下,很多青年有志之士都以为非向西方学习无以自强。于是我父亲遂决意考入了北京大学之外文系,于民国六年(1917)毕业后,随即进入了航空署任编译之职。航空署原来是宣统二年清政府在北京南苑所设立的一个小型的飞行机试验厂。民国八年国民政府的国务院在此设立了航空事务处,民国十年又改回原来的航空署之名,并将办公处迁回城内(地址在今北京新街口附近,今名"航空胡同",旧名"航空署街")。据我母亲相告云,大约就在此年,我母亲当时在北京的一所女子职业学校教书,有一天有一位男士拿着名片向校方要求来学校参观,并到我母亲任教的课堂中旁听了很久,我母亲很不高兴,回到家中把名片拿给家人看,家中人一看,就发现这个人原来正是亲友们在为我母亲提亲的对象。其后一年,他们结了婚,婚后一年生下了我。我是民国十三年出生的,依此算来。我父亲拿着名片去旁听我母亲讲课时,应该是民国十年左右。

趁此机会,我要对我母亲的家世也做一点简单的介绍。我母亲的娘家是汉军旗人,也是书香门第。我的外曾祖母还是一位女诗人,曾刊刻过一本诗集,题名为《仲山氏吟草》,她生有两子一女,长子就是我的外祖父。外祖父母有两个女儿,就是我的母亲和我的姨母。我的母亲名玉洁,字立方;我的姨母名玉润,字树滋。不幸的是我的姨母出生以后不久,我的外祖父母就相继去世了,于是两姊妹就过继给了她们的叔父,也就是我后来一直称作"姥爷"的外祖父。他的名字是李警予,原来在河北武清县任地方官长,甚得民心。我一直记得,外祖父家中藏有很多当地人民送来的所谓"万民旗"和"万民伞"。外祖父母自己还没有儿女,所以对我母亲和姨母视如己出。他们晚年方得一子,就是只大我三岁的小舅。而小舅的母亲因为难产生下小舅以后不久就去世了。所以我母亲姊妹和这位小舅都是由姑姑带大的。这位姑姑一直没有结婚,担负起了侍奉老母和抚养三个侄男女的责任。我们称她作三姥爷。我出生后两年,我母亲又生了我的大弟嘉谋。那时我父亲的工作还不太忙,当我两三岁时,父亲就开始教我识字。关于这件事,我在《红蕖留梦》一书的"幼年读书"一节中,曾有详细的叙写。我父亲的书法极好,他在黄表纸上用毛笔所写的书法,和他在所写的字之左右上下用朱砂笔所圈定的平上去入的四声符号,至今我想起来仍然历历如在眼前。当时弟弟还很小,我的印象中不记得父亲有教他读书识字的事。本来我在未曾识字以前就已经像唱儿歌一样背了不少唐诗,父亲以为我是个孺子可教之材,所以对我颇为偏爱。

1928年,美国之莱特兄弟公司(Wright Brothers)与柯蒂斯飞机公司(Curtiss)合作,于1929年成立了一个新公司叫作柯蒂斯莱特公司,提出将给予中国资助发展中国民用航空事业。国民政府遂于1929年4月公布了《中国航空公司条例》,派遣当时任铁道部长的孙科为中国航空公司理事长,与美国商议合作之事,签订了航空运输及航空邮务合同,于1929年5月1日宣布了中国航空公司之正式成立。我父亲也随之正式转入了中国航空公司担任秘书之职,那时候我已经差不多有六岁了。这期间有一件事给我留下了深刻的印象,就是有一次父亲从上海回来,带回一些女童洋装的图样,于是就带我到北平一家绸缎店,为我订做了一件下面有多层花边的粉红色连衣裙。因为我从来没穿过这样讲究的衣服,所以当时的情景至今仍如在目前。这是我父亲对我的特别宠爱,这件事也像当年父亲教我认字,给我留下了深刻的印象。又过了两年,大弟也长大了,父亲就为我们买了一套拼写英文词汇的玩具,还教给我们唱英文的儿歌。同时也请了姨母来教我们读书。我开蒙读的是《论语》,大弟读的是《三字经》。除了诵读古书以外,姨母还教我们算术,而且每天要练习书法。当时我们住的是西厢房,早晨一直在太阳的照射之下,夏天屋内很热,而东厢房是伯父给病人诊病的脉房,没有人住。我和弟弟就搬一个小桌子、两个小凳子在东屋前面的阴凉处写大小楷,背书,做算术等功课。用人把早点做好,父亲就会站在西厢房门口,喊我们过去吃早点。这期间,父亲曾为我订购了不少介绍西方文化的儿童读物。有一种叫《儿童世界》的刊物,里面都是翻译的西方童话故事。其中也附有不少外国图片,如意大利庞贝古城的废墟和英国牛津大学的校园等,也给我留下了深刻印象。那时在父亲的书柜里,还收藏有许多印有天上星座的有关航行的英文书籍。我不懂英文,但对那些天上的星象极感兴趣,有时就自己翻看。夏天的夜晚屋里闷热,我就找一领竹席铺在院中的砖地上,躺在那里看天上的星星,自以为颇有杜牧《秋夕》诗的"天街夜色凉如水,卧看牵牛织女星"的诗意。

父亲转到上海的航空公司以后不久,我称作姥爷的我母亲的叔叔也转到上海一所警察局去工作,姨母也到上海一个大家庭中去做家庭教师了。于是在我八岁、我大弟六岁的那年,趁着有一位我家的亲戚要到上海去的机会,我母亲就带着我和弟弟随这位表亲一起到上海去了。我们是坐船去的,我记得我们从天津塘沽口上的船,表亲住一间舱房,我母亲带着我和弟弟住一间舱房。母亲和弟弟住下面的铺位,我一个人从旁边的一个窄小的梯子爬到上铺去。上铺的旁边,有一个圆形的窗户,是紧紧关闭着的,天气晴明时可以隔窗望见远海遥天。我带了几本儿童杂志上去,就躺在床铺上看书。次日夜里,忽然起了很大的风浪,海浪一阵阵打在这个小圆窗的外面,第二天大家都晕船起不了床,送来的饭菜也没人吃。只有我不晕船,可以爬下来吃饭,还可以再爬上去看书。转天风浪就过去了,不久我们就到达了上海。父亲在上海的一个弄堂里租了一处房子,弄堂口有一个租书的摊子,我和弟弟就跑去租了一些小人书来看。记得其中有一套书叫作《火烧红莲寺》,我和大弟就在家里扮演起武侠的故事来。周末的日子,姥爷就会来带我和弟弟出去逛街和看电影，电影大多也是一些武侠片，逛街就给我们买很多零食。我印象最深的是一只瓷做的大公鸡，造型极好，彩色斑斓，鸡腹下有个盖子，打开以后，里面都是各色的糖果。我和弟弟在上海玩得很高兴，觉得比北平有趣多了。谁想到乐极生悲，我们姐弟同时感染了肺炎。把父亲和母亲急坏了。请了很多医生，内服外敷用了很多药才把病治好。不久后，母亲发现怀孕了，觉得回北平才有人照料，于是就带着我和弟弟回了北平。第二年（1933年），生了我的小弟嘉炽。父亲曾经从上海回来看望过我们一次。当我十岁、大弟八岁时，父亲就把我们送进了离我家不远的一所教会学校，校名"笃志学校"，是一所中小学合在一起的学校。父亲的意思，是我在家里读了"四书"，打了一些旧学的基础，以后应该把英文学好。不过，父亲不能常留在家里。而我在笃志只读了一年。第二年，我们的邻居有一个大我一岁的女孩小学毕业要去考中学，那时在我家附近的教育部街新成立了一所女子中学，她约我去陪考，但是我没有小学毕业的文凭，就以同等学力报了名。谁想到，竟然考上了。由于这所学校离家近，而且学费也比教会学校便宜得多，母亲就决定让我读了这所学校。而且买了一套开明书局出版的《词学小丛书》给我作为奖励。我也就是透过这一套书，自己学会了填词的。那时，华北地区的局势已经非常紧张，父亲不常回来，就要我每周用文言给他写一封信，报告家中情况和自己的学习心得。当我读到初中二年级时，发生了"卢沟桥事变"，北平很快就沦陷了。我们在沦陷区所得的信息先是上海的四行抗战，继之就是南京陷落和"南京大屠杀"，父亲从此就与家人断了音信。在抗战的第四年，母亲腹中生了肿瘤，于1941年秋，由舅父陪同赴天津租界一所西人医院割治。因手术感染，于1941年农历九月二十日在乘火车回北平途中逝世。母亲生于清光绪二十四年戊戌（1898）夏历正月十五，享年只有四十四岁。

我家世代都没有分家，不过我们家人丁不旺，父亲一辈只有伯父和父亲兄弟二人(原有一位三叔,很年轻就去世了),母亲去世后,我和两个弟弟就全靠伯父与伯母的照顾。伯父膝下没有女儿,不仅对我爱如己出,而且因为我喜爱诗词,对我极为宠爱。伯母颜氏讳巽华,原是知府家的小姐,但在抗战的艰苦岁月里家中没有女佣时,她总是亲自操持一切家务。有时我要给伯母帮忙,伯母总是说,你现在是读书的年纪,只要把书读好就行了。所以虽然在战乱的苦难中,我还能安心读书,都是仰赖伯父和伯母的关心和照顾。而就在母亲去世以后不久,日本就于那年的12月8日(美国时间的12月7日)向美国珍珠港发动了偷袭。当时我们在沦陷区的人民生活就更加艰苦了,但是抗战的后方却因为美国的参战而有了转机。因而,在母亲逝世半年多之后,我们竟然收到了一封父亲从重庆辗转寄来的短信。收到父亲的信后,我就想起了已经去世的母亲,本来我曾经写了《哭母诗》八首,现在接到了父亲的信,我又写了题为《母亡后接父书》的一首五言古诗。其后不久,我又写了一首题为《咏怀》的五言古诗,其中写有我对父亲的怀念,说:"古称蜀道难,父今头应白。谁怜半百人,六载常做客。我枉为人子,承欢惭绕膝。每欲凌虚飞,恨少鲲鹏翼。苍茫一回顾,遍地皆荆棘。夜夜梦江南,魂迷关塞黑。"好不容易盼到抗战胜利,但父亲却并未能随着胜利就回到家中,那是因为父亲进入航空公司不久,就由秘书改任了人事课长。一旦胜利,多少人都急于还乡,而公司的事务与人事的安排正是千头万绪。父亲办事一向有一种不稍假借而且公而忘私的作风,所以直到胜利以后的第二年暑期,父亲还没有回来。而我从1945年大学毕业以后,就按学校的分配到中学去教书,担任了一所中学的初中语文课,我平日原是性情羞怯,不善于谈话的,谁知一旦教起书来,却感到可以向学生讲解和传授的话很多。所以不久以后我之善于教书的名声就在师友间传出去了。于是就有不少在中学负责教学的人请托了我亲友中的长辈,邀我去兼课,甚至以不改作业为条件,只要我去讲课。结果是,不久之后我就兼任了三所中学的五班国文课程,从此遂终日骑着车往来奔忙到处去讲课。当暑假快要结束的一个周末,我正搬着我的自行车要跨出我家大门的门槛外出时,忽然见到有一辆北平叫作"洋车"的人力车停在了我家门口,车上有一位穿着西装的长者,提着一个黑色的行李箱下了车。我一眼就认出那原来是我已经十年未曾见面的父亲回来了。父亲当时应该已经有五十五岁,可是看上去一点也没有老人的感觉。我迎接父亲回到我们住的西厢房,当时我们睡的还是土炕,我帮父亲把行装安顿好以后,父亲坐在炕边的一把椅子上哭了很久。后来大弟和小弟陆续回到家中,晚间灯下共进晚餐,真有如杜甫《羌村》诗中所说的"相对如梦寐"的感觉。父亲对于伯父伯母多年来给我们姐弟三人的照顾非常感激。不过,不好再劳动伯母一个人来操持家务,就请了远房一位论辈分我应该称她为大姑姑的亲戚来帮忙。大姑姑的丈夫已经去世,她的儿子外出多年没有音信,所以她原来就以帮人做家务维生。她很愿意到我家来帮忙,事情就这样定下来了。父亲原来是在百忙的公务中抽暇回来探望家人的,所以不久就又返回上海去了。这次父亲回家的时间虽短,但是亲友们想为父亲提亲安排续弦的人却很多。不过都被父亲一一婉言谢绝了,而且连见对方一面也未曾应允。父亲对母亲的感情,是无人可以取代的。

父亲返回上海后,大姑姑就留在我家,照顾我和两个弟弟的日常生活。这时大弟嘉谋还在中国大学读书,认识了一位女同学名叫杭若侠,两人感情很好。我于两年前也认识了一位男朋友,名叫赵钟荪。我原本从来没交过男朋友,这一则因为我从小是关在深宅大院里长大的,不善也不喜交游;二则是在大学读书时辅仁大学是男女分校,偶然有合班的课,也有人写过信来,但因为我对写信的人既不感兴趣,所以就都不曾回复。至于与赵君之相识,则是因为他的堂姊曾经是我读中学时的老师。赵君在抗战期间原来不在北平,胜利以后才从后方回来。他的堂姊想把我介绍给他,就把我的相片给他看了。他当时在秦皇岛的一个煤矿公司做事,他的一个同事王君与我辅大的一个同班同学侯女士是朋友,于是赵君就请侯女士安排了一个新春的聚会,在聚会中介绍我与赵君相识了。我本来一向不大与男生交谈,但他一见面就过来告诉我说他是我中学时一位老师的堂弟,又说他自己的妹妹是我同年级不同班的同学。这都是事实,我当然就很客气地与他谈起话来。聚会结束时天已经很晚,他问我是否骑车来的,我说是的,他说他也是骑车来的,要送我回家。由此他就认识了我家的地址。于是他就找到一个他同学的弟弟杨君,而杨君是我大弟的同学,从此他与杨君就经常来我家相聚。那时我家外院有五间南房,靠西边的两间是伯父藏书的所在,摆满了书架。另外三间原来曾经租给许寿裳先生的公子许世瑛(字诗英)先生做新婚的住所,许寿裳先生在台湾光复后就被请去做了台湾编译馆的馆长,因此许世瑛夫妇就也去了台湾,所以我家的南房就空了下来。于是我的两个弟弟就摆了一个打乒乓球的台子,赵、杨二君及我大弟的女朋友杭若侠就经常来找我弟弟打乒乓球或打桥牌。偶尔他们也邀我一同参加。我父亲回家探亲后的第二年春天,大弟嘉谋大学毕业,找到了教书的工作,要和杭女士订婚。赵君则恰好在不久前失去了秦皇岛煤矿的工作,一个人贫病交加地住在北平。他的姐夫(我中学的老师是他的堂姐,这是他的亲姐)是在海军工作的,就介绍他到南京的海军士官学校去做文职教官。他提出要与我订婚后再走。于是我和大弟就一同写信向父亲报告了我们姐弟要同时办理订婚的事[①]。父亲本是很开明的人,以为男大当婚女大当嫁,既然已经各自选择了对象,就同意了我和赵君及大弟与杭女士同时举办订婚的事。订婚以后不

[①] 关于我与外子相识及订婚之事,可参看叶嘉莹口述,张候萍撰写《红蕖留梦》,生活·读书·新知三联书店,2013年,第113—114页。

久,父亲又回到家里来,约见了我和弟弟两人的对象。父亲对杭女士没有意见,但对于赵君则有一点意见,以为作为一个男子他学无所长。不过既然已经订了婚,父亲就也未加反对。不久赵君就去了南京。等他工作安定了邀我去结婚时,父亲还买了机票为我安排了中国航空公司的飞机把我送到上海,然后由赵君和他的姐姐接我去南京。到了南京租了一间房子住定以后,我在南京也找到了一个工作,在一个名叫"圣三中学"的教会学校任教。那时的国民政府,自从1945年抗战胜利回北平去接收,不久就被百姓讽刺为"劫收",因为他们假胜利之余威,对于才光复不久的沦陷区人民做了许多仗势欺人的不法事情。而且国民党在与共产党的内战中,更是连连失利。当我们到达南京时,我们租房子的租金就已经不能再按法币来计算,而是要用每个月几袋米来计算了。每个月我领到了薪水就要赶快到市面兑换银圆的小市场去把法币换成银圆,以求保值。市街上的商店中,货架上大多是空无一物,奸商与贪官互相勾结,联合起来做投机倒把的生意。当时南京的《中央日报》副刊《泱泱》版曾经有一位署名宗志黄的作者,发表过一套题名《钟馗捉鬼》的【正宫·端正好】套曲,把当时的乱象写得淋漓尽致。在此期间,我也曾抽时间去上海探望过父亲。父亲多年在外,一直过单人生活,住处缺乏整理。我帮他整理清洗衣物时,发现他每月领到的法币薪金散乱地随意放在抽屉里,已经都成了一堆废纸。当时国民政府又想出了个新方法,要老百姓把所有的金银实物都交给政府,而改发新印的金圆券。金圆券的寿命更短。国民政府的信用已经面临崩溃,于是就决定了撤退到台湾的计划。外子的工作单位是海军,我们这些眷属是于1948年11月下旬乘中兴轮从上海撤退的。当时不仅是舱位一票难求,就是统舱也早已是地无虚席。就在这样的慌乱拥挤中,我们到达了台湾的基隆海港,然后又改乘火车,从基隆港驶向海军的基地——左营。我们是在凌晨从基隆上的火车,火车很慢,停的站很多,很有点像老北平拥挤的电车一样。到达左营军区的车站,已是子夜。至于在上海的父亲,则因为身为人事课长,一切要听从上面的决定和安排。所以我抵达左营的海军军区以后,就不仅与大陆的家人亲友断绝了音讯,就连我父亲的音讯也断绝了。

左营是个新开辟的海军军区,眷属村非常荒凉。既无事可做,更无书可读。我在寂寞中想起了曾经在我家外院南房住过的许世瑛先生。许先生对我的印象极好,当他住在我家外院时,我还是个高中生,他每天都听见我在家中朗诵诗文的声音,我考上辅仁大学以后,他又恰好也在辅大任教,虽然不教我的课,却从我的成绩上知道我是个出色的好学生。于是我就从左营给在台北教书的许先生写了一封信。他很快就给了我回信,介绍我到台湾彰化的省立女中去教书。这期间,我父亲也已经以中航公司人事课长的身份带领一批员工撤退到了台湾的台南市。本来我父亲于1949年撤抵台南后不久,就听到了上海两航起义的消息,他还曾经赶到基隆,想从基隆上船返回上海,却被基隆码头的人阻拦下来了。父亲到了台南以后,这些撤退回来的员工就被台湾当局安排到一所有许多被分隔开的单元宿舍的大建筑中去居住,建筑中间有一个大厨房,各家都在这个大厨房里做饭炒菜。父亲单身一人,分到一个单间的房间,他就仍然到外面去吃饭,像以前一样过着他的单身生活。我当时远在彰化教书,而且那时已经怀孕,所以一直没能去探望他。彰化女中放暑假以后,我就仍回到左营军区,那时我已经临近了产期。有一天早晨将近破晓时,我忽然发现下面流水,知道是羊水破了,外子赵君把我送到海军医院后就离去了。但海军医院并没有妇产科,所以没有人管我,由于一直没有腹痛,也没有人理会我。如此直到天已经黑了,外子才把他姐姐找来。他姐姐责备他说:"这是两条人命的事!"但是,整个左营军区也没有妇产科的医院,他姐姐找了一辆军用吉普车,把我送到高雄的一所妇产科医院,医生知道了忙着把我送入病房,打了催生针,开始腹痛,一直剧痛到第二天下午一时,才生出了我的大女儿言言。我们母女俩,都是在鬼门关前捡回来的生命。

　　一个多月后,女儿满月,学校也快要开学了,我马上要回到彰化女中去教书。但现在我已经有了女儿,不能再去住单身宿舍。彰化女中的校长皇甫珪女士为人很热情,她来信说欢迎我到校长官舍与她同住。原来她的先生宗亮东是台北师范大学的教授,极少到彰化来,皇甫校长早已经邀了另一位彰化女中的教师张书琴女士带着一个才上小学的女儿与她同住,还空出一间房来,她欢迎我带着才满月的女婴也去与她们同住。谁料到三个月后,正当圣诞节假期外子来彰化探望我们母女时,竟然有一批海军人员突然在凌晨敲开了门,进入我住的房间,翻检之后,说外子有"思想问题",就把他押往左营军区去了。半年后又来了一批彰化警察局的警察,把皇甫校长和我以及张书琴老师一同抓进了警察局。到了警察局以后就发现,原来还有另外三位彰化女中的教师也早已被抓进来了。警察局不仅对我们一一审问,还令我们每人都写了自白书,对自己过去的一切思想和行为做详细交代。最后说,要把我们都送到台北的警备司令部去关押。我因有一个要吃母乳的女婴,就抱着女儿去面见警察局长,请求只把我关在彰化不要送去台北,因为我在台北一无亲友,万一发生什么事,我的女儿无人可以托付。没想到警察局长竟然大发慈悲,把我们母女放了出来。可是放出来后,我已经是无家可归,就带着吃奶的女儿回到左营去投奔了外子的姐姐。关于这一段艰苦的经历,我在《红蕖留梦》一书中已经有所叙述,在此就不再多说了。

　　就在我寄居在亲戚家每晚带着吃奶的女儿在走廊上打地铺的时候,父亲从台南寄来一封信,告诉我说台湾当局对于他们这些由上海来到台湾的中航公司的失业的人做出了安排,请他到台北的物资局去担任一份闲差,物资局会拨一栋日本式的房子给他和另一位同事王先生夫妇同住。如此,他在台南的那一间单身宿舍就空了下来。父亲说我带着吃奶的女儿可以到台南那间单身宿舍去住,就不必寄居亲戚家每晚打地铺睡走廊了。于是,我就带着女儿去了台南。前面我所叙写的航空公司迁台后很多家的眷属一同在一个大厨房里做饭炒菜,就是我搬到那里去以后所见到的真实情景。我带着女儿在这里住了两个多月。有一次,我生病无法起床做饭,在床上躺了两天,女儿照常吃我的奶,直到病好了方才能起来买菜做饭。这时,忽然接到了一封来信。原来是我的堂兄叶嘉毅来信告诉我说,他来到台湾以后在台南一所私立的光华女子中学教书,现在他找到了一所待遇比较好的省立中学的教职,问我愿不愿意接替他到这所私立女中去任教。这对我而言是难得的机会,于是暑假开学,我就到这所私立女中去教书了。私立学校不大注意我的经历,而且我教书教得好,与同事也相处得好,所以一直安然无事。但是我一个年轻的少妇,带着一个吃奶的女儿,两年多不见有我的先生出现,大家就未免对此感到好奇。我只告诉大家说我先生在左营海军工作,因为交通不便而且工作忙碌,所以难得来看望我们。如此有将近三年之久。外子关押后虽经历了多次拷问,但他确实没有参加过任何政治组织的活动,所以就在1952年秋天被放了出来。他出来后没有工作,就也住在光华女中我的宿舍中。第二年暑期,我生了第二个女儿言慧。言慧出生不久,就有以前在彰化女中教书的同事、当时已转往台北第二女中任教的两位老师邀我去台北任教。我想,到台北教书可以与父亲相聚,是难得的机会,就答应了台北二女中的邀聘,于8月下旬来到了台北,住入父亲在信义路二段的物资局所分配的宿舍。我本意是可以有多一些侍奉父亲的机会,谁想到事与愿违,我一到台北就开始了极为忙碌的工作。因为在台大教书的许世瑛先生一听说我来了台北,立刻就来邀请我去台湾大学帮忙,说有一班侨生的大一国文要请一位能讲标准北京话的人去教。情意难却,我就答应了许先生的邀请。

第二年,台湾大学决定聘我为专任,于是我就向台北二女中提出辞职。谁料想二女中的王亚权校长坚决不肯放我走,她说你可以接受台大的专任聘约,但一定请你帮忙把现在所教的两班学生随班升级送他们到高三毕业。这是因为,当年台湾大专联考竞争激烈,而我任教的两班学生每次在本校的考试比赛中总是名列前茅。至于上级规定不能两处专任的限制,王校长说她自有办法解决。总之,王亚权校长坚持请求我要把我现在教的两班高中生送到毕业,我是一个不善于坚拒的人,所以就开始了极为忙碌的教学生活。

  幸而我父亲过惯了单身的生活。现在他照常每天到物资局上班,我请了一个女佣,每天既帮我看孩子,也帮我买菜烧饭。我对父亲所能做的只是每天为他安排一些可口的饭菜,他不必再到外面去吃了。而每逢周末,我有时也会邀请一些亲友来陪我父亲打几圈麻将。我和女佣则帮忙安排一些可口的点心和饭菜。本来父亲离开中航公司转到台北物资局工作时,航空公司曾给员工们发了一笔遣散费。当时父亲的一位同事对大家说,有鉴于国民政府当年法币和金圆券之贬值成为废纸,不如大家拿这笔遣散费去做些生意。于是大家就都把自己的遣散费交给了这位同事。他集资以后开了一家饭店,谁料想三年以后他告诉大家说因为有些不合法的事饭店被查封了,生意受到很大影响。最后,父亲的遣散费只落得血本无归。父亲原本就不善理财,对金钱的得失并不大在意,每天仍安然过着上下班的规律生活。过了几年,我的女儿慢慢长大了。大女儿忙于读书考试,小女儿每天在家陪外公。父亲对她非常喜爱,空闲时就带她出去散步,买一些吃食回来。父亲喜欢看电影,恰好当时凌波主演的电影《梁山伯与祝英台》在我家附近一所电影院放映,祖孙二人就都成了凌波的粉丝。

  本来我以为,把二女中的两班高中生送毕业了我就可以比较清闲了。谁料到许世瑛先生被请去做了淡江大学的中文系主任,于是就邀我去任课。不久以后,辅仁大学在台湾也复校了,当年我在北平辅大读书时教过我大一国文的戴君仁老师被请去做了中文系主任,于是戴先生也邀我去担任辅仁大学中文系的"诗选"和"词选"等课。我当时每周竟然教了三十个小时的课,还抽出时间写了几篇论文。父亲对我自幼就偏爱,对我的辛苦自然十分疼惜,但对我在教研两方面都有所成也十分欣喜。不过父亲是一向不喜用言辞表达感情的人,我也是不善言辞的人,所以我们父女之间的关爱之情都不曾用言辞表达过。

1952年秋天,台湾大学郑骞教授的夫人去世了。郑先生与我的老师顾随先生有一段介乎师友之间的情谊,当我于1948年来台湾时,顾先生曾嘱我去看望郑先生。郑师母极为热情,曾留我在他们家里住了几天。那时郑先生的老母还在世,郑先生的女儿只有十岁上下,一家人对我都很好。所以郑师母去世时我就写了一副挽联:

　　萱堂犹健,左女方娇,我来十四年前,初仰母仪接笑语。
　　潘鬓将衰,庄盆遽鼓,人去重阳节后,可知夫子倍伤神。

把挽联作好了,我就准备了宣纸、毛笔和墨汁,去请求父亲替我书写。父亲的书法极好,拿起笔来就一挥而就。而父亲在写完这一副联语以后,却忽然向我提出说:"你再用我的口吻也作一副挽联。"于是我就以我父亲的名义,针对郑骞教授的身份和郑师母的为人,又作了一副联语:

　　荆布慕平陵,有德曜家风,垂仪百世。
　　门闾开北海,似康成夫婿,足慰今生。

上一联用的是东汉时期一对著名的贤士夫妇梁鸿与孟光的典故;下一联用的是东汉著名的学者郑玄的典故。都是客观的称美,不牵涉任何私人的情意,用父亲的名义表示对郑先生夫妇的敬重和哀挽,应该是极为贴切的。我想,父亲心中对我作的联语应该颇为满意,但父亲在言辞中却未曾给我任何称赏或赞美。正如当年父亲给我做了一件极讲究极美丽的衣裙,也并未曾在口头上对我说过什么夸奖赞美的话。我对父亲极为敬爱和感激,但是我也从来没有对父亲说过什么感谢和感动的话。这大概是我们家中一贯的修养和作风。据我所知,父亲多年在航空公司工作,经常参加与外国人一起举办的酒会,原来也有他在社交场中活泼风趣的一面。关于这一方面,当年航空公司在上海的时期,曾经有过记者对父亲风趣的言谈做过报道①。不过,在我们旧家庭中培养出来的家人却一般都有一种言语有节、举止有度的风范和修养,我自己个人也传承了这种语言和行事的风格。关于我们父女之间的亲情,父亲和我都有一种不需言说的默契和体会。不过,这两则联语却引起了台静农先生的赏爱和注意。自此以后,台先生就把替他撰写联语的工作全交给了我。所以,我的《迦陵诗词稿》后面才会附录了那么多替人撰写的联语。

到了1965年的夏天,有一班台大中文系的毕业生举办了一个盛大的谢师宴会,不仅邀请了中文系所有的老师,而且也邀请了台湾大学的校长钱思亮先生。我本来一向与钱校长并无任何往来,谁知那一天钱校长一见到我,就立刻走到我的面前对我说,他已经与美国的密歇根州立大学签了交换合约,明年要把我交换到那里去教书,暑假里富布赖特项目将安排我在每个周末去学习英语。我回答说我要与家人商议后再做决定。回家以后,我就把这个消息告诉了我的父亲和外子。他们两人都很高兴,一致支持我出去到密大去讲学。我想父亲是因为他一直有一种想法,正如我的老师顾随先生在一封信中所说的:"须通一两种

---

① 1948年中国航空公司在上海办有通讯报刊《天津路二号消息》,其中有一条署名为"小记者"的消息说:某次饭后,小记者见到了叶先生,就开玩笑说:"老叶的肚皮很不小!"老叶随即答曰:"因为里面有一个小记者啊。"于是,"记者无言而退"。

外国文,能直接看'洋鬼子'书,方能开扩心胸。"所以父亲从我小时候就教我唱英语的儿歌,又教我和弟弟学英文拼字的游戏。而且当我十岁该上小学五年级时把我送到一所教会学校去读书,就是因为那所学校从小学五年级就开始学英语的缘故。只不过世事难料,如前所述,不久以后我就因陪考而以同等学力考上了中学,于是母亲就令我直接进了中学读书。不久后又发生了"卢沟桥事变",父亲既与家中音信隔绝,我对英文的学习也就中途而废了。现在要重新开始学英文到美国去教书,父亲以为这正是一个开拓学问和知识的好机会,所以赞同我去。至于外子则是因为他曾经在台湾白色恐怖中被海军关押了很久,释放出来后一直没有找到工作。我被邀请到台北二女中教书时,曾经向二女中提出要求,希望能给他安排一个工作,所以我到台北二女中任教后他就被安排到二女中在汐止的分部去教书了。这也是我不能峻拒二女中王校长要留我继续任教送两班同学毕业以后再走的缘故。当时台大与二女中两个专任的课业之重,把我累到骨瘦如柴,而且染患了气喘病。外子现在支持我出国去讲学,是希望一年后我可以用探亲的名义把他也接到美国去。这个愿望,他果然达到了。不过当我把他接出来以后,当时我已经不在密歇根州立大学而转到哈佛大学去任教了。那是因为,我在出国以前要经过面试,来给我面试的人是美国哈佛大学远东系的海陶玮教授,海教授给我面试以后,就坚持要邀请我到哈佛去。只因台湾大学的钱校长不同意,所以我只好先到密歇根州立大学教了一年,一年期满我就转到哈佛大学来做客座教授了。不过海教授邀请我来哈佛大学的主要目的还不是要我来教书,而是要与我合作研究,研究的主要工作有两个方面:一个方面是协助他翻译陶渊明的诗;另一个方面则是他要协助我做一些对于中国词的研读和翻译。海教授作为出色的研读中国古典文学的学者,他深感到对于中国的"词"的困惑,因为"词"之为体,表面看来其内容所写的都是相似的美女与爱情及伤春和怨别的情景,似乎千篇一律,不知应该如何评价和欣赏。我与海教授的合作非常愉快,不仅在《哈佛大学亚洲研究学报》上发表了两篇论文,还与海教授一同外出参加了两次国际会议。光阴易逝,学期结束后,我们的合作又延长了一个暑假,直到9月初,台湾的几所大学将要开学了,我要回台湾了。海教授极为坚持地想要留我继续合作,而我则坚持要回去。他对此不理解,以为我的先生和两个女儿都已经在这里,我为何要回去?我说中国人重视的是信义和孝道,我不能只顾自己的小家庭,我既不能对台湾三所我任教的大学失信,更不能把年近八旬的老父一个人留在台湾不加照顾。所以,我告诉海教授说,我一定要把我父亲接出来,才能留在北美。于是,我就坚决地回了台湾。第二年春天,海教授就寄来了一封正式邀我到哈佛做访问教授的邀请函。父亲很愿意与我一同出去,我就替父亲办了护照,然后一同到相关办事处去办手续。没有料想到,他们不仅不肯给我父亲办理,还把我原有的可以多次访问美国的旅行证件也取消了。我就给美国哈佛大学的海教授写信,告诉他我去不成了。海教授说你可以先到加拿大,然后再转来美国。父亲也同意这样做,而且父亲提出说我最好先一个人出去,办好了一切手续再接他出去。我本来也可以不出去,就仍留在台湾继续教书,只是外子不肯回台湾,还有两个女儿也已经都在美国读书,我一个人在台湾教书实在无法供养他们父女三人在美国的生活。其实当初我离开哈佛返回台湾时曾经请海教授为外子安排了一份到俄亥俄州欧柏林学院(Oberlin College)去教华语的工作,只不过他教了半年,就又失业了。落到现在这样的困境,我只能一个人先出去试一试了。但是如果只留父亲一人在台湾由女佣照顾,我又很不放心。于是我就邀请了在台湾大学读研究所的我的学生施淑来陪父亲同住照顾父亲,我自己只身去了温哥华。到达温哥华的第二天,我就拿着新身份证件和美国的聘书到温哥华美国领事馆去办理手续。办事人看了我的证件和聘书以后说,你如果只是去美国旅游没有问题,但你拿着哈佛大学的聘书,则要回到原住地去办理才可以。我既然不能拿到去美国所需的通行证件,只好又给海教授打了一个电话,把困难告诉了他。海教授一心想把我留在北美与他合作,所以他就又做了一个安排。他立刻给温哥华的不列颠哥伦比亚大学亚洲系的蒲立本教授打了一个电话,告诉他说目前有像我这样的一个人在温哥华,没有拿到去美国教书的证件,问蒲教授在不列颠哥伦比亚大学的亚洲系有没有机会。谁料想蒲教授一听竟然喜出望外,说他的亚洲系恰好有从美国逃避兵役跑来加拿大想要读中国古典诗歌的两个研究生,欢迎我去任教。于是我就到不列颠哥伦比亚大学的亚洲系去教书了。不过这原来只是一个短期的临时聘约,而且即使我明年能够去哈佛做客座教授,也不是长久之计,我不能把老父接出来随我漂泊无定地谋生。这时,就又有一位在香港的未曾谋面的热心人宋淇先生发来了一封信,说香港大学要邀请我去港大教书。正在犹疑未定之际,不承想不列颠哥伦比亚大学的蒲立本教授竟然在圣诞节以前就通知了我将要聘我做终身教授,于是我马上告诉了父亲这个好消息,父亲也很高兴。为了迎接父亲到来,我用贷款的方式很快就买定了一所房子。因为我能够交付的头款不多,买的是一所老房子。有两层楼,楼上楼下各有两间卧室。我决定叫两个女儿住楼上的两间卧室,父亲来了可以住楼下的一间卧室,我和外子住楼下另一间卧室。一切安排就绪,父亲就在1969年的圣诞节前来到了温哥华。我当时非常高兴,我想我半生漂泊一世艰辛,如今总算全家团聚,可以安心在温哥华定居下来了。父亲很喜欢这个地方,因为我买的房子在第7街,隔两条巷子就是第9街,也就是被称作百老汇(Broadway)的大街,街上有各种店铺,而且这条大街有一直通到大学校园的公共汽车,我和两个女儿上班上学很方便,父亲出来逛街也很方便。父亲的英文很好,身体也很硬朗,喜欢独自出去逛街,颇能自得其乐。更令父亲高兴的是,那时大陆虽然尚未开放,但当时的不列颠哥伦比亚大学有一些从港台来的思想左倾的学生常在校园的礼堂中安排放映一些电影,如大型歌舞剧《东方红》和芭蕾舞剧《红色娘子军》等,有时也放一些新闻片如原子弹的试爆等等,父亲都看得很高兴。不过,父亲却从来不表示什么意见。总之,这一段时间父亲过得非常愉快。

谁知有一天外子从外面回来,说他看到了一所房子以为很好,要我再去贷款买这所房子。本来我既然已经有了终身聘书,再去贷款买一所房子也不成问题,不过他的意思却不只是买个房子而已,他是想叫全家都搬到那个房子去住。我去看了那一所房子,那里本不是一个符合一般规格的房子,是一个把地下室改装成客厅,而楼上只有一间大卧室的房子。而且楼上与楼下的连接也不是正式的楼梯,而是一个螺旋形的铁梯。于是我就表示我们不能搬到这所房子去住,因为这所房子的房间根本不够住。而他竟然与我大吵大闹,全然不讲道理,每天不得平安。父亲对于我们的家事从来不加干预,但外子每天的吵闹使得全家不安。他以为,他才是一家之长,大家都要听他的。这种重男轻女的观念,其实也是中国的传统。在我的第二个女儿出生时,外子在产房门口听说是个女孩转头就走了。我被医生推出产房以后没有人管,躺在推行的床上在有冷空调的房间待了两个多小时。幸亏我的大女儿在病房找不到妈妈,找来找去找到了这里。我叫大女儿去找爸爸,才把我推回了病房。当夜,我觉得浑身发冷,就跟外子说:"怎么这么冷?"这话被楼上的医生听见了,马上跑下来给我打了针并吃了药。医生对我们说:"产后发烧是非常危险的事情!"我想,外子之不管我,也就是因为我生的是个女儿。在加拿大也是男女不平等,结了婚的女子在自己原来的姓氏之上都要冠以夫姓,所以我就只是 Mrs. Zhao。当我到温哥华接受了不列颠哥伦比亚大学的聘书后,我就开始办理把家人接过来的手续。大女儿言言最能干,自己申请转学,就从密歇根州立大学转到不列颠哥伦比亚大学来了。小女儿也没有问题,我替她申请了一所中学,拿到入学许可,她也就可以转过来了。只有外子成了问题,他既不是学生,也没有工作,我申请他以我的眷属身份过来,不料那位移民官说,男子才是户长,你是他的眷属,他不能以你的眷属身份过来。幸得亚洲系的蒲立本教授给了他一个"研究助理"的名义,他才能够以这个身份过来了。他因此非常得意,觉得他才是一家之主,所以他要买这一所房子我就要服从他的决定,然后以我的工作为抵押去申请房屋贷款,每个月由我的薪水中支付归还本金和利息。而且当时结了婚的女子,在学校工作中也都是以丈夫的姓相称呼,于是大家都称我为 Mrs. Zhao,叶嘉莹就不见了。父亲只希望家中不再吵闹就好,所以我们全家就搬到 39 街来了。本来距离 39 街不远的 41 街也是一条大街,我每天就搭乘 41 街直通到大学校园的公共汽车去上班,只是老父亲却失去了像以前住在 7 街时每天自己出门到 9 街闲逛的乐趣,因为 39 街的住房要出去须要从楼上经过那一条螺旋形的铁梯才能出门,极为不便。所以父亲就只好困居在楼上,由我经常到学校图书馆借些英文书来供他消遣。父亲仍习惯于做翻译的工作,曾经利用闲暇时间翻译了一篇美国著名的中国史研究专家史景迁(Jonathan D. Spence)所写的文稿,内容是介绍十七世纪时西方到中国来传教的两位教士汤若望(Johann Adam Schall von Bell)和南怀仁(Ferdinand Verbiest)的事迹的。此稿译成后,我曾经寄往台湾的《传记文学》杂志,希望能够在台发表。很久以后才得到他们的回音,说不准备刊出,但他们却把父亲的原稿遗失了,退寄回来的是他们重新抄录改订过的手写稿。所以我虽然一直以为父亲的书法很好,却连一张父亲的手稿也没能保存下来。本来,父亲第二年在温哥华过年时曾经给我的小女儿写了一首小诗,不过那时在我温哥华的家中没有写毛笔字的纸笔,父亲是用圆珠笔写在一张普通白纸上的:

  凡是谋生须自立,岂能事业总因人。

> 如花岁月应珍惜，常思母爱慰亲心。

因为诗是写给小女儿的，我就把父亲的这首诗仍交还给小女儿了。我叮嘱她要把这张外公亲笔写给她的诗好好保存，而我自己也到学校用复印机把父亲写的这首诗做了复印保存起来了。多年来各处流转，我都保存着这一纸复印的父亲的手迹。谁料想复印的墨迹不能长久保存，现在这一纸复印的字迹早已经模糊不清了，而我交给小女儿自己保存的那一纸原件，她也已经找不到了。至今写到这些往事，我都觉得对父亲有很多愧疚。而最使我难过的是，抗战胜利后父亲第二次回家探亲时，我正准备远赴南京去结婚，父亲当时可能有很多感慨。就在我临行前不久，父亲亲笔写了纪念我母亲的八首悼亡诗。我把父亲的诗装了一个框架放在母亲的遗像前面。那时古老的北平还没有复印技术，而我忙于整理行装，也未及抄录下来。而且我自己曾以为，去南方举行婚礼以后很快就会仍然回到北平我的老家来。谁料想到，国民党败退得竟如此之快。父亲在我南下结婚后也很快就回到上海的航空公司去了，当我与父亲再次在上海相见时，那已经是国民党改革币制失败以后的危亡前夕。外子的工作单位把眷属们先行撤退，从此以后我就经历了一段艰苦的生活。等到我与父亲再次在台湾相聚，前尘往事都已经恍如隔世渺不可寻。不仅我不再记得父亲的诗句，父亲自己也已经不复记忆了。这是我最为对不起父亲也对不起母亲的一件终生憾事。

现在再回头叙写我们搬到39街以后的事。搬过去以后，大女儿言言首先提出了异议。她说那个由地下室改成的客厅只在厕所边上留下了两个小房间给她们姊妹居住，妹妹还在读中学课业不多，可以到楼上餐厅的大桌子上做功课，只有睡觉时才回到自己的房间；而她在读大学，需用的参考书很多，作业也很多，她提出要搬到学校宿舍去住。我只好同意了大女儿的请求。至于给父亲住的，则只有楼上一个小房间。这个房间本来是原房主放洗衣机和烘干机的房间，父亲没讲一句话就住进了这个小房间。而外子所看中的要留给自己住的那间大卧室,他却于搬进去以后不久,就离开温哥华到西雅图去了。那是因为,严复的长孙女严倚云博士当时正在西雅图华盛顿大学任教,她给我来了一封信,想要邀我到西雅图华盛顿大学去教书。华盛顿大学比不列颠哥伦比亚大学有名得多,待遇也好得多,但是我婉拒了她的邀请,因为不列颠哥伦比亚大学的亚洲系对我不错,我既然已经接受了他们的终身聘约,而且我的老父亲和两个女儿都已经定居在温哥华,我不能再带着全家过飘转各地地生活了。但在婉拒了严女士的邀请以后,我却推荐了外子赵君到西雅图他们的学校去教华语。我介绍说,外子曾经在台湾教华语,也曾经在美国俄亥俄州的欧柏林学院教过华语。严女士很热诚,就给了他一年的聘书,他就到华大去教华语了。外子离开温哥华不久,温哥华的公共汽车发生了大罢工的工潮。我不能搭公车赴校,只能站在 41 街的路边上伸着大拇指等待搭便车。好在这原是一条通往不列颠哥伦比亚大学的要道,上午到学校去的师生很多,他们知道公车罢工,经常都会停下来接引搭便车的人上车。如此过了一段时间,公车的司机一直不肯复工,而那一年的天气特别冷,圣诞节以后连降了多天的大雪,在路上等车很不方便。就有亚洲系新来的一位教授王健博士(Dr. Jan Walls),他早年是蒲立本教授在美国教过的学生,他的夫人名字叫李盈,是从台湾到美国留学的一位女士,现在随她丈夫也来到不列颠哥伦比亚大学教华语。他们夫妇二人非常热诚,就提出了每天到我家接我的建议。从此我就搭他们的便车赴校,每天八点多出门,下午五点多再搭他们的车回家。温哥华本来冬天就天黑得早,何况下着大雪。有一天当我搭车回到家中后,看见父亲与我的小女儿祖孙二人正坐在客厅的餐桌边等我回来做饭。我把书包放下就去做饭,父亲看到我回来放下了心,就回到自己的房中去休息了。等我把饭做好去请父亲出来吃饭时,父亲一起床,就开始呕吐。我赶快扶父亲到厕所,父亲坐到厕所中就不断呕吐,忽然就昏迷了。我当时人地生疏手足无措,不知怎样是好,只好再打电话向王健夫妇求救。王教授真是既能干又热心,他立刻赶到我家,叫了救护车,送父亲到温哥华最大的总医院(General Hospital)去抢救。父亲一直昏迷不醒,王教授和医院的人都说,你留在这里无益,回家去吧,家中还有小女儿一个人在等着吃饭呢。因为如前所叙,自9月开始,外子就到西雅图去了,现在我陪父亲在医院,小女儿一个人在家,我也不放心。医院的医生护士和王教授都劝我先回去,明天再来看望,而且当时我如果不搭王教授的车回去,在大雪中就根本无法回去了,何况第二天我还要去上课。于是王教授就送我回家了。次日上午,王教授夫妇又来接我去学校上课。下课后我要去医院看望父亲,大雪中叫不到出租车(因为出租车在大雪中也都停了工),只好伸拇指搭便车,但大学没有直达医院的路,每次只能辗转换搭好几次便车才到达医院。幸而医院对父亲照顾得极好,父亲住的是一间宽大的单人病房,护理的人每天给他注射营养液,也每天为他擦身体和做按摩。这其间,我也曾多次带小女儿一起搭便车去看望父亲。父亲一直不能开口说话,但有时候目光会随着她转动。我想,父亲要叮嘱她的,可能就是他发病以前不久写给她的那首诗了:"如花岁月须珍惜,常思母爱慰亲心。"就这样,父亲在医院住了一个多月,最后安然逝世。我为父亲在温哥华的海景墓园(Ocean View Burial Park)选了一块极好的墓地,周围都是花木,还有喷水的水池。当父亲的骨灰下葬时,我内心真是万分悲痛和愧疚。我最难过的是,自从1948年渡海迁台以后,我身边就只剩下父亲是我唯一的亲人,父亲也只剩下我这最被他疼爱的女儿是他唯一的亲人。我们本该父女相守,我要好好地奉养父亲才是。谁料想我自抵台以后就身陷苦难之中,而且当时的台湾交通极为不便,从左营到其他城市,除了一条纵贯铁路之外根本没有公路,所以既无公共汽车,也没有人力车和出租车,而纵贯铁路上的火车处处停靠,开得像电车一样的慢。从左营海军军区走到火车站,也是一段遥远的路程,从彰化火车站走到彰化女中虽然没有那么远,但我要抱着孩子提着行李走这一段路也不容易。何况,我还身陷白色恐怖的苦难之中,因此一直不能在父亲身边照料他的生活。我之所以在前面历历叙写我的苦难,正是因为我内心对父亲深怀愧疚。当只剩下我们父女两个亲人时,我对父亲不但丝毫没能尽到孝养的心意,还给父亲增添了许多担心忧虑,甚至接父亲到温哥华以后,我也没能好好地尽到孝心。而今父亲弃我而去,故乡北京又正在"文革"之中,我与两个弟弟已经有二十多年不能互通音信了。我知道父亲比我更怀念故乡和我的两个弟弟,但我却使父亲埋骨他乡。墓地再好,也无法补赎我对父亲的歉疚。当时我曾写了题为《父殁》的一首五言律诗:

老父天涯殁,余生海外悬。更无根可托,空有泪如泉。

昆弟今虽在,乡书远莫传。植碑芳草碧,何日是归年。

如前所述,我深知父亲是关怀祖国思念家乡的。当父亲到了温哥华以后,可以从报纸和电视上得到不少祖国的信息,而且那时不列颠哥伦比亚大学有不少从港台来的留学生,他们在放映一些大陆的影片时,常常会开车来接我父亲和我一同去观看。有一次他们找到了一卷内容是大陆原子弹爆炸成功的纪录片放映,父亲看得非常专注和认真。我想,父亲当年考入北京大学外文系,毕业后献身于开拓祖国航空事业的工作,从民国六年进入航空署开始,到民国十七年进入与美国莱特公司合作的中国航空公司,历经在艰苦的抗战中与美国飞虎队的合作,到1945年抗战胜利,公司迁回上海,又于1949年迁到台湾,直到航空公司解散,他是在中国航空公司工作服务最久的一个人。他一生所期盼的,就是祖国的强盛。当他看到中国自己居然可以制造出原子弹来,其兴奋和激动是可以想见的。不过父亲仍然并没有在言语中有什么明白的表示，我想这一方面当然是由于父亲的性格与修养，但另一方面可能也是顾及我对当年台湾白色恐怖的畏惧。

父亲是1971年2月去世的。而在父亲去世以后不久，我就见到了中国与加拿大正式建交的消息，于是立刻试探着给老家北京的弟弟写了一封信。我弟弟当时是农大附中的一个教师，忽然收到了二十多年不通音信的姐姐从加拿大寄来的信，就拿着我的信去向校领导请示，得到校领导的同意，才给我写了回信。收到回信，我就开始办理回国探亲的申请，终于在1974年达成了回国的愿望。第一次回国，在极端兴奋之下，我曾写了一首长达一千八百余字的长诗《祖国行长歌》。所可惜的是父亲竟然就在两年前去世了，终于没能在有生之年回到祖国来与儿孙团聚，这是我心中一个极大的遗憾。我想父亲的遗愿一定是归骨故乡，于是我就在第二次再回国时把父亲的骨灰装在一个瓷坛中运回了北京的老家。那时我家的祖坟早已不存在了，家人就把父亲的骨灰寄放在了万安公墓。谁想到后来家中连遭不幸，先是我的大侄子叶言枢于1995年3月14日因直肠癌去世，我的弟妹杭若侠也于同年8月6日因突发脑溢血去世。大弟叶嘉谋自从1985年患脑溢血留下半身不遂的疾病，卧床多年后，于2007年去世。于是我的小侄子言材就和我商议，要在北京找一个墓园把家人都安葬在一起。我觉得他的意见很好，就委托他在北京万佛华侨陵园安排把家人都按次序各立碑铭集中葬于此一墓园中了。我的母亲去世最早，原葬于北京香山的祖坟，二十世纪五十年代被国家征用，此地现在已经成了北京植物园的一部分，母亲的骨殖早已无存。我们只好拿母亲的一张照片放入父亲的骨灰坛中，在碑文上记写了父亲和母亲两人的名字立碑合葬。我本来还有一个小弟嘉炽，也早已于1997年去世了，他只有一个女儿，这个女儿结婚后与她的堂兄言材不常往来，因此没有能与她联系，据说他们已经另外在别处安葬了。

以上是关于我的父亲之生平的简单的记叙,其中所叙写的我的一切不幸的遭遇,都包含有我对父亲的歉疚。父亲最疼爱我最关心我,而我不仅未能侍奉父亲尽到自己的一点孝心,反而使父亲为我担惊受怕。而最使我难过的是,我把父亲接出来以后,竟然不能保护父亲使他过安乐的生活。本来如我在前文所写,我曾经在父亲到来以前就买了一所有四个卧室而且交通方便的房子。父亲到来以后,正值西方的圣诞节,邻居们家家户户装点着灯光美丽的圣诞树,两个女儿对此颇为艳羡。于是我就在房子的客厅中也装饰了一棵圣诞树,并为家中的每一个人都买了圣诞礼物,包装好放在圣诞树下,准备明天与全家一起快乐地度过这一个在加拿大全家团聚的圣诞节。我装饰好了圣诞树,就回卧室去休息。谁想到外子却突然于夜半起床,到客厅把圣诞树整个拆毁了,我给每个家人准备的圣诞礼物散落了一地。我不敢与他争吵,恐怕惊动了父亲,就默默地把房间收拾干净,第二天把礼物分送给每一个家人,当然也有外子赵君的礼物。我当时实在不明白他为什么这样做。我们父女接受的都是旧文化中诗礼传家的教育,对这种横逆之人都无计应付。我是父亲最钟爱的女儿,而我接父亲出来以后,却不仅没有能够侍奉他安乐地度过晚年,反而使他为我受了不少委屈。这是使我对自己终生不能原谅的一种罪疚。

附记:外子赵钟荪生于1918年,卒于2008年,离世前住于安养院。有一天女儿言慧去看望他,他自己有所觉悟,哭泣着承认自己做错了事情,会受到上帝的审判[①]。安养院中本来每天都有营养的食物,有时候他想吃一些安养院里没有的食物,我就在家里做好给他送去。有一次,当我按平常习惯给他送去食物时,他忽然问我有什么话要对他说。我想,他以为我会对他说一些埋怨的话,但

---

① 因为他做过一些其他伤害天理人情的事情,但与我父亲无关,所以本文未加记述。

是我没有,我说我没有什么话说。于是他就伸出手来,我也就伸出手来与他相握。他知道这是我表示对他的谅解。他去世以后,我写了三首诗,其中有一首写的是:

剩凭书卷解沉哀,弱德持身往不回。
一握临歧恩怨泯,海天明月净尘埃。

此处所记只是当时发生在我父亲身边使我非常难过的一个历史事件。现在,我对外子已经没有丝毫的怨怼之心。

外子在西雅图教了一年华语后未被续聘,又失业回到了温哥华,于是不列颠哥伦比亚大学亚洲系的蒲立本教授为他安排了一个在夜间部教广东人说普通话的工作。他的学生大多是香港来的家庭妇女,外子有时在家中邀请她们吃饭,我就完全以赵太太的身份招呼接待。大家都称我赵太太,没有人知道我在大学教书。后来有一次不列颠哥伦比亚大学对外开放,亚洲系也对外开放。他的学生们到亚洲系来参观,找不到他的办公室,只见到我的办公室,于是大家对我逐渐改了称呼。不知何时开始,所有亚洲系的师生都不再称呼我赵太太,而变成了赵教授。这期间,我除了在不列颠哥伦比亚大学亚洲系教课以外,哈佛大学的海教授每年暑期都邀我去与他合作研究。除了我协助海教授翻译陶诗以外,海教授也非常热心地协助我翻译了很多篇我的论文。这些论文的文稿,更经他介绍,都在哈佛大学亚洲研究的刊物上发表了。此外,我还利用不列颠哥伦比亚大学五年一次休假的机会,不仅到国内各地讲学而且更在国内发表和出版了很多著作,都用的是叶嘉莹的本名。所以,不列颠哥伦比亚大学的师生对我的称呼终于从赵教授改为叶教授了。每年不列颠哥伦比亚大学亚洲系展出研究成果时,我总有一些新书和论文出版。直到1989年我65岁从不列颠哥伦比亚大学退休,立刻就被台湾新竹的"清华大学"邀请去做了客座教授。有一天,新竹

"清华大学"文学院的陈万益院长忽然拿了一封从加拿大不列颠哥伦比亚大学寄来的挂号文件,拆开一看才知道,原来是经过不列颠哥伦比亚大学的提名推荐,我当选了皇家学会的院士。这当然是一件难得的幸事,因为在加拿大的皇家学会中虽然也有华人院士,但他们大都是理工科的学者,而华人在国外西方学术界以中国古典诗词而得到院士之荣衔者,我竟然是唯一的一个人。我想,父亲从我小时候就教我读英文,希望我能够开拓眼界,在学问上有所成就,没想到我竟然在因为历经种种现实的逼迫不得不用英语讲学和评阅英文论文的艰苦磨砺中取得了成果。更幸运的是我恰好赶上了二十世纪的六七十年代,正是西方各种新学说新理论风起云涌的时代,而我的天性喜欢学习,所以除了用英文教书和评阅学生论文以外,我也去旁听了不少不列颠哥伦比亚大学的英美文学和西方文哲理论的课程,也自己读了不少书。当我被新竹"清华大学"请去做客座教授时,也同时旁听了一位留法的学者于治中先生所开设的法国女学者茱莉娅·克里斯蒂娃的"解析符号学"的课程,并用她的理论对词的美感特质开拓出了一条新的理论途径。我之所以叙写这些研读的成果,是因为我在少年时代曾经读过欧阳修所写的一篇《泷冈阡表》,在这一篇文章中欧阳修曾经历叙其平生所经历的艰苦患难之生活,而终以自身之刻苦自励,能够以其所成就者告慰于他的父亲。我当然不敢以欧阳文忠公自比,但是回想起从我幼少年时代父亲对我的教导和期望,他一直勉励我要把英文学好才可以开拓眼界。父亲对我的教导和期待,正与我的老师顾随先生对我的教导和期待不谋而合。我曾想,如果不是艰难困苦的遭遇把我逼上了不得不学习英文以求养家糊口的道路,我一定不会主动去刻苦学习英文的。我还记得父亲对于外子的批评,说他学无专长。现在回想起来,如果我是嫁给了一个学有专长的人,我可能就会牺牲自己,尽力协助有专长的对方去有所成就,就不会是现在的我了。只可惜父亲只见到了我所经历的艰难困苦,在这一方面我对于父亲可以说是终生负疚,所以现在也略叙一下我在历尽艰苦之后的一点小小的成绩,以告慰父亲的在天之灵。希望告诉父亲,他的不孝的女儿在他生前没有能够对他尽到一点孝养的心意,现在只好冀望以自己平生历尽艰苦所得的一点小小的成果来祭告他;希望使父亲知道,他的女儿终于没有使他的教诲和期望完全落空。

还有一点我要向父亲报告的,就是自从1978年我在报纸上看到了祖国改革开放恢复高考的消息,我立刻就给教育部写信提出了自费回国教学的申请——所谓"自费"不仅是我自己负担旅费,而且我也不接受任何学校的报酬。1979年春天我得到回信,教育部接受了我的申请。于是我立刻就从温哥华飞回北京,开始了我回国教学的旅程。从那时到现在,已经有将近四十年之久了,祖国各地高校大都留有我讲课的足迹。我的意愿,是希望以古典诗词的讲授来填补"文化大革命"所造成的中国古典文化的断层。在2012年6月,当中国各大学都已放暑假,我也回到加拿大去度假时,却忽然接到了国务院聘我为中央文史研究馆馆员的一封来信,当时我竟然是以外籍华裔被聘为了中央文史研究馆馆员的唯一的一个人。想到父亲当年要以自己的所学来报效国家的愿望,我想,倘若父亲在天有灵,听到了此一消息,一定也会感到一份欣慰吧。

最后,我要回到这一篇文稿的本题。这篇文稿原来是《叶廷元先生译著集》一书的《代序》。父亲于少年时代考入了北京大学外文系,就是因为有见于中国国防之落后,受尽了西方列强的欺凌。他以为,建设航空事业是一项重要的工作,所以才从事于对西方航空事业的研读和译介,一生所做的都是为中国航空事业奠基和开创的工作。而且以他中英文两方面专长的能力和正直诚笃的品格,自从进入航空事业以来一直得到所有工作人员的尊重和信赖。所以,从航空事业拓荒时代的编译,到航空公司成立以后的秘书,到他最后担任人事课长,甚至一直到今日,西雅图波音公司的华裔人员仍然对父亲非常尊敬,因此在搜集有关父亲的资料时曾经给予我大力的协助。至于其他各地的亲友、学生亦多有惠寄有关我父亲的资料者,来源繁多不及备载,略记其重要者如下:

一、北京大学二十周年纪念册

二、《空军制胜论》,1944 年航空委员会出版

三、《中国航空公司史料汇编》,民航总局史志编辑部 1997 年版

四、英文资料(西雅图波音公司唐克先生惠寄)

五、叶廷元译著目录

六、相关照片

七、译文《外人笔下之汤若望与南怀仁》

附录

《外人笔下之汤若望与南怀仁》后记

这一篇文章,是父亲的最后一篇译稿,也是唯一的一篇不涉及航空事业的译稿。我以为这篇译稿之内容,虽然与父亲以前所译的有关航空之内容的著述迥然相异,但其用心则在基本上乃是有着一贯相通之处的。

如我在《我的父亲》一篇文稿中之所言,父亲当年之考入北京大学的外文系,而且一毕业就进入了有关航空事业的机构,其用心即在于取西方的科技之知识以补中国在这一方面之落后,其心思志意乃是显然可见的。

至于父亲这一篇与航空貌似全然无关的晚年的译稿,则是完成于

我们全家已经从第 7 街迁居到 39 街之后。如我在《我的父亲》一篇文稿之所言,我们全家既由于外子一人之强迫,不得已而从原来的有四个卧室的宽敞的住房,搬迁到了这一处只有楼上一间主卧室的狭小的住处,安排给父亲居住的则只是一间由原来的房主安放洗衣机与烘干机的狭小的空间,而且这所房子从楼上到楼下的通道,只有一个螺旋形的铁梯,父亲既失去了原来住在 7 街时可以随时散步到 9 街百老汇去闲逛的乐趣,而且我和两个女儿白天都各自要外出去教书或上学,而外子则经常外出,不知所往。父亲一个人在楼上独处,其寂寞当然是可以想见的。于是我就为父亲订了一份温哥华的内容最为丰富的报刊,作为他独自闲居时的消遣。报刊的名字是 *Vancouver Sun*,中文名我们称之为《温哥华太阳报》。其内容不仅包含了美加各地的新闻信息,有时还会刊载一些美加各地出版的新书的报道。于是有一天父亲就对我说,要我到大学图书馆去替他借一本才由美国的一家出版社 Little,Brown and Company 出版的新书,书名是 *To Change China: Western Advisers in China*(中文是《改变中国——在中国的西方顾问》)。我知道父亲一直关心西方科技对中国的影响,让我借这一本书,并不足怪,只是这本书实在才在美国出版不到半年,作者当时也并不出名。父亲竟然注意到这本书,并令我借出来阅读,我不得不佩服父亲的观察力之敏锐,而且后来事实证明,这本书在以后果然成了一册极为流行的著作,作者也因此而大获盛名。书名中所提到的 "Western Advisers" 包括了在华工作过的十余位西方顾问,而我父亲所翻译的则是本书的第一章 *Schall and Verbiest: to God through the Stars*(《汤若望与南怀仁——由星象引领至上帝之路》),这一章所介绍的是明末清初来华传教的两个天主教的传教士,汤若望与南怀仁。关于此二人的事迹,父亲在译稿中已有详细之译述,自不需在此更加赘言。至于本书之著作者 Jonathan D. Spence 则有一个颇为典雅的中文名字——史景迁。关于其中文名之取义,颇有些不同的说法,私意则以为其取"史"为姓,盖不只是因其英文姓氏Spence之拼音的第一个字母'S'与中国"史"字之拼音的第一个字母暗合而已,而且也因为他对中国历史有极大之兴趣。至于他之所以取名为"景迁",虽然也有些不同的猜想,但私意以为应该乃是因为他私心景仰中国古代最有名的史学家司马迁的缘故。关于本篇译稿之内容,则我父亲既已经将其全部译出,当然就不需我在此更加重述,我现在所要特别提出一谈的,实在只是我父亲在译文之前所附加的一段短短的"译者按"。此一则"按语"的第一小段,只是说明译文之次序是完全按照原著之次序翻译的,此一段说明并不重要。重要的乃是下面的一段话,这一段话有两点值得注意之处,其一是西方之传教士往往急于求功而不择手段,其二则是对于原作者在文章结尾所说的传教之结果"受益者乃中国,而中国对西方则无所贡献"的一段话,父亲以为这些来到中国传教之人士,是"探沧海而遗珠,入宝山而空返",也就是说可惜的是西方人对于中国文化中之精华并未能有所认知。说到这里,我们实在就不得不自己先作一番自我的反省,就以我父亲的本身而言,他之决志投考北大外文系,并决志进入航空署创业部门去工作,从事于对西方航空事业之译介,他何尝不是想假借西方文化之科技的知识,以求中国之发愤图强呢?!不过值得注意的则是父亲早年也曾经接受过多年的中国旧式之传统教育,读过不少中国旧传统的经典著作。在父亲心目中,中国传统的古籍,其中是确有不少精华可资学习的。只不过在科举考试之制度中,读书人诵读古籍之目的,往往已经沦为只是借以求取功名利禄之一种手段而已了。关于此种弊病,清代著名的小说家吴敬梓在其《儒林外史》一书中曾有生动的描述,不过,父亲并没有参加科举考试的经历,父亲幼年所诵读的都是传统的纯正的古籍,是以未被科举所玷污的心态去读诵的,如此则可以培养出严正的人格操守和高远的志意。所以在中国古籍中,对这两种品质不同的读书人,一直有所区别,《论语》中就曾经屡次提出说,"君子谋道不谋食","君子忧道不忧贫",又说"君子喻于义","小人喻于利"。荀子则更曾明白指出说:"君子之学也,以美其身;小人之学也,以为禽犊。"而且中国传统之学问,除去培养个人之修养以外,同时对于治天下也有一种理想,那就是"王道"与"霸道"的区分,"王道"一词,出于《尚书·洪范》,其言曰"无偏无党,王道荡荡",其所追求的是一种以德治国的公正无私的理想。至于"霸道",则是欲以武力争强取胜的一种狭窄的观念。一般而言,西方之文化似乎一直是以后者为主,直至今日西方文化似乎也仍沉陷在这种观念之中,而在中国则除了正统的儒家之观念以外,其他的各种子书中,则更是展现了多种不同的生存理想与生活方式。父亲在"译者按"一段话中,以为当日西方传教之人士来到中国以后,所看到的只是世俗的中国人之堕落败坏的一面,而未能见到中国文化中之真正博大精深的一面,所以对之有"探沧海而遗珠,入宝山而空返"的叹息。

现在追想父亲的平生,在抗战的八年中他一直随国府之败退,而迁转各地,实在曾经历尽了极为艰难危苦的生活,可是他对我们这些子女却极少叙及其艰苦的经历,而在来到了加拿大以后,因我个人性格之软弱也使父亲受尽了委屈。而当他困守在 39 街住所的楼上时,却仍然自己求得了一种自我安心自得的生活方式,专心于阅读而且翻译出这一篇极长的文稿,更且在文稿之译者的按语中,仍然能不忘其早年学习英语,有志于中西文化之交流的初心和本志。父亲以他整个的为人处世的态度,昭示给了我一种做人之境界,写到这里,我忽然想到我自己在晚年为文中,曾经提出过一种所谓"弱德之美"的说法,也许我这种说法的形成,正是受了父亲一生处世为人的无形中之感化吧。

2018 年 10 月 24 日于南开大学

向张伯礼院士致敬
——兼谈我与张院士之结识及蒙其救治
我的一次恶疾的一段因缘

张伯礼院士是一位著名的中医师,此自为举世之所共知。但其实张院士还是一位旧学根柢深厚的诗人。张院士喜爱中国旧诗,遂经人介绍而与我相识。其后不久,张院士就邀请我到他所主持的天津中医药大学做了一次关于唐代诗歌的讲演,有一件事给我印象极为深刻,就是张院士在向听众做了对我的介绍以后,我已经开始站起来讲演时,张院士竟然不肯落座。我讲了两个多小时,张院士竟然笔直地站立了两个多小时,张院士为人之诚笃以及其对于诗歌的尊敬和爱好,给我留下了深刻的印象。而我对于张院士作为一位医师的仁心仁术的品格和钦仰,更是与日俱增。

及至2019年的3月中旬,我突然发作了一场性命攸关的恶疾——筋膜炎。起因只是当日我穿了一双裤袜,在腰部偶然割破了一个极小的伤口,我当时未加注意。晚间还如常地在浴盆中洗澡,一切都安然无事。谁想到当我要上床休息时,双手在床边一撑,竟突然感到胸腔中的一阵剧痛,而且夜间又发作了一次,真是令人痛不欲生。及至第二天上午疼痛稍减,我就到天津中医院去诊治。当时张院士不在天津,主治医师说要先给胸腔内部做个透视,而因为多年前,我曾经跌伤锁骨,当时曾经用金属物接骨,必须到天津骨科医院去做透视。经过诊断,确认胸内没有新的骨折,定为筋膜炎,医院以为此种病应当卧床不动,但我听说有人因此而终于卧床不起，遂不肯留住医院，要等待张院士回津，以中医方法调理医治。及至张院士返回天津时，我已经有数日未曾大便，张院士以为必须通便，遂决定用芒硝通便，果然大便得通，而且咳出了很多黑色的浓痰，我想那一定是胸腔内部积存的受伤后的血块。不过胸中积存的血痰虽然咳出，我却因为得此恶疾，而患了恶性失眠之症。每晚吞食安眠药，虽然药量加倍，也不能成眠。白天虽然已经可以起床站立，但双目竟然失明。从外面看，眼睛的外表如常，只是不能见物，我自己觉得双目所见只是两个黑洞，又经张院士调理，双目始得恢复视力。从此以后，张院士遂成为我长年的保健医师，真有如古人所说的有恩同再造之感。

最近一次使我感激的，是在旧年除夕前一日，我原来每年的除夕，都邀请朋友和同学们来我处聚会，一同守岁。恰好张院士来看望我，听说我要邀人聚会，立刻告诉我说武汉发生了疫情，要我立刻通知朋友们把除夕的聚会取消了，而我随即就听说张院士自己已经飞往武汉去参加抗疫的战斗了。

就在张院士已经去了武汉以后，有一天夜里我突然发生了上吐下泻的情况。我还曾经要我的秘书打长途电话，去向张院士请教紧急治疗的方案，听了张院士的指示，果然两天以后，就痊愈了。

其后不久，又听说张院士因为过于劳累，引发了胆囊的旧疾，割除了胆囊，而张院士却于手术后的第三天就又投入了武汉抗疫医疗工作，还戏说"我把胆留在了武汉，这叫作肝胆相照"。我对张院士的医术与医德，以及其坚毅的精神实在钦佩无已。

而当我在阅读报刊所登载的关于张院士的报道中，除了这些感人的事迹以外，还发现了另一些极为使我感动和惊喜的信息，那就是张院士的极为敏锐的诗人之感受和才情。

张院士在飞往武汉之时，一上飞机就写了一首调寄《菩萨蛮》的词

作,题目是《战冠厄》,词曰:

> 疫情蔓延举国焦,初二星夜奉国诏。晓飞江城疾,疫茫伴心悌。隔离防胜治,中西互补施。冠魔休猖獗,众志可摧灭。

其后到了元宵节,张院士又作了一首五言古诗,诗云:

> 灯火满街妍,月清人迹罕。别样元宵夜,抗魔战正酣。你好我无恙,春花迎凯旋。

在武汉大学里,有一个最有名的景区,就是东湖的百花楼,而这一次,张院士也曾经为了疫情之战斗而在这座楼里工作,所以也在此写有一首诗,诗云:

> 东湖立春明媚苏,阳气升发疫魔屠。正是国难共担时,百花楼里大运筹。

又曾经在武汉下雪时,写过一首《校园雪景》,诗云:

> 望雪覆校舍,东湖思团泊。阴雨何如雪,早归须伏魔。

割除胆囊时,张院士也写了一首诗,题为《弃胆》,诗云:

> 抗疫战犹酣,身恙保守难。肝胆相照真,割胆留决断。

最后抗疫之战结束时,张院士也写了一首诗,题曰《归辞》,诗云:

> 山河春满尽涤殇,家国欢聚已无恙。两月敢忘江城苦,十万白甲鏖战忙。黄鹤一眺三镇秀,龟蛇两岸千里黄。降魔迎来通衢日,班师辞去今归乡。

从这些诗作来看,张院士毫无疑问的是一位富有仁心与锐感的诗人。中国旧体诗,有许多平仄格律的规定,不过,诗的格律简单,而诗人的气质与修养难得。张院士已经具备了诗人的气质与修养,只要对格律稍加理解,就可以更臻完美了。我对于张院士作为医生的仁心仁术与作为诗人的感锐情真都极为钦赏,写此短文,谨向张院士致以崇高的敬意。

在我病愈之后,我曾经写了一首诗,向张院士表示感谢之意。诗如下:

> 妙手岐黄世共知,杏林偏爱古诗词。仁心才思双无价,唯有精诚乃大师。

张院士在天性禀赋方面,最为难得的一点,就是他的仁厚与真诚,而当他在武汉因劳累过度而引发了胆囊炎之时,更为难得的是他立即决断,要把胆囊割除而留下来继续工作。这种勇者的精神,更为他仁厚的品格增加了一种亮丽的光彩。

作为蒙张院士治愈恶疾的一个病人,谨向张院士致以崇高的敬意。

2020 年 4 月 15 日

梁丽芳教授著《柳永及其词之研究》
(中英文版)序言

我与本书作者——梁丽芳女士,有着长达三十年以上的交谊。梁女士是加拿大不列颠哥伦比亚大学的博士生,毕业以后被聘任到阿尔伯塔大学去任教,直到前数年才退休。退休以后,仍继续从事研读不辍,遂于数年间,又写成此一册巨著。在国外研读中国古典文学的教授与学者极多,但大多只是以一种语言写作著述,其能兼用两种语言结合在一起从事研著如梁丽芳教授者,实在极为难能罕见。

我与梁丽芳教授之结缘,就正是由于她对柳永之词的研读。那是二十世纪的七十年代,我正在不列颠哥伦比亚大学亚洲学系任教时,梁丽芳女士来到了我的班上,成了我的研究生,攻读硕士学位,当时她的研究课题就是柳永词的研究。在那一段时期,我的班上真可以说是人才济济,有从美国加州大学转来的施吉瑞(Jerry Schmidt),还有另一个也从美国转来的白瑞德(Daniel Bryant)。更有从台湾大学英文系转来读博士学位的施逢雨,从马来西亚大学转来读硕士的林水檺,还有和梁丽芳一样从香港转来读硕士的余绮华。如今三十年过去了,当时从我研读的那些学生们都早已经因为种种不同的原因,离开了研读的岗位。只有丽芳一枝独秀,居然又写出了如此内容充实的一部巨著。作为当年曾经指导她写作过关于柳永词之研读的一个导师,真有说不尽的欢喜和欣慰。

我以为在丽芳身上,有着几点她所独具的长处。其一是她的中文与英文两种语言的兼长并美,这一点就全世界汉学研究者而言,可以说都是极为难得与罕见的,其二则是丽芳在研读方面的阅读之广与用力之勤,还有一点就是她对于研读工作的不懈的勤奋努力。她能有今日著述的成就,绝不是偶然的。

作为一个曾经指导过她的早期论文之写作的导师,看到她今日的成就,自然有说不尽的欣喜。所以我现在虽然已经是一个将近百岁的耳目昏花久不为文的老人,也仍然愿意为她写此一篇序文,以纪念数十年来我们一直保持着亲密之交往的一段因缘。

2020 年 5 月

叶嘉莹写于南开大学迦陵学舍